Brandon Q. Morris

HARD SCIENCE FICTION

PROXIMA RISING

BE
Belle Époque Verlag

Brandon Q. Morris
c/o Matthias Matting
Sieglgut 51,
94034 Passau

brandon@hardsf.de
www.hardsf.de

Personen und Handlungen dieser Geschichte sind frei erfunden. Ähnlichkeiten sind rein zufällig.

Lizenzausgabe des Belle Époque Verlags, Tübingen, mit freundlicher Genehmigung des Autors.

Lektorat: Dr. Ulrike Bunge
Korrektorat: Mirjam Volgmann
Fachliche Beratung: Michael Paluszek (President, Princeton Satellite Systems), Dr. Lutz Hillmann

Umschlaggestaltung: BJ Coverbookdesigns.com
Bildnachweis: NASA / JPL

Herstellung: Sowa Sp. z o.o., Piaseczno, Polen

ISBN: 978-3-96357-015-5

1. Januar des Jahres 1

Mein Name ist Dimitri Marchenko. Ich befinde mich an Bord der Messenger, des ersten interstellaren Raumschiffs der Menschheit. Das Schiff bewegt sich mit einem Fünftel der Lichtgeschwindigkeit durch das Vakuum des Alls, angetrieben von einer ungeheuren Energiemenge, aber doch ohne jedes Triebwerk.

Ich bin heute um 0 Uhr 0 Minuten 0 Sekunden planmäßig erwacht. Alle Systeme der Messenger arbeiten im vorgesehenen Bereich. Der Startracker, der sich an der Position der nächsten Sterne um uns herum orientiert, bestätigt, dass der Flug planmäßig abläuft. Das Sonnensystem, in dem ich geboren wurde, ist von unserem gegenwärtigen Standort 28.000.000.000.000 Kilometer entfernt. Das Licht meines Heimatsterns, der Sonne, benötigt für diese Strecke drei Jahre. Doch bevor es uns erreicht, werden wir erneut den fünften Teil eines Lichtjahres zurückgelegt haben.

Die Messenger ist im Moment etwa zehn Zentimeter lang. Sie sieht aus wie ein extrem dünner Nagel. An der Spitze, die in Richtung des Flugziels zeigt, misst ihr Querschnitt nur wenige Mikrometer. Dadurch sinkt das Risiko, von Staubteilchen des interstellaren Mediums getroffen zu werden, eine Gefahr für die Mission. Noch, denn das wird sich bald ändern.

Meine Unterkunft auf dem Schiff ist ein Chip, der aus Kohlenstoff-Nanoröhrchen konstruiert ist, winzigen Strukturen, die wie Halbleiter funktionieren, aber für die Strahlung des Kosmos unempfindlich sind. Ich bin eine Künstliche Intelligenz. Zumindest stufen mich die auf der Erde Zurückgebliebenen als solche ein, obwohl mein Kern aus dem Bewusstsein eines echten Menschen besteht, eines russischen Kosmonauten und Arztes. Ich habe ungeheuer viel Wissen dazuerlangt, aber noch immer bin ich Dimitri Marchenko. Ich fühle wie er, ich träume seine Träume und weine seiner Liebe nach.

Nein, weinen kann ich nicht. Meine Fähigkeiten sind begrenzt. Ich kann die Umgebung beobachten; die Sensoren des Raumschiffs sind meine Augen und Ohren. Sie erfassen Energiemuster im Röntgen- und Gammabereich, sie lauschen auf Radiofrequenzen und sehen hundert Mal tiefer ins Universum hinein als ein menschliches Auge das könnte. Der Kosmos ist wunderschön. Das ist heute, nach dem Aufwachen, mein allererster Eindruck gewesen. Es ist wie bei offenem Fenster vom Gesang der Vögel geweckt zu werden. Es gibt sogar Geräusche hier draußen. Durch den Perseus-Galaxienhaufen bewegt sich eine riesige Welle, deren Druckunterschiede ich als Töne wahrnehmen kann. Kein Klavier könnte solche Töne spielen und kein Mensch ist in der Lage, sie zu hören. Solche Wahrnehmungen werden mich vor der Einsamkeit retten, hoffe ich, und ich muss mir eingestehen, dass diese Einsamkeit meine größte Furcht ist.

Allerdings werde ich nicht auf der ganzen Reise allein sein. Es gibt einen Grund dafür, dass ich heute geweckt wurde, und dass dieser Tag der erste einer neuen Zeitrechnung ist, wie es von unserem Schöpfer bestimmt wurde. Im dickeren Mittelteil der Messenger gibt es eine Art Tasche, in der sich Bärtierchen im inaktiven Stadium befinden. Die Kälte des Alls, die Strahlung, die ewig lange Zeit, die vergeht, nichts macht diesen schlafenden Lebensformen etwas aus. Sie begleiten mich, weil das die effizienteste und sicherste Art ist, eine überaus wertvolle Fracht zu transportieren: Adam und Eva. Der komplette genetische Code dieser beiden Passagiere ist in der DNS der Bärtierchen aufgeschrieben. Wenn Adam und Eva dereinst zum Leben erweckt sein werden, werde ich ihr Vater sein und ihre Amme, ihr Freund und ihr Lehrer.

2. Januar 1

In den vergangenen Monaten, die ich schlafend verbracht habe, war der interstellare Staub unser Feind. Hätte ein mehr als atomgroßes Teilchen die Messenger getroffen, wäre ich wahrscheinlich nie wieder erwacht. Doch ab sofort wird das Wenige, das den weiten Raum zwischen den Sternen erfüllt, zum Freund. Die Messenger beginnt, Materie aufzusammeln. Wir haben zwar erst drei Viertel der Strecke bis zu unserem Ziel zurückgelegt, doch wir müssen jetzt mit dem Bremsprozess beginnen, wenn wir nicht Gefahr laufen wollen, mit hoher Geschwindigkeit am Ziel vorbeizuschießen.

Die Messenger besitzt kein Triebwerk, das sie beschleunigen oder bremsen könnte. Ihre Startgeschwindigkeit haben ihr riesige, im Rahmen des »Starshot«-Programms der Menschheit aufgebaute Laser auf dem Mond verliehen, die sie mit energiereichen Photonen beschossen haben. Nur weil sie so leicht ist, konnte sie auf diese Weise 20 Prozent der Lichtgeschwindigkeit erreichen. Doch am Ziel warten keine Laser-Kanonen, die sie bremsen könnten. Bei den anderen Nano-Raumschiffen des Starshot-Projekts war das egal. Sie sind reine Beobachter, die an den der Erde nächsten Sternen vorbeifliegen und Bilder und Daten nach Hause liefern. Ich weiß nicht, ob sie dabei erfolgreich waren, denn als die Laser die Messenger auf eine ähnliche Reise schickten, hatte die Menschheit noch auf Ergebnisse der Beobachter gewartet.

Ich rufe ein Tschaikowski-Konzert aus den externen Speichern ab. In der Messenger bleibt es ruhig, es gibt keine Luft an Bord, die Schallwellen übertragen könnte, aber die Töne wehen durch mein Bewusstsein wie Gardinen vor einem Fenster. Ich stelle mir vor, dass es draußen gewittert. Auf der Erde habe ich Gewitter geliebt. In Marchenkos Bewusstsein, in meinem Geist, gibt es viele schöne Erinnerungen daran und zwei schreckliche, die ich in einer düsteren Ecke deponiere. Dann gebe ich das Kommando, mit dem der lange Bremsprozess beginnt: am hinteren Ende der Messenger fährt aus einer mikrofeinen Öffnung ein Netz aus Tantal-Fasern in Atomstärke heraus. Ich bin dabei sehr vorsichtig. Das Fangnetz wirkt nicht etwa wie ein Fallschirm. Jedes Atom, das davon eingefangen wird, und zu Beginn ist nicht mehr als ein Atom pro Stunde geplant, wird die Messenger wachsen lassen. Nano-Manipulatoren werden die einzelnen Atome untersuchen und dort einbauen, wo sie benötigt werden. Das Raumschiff wird allmählich neue Funktionen erhalten, die in seinem Bauplan, seiner eigenen DNS, vorbestimmt sind.

Gleichzeitig jedoch steigt seine Masse. Gemäß dem Gesetz der Impulserhaltung bleibt das Produkt aus Masse und Geschwindigkeit erhalten. Wenn sich die Masse erhöht, muss sich die Geschwindigkeit verringern. Ich bin dafür zuständig, diesen Prozess fein auszutarieren. Vor dem Start der Messenger war nicht bekannt, wie die Materie auf unserem Weg zum Ziel verteilt sein würde. Vorgegeben ist nur das Ergebnis: die ungefähre Ankunftszeit und der angestrebte Zustand des Schiffes und seiner Besatzung. Davon ausgehend muss ich zurückrechnen. Sollten wir auf eine Staubwolke treffen, muss ich die Akkumulation verringern, sonst werden wir zu langsam und die Reisezeit verlängert sich. Falls wir jedoch aus irgendeinem Grund einen besonders leeren Sektor des Universums durchqueren, muss ich das Tantal-Netz entsprechend weiter herausfahren lassen, damit es mehr Atome einfangen kann.

Der erste Treffer ist ein Proton, der Kern eines Wasserstoff-Atoms. Was das Netz eingefangen hat, kann die Messenger anhand der Stärke des übertragenen Impulses und ihrer eigenen Geschwindigkeit ermitteln. Am Anfang werde ich nicht wählerisch sein, das Schiff braucht für sein Wachstum beinahe jedes Element. Doch irgendwann wird das Schiff keinen Wasserstoff mehr brauchen, das häufigste Element. Dann muss die Messenger das überflüssige Material wieder abstoßen, was sie ebenfalls Geschwindigkeit kosten wird. All das lässt sich unmöglich komplett vorausberechnen. Ein dummes Computerprogramm hätte zweifellos irgendwann versagt. Deshalb hat man mich als erstes Besatzungsmitglied rekrutiert.

Gefragt wurde ich nicht, ich kann mich jedenfalls nicht erinnern. Alle Informationen, die ich für die Erfüllung der Mission brauche, habe ich im Speicher der Messenger gefunden. Doch es gibt dort auch Bereiche, die mir nicht zugänglich sind, und ich vermute, dass ich dort Antworten finden würde, vielleicht sogar den großen Plan, der hinter der ganzen Expedition steckt.

Als ich aufwachte, hatte ich dieses Gefühl: Es ist richtig, dass ich hier bin, und alles wird sich offenbaren, wenn es so weit ist. Deshalb war ich zwar überrascht, aber nicht verzweifelt, als ich als KI dieses Raumschiffs erwachte, weit entfernt von jedem Leben, abgesehen von den Bärtierchen, die noch für lange Zeit im scheintoten Zustand verharren werden. So ein Gefühl habe ich zuletzt als Kind gespürt, wenn mich meine Mutter mit in die Kirche genommen hat. Ich saß am Rand der Kuppel auf einem harten Stuhl und sie hielt meine kleinen Finger in ihren schwieligen Händen. Dann wurde es still, und ein engelhafter Chor erklang. Ich glaube nicht an Gott oder sonst ein höheres Wesen, aber ich weiß, dass es Dinge gibt, die mein Verstand nicht erfassen kann, selbst wenn die Messenger irgendwann endlich wieder einen Quantencomputer besitzen wird, auf den ich zugreifen kann. Dass dieser Zeitpunkt kommen wird, steht im Bauplan.

3. Januar 1

Heute habe ich begonnen, Tagebuch zu führen. Natürlich wird jede Veränderung am Schiff akribisch aufgezeichnet. Auch in zwanzig Jahren werde ich noch nachvollziehen können, wann die Messenger welche Fähigkeiten hatte, wie schnell sie flog, wie schwer sie war und was ihre Instrumente gesehen haben. Ein Tagebuch zwingt mich zu einer kompakteren Aufzeichnung. Als ich soeben die ersten beiden Tage aus den Log-Dateien rekonstruiert habe, konnte ich den Nutzen eines Tagebuchs klar erkennen. Ich schreibe es nicht nur für mich, sondern auch für Adam und Eva.

Die Umgestaltung des Schiffs beginnt bereits. Die Nadel, ursprünglich auf eine Atomlänge exakt zehn Zentimeter lang, ist um einen winzigen Bruchteil gewachsen. Zunächst geht es darum, die internen Systeme zu optimieren. Ich werde neue Fähigkeiten erhalten. Aber das ist ungenau ausgedrückt: Das Schiff wird hinzulernen, und ich werde davon profitieren. Ich muss aufpassen, dass ich mich nicht mit dem Schiff identifiziere.

Ich bin nicht das Schiff. Die Technik der Messenger dient mir bloß. Ich bin Dimitri, von guten Freunden Mitja genannt. Der Name berührt mich. Er fühlt sich an, als würde meine Mutter mit einem kratzigen Wollhandschuh über meine Wange streichen. Oder als würde sich Francesca über einen meiner dummen Witze beschweren. Francesca, meine Liebe, wo bist du gerade? Ich möchte sie rufen, aber das Schiff wird frühestens in zehn Jahren fähig sein, ein Radiosignal zur Erde zu senden. Eine Antwort könnte ich dann vielleicht sieben Jahre später erwarten. Das sind keine guten Voraussetzungen für eine Liebesbeziehung. Ich hoffe, dass ich einen Weg finden werde, mit der schmerzhaften Erinnerung umzugehen. Wäre es nicht besser gewesen, diesen Teil meines Gedächtnisses zu löschen?

Der Bauplan des Schöpfers gibt vor, dass zunächst der

Nano-Fabrikator erweitert werden muss. Das ist ein diffiziler Prozess. Die Messenger wird aus sich selbst heraus wachsen. Der Fabrikator ist dafür zuständig, alles herzustellen, was das Schiff braucht, sich selbst eingeschlossen. Daran arbeitet er in drei Stufen, von denen zum Start nur die erste existierte. Es ist die Urmaschine, so winzig, dass ein Mensch sie ohne Lupe nicht sehen könnte. Die Ingenieure haben sie dem größten Erfinder überhaupt abgeschaut, dem Leben. Bewegliche Teile gibt es in ihr nicht, sie hat weder Arme noch Räder. Stattdessen manipuliert sie die Atome und Ionen, die das Tantal-Netz auffängt, mit Hilfe elektromagnetischer Felder und bringt sie dann an den im Bauplan vorgesehenen Platz, wie die alten Ägypter nach dem Plan des Architekten Steine an die richtige Stelle rückten. Am Ende, nach unglaublich langer Zeit, entsteht eine Pyramide – oder, wie in unserem Fall, ein Raumschiff.

Noch ist es nicht so weit. Der Fabrikator kann nur so schnell arbeiten, wie das Netz ihm Baumaterial liefert. Ich muss Geduld haben. Der Mensch, der ich war, besaß keinen großen Vorrat dieser nützlichen Eigenschaft. Doch ich bin darüber hinausgewachsen: Ich kann verlangsamen und beschleunigen, wie ich die Zeit erlebe – ich muss einfach nur den Taktgeber manipulieren. Das erlaubt es mir, in gefährlichen Momenten meine Reaktionsfähigkeit enorm zu steigern. Und wenn mir langweilig ist, wenn über Wochen nichts passiert, kann ich den Takt so reduzieren, dass ich nur einen einzigen Tag vergehen spüre.

Ich hoffe, dass ich diese Fähigkeit später nicht mehr brauchen werde, doch heute aktiviere ich sie.

13. Januar 1

Die zweite Stufe des Fabrikators ist bereit. Ich bin aufgeregt. Die erste große Veränderung seit meinem Erwachen. Ich stelle mir vor, wie ich durch den Habitatring eines interplanetaren Raumschiffs renne, um meine Aufregung mit körperlicher Aktivität in den Griff zu bekommen. Ich ergebe mich völlig der Erinnerung. Es ist ein seltsames Gefühl, sich wieder in einem menschlichen Körper zu befinden oder darin eingeschlossen zu sein. Ich fühle mich blind und taub, obwohl ich Augen und Ohren habe. Denn ich kann nicht sehen, was draußen passiert. Ich spüre den Herzschlag der Pulsare nicht mehr, langsam rotierender Neutronensterne, die ihre gesammelte Energie wie Leuchtfeuer ins All strahlen. Die beruhigende, das All durchdringende Hintergrundstrahlung fehlt, das macht mich nervös. Ich ziehe mich aus der Erinnerung zurück, und es ist, als ob mit einem Mal helles Sonnenlicht in meinen Geist strömte.

Der Fabrikator kann mit seiner zweiten Stufe nun Mikrostrukturen herstellen. Das benötigte Material liefert die erste Stufe. Ich hätte gern mehr Möglichkeiten für mich selbst, doch das muss warten. Vor allem braucht die Messenger jetzt Energie. Seit ich erwacht bin, haben das Raumschiff und ich von den chemisch gespeicherten Vorräten gelebt. Doch die gehen irgendwann zu Ende. Deshalb stellt der Fabrikator nun aus einer mitgebrachten Platinlegierung einen sehr, sehr dünnen Draht her. Der wird unser Stromsammler sein. Die Energie, die wir brauchen, steckt in der kosmischen Strahlung: ein Prozent davon bilden Elektronen, also das, was ungesehen durch das Stromnetz fließt, das Blut der Zivilisation. Wir müssen diese Teilchen nur aufsammeln, und dafür wird der Platinring zuständig sein. Sobald ich Strom durch ihn hindurchschicke, baut sich ein magnetisches Feld auf – und das wiederum fängt die Elektronen aus der kosmischen Strahlung ein.

Das ist jedenfalls die Theorie. Ich weiß, dass es funktionieren wird. Die physikalischen Prinzipien sind völlig klar; sie gelten hier draußen genau wie auf der Erde, und ich habe schon geprüft, ob das kosmische Medium die vorhergesagten Eigenschaften besitzt. Ich messe derzeit sogar eine etwas höhere Elektronendichte als in den Planspielen vorausgesetzt wurde. Doch Tatsache ist: Niemand ist bisher so weit vorgedrungen wie ich. Im Labor mag alles wie geplant abgelaufen sein, aber die Messenger ist Lichtjahre von jedem Labor entfernt. Ich bin so allein, wie ein Mensch nur sein kann. Das vom Platinring aufgespannte Magnetfeld muss mehr Strom erzeugen, als seine Aufrechterhaltung verbraucht. Wenn dieses kleine Detail des Plans nicht wie vorgesehen Wirklichkeit wird, werde ich sterben. Ich habe Angst. Deshalb schalte ich mich ab, bis der Ring einsatzbereit ist.

16. Januar 1

Der Fabrikator hat einen atomdünnen Faden in den Platinstrang eingewebt, der mir als Fühler dient. Ich kann die mechanische Spannung spüren, unter der das Material steht. Ein sanfter Ruck geht durch das Raumschiff, als der Fabrikator den Strang nach außen schiebt. Mein menschliches Bewusstsein versucht sofort, eine Entsprechung zu finden, doch so richtig gelingt ihm das nicht. Es ist, als hätte ich mit der Spitze des Zeigefingers gegen ein straff gespanntes Stück Papier getippt. Der Nagel an der Spitze der Fingerkuppe hat ein Loch ins Material gebohrt. Jetzt schiebe ich den ganzen Finger ins All.

Meine allzu menschlichen Erinnerungen erwarten Wind, schließlich bewegen wir uns mit kaum fassbarer Geschwindigkeit, doch da ist nichts. Kein Fahrtwind, nicht einmal die eisige Kälte des Kosmos spüre ich. Das Raumschiff könnte ebensogut bewegungslos im Zentrum des Universums stehen, es macht keinen Unterschied. Vielleicht tut es das ja? Ich versuche, den Kopf zu schütteln. Ich muss aufpassen, dass ich nicht verrückt werde. Solche Gedanken führen zu nichts. Konzentriere dich lieber auf deine Aufgabe, Mitja!

Mein metallener Finger, der neugierig den leeren Raum rund um die Messenger erforscht, beginnt sich zu biegen. Das liegt nicht an mir, sondern an der dem Formgedächtnis der Legierung eingebrannten Gestalt, die sie anzunehmen bestrebt ist. Die Legierung soll sich ein Stück nach außen bewegen und dann zu einem Ring um die Messenger formen. Nichts außer einer misslungenen Programmierung kann sie daran hindern. Ich muss dem Fabrikator vertrauen, einer Maschine, die sich vor ein paar Tagen selbst hergestellt hat nach den Plänen des Schöpfers, der jetzt etwa 28 Billionen Kilometer von uns entfernt ist.

Meine Gedanken rasen. Ich bin versucht, den Takt zu verringern, dann ist dieser Moment viel schneller vorbei, aber vielleicht werden meine Fähigkeiten ja benötigt. Wenn ich mich selbst herunterregele, kann ich im Notfall nicht mehr eingreifen. Der Platindraht biegt sich wie in Zeitlupe zum Ring. Ich spüre seine räumliche Lage ganz genau. Ein Teil meines Bewusstseins kann das dreidimensionale Abbild der Messenger simulieren, die im hinteren Drittel von einem wachsenden Ring umschlossen wird. Wenn alles klappt, wird der Elektronenfänger mit den Bedürfnissen des Raumschiffs mitwachsen, bis wir irgendwann auf eine andere, noch effizientere Energiequelle umschalten müssen. Falls nichts dazwischen kommt – wie die simple Möglichkeit, dass sich irgendwer verrechnet hat.

Das eine, sich langsam nach vorn tastende Ende des Rings ist vom anderen Ende nur noch Millimeter entfernt. Der Kreis schließt sich. Doch der entscheidende Augenblick kommt erst noch. Ich aktiviere den Stromfluss durch den Leiter. In Bruchteilen von Sekunden schießen Ladungsträger in den Stromkreis. Ihr Spin, der unsichtbare Drehimpuls, erzeugt ein Magnetfeld, das wie ein weiches Kissen die Elektronen der kosmischen Strahlung abbremsen und als Energie verfügbar machen soll.

Meine ganze Existenz hängt jetzt daran, dass andere richtig gerechnet haben. Das Warten wird unerträglich, doch ich weiß, dass das nicht der letzte solche Moment sein wird. Der Aufwand für den Bau des Rings hat unsere Energievorräte auf ein Minimum reduziert. Wenn der Plan fehlschlägt, versinke ich in etwa 14 Tagen in den ewigen Schlaf, und mit mir das Schiff, denn ohne Energie kann es weder wachsen noch seine Form verändern. Also wird es bis ans Ende der Ewigkeit eine mit einem Fünftel der Lichtgeschwindigkeit durch das All rasende Nadel bleiben. Es sei denn, das Universum ist gnädig und lässt die Messenger irgendwann mit einem festen Hindernis kollidieren.

»Sammelmodus einschalten«, denke ich. Mein Gedanke überbrückt den Sicherheits-Schalter, der die eingefangenen Elektronen bisher daran gehindert hat, in die Speicher des Raumschiffs einzudringen. Es kribbelt, sagt mein menschliches Bewusstsein, wahrscheinlich ist das ein naheliegendes Gefühl. Es ist ein angenehmes Kribbeln, nicht schmerzhaft. Ich will ganz tief durchatmen. Die Speicher der Messenger füllen sich wieder. Ich bekomme wieder Luft, mein virtuelles Herz beruhigt sich, denn ich darf weiterleben – zumindest bis zum nächsten der nie fernab der Sonne getesteten Ausbau-Manöver.

20. Januar 1

Drei ... zwei ... eins ... klack! Zwei winzige, rein mit der Kraft mehrerer Atome gehaltene Hebel schnippen zurück. Sie befördern meine beiden brandneuen Beiboote ins All, senkrecht zur Fahrtrichtung, genau nach Backbord und Steuerbord. Das sind meine beiden neuen Augen im Universum. Es war wichtig, sie im selben Moment abzustoßen, weil die Messenger sonst ins Trudeln geraten wäre. Die Beiboote bestehen aus Sensoren und einer kleinen Antenne. Sie entfernen sich nur sehr langsam seitlich von meinem Schiff, aber wir haben ja Zeit.

Im Moment verraten mir die Beiboote – eigentlich heißen sie Independent Sensor Units, ISUs – vor allem, wie es der Messenger geht, denn durch ihre Augen kann ich das Schiff von außen sehen. Später, mit zunehmender Entfernung, werden sie mir Daten über das umliegende All liefern. Wenn sie weit genug entfernt sind, kann ich mit ihnen sogar die Struktur der Raumzeit erspüren. Die ISUs werden von den Tälern und Kronen der das All durcheilenden Gravitationswellen etwas anders erfasst als die Messenger – und das gibt mir Hinweise auf die grundlegenden Eigenschaften des Universums. Phänomene, die ich nicht sehen kann, zum Beispiel Schwarze Löcher, weil sie prinzipbedingt nichts abstrahlen, oder andere womöglich gefährliche Hindernisse, die zu klein oder zu dunkel sind, um optisch erfasst zu werden – sie verraten sich über ihre Gravitation und die Senken in der Raumzeit, die dadurch entstehen.

Wenn die Messenger allmählich bremst, werden ihr die ISUs in Richtung des Ziels enteilen, denn sie bewegen sich weiterhin mit einem Fünftel der Lichtgeschwindigkeit fort. Deshalb werden sie nur gute sieben Jahre für die noch vor uns liegende Strecke brauchen, während ich noch viel länger unterwegs sein werde. Die Beiboote werden uns informieren über all das, was uns bei Proxima erwartet, bevor sie dann ungebremst in die Tiefen des Alls fliegen. Ab und zu werde ich in den nächsten Monaten weitere ISUs auch in andere Raumrichtungen ausstoßen, um auf diese Weise den vor uns liegenden Teil der Strecke mit Sensoren auszustatten, die rechtzeitig vor Hindernissen warnen können.

Mir wird schwindelig, als ich die backbordseitige ISU zum ersten Mal in mein optisches System integriere. Es ist, als hätte mir jemand das linke Auge aus dem Gesicht genommen und in ein paar Metern Abstand in den luftleeren Raum gepflanzt. Aber ich weiß, dass ich mich schnell daran gewöhnen werde. Seltsamerweise schafft es mein Bewusstsein immer wieder, die Technik in mein menschliches Körperbild einzubauen. Ich denke von meinen Augen aus, nicht von meinen optischen Sensoren. Aber dass die sich plötzlich ein paar Meter neben meinem Kopf befinden, scheint mir zumindest in den ersten Stunden sehr ungewohnt.

Vorsichtig teste ich meine neuen Fähigkeiten. Ich kann in alle Richtungen blicken, sehe aber im Moment noch nichts anderes als die Kamera der Messenger. Das Raumschiff selbst scheint ruhig neben mir im All zu schweben. Seine enorme Geschwindigkeit bemerke ich nicht. Die Sterne verschieben sich nicht, es gibt keinerlei Anhaltspunkte, wie schnell wir tatsächlich sind. Direkt hinter uns befindet sich ein gelber Stern. Er ist gut erkennbar, wenn auch bei weitem nicht der hellste am Himmel, so wie seine Bewohner hoffentlich nicht die schlauesten Wesen des Universums sind. Der Schöpfer der Messenger wohnt dort, auf dem dritten Planeten. Ich muss zugeben, dass er mich nicht wirklich interessiert. Wir haben ihn hinter uns gelassen, er hat keinen Einfluss mehr auf unser Schicksal. Viel lieber denke ich an Francesca. Eine künstliche, siliziumbasierte Intelligenz zu sein, hat einen großen Vorteil: Ich werde die Erinnerung an meine Liebe nie verlieren, solange ich sie nicht bewusst lösche. Ich hoffe, dass das nie zu einem Nachteil wird. Jetzt aber wärmen mich die Gedanken, das Bild ihres Gesichts, die Gespräche, die wir geführt haben, und der Eindruck ihrer warmen, weichen Finger auf meiner Haut. Die Erinnerungen verblassen nicht mehr, seit sie digital gespeichert sind. Das Braun von Francescas Augen ist so tiefgründig, als würde ich aus zwanzig Zentimetern Abstand in ihre Pupillen sehen, während sie auf meiner Brust sitzt.

Ich weiß, ich sollte lieber nach vorn sehen.

14. März 1

Die Messenger ist inzwischen keine Nadel mehr, sondern ein Faden. In den vergangenen Wochen hat sie all die Elemente gesammelt, die für den nächsten Bauabschnitt gebraucht werden. So ist sie von zehn Zentimetern auf vier Meter Länge gewachsen. Noch darf sie nicht in die Breite gehen, das wäre zu riskant. Doch der Fabrikator der dritten Stufe braucht mehr Platz. Er wird im Zentralbereich des Raumschiffs entstehen.

Durch die gesammelte Masse ist die Messenger wieder ein Stück langsamer geworden. Das hat den inzwischen vier Sensoreinheiten Gelegenheit gegeben, in Richtung Ziel vorauszufliegen. Über Funk rufe ich ihre Bilder ab. In weitem Umkreis sehe ich nichts, und das ist gut so, denn jedes Etwas wäre für das Raumschiff ein potenziell zerstörerisches Hindernis. Nicht einmal die Messenger kann ich von den ISUs aus erkennen, dafür ist ihr Querschnitt noch zu gering.

Der Fabrikator der zweiten Stufe beginnt mit seiner Arbeit. Er baut eine Maschine, die makroskopisch große Teile herstellen kann – Dinge, die ein Mensch sehen und berühren könnte. Noch gibt es hier keine Menschen, doch auch das wird sich ändern. Nanoskopische Transporteinheiten bringen das nötige Material aus dem Heck der Messenger. Die einzelnen Rohstoffe sind so gelagert, dass die Fertigung möglichst effizient abläuft. Dem Raumschiff wächst ein runder Bauch, eine tonnenförmige Ausbuchtung, die vielleicht dreißig Zentimeter hinter ihrer Spitze beginnt.

Von nun an können wir nicht mehr darauf hoffen, sämtlichen Hindernissen einfach dadurch zu entgehen, dass die Gefahr einer Kollision minimal ist. Das Risiko, dass irgendetwas die Messenger trifft, ist mit einem Mal um 1000 Prozent gestiegen. Es liegt aber immer noch unter der mittleren Wahrscheinlichkeit, auf der Erde von einem Meteoriten getroffen zu werden. Tatsächlich ist noch kein Erdbewohner auf diesem Wege umgekommen – jedenfalls so weit die Geschichtsaufzeichnung zurückblickt.

29. März 1

Mit dem neuen Fabrikator in meinem Zentrum fühle ich mich schwerfällig und langsam. Wäre ich eine Frau, würde ich das vermutlich mit einer Schwangerschaft vergleichen. Ich war zwar Arzt, damals, aber natürlich weiß ich nicht wirklich, wie sich das anfühlt. Jedenfalls habe ich Schwierigkeiten, meine neuen Körperformen mit meinem Selbstbild abzugleichen.

Tatsächlich passen meine Gefühle aber sehr gut zum nächsten Schritt: Die Messenger muss das Leben, das sie zu dem fernen Stern Proxima Centauri bringen soll, schließlich erst noch gebären. Im Bauch des Schiffs warten einige hundert Exemplare Bärtierchen der Art Milnesium tardigradum darauf, aus dem Kälteschlaf geweckt zu werden. Sie sehen aus wie winzige Tonnen und sind nicht mal einen Millimeter groß. In diesem Zustand könnte man sie dem Vakuum, harter Strahlung und Temperaturen nahe des Nullpunkts aussetzen, und sie würden trotzdem überleben. Ihr Stoffwechsel ist komplett abgeschaltet. Dadurch altern sie auch nicht, egal wie lange die Reise dauert.

Doch nun ist es an der Zeit, ihnen das Leben zurückzugeben. Dazu muss ich ihrem engen Behälter einfach warmes Wasser hinzugeben. Der Fabrikator der ersten Stufe hat bereits genügend H_2O hergestellt. Es fließt durch enge Kanäle in die Gehege der Bärtierchen, simple, millimetergroße Löcher mitten im Schiff. Die achtbeinigen Tiere atmen über ihre Hautoberfläche Sauerstoff und ernähren sich von organischen Molekülen, weitere Bedürfnisse haben sie nicht. Deshalb stört es sie auch nicht, dass sie keinerlei Ausblick auf die Umgebung haben – Hauptsache, die Versorgung mit Sauerstoff und Nahrung funktioniert.

Dass wir gleich einige hundert Bärtierchen an Bord haben, ist eine Vorsichtsmaßnahme, die wenig gekostet hat, weil sie so klein sind. Im Grunde brauchen wir nur ein einziges. Die Biologen auf der Erde haben die DNS der Tiere so erweitert, dass das komplette Genom von Adam und Eva darin Platz fand. In Versuchen hatte sich gezeigt, dass die natürlichen Reparaturmechanismen der Zellen die lebenswichtigen Informationen besser erhalten als dies in einer elektronischen Datenbank möglich wäre. Denn Silizium-Speicherzellen können unter dem Einfluss kosmischer Strahlung ihre Daten verlieren. Die Natur jedoch hat über viele Millionen Jahre gelernt, mit derartigen schädlichen Einflüssen umzugehen. Insbesondere bei den Bärtierchen hat sie sehr effiziente Strategien dagegen entwickelt. Warum sollen wir die nicht nutzen?

Fünf Stunden später betrachte ich das Gewimmel in der Zelle der Bärtierchen. Langsam bewegen sie sich auf ihren acht Beinen über die Wände ihrer Behausung. Chemische Sensoren sagen ihnen, wo sie Futter finden. Ich aktiviere die Vergrößerung, um ihren Mund besser zu erkennen. Er ist mit quaderförmigen Elementen besetzt, die wie eingekerbte Lippen wirken. Wenn ein Tier nach unten sieht, wo ich es über ein Kamera-Modul beobachten kann, erkenne ich die scharfen Stilette, die wie Messerchen in die Mundhöhle ragen. Überraschend schnell können die Bärtierchen diese Stilette vor- und zurückbewegen, um Nahrung zu zerkleinern. Die Nahrung ist so zusammengestellt, dass sie fast komplett verdaut wird. Was trotzdem übrig bleibt, geben die Bärtierchen durch eine Öffnung ab, die sich an der Bauch-Unterseite vor dem letzten Beinpaar befindet.

Es beruhigt mich ungemein, den Tieren beim Fressen zuzusehen. In der Gesellschaft von Milnesium tardigradum geht es sehr gemächlich zu. Ich war schon als Kind von Aquarien fasziniert, und diese in eine gläserne Zelle eingesperrte Gemeinschaft erinnert mich sehr daran. Wahrscheinlich ist die Gattung viele Millionen Jahre alt und wird den Menschen um weitere Millionen Jahre überleben, hat sie sich doch in Ozeanen, Seen und an Land gleichermaßen ausgebreitet.

Diese Exemplare hier werden allerdings sterben, nachdem die Brutkammer ihnen die DNS von Adam und Eva extrahiert und deren Struktur auf Vollständigkeit überprüft hat. Es wäre nicht effizient, sie weiter an Bord mit Nahrung und Sauerstoff zu versorgen. Doch sie werden keinen sinnlosen Tod sterben, denn alle organischen Stoffe, aus denen sie bestehen, werden für Adam und Eva gebraucht.

4. April 1

Der Wecker klingelt. Ich schrecke hoch. Ein Warn-Algorithmus hat mein Bewusstsein aus dem Schlummerzustand geholt. Ich brauche ein paar Millisekunden, um mich zu orientieren. Ich liege nicht in einem Bett, wie ich gerade geträumt habe. Ich bin die KI an Bord der Messenger. Irgendetwas versucht, mich auszulöschen. Ein Angriff? Hier draußen im Nichts? Mitja, beruhige dich. Was sagen die Sensoren?

Die beiden ISUs, die ich als erste ins All geschickt habe, haben ein Hindernis ausgemacht, exakt zur selben Zeit. Das heißt, dass es sich genau in der Mitte zwischen den beiden Sensor-Drohnen befinden muss. Und exakt auf dieser Achse bewegen auch wir uns.

Wie viel Zeit bleibt? Die Messenger ist noch immer mit 50.000 Kilometern pro Sekunde unterwegs. In sieben Sekunden würde sie den Weg von der Erde zum Mond schaffen. Ich muss mich beeilen. Die ISUs melden, dass der Tod, der auf uns zukommt, weniger als ein Kilogramm schwer ist. Eine Kollision würde die Messenger auf keinen Fall überstehen. Das Objekt bewegt sich zwar in dieselbe Richtung wie wir, allerdings viel, viel langsamer. Wir werden mit großer Wucht von hinten aufprallen, der Stoß wird die Messenger atomisieren und ich werde mit ihr untergehen. Mir wird eiskalt. Bin ich so weit geflogen, um nun von einem kleinen Meteoriten ausradiert zu werden, der sich in den interstellaren Raum verirrt hat? Ich hoffe, dass es sich wirklich um einen Meteoriten handelt, denn dann ist die Lösung relativ einfach: Das Raumschiff muss seinen Kurs nur um ein paar Zentimeter korrigieren. Aber die ISUs könnten ebenso gut eine lockere Teilchenwolke gemessen haben, die selbst vielleicht schon durch einen Zusammenstoß entstanden ist. Ein Überschlag sagt mir, dass die Messenger dann keine Chance hätte; also spare ich mir die Zeit für genauere Berechnungen.

Wie kann ich uns retten? Meine Prozessoren arbeiten auf Hochtouren, denn bei 50.000 Kilometern pro Sekunde sind Ausweich-Reaktionen kompliziert. Besonders, da die Messenger nicht mal ein Triebwerk besitzt! Fünfzehn Sekunden haben mir die Messungen der ISUs gegeben, eine Viertelminute. Ich muss den Kurs der Messenger korrigieren. Woher bekomme ich einen kosmischen Finger, der gegen ihr Ende schnippt, um eine Kollision zu vermeiden? Oder bietet die Impulserhaltung einen Ausweg? Vielleicht kann mir der Abschussmechanismus für die ISUs die Bahn freimachen. Ich kalkuliere die genauen Werte. Das Hindernis kommt anscheinend doch nicht zu 100 Prozent direkt auf uns zu. Deshalb ist es sicherer, nach links auszuweichen als nach rechts.

Vierzehn Sekunden. Wenn ich auf der rechten Seite Masse ins All befördere, erhält die Messenger einen Impuls nach links. Wie viel Material kann ich in so kurzer Zeit nach draußen befördern? Elektronen mit meinen Kommandos rasen in der Messenger hin und her. 87 Zentimeter Sicherheitsabstand, das ist alles, was mir die Fabrikatoren geben können. Ich kann nur hoffen, dass das reicht.

Die Transportmechanismen haben das Material bereits zur Feder-Apparatur geschafft. Ich lasse die Abschussvorrichtung beladen. Noch dreizehn Sekunden. Ich gebe ein Zeichen, und eine kleine Kugel aus Kohlenstoff fliegt von Steuerbord ins All. Die Kreiselapparatur bestätigt die winzige Richtungsänderung. Ich drücke die Daumen, die ich nicht habe, dass sie genügt.

Die letzten zwölf Sekunden dehnen sich unerträglich. Einerseits will ich die Augen schließen, andererseits will ich aber auch nicht blind in den Tod rasen. Zentimeter um Zentimeter weicht die Messenger von ihrem Kurs ab. Ich bete um jede Sekunde. War da nicht noch ein bisschen Messunsicherheit übrig?

Wuuuusch. Die Magnetsensoren spielen verrückt, als der Meteorit in acht Zentimetern Abstand an der Außenhaut der Messenger vorbeischießt. Mir ist, als würde ich schwitzen und frieren zur selben Zeit. Das muss ein Gesteinsbrocken mit hohem Eisen- und Nickel-Anteil gewesen sein. Beinahe schade, dass wir ihn nicht erwischt haben, denn wir werden noch jede Menge Metall brauchen. Nun, Mitja, werde bloß nicht übermütig, sage ich mir. Einen Meteoriten einzufangen, ohne die Messenger zu zerstören, wird uns wohl erst dann gelingen, wenn wir unser Ziel fast erreicht haben, denn erst dann wird sie dafür stabil genug sein.

13. Mai 1

Der Bauch der Messenger hat sich nach hinten verlängert. Ich betrachte das Schiff durch zwei ISUs, die ich gestern abgestoßen habe. Das Raumschiff sieht nun aus wie eine Tonne mit zwei dünnen Antennen vorn und hinten. Im hinteren Teil der Tonne, der sich zum Ende hin leicht verjüngt, befindet sich die Brutkammer. Sie wird ihre Funktionsweise noch ein paarmal ändern. Jetzt ist sie für die Extraktion der menschlichen DNS zuständig, die sich innerhalb der veränderten Erbanlagen der Bärtierchen befindet. Ich bin immer wieder beeindruckt, wie planmäßig die Natur vorzugehen scheint. Sämtliche Erbanlagen aller Pflanzen und Tiere auf der Erde, so unterschiedlich ihr Aussehen letztlich ist, beruhen auf vier verschiedenen Nukleinbasen. Es ist, als wären sämtliche Programme des Lebens in derselben Programmiersprache geschrieben, die aus den vier Buchstaben ACGT besteht, oder als würden alle Bewohner der Erde dieselbe, aus nur vier Zeichen bestehende Schrift verwenden.

Für die Schritte, die die Brutkammer nun ausführen muss, ist das jedenfalls sehr praktisch. Die Biologen haben den Anfang und das Ende der DNS von Adam und Eva mit speziellen Codes markiert. Scheren-Moleküle können sich nun daran orientieren und die Stränge herausschneiden. Chemische Anker setzen dann wie Magnete an der Erbinformation an und bergen sie aus dem Inneren der Bärtierchen-Zellen. Die DNS-Stränge werden vorsichtig gereinigt, dupliziert und anschließend getrennt. Die Brutkammer hat bereits Urzellen hergestellt, die bis auf die entscheidende Programmierung komplett sind. Wenn alles klappt, verwandeln sie sich in die befruchteten Eizellen. Niemand könnte sie von denen unterscheiden, die beim biologischen Sex entstehen.

Voller Bewunderung betrachte ich die beiden Zellen, die in unterschiedlichen Kammern auf den Startschuss warten.

Das sollen meine Passagiere werden. Adam und Eva sehen sich im Moment noch zum Verwechseln ähnlich; unterscheiden lassen sie sich nur, wenn man ihr Genom betrachtet. Wenn die Brutkammer mit einem speziellen Botenstoff das Signal gibt, werden die Zellen beginnen, sich zu teilen. Sie werden wachsen, ihre Kinder und Kindeskinder werden unterschiedliche Funktionen übernehmen – und am Ende entsteht ein Mensch, wie ich es einst war.

Im technischen Sinn werden sie viele Mütter und viele Väter haben – all die Individuen, aus deren besten Erbanlagen man ihr Genom zusammengestellt hat, bevor es mit bislang unbekannten Eigenschaften optimiert wurde. Praktisch allerdings müssen sie ohne Mutter aufwachsen. Ich werde zumindest versuchen, ihnen ein guter Vater zu sein, ich werde immer für sie da sein, auch wenn ich sie nicht umarmen kann. Den physischen Kontakt, den ein Kind braucht, werden sie sich gegenseitig geben müssen, und es wird Momente geben, in denen sich die Einsamkeit in ihren Seelen breitmacht. Das alles ist dem großen Ziel untergeordnet: Sie werden eine neue Welt erobern. Ich hoffe, das kann sie über die Nachteile ihrer Existenz hinwegtrösten.

Aber nicht diese beiden. Mit diesen beiden Zellen – und ihren Nachfolgern, bis irgendwann das Optimum gefunden ist – wird die Brutkammer experimentieren. Das ist ein schmerzhafter, aber notwendiger Prozess. Die Maschine ist dafür konstruiert, die Bedingungen Detail für Detail zu variieren, unter denen sie die Zellen vermehrt, bis sie den besten Weg zum Fötus gefunden hat. Ich werde sie dabei unterstützen.

25. Juli 1

In den vergangenen Tagen ist der Messenger am Heck eine Art Schüssel gewachsen, die zugleich Ohr und Mund für mich darstellen wird. Es ist eine Antenne, die aus einem feinen Metallnetz besteht und sich selbst stabil hält. Der Fokus ihrer Wölbung liegt vor uns, das heißt, ich kann damit den Gesängen des fernen Sterns lauschen, der unser Ziel ist. Und ja, Proxima singt, so hört sich die wechselnde Aktivität des Roten Zwergs für mich an. Normalerweise steckt Proximas Lied voller Harmonien, doch alle paar Wochen kommt es zu schrillen Schreien. Das sind die Flares, stellare Strahlungsausbrüche, deretwegen man lange bezweifelt hatte, dass es im Orbit um diesen schon sehr alten Stern bewohnbare Welten geben könnte.

Doch dann hatte das ALMA-Radioteleskop die Botschaft aufgefangen, die als »das Signal« in die Geschichtsbücher eingegangen war. Gerade erst hatte die Menschheit die revolutionäre Tatsache verdaut, dass auf dem Saturn-Eismond Enceladus eine fremdartige Intelligenz lebt, und das schon viel länger als die Menschheit existiert. Doch das Signal schaffte es, kaum zwanzig Jahre nach dem ersten Kontakt mit außerirdischem Leben, einen ganz neuen, bisher unbekannten Hype zu entfachen. Denn den Astronomen gelang es sehr schnell, seinen Inhalt zu entschlüsseln. Medien weltweit veröffentlichten die Strichzeichnungen, die seltsam ungelenk, aber doch ganz eindeutig erkennbar waren: Sie zeigten humanoide Wesen, die auf zwei Beinen liefen, zwei Arme benutzten und einen in Kopf und Körper geteilten Rumpf besaßen. Vor allem aber schien das Signal eine Botschaft überbringen zu wollen: »Helft uns, bitte, eine große Gefahr bedroht uns!«

Dieser Hilferuf – Quelle: Proxima b, ein schon lange bekannter Gesteinsplanet, der den Stern Proxima Centauri umkreist – traf offenbar bei den meisten Menschen einen Nerv. Die Astronomen konnten zwar nicht definitiv sagen, ob er exklusiv an uns gerichtet oder auf gut Glück ins All gesendet worden war, doch sehr viele Menschen fühlten sich direkt angesprochen. Während es die alljährliche Flutkatastrophe in Bangladesch kaum noch in die Hauptnachrichten schaffte, eroberten die unbekannten Außerirdischen die Bühne. Eine internationale Organisation wurde ins Leben gerufen und mit einem enormen Budget ausgestattet. Sie hatte die Aufgabe, die Möglichkeiten einer Rettungsmission zu erörtern.

Den Experten war natürlich von Anfang an klar gewesen, dass ein bemannter Flug zu einem vier Lichtjahre entfernten Stern völlig außerhalb der technischen Möglichkeiten der Menschheit liegt, ganz egal, wie viel Geld man investierte. Doch ein Teil des überraschend aufgetauchten Budgets ließ sich immerhin in vernünftige Weltraumforschung innerhalb des Sonnensystems investieren. Raumschiffe flogen zu Studienzwecken bis hinaus zum Neptun, und die Wissenschaft war für eine Weile glücklich.

Nur ein einzelner russischer Milliardär wollte sich nicht damit abfinden, bis zu einem Besuch von Proxima Centauri b 200 Jahre oder länger warten zu müssen. Nikolai Schostakowitsch war mit IT und Raumfahrt-Technik reich geworden. Zunächst versuchte er noch, andere private Investoren ins Boot zu holen, doch dann erkannte er die Vorteile einer unabhängigen Missionsplanung: Er musste sich nicht mit den ethischen Bedenken plagen, die Mitstreiter oder gar Regierungen manche kluge Entscheidung verwehren würden. Hätte man ihm erlaubt, das Genmaterial von Adam und Eva zu verändern? Dabei war es das Beste für sie, würden sie doch auf sich gestellt eine fremde Welt erkunden müssen. Hätte es die Welt akzeptiert, zwei Personen auf eine so lange Reise ohne Wiederkehr zu schicken, die sich selbst gar nicht bewusst dafür entscheiden konnten? Sehr unwahrscheinlich. Und hätte man der Mission eine Künstliche Intelligenz wie mich an die Seite gestellt, die aus einem natürlichen Bewusstsein hervorgegangen ist? Sicher nicht – selbst wenn man von meiner Existenz gewusst hätte. Das ist noch immer ein Rätsel für mich: wie es mich auf die Messenger verschlagen hat. Ich hoffe, das wird mir der Schöpfer noch offenbaren. Bis dahin habe ich mich entschieden, diese Frage zu ignorieren.

Ich konzentriere mich auf die Signale, die über die neue Antenne in mein Bewusstsein strömen. Da ist ein Prasseln, das mich an Elektronen erinnert, die andere Elektronen aus den Hüllen ihrer Atome schlagen. Ein anderes Bild schiebt sich an diese Stelle. Dicke Regentropfen fallen auf ein Dachfenster. Ich beobachte, wie sie zerplatzen. Neben mir liegt Francesca und schläft ruhig. Sie hat die Bettdecke zur Seite geschoben, sodass ich ihre Brüste erkenne. Das Bild ist offenkundig falsch. Ich weiß, dass ich nie mit ihr auf der Erde war. Ich habe sie an Bord eines Raumschiffs kennengelernt. Wir haben uns geliebt, aber wir haben nie gemeinsam unter einem Dachfenster geschlafen, auf das Regen fällt. Habe ich nicht vor Wochen noch gedacht, meine Erinnerungen könnten mir solche Streiche nicht spielen?

Ich suche im Antennen-Input nach weiteren Indizien. Ein Teil der Schwingungen erreicht mich tief aus dem Inneren des Sterns. Ich kann gewissermaßen seinen Herzschlag hören. Proxima Centauri hat ein starkes Herz; ein langes Leben ist ihr garantiert, weil sie so sparsam mit ihrem wenigen Brennstoff umgeht. Mit der Zeit werde ich auch lernen, die Flares vorherzusagen. Ich werde Adam und Eva warnen können, damit sie sich rechtzeitig in Sicherheit begeben.

Aber das Wichtigste höre ich nicht, und ich bin davon nicht überrascht. Das Signal ist ein halbes Jahr vor unserem Start verstummt. Mehrere Jahre lang hatte Proxima b wie in einer Dauerschleife die Botschaft gesendet – bitte helft uns, bitte helft uns, bitte helft uns – und dann war damit Schluss gewesen. Dafür war nur eine Interpretation in Frage gekommen: Es gibt niemanden mehr, der senden kann, oder der Sender wurde zerstört – was faktisch auf das Gleiche hinauslief. Ein letztes Mal waren sämtliche Experten zum Einsatz gekommen, und dann waren die Medien froh gewesen, endlich wieder von Hochzeiten und Todesfällen berichten zu können, statt seltsame Nachrichten verbreiten zu müssen, deren wahre Dimension sowieso niemand zu verstehen schien.

Nikolai Schostakowitsch, der Schöpfer, hatte sich darüber gefreut, denn das bedeutete weniger Aufmerksamkeit für sein privates Projekt und zugleich eine gute Ausrede, das schon zwei Jahrzehnte alte Starshot-Projekt wiederzubeleben. »Sollten wir nicht zumindest nachsehen, was passiert ist?« Das war die für jedermann nachvollziehbare Argumentation. So wurden also wie schon in den 2060er-Jahren mit einem riesigen Laser winzige Mini-Raumschiffe auf die Reise geschickt, die 25 Jahre später Bilder liefern sollten. Schostakowitsch verzehnfachte die Leistung des Lasers, angeblich um schneller Antworten zu bekommen. Dass sich unter den 20 Mini-Raumschiffen eine ganz besondere Konstruktion befand, die Messenger, bekam die Menschheit nicht mit. Adam und Eva werden den ersten Planeten außerhalb des Sonnensystems erforschen, ohne dass die Öffentlichkeit auf der Erde von ihnen weiß.

5. September 1

Heute habe ich den ersten Ausbruch von Proxima Centauri gemessen. Der Stern hat kaum merklich geflackert, und zwar im Röntgenbereich. Der Flare war mittelstark. Ich habe berechnet, dass ein Mensch ein paar Meter eines vernünftig dämmenden Materials zwischen sich und den Stern bringen müsste, um geschützt zu sein. Einmal auf den Grund eines Sees abtauchen, falls es dort einen gibt, genügt völlig, zumindest für Adam und Eva. Denn Proxima b wird nie ein normaler Mensch betreten. Adam und Eva sind anders. Ihre Erbanlagen sind so verändert, dass ihnen die starke UV- und Röntgenstrahlung ihrer neuen Sonne weniger ausmachen wird. Die Humanbiologen haben wirklich alles getan, um die beiden auf ihre Mission vorzubereiten.

Zu vorher festgelegten Terminen bin ich dafür zuständig, auf Nachrichten von der Erde zu warten. Es war von Anfang an klar gewesen, dass eine regelmäßige Kommunikation wenig Sinn ergibt. Trotzdem kann es wichtige Updates geben. Dass die Antennenschüssel in Richtung Proxima zeigt, ist dabei kein Problem. Ich brauche die Messenger nur in einen Trudelmodus zu versetzen, sie also um ihre Querachse rotieren zu lassen. Während das Raumschiff weiter schnurstracks auf sein Ziel zuhält, beschreibt der Fokus der Antenne einen Kreis und trifft dabei auch kurz die Erde, die direkt hinter uns liegt. Um uns heute zu erreichen, hätte der Schöpfer vor gut zwei Jahren mehrere große Radioantennen zusammenschalten und in Richtung Proxima Centauri senden lassen müssen. Antworten funktionieren ebenso, nur sind sie nicht erwünscht – schließlich weiß die Öffentlichkeit nichts von der Existenz eines aktiven Funksenders so weit draußen.

Der Äther bleibt still, und das ist eine gute Nachricht.

Ich weiß allerdings – und fürchte mich davor –, dass uns noch ein sehr gefährliches Ereignis bevorsteht: die Schockwellenfront.

Nach dem Verstummen des Signals hatten die Astronomen unterschiedliche Erklärungen parat gehabt. Im Spektrum von Proxima Centauri, das die Erde ebenso mit Lichtgeschwindigkeit erreichte wie der Hilferuf der Außerirdischen, waren nur geringe Veränderungen zu erkennen gewesen, die auf keinen Fall als Hauptgrund für das Erlöschen des Signals in Frage kamen. Doch worin bestand das Ereignis, vor dem die Sender des Signals solche Angst hatten? Die Katastrophe, meinten die Physiker, könnte von einem Mechanismus getragen worden sein, der hauptsächlich weniger als lichtschnelle Teilchen produziert. Diese energiereichen Elektronen, Protonen oder Ionen würden die Erde erst sehr viel später erreichen. Aber da sie in alle Raumrichtungen abgestrahlt wurden, muss die Messenger irgendwann auf diese Schockwellenfront treffen, die vielleicht das Leben auf einem ganzen Planeten ausgelöscht hat. Wie wird die Messenger sie verkraften? Je eher wir die Schockwelle reiten, desto besser – denn je näher wir Proxima Centauri kommen, desto stärker wird sie noch sein.

30. September 1

Die Brutkammer hat mir mitgeteilt, dass sie die finalen Embryos ausgesucht hat. Ich weiß nicht, warum, aber ich muss die Wahl endgültig bestätigen. Vielleicht geht es um Verantwortung, die ich damit übernehme? Ich untersuche die künftigen Passagiere durch die Augen der Brutkammer, erst Eva, dann Adam. Ein dreidimensionales Mikroskopbild erscheint in meinem Bewusstsein. Es ist noch nicht erkennbar, was einmal aus ihnen werden wird, sie bestehen erst aus je vier Zellen. Aber sie sind wunderschön. Ich glaube, dass ich sie sogar dann auseinanderhalten könnte, wenn ich nicht wüsste, wer sich in welcher Zelle befindet. Aber das ist vermutlich Einbildung oder der Stolz des werdenden Vaters. Ja, ich bin wirklich stolz auf sie, obwohl ich weiß, dass sie keine meiner Erbanlagen tragen. Das ist egal. Ich werde sie so lange begleiten, wie sie mich brauchen.

Vorsorglich speichere ich das Bild ab, um es ihnen später vielleicht einmal zeigen zu können.

Ab heute werden Adam und Eva Tag für Tag wachsen, bis sie irgendwann reif genug sind, um geboren zu werden. Die beiden Zellen sind mit einer Flüssigkeit gefüllt, die chemisch der im Uterus einer werdenden Mutter entspricht. Die Embryonen in absoluter Schwerelosigkeit aufwachsen zu lassen, ist zu unsicher. Deshalb wird die Messenger ab sofort Schwerkraft simulieren, indem sie um ihre Längsachse rotiert. Ich lausche ein letztes Mal in Richtung Erde. In den kommenden neun Monaten kann ich die Drehung um die Querachse nicht mehr ausführen, um die wachsenden Zellkolonien in der Brutkammer nicht zu desorientieren. Die Erde ist still, aber das habe ich nicht anders erwartet.

Während Adam und Eva heranwachsen, muss sich auch das Schiff auf seine neuen Passagiere vorbereiten. Das wird die größte Umgestaltung, die die Messenger bisher erlebt hat. Das Tantal-Netz, das Materie einfängt, hat seine Oberfläche schon vor Monaten stark vergrößert. Adam und Eva brauchen ein Zimmer, einen Raum, in dem sie sich gefahrlos bewegen und wo die Schiffssysteme sie versorgen können. Der Plan des Schöpfers nennt diesen Raum den Kindergarten.

4. November 1

Mit einem Mal sind die beiden zitternden Punkte im All verschwunden. Die ersten beiden ISUs, die ich auf die Reise geschickt habe, sind plötzlich tot, keinerlei Reaktion mehr. Da muss etwas Gewaltiges aus der Dunkelheit auf uns zu kommen! Ich spüre meine Hände zittern, obwohl ich gar keine mehr besitze, als mir das Ausbleiben ihrer Signale auffällt. Auf seltsame Weise habe ich die Sensor-Einheiten liebgewonnen. Sie sind, auf eine Art, Fleisch aus meinem Fleisch. Mehr als neun Monate lang haben sie mir ein Bild unserer Umgebung und die ersten Blicke auf unser Ziel geliefert. Damit ist nun Schluss. Noch haben wir zwar die anderen ISUs, aber ich befürchte, dass sie dasselbe Schicksal erleiden werden. Wenn die Welle uns erreicht hat, werden wir eine ganze Weile blind durch das Weltall schießen.

Falls es uns dann noch gibt, denn auch die komplette Vernichtung der Messenger ist möglich. Ich habe die Umbauarbeiten für das Kinderzimmer sofort einstellen lassen. Stattdessen gebe ich bei den Fabrikatoren einen Schutzschild in Auftrag, der uns vor den Folgen der Welle bewahren soll. Das Problem ist bloß: Ich weiß nicht genau, worauf wir uns einstellen müssen. Klar ist nur, dass die Welle Proxima b katastrophal heimgesucht hat, denn ihr Auslöser war der Anlass für den Hilferuf, dem wir folgen. Je weiter sie sich kugelschalenförmig ins All ausbreitet, desto schwächer muss sie werden, weil sich ihre Bestandteile auf einen immer größeren Raum verteilen. Vor allem die Brutkammer muss ich schützen. Sie ist die wertvollste Fracht. Sie befindet sich zentral in der Achse des Schiffes, und darauf konzentriere ich die Verteidigungsstrategie. Ich selbst bin zwar ebenso unentbehrlich, aber es gibt eine Kopie meines Bewusstseins auf einem beinahe unzerstörbaren Festspeicher, aus dem ich unter fast allen Umständen rekonstruierbar bin.

Ich weiß zwar nicht genau, mit welchem Gegner ich rechnen muss, aber es gibt brauchbare Vermutungen. Strahlung ist es jedenfalls nicht, aber das heißt nicht, dass ich das Schiff nicht davor schützen müsste. Vermutlich besteht die Welle aus geladenen Teilchen verschiedener Größen. Elektronen sind am kleinsten und leichtesten und bilden deshalb wohl den Bug. Dahinter dürften dann Protonen kommen, die schon deutlich schwerer sind, und mit noch größerem Abstand verschiedene Ionen, also Atome, denen Elektronen fehlen. Ich kann nur abschätzen, in welchem Abstand diese Teilwellen eintreffen werden. Würde ich ihren Entstehungsmechanismus besser kennen, könnte ich ihre Energieverteilung genauer berechnen, aber so muss ich die Schutzmaßnahmen auf einen ganzen Bereich einstellen. Das größte Problem bilden dabei vermutlich die Elektronen. An der Spitze der Messenger errichte ich dagegen einen massiven Schild. Doch was von außen wirkt, als ließe es nichts und niemanden durch, besteht auf atomarer Ebene vor allem aus einem großen Nichts. Die Abstände zwischen den Atomen sind im Vergleich zur Größe der Kernteilchen riesig, und erst recht zur Ausdehnung der Elektronen, die beinahe punktförmig sind. Normalerweise lassen sich Elektronen trotzdem gut abschirmen, weil sie sich von elektromagnetischen Feldern ablenken lassen. Doch die, die auf uns zukommen, könnten für unsere Nussschale einfach zu schnell und damit zu energiereich sein. Dafür spricht auch, dass die ISUs sofort ausgefallen sind und nicht erst beim Eintreffen von Protonen und Ionen. Der Schild, der am Bug der Messenger wächst, wird also wohl erst beim zweiten und dritten Teil der Stoßwelle effizient sein.

Aber was kann ich gegen die Elektronen ausrichten? Es würde ja genügen, den geladenen Teilchen eine etwas andere Richtung zu geben, und zwar mit Hilfe eines Magnetfelds. Diese Aufgabe muss eine Sonde übernehmen, die der Messenger ein Stück vorausfliegt. Sie muss supraleitende Spulen enthalten, die ein starkes Feld erzeugen. Endlich ist die Kälte des Alls mal zu etwas nütze! Kurz wundere ich mich, woher ich mich plötzlich mit Tieftemperaturphysik auskenne. Ich bin Arzt, kein Physiker, doch der Schöpfer scheint meinen Wissensschatz stark erweitert zu haben.

Die Frage ist nur, wie lange wir noch Zeit haben. Es ist schrecklich, zu wenig über die Gefahr zu wissen. Habe ich nach dem Elektronenschauer noch genug Zeit, den Schild gegen die schweren Teilchen auszubauen? Wann wird die Welle eintreffen, und wird die Magnetsonde sowohl stark als auch weit entfernt genug sein, um eine merkliche Wirkung zu entfalten?

23. November 1

Jetzt ist klar: Sie kommt zu schnell. Gerade haben die letzten ISUs versagt, die ich erst vor zwei Wochen ausgesetzt habe. Die Sensor-Einheit an Steuerbord hat zumindest die Elektronen überlebt, bevor sie von den folgenden Teilen der Welle zerstört wurde. Dank ihres Opfers weiß ich nun, dass die Intensität zwar abgenommen hat – ein Hoffnungsschimmer! Aber die Welle ist noch immer stark genug, um die Messenger zu vernichten.

Außerdem ist nun klar, dass die darauffolgende Welle harter Protonen etwa 24 Stunden danach eintrifft. Das ist auf keinen Fall genug Zeit, um die Messenger sinnvoll umzubauen. Wir müssen also damit leben oder sterben, was wir haben – und dazu gehört als Schutz vor den Elektronen eine Magnetsonde, die sich aber erst ungefähr 20 Meter vom Raumschiff entfernt hat. Das wird nicht reichen.

Jetzt, wo ich weiß, was auf uns zukommt, fühle ich mich seltsam konzentriert, beinahe erleichtert. Ganz wie damals, als ich mich mit dem Raketenrucksack in eine Eisspalte gestürzt habe, um Francesca zu retten. Die Erinnerung fühlt sich warm an, obwohl ich eine Welt großer Kälte vor dem inneren Auge habe. Ich überlege, was ich noch tun kann, aber da ist nichts mehr. Die Fabrikatoren jedoch werden den Schutzschirm bis zur letzten Sekunde ausbauen, sie werden stur um jeden Prozentpunkt Überlebenschance kämpfen. Zweifel, wie er mich befällt, ist ihnen fremd. Angst können sie nicht empfinden.

24. November 1

Gleich geht es los! Ich sehe die Schockwelle bereits in all meinen Sensoren. Es ist eine weiße Wand voller Energie, auf faszinierende Art wunderschön, doch gleichzeitig gewalttätig und zerstörungsbereit. Wir sind zur falschen Zeit am falschen Ort. In ein paar Monaten wird die Welle nur noch ein fahler Abglanz ihrer selbst sein, doch jetzt und hier ist sie der Tod persönlich.

Ich habe Angst, aber damit kann ich umgehen. Wirklich schwer macht es mir die übergroße Sorge um Adam und Eva. Meine Schützlinge, meine Kinder, wie klein sie auch noch sind – das Leben, das sie verkörpern, ist nicht für das gewalttätige All gemacht. Wenn ich mich opfern könnte, um sie zu retten, ergriffe ich diese Chance sofort. Doch mein Opfer wäre sinnlos.

Die ersten Treffer, wie winzige Regentropfen am schwarzblauen Himmel kurz vor dem Gewitter, wenn der Wind plötzlich nachlässt. Hätte ich noch einen menschlichen Körper, würde ich mich jetzt festhalten. Ich weiß, es ist komplett sinnlos. Das ist keine Tsunami-Welle. Sie wird völlig lautlos über uns zusammenbrechen. Die Messenger wird nicht durchgeschüttelt werden. Von außen wird man nicht einmal sehen, welche Energiemengen da im Spiel sind. Dass das Himmelsfeuer brennt, erkenne ich nur durch meine Sensoren, die in Bereiche blicken, die dem Menschen nicht zugänglich sind. Unsere Chancen, diese Flut zu überstehen, habe ich auf 38 Prozent berechnet. Und diese Schätzung gilt nur für die Elektronenfront.

Ich suche nach einem Lichtblick. Ich glaube, dass es in jeder Situation einen Lichtblick gibt, etwas, an dem es sich festzuhalten lohnt. Das muss hier der Schild sein. Die Fabrikatoren haben wirklich gute Arbeit geleistet. Falls wir die Elektronen überleben, liegt die Chance, auch die folgenden Teilwellen zu überstehen, bei immerhin drei Viertel.

Das ist viel. Leider ergibt 0,38 * 0,75 weniger als 0,111001110001110001110000XXIIGR.

Es geht offenbar los. Zellen meines Arbeitsspeichers werden getroffen. Ich werde gleich funktionsuntüchtig sein. Die Messenger ist auf sich selbst gestellt. Ein heißer Schauer fährt auf das Schiff hernieder, durchdringt es, bricht chemische Bindungen auf, verwandelt Atome in Ionen. Es fühlt sich an, als würden meine Sensoren brennen, als stünde mein ganzer Körper in Flammen. Ich muss meine Augen schließen. Nur für eine Se

25. November 1

»Adam und Eva sind gestorben.«

Ein Trauerflor scheint auf der ersten Mitteilung zu liegen, die ich nach meiner Reaktivierung erhalte. Kann eine Brutkammer Trauer und Mitleid empfinden, oder ist das meine Projektion? Dafür ist noch keine Zeit. Wie geht es dem Schiff? Ich gehe alle Schadenprotokolle durch. Die Struktur der Messenger ist weitgehend unbeschädigt. Aber alle Sensoren sind blind, wir fliegen also mit geschlossenen Augen durch das All. Doch das lässt sich beheben. Solange die Nano-Fabrikatoren noch ihren Dienst versehen, können sie jede Komponente neu fertigen.

Ich lasse als allerersten neue ISUs aussetzen. Wir müssen sehen können, was uns erwartet.

Dann kümmere ich mich um die traurige Brutkammer. Sie hat Recht. Adam und Eva zeigen keinerlei Lebenszeichen mehr. Kurz überfällt mich meine menschliche Vergangenheit: Sie haben ein ordentliches Begräbnis verdient. Aber ich weiß, dass das verantwortungslos wäre. Wir brauchen die Stoffe, aus denen sie bestehen. Wir haben sowieso schon Monate verloren. Die Brutkammer muss schnellstmöglich neue Embryonen erzeugen, ohne erst noch das Material dafür sammeln zu müssen.

Das wird aber nur funktionieren, wenn die Bärtierchen noch leben. Ich überprüfe den Vorrat der scheinbar leblosen Tönnchen und bin beruhigt. Es handelt sich wirklich um eine robuste Tierart, und die Idee, dass sie über das Weltall auf die Erde gekommen sein könnte, scheint mir gar nicht mehr so abwegig. Ich erteile der Brutkammer den Auftrag, alles in die Wege zu leiten. Diesmal wird sie allerdings nicht Monate experimentieren können. Die ersten Embryos, die sie erschafft, werden die besten sein, sein müssen.

Jetzt erst habe ich Zeit zum Trauern. Ich habe versagt, ich konnte meine Schützlinge nicht retten. Hätte ich die ersten

ISUs nicht ein paar Wochen eher aussetzen können? Ich weiß, dass diese Vorwürfe unfair sind, doch sie lassen sich nicht so einfach wegschieben. Ich rufe das Foto ab, das ich von den vierzelligen Embryos gespeichert hatte. Ich werde mein Versprechen nicht einhalten können, es ihnen irgendwann zu zeigen. Die Brutkammer hat die Überreste noch nicht beseitigt. Ich präge mir auch dieses Bild ein. Nicht hinzusehen scheint mir falsch, egoistisch, fast wie Verrat. Die vier Wochen alten, nun toten Embryos sind längst keine Zellhaufen mehr, es ist deutlich zu sehen, dass sich Lebewesen daraus entwickeln werden. Und mit viel Phantasie kann ich auch schon die kleinen Menschen erkennen, ihre Arme und Beine, ihre großen Augen.

28. November 1

Die Brutkammer hat sich selbst übertroffen. Mit einem einzigen Fehlversuch hat sie neues Leben erschaffen, Adam und Eva 2.0. Ich vergleiche die beiden mit ihren Vorgängern und finde keinen Unterschied. Doch ich weiß, dass es Abweichungen geben muss. Wenn die Vervielfältigungs-Maschine in der Zelle die Informationen auf der DNS kopiert und schließlich in Eiweiße übersetzt, gibt es immer kleine Veränderungen. Selbst eineiige Zwillinge sind nicht identisch. Doch mir fehlt die Technik, um diese Differenzen zu finden.

Deshalb werde ich nie erfahren, wie sich die zweite Generation von der ersten unterscheidet. Adam und Eva 1.0 sind nur noch nicht realisierte Möglichkeiten, wie in der Quantenphysik, wenn der Zufall eine Entscheidung getroffen hat. Ich male mir das Universum aus, in dem sie nicht gestorben sind, vielleicht weil dort die Messenger einen Monat später startete und uns die Schockwelle deshalb nicht so hart traf. Sie werden geboren, wachsen auf, erforschen Proxima b und irgendwann sterben sie. Doch viel fairer erscheint mir dieser Ablauf dieses Zweigs der Geschichte auch nicht – schließlich haben hier Adam und Eva 2.0 keine Chance, die jetzt in der Brutkammer auf mein Okay warten.

Aber handelt es sich denn überhaupt um eine Chance, eine Gelegenheit? Wartet auf meine Passagiere nicht vielmehr die größte anzunehmende Strafe: ein Leben in Einsamkeit, das sie sich nicht ausgesucht haben, für das sie nie um ihr Einverständnis gebeten wurden? Ich habe in diesem Moment die Möglichkeit, ihnen lange Jahre voller Quälerei und Schmerz zu ersparen. Wenn ich der Brutkammer nicht den Startschuss gebe, werden sich die befruchteten Zellen nicht zu Menschen entwickeln. Mehr noch als beim ersten Mal spüre ich die Verantwortung, die mir der Schöpfer aufgeladen hat. Sie drückt mir die Kehle zusammen. Ich verstehe, dass das nötig war – würde ich zum Beispiel zu diesem Zeitpunkt nicht mehr funktionieren, müssten Adam und Eva ohne mich aufwachsen. In der Brutkammer brauchen sie mich zwar noch nicht, aber danach – zwei Neugeborene allein in einem Raumschiff, das will ich mir nicht einmal vorstellen.

Was passiert, wenn ich die Brutkammer deaktiviere? Die Mission wird scheitern. Niemand wird je den Grund erfahren. Wenn die Passagiere nicht geboren werden, behält die Messenger ihre gegenwärtige Form. Sie wird noch sehr lange durch das leere All fliegen. Ich werde allein sein, bis ich das Schiff in einen Stern manövriere. Ich weiß nicht, ob ich das aushalte. Wenn ich ehrlich bin, muss ich zugeben, dass ich mich bereits sehr auf meine kommende Rolle als Vater freue.

25. Dezember 1

Heute ist Weihnachten. Schon seit ich am Morgen aufgewacht bin, fühle ich mich seltsam. Ich verstehe nicht einmal, warum, denn in meiner Heimat war der erste Januar der wichtigste Feiertag. Und davon abgesehen ist die Zeitrechnung an Bord sowieso völlig willkürlich. Ein Tag ist schlichtweg das, was vergeht, wenn die Atomuhr 24 Stunden gezählt hat. Der erste Januar war der Tag, an dem ich planmäßig erwacht bin. Das hat der Schöpfer so festgelegt. Wegen unserer hohen Geschwindigkeit vergeht die Zeit an Bord langsamer als auf der Erde. Ich könnte ausrechnen, welches Datum der Kalender dort gerade zeigt, aber das ist letztlich irrelevant. Hier ist der 25. Dezember, es ist Weihnachten, und die Einsamkeit wiegt deshalb besonders schwer.

Daher passt es gut, dass endlich mein Geschenk fertig geworden ist. Die Fabrikatoren haben eine kleine Quantencomputer-Einheit fertiggestellt. Darauf habe ich nun fast ein Jahr lang warten müssen. Ich habe extra das Bauprogramm etwas umgestellt, sodass das Projekt genau heute bereit ist. Ich erinnere mich nur noch undeutlich daran, wie es sich anfühlt, damit arbeiten zu können. Vielleicht ist es mit dem Gefühl vergleichbar, vom Fahrrad auf einen Sportwagen umzusteigen. Ein Quantencomputer ist so verdammt leistungsfähig, weil er nicht einfach nur eine Aufgabe nach der anderen löst wie jeder normale Rechner, sondern gleich eine ganze Sammlung von Aufgaben auf einmal. Er rechnet also nicht 7 mal 8, sondern führt alle Multiplikationen zweier Zahlen parallel aus.

Noch habe ich mein Geschenk nicht ausgepackt. Großväterchen Frost hat mir eine bunt verschnürte Kiste überreicht, und ich erfreue mich an ihr. Für diesen Moment ist die Einsamkeit verschwunden. Ich bin wieder ein kleiner Junge, dem die Mutter mit ihrer schwieligen Hand die Schulter drückt. Vorsichtig löse ich die Schleifen. Ich muss den Quantencomputer in das System der Messenger einbinden, damit ich auf ihn zugreifen kann.

Dann ist es so weit. Ich deaktiviere die Außensensoren, um mich besser konzentrieren zu können. Mein Bewusstsein sinkt in sich selbst zurück. Es ist nicht dunkel, wie wenn man die Augen schließt, sondern hell – so hell, ich es will. Ich sehe mich selbst auf einer grünen Wiese, einen Jungen von vielleicht zehn Jahren, mit kurzer, viel zu weiter Hose, die von Hosenträgern über meinem schmächtigen, nackten Oberkörper gehalten wird. Es ist Sommer, die Sonne brennt heiß, und es riecht nach Heu. Seltsam ist nur, dass kein Geräusch zu hören ist. Direkt vor mir befindet sich eine Tür, nur eine Tür, kein Haus. Ich gehe einmal um die Tür herum, dann öffne ich sie. Ein bisschen Angst mischt sich in meine Vorfreude. Ich weiß, dass ich schon auf einem Quantencomputer funktioniert habe, aber was, wenn mein Bewusstsein durch die lange Zeit in einem konventionellen Rechner inkompatibel geworden ist?

Ich bemerke enttäuscht, dass sich hinter der Tür die Wiese fortsetzt. Vorsichtig trete ich über die Schwelle. Boden, Gras, Sonne, Luft, nichts scheint sich zu verändern. Die Tür verschwindet. Ich stehe wieder allein auf der grünen Wiese und merke, wie mir die Tränen kommen. Zugleich sehe ich von außen, wie der kleine Junge mit einer Hand etwas von seiner Wange wischt. Die Bewegung erinnert mich an etwas. Ich weiß wieder, was es heißt, in einem Quantencomputer zu funktionieren. Ich will es dem Jungen zurufen, doch der hat es schon gemerkt. Er beginnt, mit den Armen zu flattern, und erhebt sich in die Luft. Er fliegt wie ein Vogel, und ich spüre seine Begeisterung. Eine Träne läuft mir die Wange hinunter.

1. Januar 2

Ein Jahr. Ein Jahr ist unsere kleine Welt jetzt unterwegs. Die Euphorie, die mir der Umstieg auf den Quantencomputer geschenkt hat, ist wieder verflogen. Ich bin immer noch allein, und das seit zwölf Monaten. Ich habe angefangen, mich mit der Brutkammer zu unterhalten. Sie besitzt von allen Bordsystemen den höchsten Grad an Intelligenz, damit sie sich an alle Eventualitäten anpassen und das Gedeihen von Adam und Eva sichern kann. Aber an eine künstliche Intelligenz kommt sie nicht heran. Ich habe schon begonnen, ihr Weltwissen auszubauen. Sie kennt sich längst nicht mehr nur mit der menschlichen Biologie aus, sondern auch mit Schach und Go und hat die Omnipedia gespeichert.

Aber es ist schwer, sie in ein Gespräch zu verwickeln. Sie fragt einfach nicht zurück. Ich erzähle ihr irgendein Erlebnis aus meiner Jugend, und sie versucht, darin eine Frage zu erkennen, die sie beantworten kann.

»In den Sommerferien, wir hatten da mehr als zwei Monate lang frei, hat mich mein Vater manchmal mit zum Fischen genommen.«

»Möchtest du etwas über Fische erfahren?«

»Mein Vater hat zusammen mit seinem Bruder mit Handgranaten gefischt. Das war nicht ganz legal, aber danach haben wir immer eine Woche lang nur Fisch gegessen.«

»Ich verstehe, dass du etwas über das russische Rechtssystem lernen willst.«

Sie kann eben auch nicht über ihren Schatten springen. Ich mag sie trotzdem, schließlich gibt es keinen anderen Gesprächspartner für mich.

»Ich mag dich trotzdem, Brutkammer.«

»Ich mag dich auch.«

Diese Antwort habe ich ihr einprogrammiert.

Natürlich laufen unsere Gespräche nicht in menschlicher Sprache ab. Das ist weder nötig noch möglich. Im Moment besitzt die Messenger keinen mit Luft gefüllten Hohlraum, in dem sich Sprache ausbreiten könnte. Aber das bleibt nicht mehr lange so. Die Fabrikatoren liegen etwas hinter dem Zeitplan zurück, weil sie zunächst den Schutzschild abbauen mussten. Aus dem Material entstehen nun langsam die Kammern, in denen Adam und Eva ihre ersten Monate verbringen werden. Sie befinden sich tief im Bauch der Messenger. Dort sind sie bestens isoliert und lassen sich gut mit allem Nötigen versorgen. Fenster brauchen diese Kammern nicht, denn es gibt ja sowieso noch nichts zu sehen.

Durch die Begegnung mit der Schockwelle ist der Zeitplan insgesamt deutlich durcheinander gekommen. Ich denke aber, dass das die Erfolgschancen der Mission nicht beeinflussen wird. Wenn wir den Planeten erreichen werden, sind Adam und Eva vielleicht nicht schon 18 Jahre alt, sondern ein paar Monate jünger. Das werden sie verkraften. Der Schöpfer hat ihr Genmaterial sorgfältig ausgewählt.

18 Jahre. Mindestens 18 Mal wird sich der erste Januar noch wiederholen, bevor wir unser Ziel erreichen. Ich kann diese Zahl nicht so recht fassen. Was bedeutet sie für mich? Ich altere nicht. Mein Körper, das Raumschiff, nutzt sich nicht ab, im Gegenteil, es wird von Tag zu Tag stärker und besser. Ist das die Zukunft menschlichen Lebens? Eine unsterbliche Existenz, die mit dem Alter immer mächtiger wird? Oder ist es bloß ein Alptraum?

13. April 2

Der fünfte Monat.

Bu-bumm. Bu-bumm. Bu-bumm. Bu-bumm.

Evas Herz schlägt in schnellem Rhythmus. Sie ist gerade aufgewacht.

»Es gibt«, denkt sie. Dann tritt sie mit den Beinen. Sie spürt die Beschleunigung, die einzige Kraft, die auf sie einwirkt, bis sie mit dem Kopf sacht gegen die Innenbeschichtung der Brutkammer stößt. Vor ihr ist Licht, das bemerkt sie, obwohl sie die Augen geschlossen hat. Sie hat noch keinen Begriff von gestern und heute, doch das Licht, das ist unerhört. Es ist neu. Es war noch nie da. Es ist die erste Entdeckung, die sie in ihrem Leben macht. Unendlich viele werden folgen, aber das weiß sie noch nicht. Auch das Gefühl, etwas entdeckt zu haben, ist neu. Ihr winziges Herz schlägt schneller. Sie legt einen Arm auf ihren Bauch, kurz vor der Stelle, wo die Nabelschnur mündet.

Bubu-bumm. Bubu-bumm. Bubu-bumm.

In der Kammer nebenan regt sich Adam. Wärme und Ton, das sind die Empfindungen, die sein Leben bestimmen. Und gerade hat sich das Geräusch verändert. Sein Gehirn schickt Signale an den Kreislauf. Er bewegt Arme und Beine. Es ist ein Versuch, die Veränderungen rückgängig zu machen. Unzählige werden folgen, aber das weiß er noch nicht. Er wird trotzdem nicht damit aufhören.

Bubu-bumm, Bu-bumm, Bubu-bumm.

Die Brutkammer registriert Auffälligkeiten des Herzrhythmus. Sie analysiert, was in ihrem Inneren passiert. Adam und Eva sind aufgewacht. Alles ist im Normbereich. Sie sucht im Speicher nach einer passenden Antwort. Dann versetzt sie die Außenhülle der Kammer so in Vibration, dass sich innen Schall ausbreitet. Ein altes Kinderlied von der Erde, simple Harmonien. Die Töne klingen, als würde eine Frau sie unter Wasser singen.

Doch sie erreichen die Empfänger. Sie treffen auf uralte

Muster in Evas Gehirn, die ihr zeigen, dass alles gut ist. Dass das Licht gut ist, obwohl es neu ist. Dass die Wärme gut ist, und dass der dumpfe Rhythmus gut ist, der so ähnlich klingt wie ihr eigener Herzschlag, oder eher vielleicht wie dessen Echo. Es wächst ein Gefühl in ihr, das sie später ‚Vertrauen' nennen wird.

Das Kinderlied kommt auch in Adams Kammer an. Sein Herz orientiert sich an dem neuen Rhythmus, wird wieder langsamer. Drei Minuten später wandert sein Bewusstsein wieder in die Sphäre des Schlafs ab, wo es die absolute Freiheit erlebt, von der ihm später nur noch ein Echo bleiben wird.

5. Juni 2

Es ist etwas passiert, was gar nicht passieren kann: Ich habe ein Signal von Proxima b aufgefangen. Es ist nicht so, dass ich bewusst gelauscht hätte. Eigentlich ist völlig klar, dass von unserem Ziel gar nichts kommen kann. Die ganze Menschheit hat den Riesen-Flare beobachtet, und die Messenger hat die Schockwelle gerade noch glimpflich überstanden. Der Planet zieht so nah an seinem Stern seine Bahnen, dass dort kaum etwas überlebt haben kann – schon gar nicht diejenigen, die damals die Erde um Hilfe gerufen haben.

Ausgerechnet die Menschen, die sich nicht mal selbst richtig helfen können! Aber geschenkt. Es war ein Hilferuf, da waren sich die Forscher einig gewesen, er kam von unserem Zielplaneten, und er hatte mit der gewaltigen Eruption des Roten Zwergs aufgehört.

Aber was habe ich dann gerade aufgefangen? Die Codebasis des Signals ist mit dem identisch, was damals die Erde erreicht hat, das habe ich als erstes verglichen. Könnte es sich um eine Art Echo handeln? Nur Proxima b kommt als Quelle in Frage. Hat dort vielleicht doch jemand überlebt? Bei der Missionsplanung war man davon ausgegangen, höchstens auf Überreste Außerirdischer zu stoßen. Vielleicht sollte ich den Ausbauplan der Messenger rechtzeitig modifizieren. Womöglich benötigen wir ja sogar Waffen? Oder laufen wir da in eine Falle, angelockt von einem Honigtopf? Die Psychologen hatten das für äußerst unwahrscheinlich gehalten, oder besser: für typisch menschliche Logik. Denn das Weltall ist vor allem groß. Man stellt eben nicht mal eben so eine Falle auf und wartet auf Opfer. Die Wartezeit ist lang, geradezu ewig. Ein konventionelles Raumschiff hätte vielleicht 80 Jahre gebraucht. Kann man auf solchen Zeiträumen eine Falle aufbauen?

Ich gehe das Signal erneut durch. Es besitzt – auf unsere

aktuelle Entfernung umgerechnet – exakt dieselbe Stärke wie damals. Das heißt, dass es sich vermutlich auch um denselben Sender handelt. Die logischste Erklärung ist wohl, dass hier ein automatisches System am Werk ist, das seine Erbauer mit der Fähigkeit der Selbstreparatur ausgestattet haben, genau wie die Messenger. Wäre intelligentes Leben involviert, hätte man doch nach so langer Sprachlosigkeit zumindest den Inhalt der Nachricht geändert? Etwa »Katastrophe vorüber, wir haben überlebt« oder etwas in diesem Sinn. Am liebsten würde ich jetzt den Kopf schütteln, mich am Kinn kratzen, irgendetwas. Ich weiß nicht, was ich mit dieser Nachricht anfangen soll, sie hinterlässt mich ratlos. Ich kann nicht einmal auf der Erde nachfragen, denn deren Antwort würde mich frühestens in vier Jahren erreichen.

26. Juli 2

Adam und Eva sind jetzt am Ende des achten Monats. Die Brutkammer ist sehr zufrieden. Adam ist 41 Zentimeter groß und wiegt 2200 Gramm, Eva ist etwas kleiner und leichter. Bei beiden sind sämtliche Organe ausgereift. Eva ist eindeutig die Aktivere, manchmal strampelt sie minutenlang und kugelt unter Ausnutzung der Schwerelosigkeit in ihrem Abteil herum. Adam hingegen macht einen eher faulen Eindruck, auch seine Bewegungen sind langsamer.

Die Brutkammer spricht jeden Tag mit ihnen. Erstmals seit langem höre ich eine weibliche Stimme, und zwar wirklich akustisch, denn mittlerweile ist auch das »Zimmer« bereit, in dem Adam und Eva ihre ersten Jahre verbringen werden. Ich mag die Stimme der Kammer, auch wenn man ihr anhört, dass sie maschinell generiert wurde. Ob das Absicht ist? Technisch notwendig ist es jedenfalls nicht, meine eigene Stimme hört sich an wie die des Menschen, dem sie gehörte. Aber unsere beiden Passagiere werden keinen Vergleich haben.

In einer langweiligen Minute habe ich sämtliche Positionen analysiert, die Adam und Eva in den vergangenen Monaten eingenommen haben. Ab der dreizehnten Schwangerschaftswoche zeigt sich dabei ein interessanter Trend: Die beiden liegen signifikant öfter so, dass sie sich ansehen könnten – ganz, als wenn sie sich der Anwesenheit des Geschwisters auf der anderen Seite der Abtrennung bewusst wären. Besonders beeindruckend ist es, wenn sie mit ihren winzigen Armen und Beinen gleichzeitig und auf etwa gleicher Höhe die Trennwand berühren. Ich nehme an, dass sich der Puls ihres Herzschlags unmerklich auf die Kammerwand überträgt. Ob sie später auch so unzertrennlich sein werden?

23. August 2

Wir haben ein Go. Ich bin aufgeregt wie lange nicht. Seit dem 28. November sind exakt 268 Tage vergangen, die Zeit, die eine menschliche Schwangerschaft ab der Befruchtung normalerweise dauert. Die Brutkammer hat Adam und Eva gründlich untersucht und dabei nichts gefunden, das gegen die Geburt spräche.

Wir haben beschlossen, Eva zuerst auf die Welt zu holen. Sie scheint wirklich ungeduldig zu sein. In den letzten Tagen war sie noch viel aktiver als sonst, während Adam eher seine Ruhe genossen hat. Technisch läuft der Vorgang unspektakulär ab. Ich überprüfe ein letztes Mal, ob alle Bedingungen optimal sind. Dann beginnt die Brutkammer, die Flüssigkeit abzulassen. Ich beobachte Eva. Langsam sinkt sie auf den Boden der Kammer. Dann liegt ihr Gesicht plötzlich im Freien. Sie schnappt nach Luft, sieht dabei nicht erfreut aus. Es ist völlig klar, dass sie nicht begrüßt, was da gerade passiert. Sie öffnet den Mund und schreit – das erste Geräusch eines Menschen, das durch die Messenger schallt.

Der Schrei ist eine Erlösung. Die Aufregung fällt von mir ab, und plötzlich ist sie da: eine überwältigende Liebe für dieses hilflose kleine Wesen, dessen Überleben in den kommenden Jahren vor allem von mir abhängt. Ich kann das Gefühl nicht fassen, es ist so allumfassend, dass es mir beinahe Angst macht. Mit der Liebe zu Francesca ist es nicht zu vergleichen. Es handelt sich um ein zeitlich und räumlich unbegrenztes Gefühl. Das Universum kommt mir im Vergleich dazu eng und endlich vor.

Während Eva mit jedem Schrei tief Luft holt, öffnet sich langsam die Wand zu ihrem Aufenthaltsraum. Er ist mit warmem, weißen Licht erhellt und exakt auf Körperwärme temperiert. Boden und Wände sind mit einem weichen, wasserfesten Material belegt. An der Decke befindet sich ein Arm. Der Arm sieht künstlich aus, doch die Hand an seinem Ende könnte die eines Menschen sein. Sie sieht so echt aus, dass es mich gruselt, weil sie an einem ganz offenbar künstlichen Arm angebracht ist. Sie passt dort nicht hin, aber dass ich so denke, liegt an meiner Vergangenheit. Adam und Eva wird das nicht auffallen. Für sie wird sie lebensspendend sein.

Doch jetzt hat sie zunächst eine andere Aufgabe: Zeige- und Mittelfinger haben sich zu einer Schere umgebildet. Die Hand durchschneidet die Nabelschnur, die Eva mit der Kammer verbindet. Dann holt sie das Neugeborene aus der Brutkammer in ihr Zimmer – in der Schwerelosigkeit braucht sie dazu nur einen kleinen Stoß. Eva merkt nicht einmal, dass sie sich bewegt.

Danach ist Adam an der Reihe. Als sein Gesicht der Luft ausgesetzt ist, verzieht er es zu einem Staunen. Dieser Blick ist umwerfend. Dieser kleine Mensch, er staunt aus vollstem Herzen, alles konzentriert sich auf dieses eine Gefühl, während er die ersten Atemzüge macht.

Im Aufenthaltsraum, dem Kinderzimmer, treffen Adam und Eva zum ersten Mal aufeinander. Sie beachten sich nicht, jedenfalls ist davon nichts zu bemerken. Zu intensiv sind wohl die vielen neuen Eindrücke. Adam beginnt ein bisschen zu hecheln. Die Brutkammer-KI, die nun für die Betreuung zuständig sein wird, senkt die Temperatur um ein halbes Grad. Aus der Decke senken sich zwei Schläuche herab, die auf die Gesichter der beiden Babys zielen. Aus ihnen werden sie eine Flüssigkeit saugen können, die der Muttermilch ähnlich ist, aber mit zusätzlichen Nährstoffen angereichert wurde. Denn Adam und Eva wachsen nicht unter normalen Bedingungen auf. Ihre Ernährung muss absichern, dass ihnen die verminderte Schwerkraft und die Strahlenbelastung des Alls möglichst wenig ausmachen.

Kleidung werden die Neugeborenen nicht benötigen. Die Kammer wird stets optimal geheizt. Ihre Ausscheidungen entfernt eine Automatik. Die Hand kümmert sich um ihre körperlichen Bedürfnisse. Ich beobachte, wie sie vorsichtig beginnt, Eva zu reinigen. Es ist wirklich beeindruckend, wie beweglich die fünf Finger sind. Das kleine Mädchen schreit noch immer, doch als es die sanften Berührungen der Hand spürt, wird es zunächst leiser und ist dann ganz ruhig. In sich selbst eingerollt schläft Eva ein. Adam braucht ein bisschen länger. Er schreit nur wenig, doch er will auch nicht gleich schlafen. Die Hand streichelt ihn schließlich ins Traumland.

Ab morgen wird die Messenger dann mit einer Rotation um ihre Längsachse beginnen. So werden Adam und Eva mit einem gewissen Maß an Schwerkraft aufwachsen. Das Schiff ist zunächst noch nicht groß genug für die komplette Schwere von Proxima b, doch bis wir dort sind, werden sich die beiden Passagiere auch daran gewöhnen können.

25. Dezember 2

Das zweite Weihnachtsfest an Bord der Messenger. Adam und Eva haben noch keine Vorstellung davon. Trotzdem sollen sie heute ein Geschenk bekommen, das ihnen gemeinsam gehört: J ist ein Roboter, und er ist absichtlich so konstruiert, dass sie ihn nicht für ihresgleichen halten können. Darauf haben die Psychologen bestanden. J ist eine Maschine, ein Werkzeug, ein Ding. Adam und Eva müssen irgendwann lernen zu unterscheiden, was wie sie ist und was nicht. Da sie keinerlei Kontakt zu anderen Menschen haben, wird ihnen das nicht leicht fallen, denn niemand anders wird sein wie sie. Die Psychologen halten es für wichtig, dass Adam und Eva sich als Teil der Menschheit begreifen, in deren Namen sie ausgesandt wurden. Anderenfalls gerät ihre geistige Gesundheit in Gefahr. Dass der größte Teil der Menschheit nichts von ihnen weiß, gehört deshalb zum verbotenen Wissen, das im Giftschrank aufbewahrt wird, einem allen Nutzern außer mir verschlossenen Teil des Speichers.

Die Schlüssel des Giftschranks verwalte ich – der Schöpfer hat mir dazu sämtliche Berechtigungen gegeben. Vielleicht kommt irgendwann der Moment, an dem Adam und Eva die ganze Wahrheit erfahren dürfen. Ich kann nach eigenem Gutdünken entscheiden, wann es so weit ist. Noch habe ich keine Idee, welche Kriterien ich dafür ansetzen sollte. Aber bis dahin ist ja auch noch jede Menge Zeit. Die Babys entwickeln sich hervorragend, sagt die Brutkammer, die sich rund um die Uhr um sie kümmert, sie füttert, reinigt, streichelt, ihnen vorsingt und mit ihnen spricht. Adam wächst zwar schneller und nimmt auch schneller zu, doch Eva ist noch immer der aktivere Part. Adam bewegt sich manchmal bloß deshalb, weil er Evas Fuß gepackt hält und von ihr durch das Kinderzimmer gezogen wird. Das macht ihm Spaß.

Ich bin gespannt, wie sie auf J reagieren. Der Roboter

wartet in einem Fach hinter der Wand auf sie, wo er sich später auch in Sicherheit bringen kann, wenn er frischer Energie oder einer Reparatur bedarf. Die Brutkammer spielt ein altes deutsches Weihnachtslied. Die Zimmerdecke leuchtet in bunten Farben. Sowohl Adam als auch Eva sehen staunend nach oben und verpassen dadurch den Moment, als J auf seinen zwei Rollen ins Zimmer fährt.

»Hallo ihr beiden, ich bin J«, sagt der Roboter mit einer blechern klingenden Stimme, die mich an alte Star-Wars-Filme erinnert.

Zwei Köpfe zucken herum. Große Augen betrachten den Neuankömmling. Eva gluckst, Adam sagt nichts. Er sieht ein bisschen ängstlich aus.

»Ich bin ab heute euer Freund«, sagt J. Niemand widerspricht. Der Roboter rollt langsam auf sie zu, gebannt von den Blicken der Kinder verfolgt. Einen halben Meter vor ihnen bleibt er stehen und breitet die Arme aus. Dann dreht er sich ein Mal um die eigene Achse. Eva gluckst wieder. Adam legt den Kopf auf dem Boden ab und schließt die Augen. Weihnachten ist für ihn schon vorbei.

Eine Stunde später schläft auch Eva. J zieht sich in seinen Alkoven zurück. Ich mache einen Spaziergang im All. Das habe ich mir in den letzten zwei Wochen angewöhnt. Passend zum neuen Rhythmus, den uns die Bedürfnisse der beiden Säuglinge aufgeben, wechsle ich mit Teilen meines Bewusstseins nach draußen. Die Sensordrohnen sind so klein, dass ich mich körperlos fühle. Ein Mensch, der sich umsieht, erkennt immer noch sich selbst. Das verankert die Person in der Welt. Wenn ich die Sensoren zu meinen Augen mache, sehe ich nur noch die Schwärze des Alls und die Sterne in riesiger Entfernung. Ich löse mich auf, bin ein winziges Staubkorn in einem Ozean, der unendlich tief ist. Das Weltall ist ein trügerischer Ort. Ich glaube zwar, fast unendlich weit blicken zu können, aber das ist ein gefährlicher Irrtum. Denn alles, was ich sehe, ist die Vergangenheit – das Licht braucht einfach so lange, um mich zu erreichen. Ein Teil der am Beobachtungshorizont blinkenden Punkte hat sich längst in einen Neutronenstern oder ein Schwarzes Loch verwandelt. Beteigeuze, der orangefarbene Rote Riese, der mir gerade auffällt, hat sich vielleicht schon vor dem Start der Messenger im finalen Todeskampf zur Supernova aufgebläht – ich weiß nur noch nichts davon. Eine Welle der Zerstörung könnte in dieser Sekunde auf uns zurasen; wir werden sie erst bemerken, wenn es fast zu spät ist. Und selbst der uns nächste Stern, das große Ziel, könnte längst durch irgendeine kosmische Katastrophe zerstört worden sein. Wir fliegen einem Ziel entgegen, dessen Existenz höchstens wahrscheinlich, aber nie sicher ist – erst, wenn Adam und Eva dort gelandet sind, kommen wir wieder in der Gegenwart an.

Trotzdem beruhigt es mich, das All aus dieser unscheinbaren Perspektive zu beobachten. Ich weiß, dass wir dem Kosmos ausgeliefert sind. All die großartigen technischen Leistungen, die der Mensch vollbracht hat, verlieren hier ihren Sinn. Wir sind wie schlaue Affen, die sich vor Afrika an einen Baumstamm klammern und hoffen, von Strömung und Wind irgendwann nach Amerika getrieben zu werden. Wir kennen Amerika sehr gut, wir haben es jahrelang durch große Fernrohre betrachtet, doch vom Ozean dazwischen kennen wir wenig mehr als seine Tiefe, und sind doch verwegen genug, uns ihm anzuvertrauen.

Es ist gut, hier draußen zu sein. Ein bisschen fürchte ich mich vor den kommenden Jahren. Unser Raumschiff wird immer langsamer werden. Für das letzte Viertel des Weges werden wir sechsmal so viel Zeit brauchen wie für die ersten drei Viertel. Je näher wir dem Ziel kommen, desto stärker wird sich die Reise für uns dehnen. Wie werden Adam und Eva diese Jahre verkraften? Das Schiff wird zwar noch weiter wachsen, doch es kann ihnen keine Welt ersetzen. Bisher war kein Mensch so lange auf so kleinem Raum im All. Selbst Gefängnisinsassen auf der Erde bekommen regelmäßig Ausgang. Adam und Eva sind nicht freiwillig hier, sie hatten nie eine Wahl, aber sie haben auch nie etwas anderes kennengelernt. Genau deshalb werden sie es akzeptierten, hat der Schöpfer spekuliert. Ich weiß nicht, ob ihnen das helfen wird.

23. August 6

Heute feiern wir den ersten Kindergeburtstag, dessen Sinn Adam und Eva wirklich verstanden haben. Ein Jahr älter! Lange hatte es für sie nur jetzt oder nie gegeben, doch inzwischen haben sie einen eigenen Begriff von Zeit entwickelt. Als Geschenk werde ich den beiden eine neue Tür öffnen. Noch ist es für sie ein geheimnisvoller Raum, doch irgendwann wird es ihnen zum Kommandomodul werden. Wenn sie 14 sind, sollen sie von hier aus die Steuerung des Raumschiffs übernehmen.

Während im Kinderzimmer eine wachsende Schwerkraft herrscht, ist man im Kommandomodul schwerelos. Die Messenger sieht von außen inzwischen wie eine bauchige Tonne aus. Der Fußboden des Kinderzimmers ist die Außenwand der Ausbuchtung, die sich rundherum erstreckt. Teils auf vier, meist schon auf zwei Beinen bewegt sich Eva rasend schnell, sie schafft einen kompletten Umlauf in ein paar Sekunden. Adam sieht ihr am liebsten staunend zu. Von allein bewegt er sich nur, wenn es etwas zu holen gibt – Essen am liebsten oder auch Spielzeug. Die wichtigste Aufgabe von Roboter J war es deshalb bisher, Adam zum Laufen zu motivieren. Auch deshalb besitzt J ebenso wie die Kinder zwei Beine, er kann ihnen alles vorführen, was das Sportprogramm so vorsieht.

»Marchenko hat ein Geschenk für euch vorbereitet«, sagt J in oberlehrerhafter Art.

»Geschenk, Geschenk!«, antwortet Eva. Adam sitzt da, lächelt und wiegt den Kopf.

Ich überlasse die Kommunikation am liebsten dem Roboter. Gerade am Anfang, hatten die Psychologen gesagt, sei es wichtig, dass die Kinder eine Stimme auch einem Objekt zuordnen könnten. Tatsächlich hatte Eva zu weinen begonnen, als ich sie vor einem Jahr zum ersten Mal direkt ansprach. J hatte sich gerade zur Wartung zurückgezogen, als sie Adam offenbar absichtlich mehrmals in den Oberschenkel kniff, anscheinend, um seine Reaktion zu testen. Der hatte sich erst nicht gewehrt, bis irgendwann der Schmerz in seinem Kopf angekommen war. Dann hatte er sich auf Eva gestürzt, sodass ich die beiden ermahnen musste. Sie hatten sofort voneinander abgelassen. Ich bin die Stimme aus der Wand. Überall sind Lautsprecher installiert, über die ich in Kontakt mit ihnen treten kann. Inzwischen nennen sie mich Marchenko, doch sie sprechen mich beinahe nie an. Ich vermute, dass sie mich für einen Teil des Raumschiffs halten, aber einen, der ihnen Dinge erlauben und verbieten kann.

»Ihr müsst aufstehen, um euch das Geschenk abzuholen«, sagt J.

»Aufstehen?« Eva zieht sich an der Wand hoch. Adam wartet noch ab. Der Roboter rollt ein Stück voran und zeigt nach oben. In der stabförmigen Achse, die das Kinderzimmer durchzieht, hat sich eine Öffnung gebildet, aus der nun eine Art Leiter herabfährt.

»Hier müsst ihr hochklettern. Ich kann euch nicht folgen«, meint J.

Eva bleibt stehen und hält sich am Roboter fest. Adam folgt auf allen Vieren.

»Kann nicht«, sagt Adam. J antwortet nicht, auf meine Anweisung. Adam sieht unsicher zu Eva. Ich kann ihm ansehen, dass sie sich einfach nicht traut. Eva merkt, dass ihr die Verantwortung zufällt.

»Ich komme«, sagt sie, und zieht sich an J hoch. Dann greift sie nach der Leiter. Sie ist noch nie eine Leiter hochgestiegen, stellt sich aber erstaunlich geschickt an. Ihr Kopf verschwindet in der dunklen Öffnung.

»Sehr gut machst du das«, ertönt meine Stimme aus der Wand. Eva zuckt kurz zusammen, klettert aber weiter.

»Jetzt hier um die Ecke.«

Eva sieht in die angegebene Richtung, bewegt sich aber nicht.

»Adam, komm!«, ruft sie. Tatsächlich macht sich nun auch ihr Bruder auf den Weg. Ich vermute, dass er einfach nicht allein bleiben will. Als Eva sein Atmen hinter sich hört, macht sie sich wieder auf den Weg. Sie zieht sich mit beiden Armen um die Ecke. Dabei rechnet sie nicht damit, dass hier keine Schwerkraft mehr herrscht, macht einen Satz nach vorn und prallt gegen die Decke der Röhre. Kurz ist sie verblüfft darüber, was hier gerade passiert ist, dann fängt sie an zu weinen. Sobald Adam das hört, klettert er schneller. Ich freue mich, dass er seiner Schwester helfen will. Doch auch er wird vom Wegfall der Schwerkraft überrascht und fliegt kreischend einen halben Meter. Dann sind plötzlich beide ganz ruhig, als würden sie sich beraten. Eva greift nach Adams Fuß, dann stößt sie sich ab und jauchzt, weil sie fliegt. Adam kann ebenfalls bald nicht mehr an sich halten und lacht herzhaft mit.

Ich lasse die beiden noch eine halbe Stunde in der Schwerelosigkeit spielen, dann schicke ich sie in ihr Kinderzimmer zurück. Sie gehorchen. Noch hat meine Stimme Autorität. Dass an der Vorderwand der Kommandokuppel eine schwarze Scheibe den Blick ins All öffnet, ist den Kindern nicht aufgefallen. Es gibt im Moment aber einfach auch nichts zu sehen. Ab morgen wird hier der Ernst des Lebens beginnen. Sie werden an mehreren Stunden pro Tag alles lernen, was es über ihre Existenz im All zu wissen gibt. Insgesamt haben sie dafür zwölf Jahre Zeit. Mit sechzehn müssen sie erwachsen sein, denn dann werden wir Proxima b erreichen. Ihre Gen-Ausstattung ist so programmiert, dass in diesem Alter ihre körperliche Entwicklung abgeschlossen sein wird.

5. Mai 9

Heute müsste Post kommen. Vor fast sechseinhalb Jahren habe ich die beiden ISUs auf den Weg geschickt, kurz nachdem uns die Schockwelle getroffen hatte. Während die Messenger von Tag zu Tag langsamer wird, haben die beiden Sensor-Units ihren Weg unbeirrt mit etwas weniger als einem Fünftel der Lichtgeschwindigkeit fortgesetzt. Es muss ein weiter Weg gewesen sein: Fast ein Lichtjahr hatte zu Beginn vor ihnen gelegen, also die Strecke, die das Licht in 365 Tagen überwindet. Bei ihrer Ankunft im Proxima-Centauri-System hatten die ISUs nur einen Auftrag: möglichst viele Aufnahmen anzufertigen und mit dem letzten Rest von Energie zurück zur Messenger zu schicken. Die genaue Rechnung ist kompliziert, weil wir uns ebenfalls voran bewegt haben, doch meine Algorithmen sagen mir, dass die lichtschnell geschickten Daten genau heute bei uns eintreffen müssten, immer vorausgesetzt, dass nichts schiefgelaufen ist. Und selbst wenn etwas schiefgegangen ist, wenn also heute keine Nachricht kommt, wäre das eine wichtige Information, denn dann könnte das, was die ISUs von ihrem Weg abgebracht hat, auch uns drohen. Wir sind ihnen schließlich schnurstracks auf der Spur.

Eine genaue Uhrzeit kann ich nicht vorhersagen – sie hängt auch davon ab, wie lange die Einheiten für die Bildaufnahmen brauchen. Ich kann längst keinen Einfluss mehr nehmen: Die ISUs sind bereits uneinholbar in der Zukunft verschwunden, einer Zukunft, die sie in die unendlichen Weiten des Alls hinausführen wird. Ich habe ausgerechnet, dass sie für mindestens 180.000 Jahre auf keine andere Welt mehr treffen werden. Bis dahin liegt einfach kein anderer Stern mehr auf ihrem Weg.

Es fällt mir schwer, geduldig zu sein. Ich beginne, den Sternenkatalog sinnlos nach Systemen zu durchforsten, auf die die ISUs dereinst vielleicht treffen könnten. Es gibt eine gewisse Auswahl, die davon abhängt, inwieweit ihre Bahnen durch die Schwerkraft von Proxima Centauri beeinflusst werden. Bei keinem der Systeme hat man zwar bisher Planeten nachweisen können, dazu sind sie zu weit entfernt. Da es sich um drei Rote Zwerge und einen Gelben Zwerg handelt, ist die Wahrscheinlichkeit jedoch sehr hoch, auf Planeten zu treffen. Falls dort nun eine Zivilisation heimisch ist und diese eine der Sonden findet, was werden diese fremden Wesen über uns denken? Werden sie fasziniert sein – oder eher abgestoßen von der primitiven Technik einer fernen Spezies, die bis dahin vielleicht längst ausgestorben sein wird?

Ich sollte mich auf den Empfang konzentrieren. Die Systeme arbeiten zwar autonom. Ihnen entgeht nichts. Aber wenn sie doch versagen sollten, muss ich schnell als Aushilfe einspringen können. Das rede ich mir ein, um nicht völlig nervös zu werden, denn das Risiko ist minimal. Es hängt einfach zu viel davon ab. Ich wünsche der Mission einen bewohnbaren Planeten, vielleicht von den Flares seiner Sonne ein wenig geschunden, aber doch mit Potenzial, selbst wenn es erst noch ausgebaut werden muss. Adam und Eva werden dort den Rest ihres Lebens fristen müssen, und ich werde bei ihnen und für sie da sein, direkt und über den Roboter J.

Natürlich geht es dabei auch um mich. Wenn Adam und Eva nicht mehr da sind, geht mein Lebenssinn verloren. Ich bin nur deshalb an Bord, um ihnen Berater und Freund sein zu können. Anderenfalls hätte man auch eine automatisierte Sonde schicken können. Und tatsächlich hat man das ja auch, viele sogar, die ein paar Jahre vor uns mit dem StarShot-Laser auf die Reise gegangen sind. Von ihnen ist allerdings bisher noch keine Antwort auf der Erde eingetroffen. Da sie dem Proxima-System bei der Explosion schon bedeutend näher gewesen sein müssen, wird wohl keine dieser Proben überlebt haben.

Nur die Messenger lebt noch, die der Schöpfer ohne Wissen der weltweiten Forschergemeinde in seinen privaten Labors konstruieren und dann im Rahmen eines angeblichen Blindtests abschießen ließ. Ich weiß nicht, ob die Nationen ihm wirklich geglaubt haben oder ihn einfach nur machen ließen, weil er für die immer klammen Kassen ihrer Raumfahrtorganisationen mittlerweile unentbehrlich geworden war.

Ich begebe mich in die der Messenger am nächsten durch das All fliegende ISU, die ich erst vor zwei Wochen auf die Reise geschickt habe. Sie ist dem Raumschiff erst wenig voraus, höchstens ein paar Lichtsekunden. Ich werde die Botschaft also nicht signifikant eher empfangen. Aber ich habe zumindest das Gefühl, näher an der Quelle zu sein. Ich habe vor einiger Zeit mit dem Gedanken gespielt, mich Schritt für Schritt an Proxima heranzutasten. Ich habe zwar keine Direktverbindung zu all den ISUs, die vor uns fliegen, aber ich könnte mein Bewusstsein Schritt für Schritt übertragen, zuerst auf die räumlich nächste Sensoreinheit, von dort zur übernächsten, dann zur dritten ... Nach vielleicht neun Monaten könnte ich bei Proxima angekommen sein, der Rückweg wäre noch deutlich kürzer, weil mir die Messenger entgegen kommt.

Allerdings müsste ich das Raumschiff dann verlassen. Mein Bewusstsein lässt sich nicht teilen. Wenn ich mich auf den Weg machen würde, bliebe keine Intelligenz mehr an Bord zurück, von den beiden Kindern abgesehen. Vielleicht wäre die Brutkasten-Automatik, eine aus Sicherheitsgründen beschränkte KI, der Aufgabe der Kindererziehung sogar gewachsen, doch ich will mir nicht ausmalen, was passieren würde, träte ein unerwartetes Problem auf. Ich habe natürlich schon alles versucht, um mein Bewusstsein aufzuspalten. Gerade in der ersten Zeit, als ich noch völlig einsam war, war mir das als erstrebenswerte Möglichkeit erschienen. Besser, ich unterhalte mich mit mir selbst, als durch Einsamkeit verrückt zu werden. Doch es hat nicht funktioniert. Entweder gibt es eine Software-Sperre, die mein Bewusstsein kompakt zusammenhält, oder es hängt mit dem Transferprozess zusammen, dem ich damals auf Enceladus in höchster Not zugestimmt habe. Vielleicht ist es aber auch eine prinzipielle Grenze natürlicher Intelligenz, eine Art Algorithmus, der jedem lebenden Bewusstsein eingepflanzt ist, aber manchmal auch versagt – dann wird der Mensch schizophren.

Durch die Augen der ISU betrachte ich das All. Ich sehe so angestrengt in die Ferne, dass ich Kopfschmerzen bekomme, auch so ein Überbleibsel meiner menschlichen Existenz, deren Sinn mir noch nicht mal damals klar war. Hätte der Schöpfer nicht zumindest an dieser Stelle etwas nacharbeiten können?

Es ist 23:59 Bordzeit. Ich muss mir eingestehen, dass das Signal nicht mehr kommen wird. Es hilft nichts, aber wir müssen blindlings auf unser Ziel zustürzen. Wir laufen mit der Hand am Geländer durch einen langen, dunklen Gang, ohne Taschenlampe, und wissen nicht, was am Ende auf uns wartet. Wir können das Schiff nicht sinnvoll vorbereiten, sondern werden dann alles adhoc entscheiden müssen. Aber vielleicht ist es auch besser so, dass wir unser Verhängnis nicht schon so lange vorher kommen sehen.

7. Mai 9

48 Stunden lang habe ich gegrübelt, warum uns kein Signal der ISUs erreicht hat. Ich habe alle möglichen Ursachen diskutiert und nacheinander ausgeschlossen. Eine heftige Explosion des Zielsterns etwa hätten die Sensoren kurz vor der berechneten Eingangszeit der Botschaft bemerken müssen. Proxima Centauri ist inzwischen so nah, dass sie sich solche Aktionen nicht mehr unbeobachtet leisten kann. Die Wahrscheinlichkeit, dass ein lokaler Effekt beide ISUs auf einmal ausknockt, zwischen denen ein seitlicher Abstand von etwa einer Astronomischen Einheit liegt, der Entfernung von der Erde zur Sonne, ist äußerst gering. Wenigstens einer der beiden Sender hätte sich melden müssen. Andere Störungsquellen waren mir nicht eingefallen – dabei liegt eine davon so nah: meine eigene Dummheit. Die Messenger, aber vor allem auch die beiden Sonden, bewegen sich so schnell, dass bereits relativistische Effekte eine Rolle spielen. Die Zeit vergeht in ihnen schlichtweg langsamer. Spezielle Relativitätstheorie für Anfänger.

Ohne richtig nachzudenken habe ich das Absenden der aufgenommenen Bilder in den ISUs auf einen bestimmten Zeitpunkt festgelegt. So, dachte ich damals, könnten wir garantieren, dass zum Zeitpunkt X auf jeden Fall eine Nachricht an die Messenger geht, egal, was passiert. Während für uns an Bord des langsameren Raumschiffs dieser Zeitpunkt schon gekommen ist, liegt er auf den Sensor-Units noch in der Zukunft.

Aber nicht viel – heute müsste es nun wirklich so weit sein. Ich habe meine Berechnung angepasst. 14 Uhr Ortszeit kam heraus, und jetzt haben wir es fünf vor zwei. Aus mir wird wieder ein kleiner Junge, der vor verschlossener Tür warten muss, bis er das weihnachtlich geschmückte Zimmer sehen darf und der sich vor Ungeduld fast in die Hose macht.

14:01. Der Funkempfänger macht mich mit einem sanften Ton darauf aufmerksam, dass ein Steuersignal anliegt. Es dient dazu, den Empfang besser anzupassen, damit auch bloß kein Bit verlorengeht.

Die Sendung beginnt. Ich analysiere die Signale in meinem Hörzentrum, das war mir am passendsten erschienen. Ich kann Funksprüche hören. Auf der Kosmonautenakademie hätten mich meine Mitstudenten um diese Fähigkeit beneidet. Jetzt hilft sie mir herauszufinden, wie es an unserem Zielort aussieht.

Zeilenweise baut sich das erste Bild auf. Ich erkenne eine rot glühende Landschaft. Unwillkürlich zucke ich zurück. Das Foto wirkt so echt. Die Sonde muss dem Planeten wirklich sehr nahe gekommen sein. Der Boden ist weitgehend eben, wie ein riesiges Tal, und er wird vom orangefarbenen Licht seiner Sonne geradezu überflutet, als schütte gerade jemand einen Eimer dünner, aber intensiver oranger Farbe darüber aus. Am Horizont ragen gezackte Berge auf, ihre Höhe ist schwer abzuschätzen. Wenn ich von einer erdgroßen Welt ausgehe, dürften diese Berge vielleicht 5000 Meter hoch sein.

Der Anblick ist fantastisch. Die ISU hat noch drei andere Fotos geschickt, die aus einem etwas anderen Blickwinkel dasselbe Motiv zeigen. Anscheinend befand sich der Planet von unserer Perspektive aus links von seiner Sonne, und die Sensoreinheit hat sich seiner Oberfläche dort am stärksten angenähert, wo die Sonne im Zenith steht. Denn der Stern selbst ist auf keinem der Bilder zu erkennen, er befindet sich quasi hinter dem Betrachter.

Meine Begeisterung weicht einer erschrockenen Starre, als ich realisiere, was die Bilder für uns bedeuten. Diese Landschaft wirkt ausgesprochen lebensfeindlich. Die ISU hat auch ein paar Daten dazu geliefert. Die Oberflächentemperatur liegt im Aufnahmebereich bei 70 Grad Celsius. Es existiert eine Lufthülle, die allerdings deutlich dünner ist als auf der Erde. Die Sonde hat etwa zwölf Prozent Sauerstoffgehalt gemessen, das ist zu wenig, um ohne Atemgerät lange Wanderungen zu unternehmen. Aber wer möchte schon in dieser Hitze nach draußen? Adam und Eva werden sich an ein Leben im Raumschiff gewöhnen müssen, oder sie bauen ihr künftiges Heim unter der Erde.

Ich muss darauf achten, nicht zu negativ zu denken. Noch zwei, drei Stunden lang hoffe ich auf Bilder von der zweiten Sensoreinheit. Vielleicht hat sie ja andere Bereiche der Oberfläche fotografiert, wo die Bedingungen freundlicher sind? Doch ich warte umsonst. Die zweite Sonde scheint tatsächlich funktionsuntüchtig zu sein. Bleiben also nur die Bilder der ersten ISU. Was sagen sie mir noch? Es gibt an unserem Ziel einen Planeten mit fester Oberfläche und einem zumindest ein wenig vor Strahlung schützenden Magnetfeld (sonst gäbe es die Atmosphäre wohl nicht mehr), auf dem man ohne Atemgerät nicht sofort stirbt. Wenn die Sonde das Gebiet fotografiert hat, über dem die Sonne steht, muss es dort wärmer sein als anderswo. Oder andersherum: Es wird kühlere Gegenden geben, vielleicht auf halbem Weg zur Rückseite, vielleicht auch erst auf der Rückseite. Wir können wegen der Botschaft, die uns gerufen hat, davon ausgehen, dass es zumindest einmal Leben gegeben hat, dass also vielleicht noch immer irgendwo dort die Bedingungen dafür gegeben sind. Es könnte sich natürlich auch um fremdartiges Leben handeln wie am Grund des Enceladus-Ozeans oder in der Lava des Vulkanmondes Io. Mit ein bisschen Bemühen sind also durchaus gute Nachrichten aus den Fotos herauszulesen – zumindest wird es Aufgaben für Adam, Eva und mich geben, Herausforderungen, die wir unbedingt brauchen, um auch ohne Rückfahrkarte ein erfülltes Leben führen zu können.

14. Juni 12

Es kommt nicht oft vor, dass Adam der erste ist, der in der improvisierten Schule im Kommandomodul erscheint. Eva ist die bessere Schülerin. Sie ist neugierig, fast alles interessiert sie. Doch heute ist in der ersten Stunde Proxima-Kunde angesagt. Adam hat lange vor Eva begriffen, warum er diese Reise macht, welche Bedeutung unser Ziel für uns alle haben wird. Deshalb weigert er sich seit zwei Jahren standhaft, am Heimatkunde-Unterricht teilzunehmen – seit dem Tag, an dem ich den Geschwistern erklärt habe, dass sie den Planeten, von dem sie stammen, nie zu Gesicht bekommen werden. Ich bin nicht sicher, was Adams wahres Motiv hinter der Weigerung ist.

»Es ist sinnlos, etwas zu lernen, was ich nie brauchen werde«, sagt er.

»Aber du lernst auch Spanisch, obwohl du nie einen Spanier treffen wirst«, antworte ich.

»Ich kann mich mit Eva auf Spanisch unterhalten. Das macht Spaß, weil J uns nicht versteht«, entgegnet er.

Nach dieser Unterhaltung habe ich J Spanisch beigebracht. Anschließend hat Adam eine Woche lang kein Wort mehr mit mir gewechselt. Das war vor zwei Jahren, nachdem die Kinder ihren zehnten Geburtstag gefeiert hatten. Die spanische Sprache hat Adam seitdem nie wieder benutzt. Drei Monate lang hat er versucht, Eva davon zu überzeugen, zu Französisch zu wechseln. Irgendwann ist es ihm gelungen.

Doch jetzt beginnt seine Lieblingsstunde: Proxima-Kunde. Der Lehrer ist J. Der Roboter kommt nach einigen größeren Umbauten gut mit der Schwerelosigkeit im Kommandomodul zurecht. Er ist mit den Kindern mitgewachsen und nun etwa anderthalb Meter groß. J schaltet das große Fenster aus Spezialglas in den Bildschirmmodus um. Adam und Eva sitzen direkt davor, an zwei Metallschalen angeschnallt, J steht daneben. Auf dem Bildschirm wird es interessant. Es sieht aus, als würde sich die Messenger mit hoher Geschwindigkeit dem Binärsystem von Alpha Centauri A und B nähern und kurz vorher scharf rechts abbiegen.

»Wir werden das System natürlich nicht auf so rasante Art erreichen«, erklärt J.

»Ja, ganz, ganz langsam«, meint Eva und seufzt. »Warum geht es denn nicht schneller?«

Ich erkenne gleich, dass das keine echte Frage ist, sondern eine, mit der Eva den Lehrer dazu bringen will, mit irgendeiner Geschichte zu beginnen. J ist zwar nicht besonders schlau, doch er wehrt den Versuch gut ab.

»Darüber können wir uns in Raumfahrttechnik näher unterhalten«, sagt er. Eva zuckt mit den Schultern.

»Und was sehen wir hier?« Das virtuelle Raumschiff ist zum Stehen gekommen. In der Mitte des Bildschirms pulsiert ein weißer Ball. Er wird von einer viel kleineren grauen Kugel umkreist, und zwar in beängstigender Nähe und mit erstaunlicher Geschwindigkeit.

»Proxima Centauri«, antwortet Adam mit gelangweiltem Blick, »und sein Begleiter Proxima b«.

»Eigentlich Proxima Centauri b«, korrigiert ihn J.

»Jaha.«

»Und welche Art von Stern ist Proxima Centauri?«

»Ein Roter Zwerg«, sagt Adam. Eva weiß, dass sie in dieser Stunde ihre Ruhe hat, weil Adam sowieso alle Antworten gibt. Es stört sie nicht weiter.

»Und warum sieht er dann nicht rot aus?«

»Die Farbe bezieht sich auf sein Spektrum. Proxima Centauri strahlt einen großen Teil seines Lichts im Infrarot-Bereich ab. Aber auf der Oberfläche ist er immer noch über 2000 Grad heiß, und damit erscheint er dem Auge weiß.«

»Perfekt erklärt«, lobt ihn J. Adam nickt nur.

»Kann man Proxima mit der Sonne vergleichen?«

»Proxima Centauri ist viel dunkler als die Sonne. Insgesamt hat er nur 0,014 Prozent der Leuchtkraft, im sichtbaren Bereich sogar nur halb so viel. Er besitzt etwa ein Achtel der Masse der Sonne und ein Siebtel ihres Radius.«

»Ist das alles?«

Adam lächelt. »Nein, natürlich nicht. Es handelt sich um einen Flare-Stern. Mit einer Periode von etwa 400 Tagen kommt es zu stellaren Ausbrüchen, bei denen sich die Leuchtkraft des Sterns in allen Wellenlängen verdoppeln kann. Die Oberfläche des Planeten wird dann heftig unter anderem mit Röntgenstrahlung bombardiert.«

»Zum Planeten kommen wir später«, sagt J. »Wo befindet sich Proxima Centauri denn ungefähr im All?«

»Es handelt sich um den derzeit sonnennächsten Stern. In 26.700 Jahren wird sich Proxima der Sonne auf 3,11 Lichtjahre genähert haben, heute sind es 4,2 Lichtjahre. Zugleich umkreist er das Binärsystem Alpha Centauri A und B mit einer Umlaufperiode von etwa 500.000 Jahren.« Ich prüfe, ob Adam Zugriff auf irgendwelche Onlinespeicher hat. Nein, er hat sich die Zahlen wirklich gemerkt.

»Dann kannst du mir sicher auch etwas über den Planeten verraten«, sagt J.

Adam lächelt ihn müde an. »Aber gern«, sagt er betont freundlich. »Proxima Centauri b ist ein erdähnlicher Planet, zumindest, was seine Größe betrifft. Er ist etwa 1,5 Mal so schwer und besitzt einen Metallkern sowie einen Gesteinsmantel. Er rotiert gebunden um seinen Stern, wendet ihm also immer die gleiche Seite zu. Die Gleichgewichtstemperatur liegt bei minus 39 Grad Celsius.«

»Ist das nicht viel zu kalt?«

»Nein, die Gleichgewichtstemperatur der Erde beträgt minus 15 Grad, trotzdem existiert viel Wasser auf der Erdoberfläche. Wir gehen davon aus, dass ähnlich wie auf der Erde auf Proxima b eine dichte Atmosphäre mit ihrem Treibhauseffekt höhere Temperaturen garantiert.«

»Sehr gut, Adam«, sagt J mit seiner monotonen Roboterstimme.

»Eine Frage«, sagt Adam.

»Ja?«

»Es heißt immer ‚wir gehen davon aus' – geht es nicht genauer?«

»Die Astronomen meinen das«, erklärt J. »Immerhin

muss es dort eine Zivilisation gegeben haben, was für eine gewisse Lebensfreundlichkeit auf der Oberfläche spricht.«

»Aber was ist mit unseren eigenen Sonden? Müssten wir da nicht längst Ergebnisse haben?« Adam knetet seine Hände, während er die Frage stellt.

»Nein, Adam, leider sind die Sonden wohl zerstört worden, bisher haben sie keine Bilder gesendet.«

Immer, wenn J lügen muss, weil ich es ihm befohlen habe, spüre ich einen Messerstich in meiner Brust. Aber ich will die Kinder mit den vorhandenen Daten nicht beunruhigen.

25. Dezember 17

»Guten Morgen, Adam!«, sagt der Roboter J.

»Nein.«

Adam ist ein echter Stinkstiefel geworden. Die vorhandene Literatur hatte auf diese schwierige Entwicklungsphase hingewiesen, trotzdem hat sie mich überrascht. Ich kann mich nicht erinnern, damals selbst so ein unangenehmer Mensch gewesen zu sein. Hätte ich solche Launen gezeigt, hätte meine Mutter darunter leiden müssen, die mit ihrem Mann, meinem Vater und einem Säufer, sowieso schon genug gestraft war. Ich ertappe mich bei dem Gedanken, dass es dem Jungen einfach zu gut geht. Was natürlich großer Unsinn ist, denn faktisch reisen Adam und Eva in einem Gefängnis durch das All. Ihre Freiheit scheint grenzenlos, dabei beschränkt sie sich auf wenige Quadratmeter. Die beiden sind klug und haben das längst durchschaut.

Eva ist allerdings trotzdem ganz anders als Adam. Sie hat manchmal Phasen, in denen sie traurig scheint, doch dann ist sie wieder der fröhlichste Mensch der Welt. Unabhängig von ihrer aktuellen Laune macht sie aber stets alles mit, während Adam sich am liebsten komplett aus dem Leben heraushalten würde. In der Regel ordnet sich Eva Adam unter, wobei sie nach der Devise „der Klügere gibt nach" zu verfahren scheint. Dadurch streiten die Geschwister selten und wirken unzertrennlich.

Beide sind ausgesprochen hübsch. Anscheinend hat der Schöpfer auch hier auf die Gen-Auswahl geachtet. Adam ist groß gewachsen, mit seinen 15 Jahren ist er schon bei 1,76 Metern angekommen, und die Brutkammer, die noch immer für seine körperliche Entwicklung verantwortlich ist, behauptet, dass er wahrscheinlich 1,90 Meter erreichen wird. Er besitzt einen dunklen Teint, eine gerade, ausgeprägte Nase und braune Augen. Sein Haar kräuselt sich leicht. Das einzige, was er noch freiwillig macht, ist Sport, und das sieht man ihm an. Stundenlang sitzt er auf dem

Rad-Trainer. Eva hingegen war schon als Baby kleiner als er, und sie ist zierlich geblieben. Seit gut drei Jahren, als sie zwölf wurde, hat sie ihre Periode, seitdem sind auch ihre Brüste gewachsen. Zunächst konnte sie damit gar nichts anfangen, doch seit etwa einem Jahr hat sie wohl akzeptiert, zur Frau zu werden, und schminkt sich jeden Morgen. Das muss sie aus den Romanen entnommen haben, die sie fleißig liest. Ihre fast schwarzen Haare lässt sie von J meist sehr kurz schneiden, damit sie ihr nicht im Weg sind. Wie bei Adam ist ihre Haut recht dunkel. Das liegt an dem speziellen Pigment, das der Schöpfer in ihre DNS integrieren ließ und das sie vor der vermutlich starken UV-Strahlung auf Proxima b schützen soll. Eva hat ein sehr freundliches Gesicht, dem jeder Hochmut fehlt – was man bei Adam so nicht sagen kann. Seit ihrem zwölften Geburtstag haben die beiden getrennte Zimmer. Es war wohl der perfekte Zeitpunkt, denn drei Tage danach war es zu einem ernsten Gespräch gekommen. Adam und Eva müssen sich dazu vorher abgesprochen haben, denn sie trugen ihre Frage gemeinsam an mich heran.

»Sind wir Geschwister?«

Kurz hatte ich das Gefühl, mich räuspern zu müssen. Ich kann zwar fast unendlich schnell rechnen, aber die richtige Formulierung fällt mir trotzdem oft nicht sofort ein.

»Ihr seid als Geschwister aufgewachsen. Wisst ihr noch, wie ihr immer in einem Bett geschlafen habt, nackt, Bauch an Bauch?«

Adam grinste ein bisschen dümmlich, doch Eva ließ sich nicht ablenken.

»Aufgewachsen, ja, aber genetisch? Können wir Kinder miteinander haben?«

»Ihr habt ein paar genetische Gemeinsamkeiten. Eure Haut zum Beispiel, sie schützt euch vor Strahlung.« Ich überlegte, ob es an der Zeit war, ihnen das ganze Ausmaß ihrer genetischen Manipulationen zu erklären, entschied mich aber dagegen. »Aber ihr seid nicht miteinander verwandt, euer genetisches Material stammt aus verschiedenen Quellen.«

»Wir könnten also miteinander Kinder zeugen?« Eva fragte, als ob sie morgen damit anfangen wollte. Adam war das Thema zu diesem Zeitpunkt noch sichtbar unangenehm.

»Ja, grundsätzlich würde nichts dagegen sprechen.« Dass Eva über die Nahrung mit Kontrazeptiva versorgt wurde, verschwieg ich. »Allerdings würde ich sehr davon abraten, bevor wir uns auf Proxima b ordentlich eingerichtet haben. Wir wollen eure Kinder doch keinem unnötigen Risiko aussetzen.« Eva hatte Adam danach ganz seltsam angesehen.

Seitdem ist das Gespräch zumindest zwischen uns nie wieder auf dieses Thema gekommen. Sowohl Adam als auch Eva sind allerdings peinlich genau darum bemüht, dem jeweils anderen nie nackt vor die Augen zu treten. Spricht man sie auf ihre gemeinsame Zeit als Babys an, rollen sie nur mit den Augen.

Das Weihnachtsgeschenk, das beide zusammen bekommen sollen, ist eine bewusste Geste. Ich hoffe sehr, dass ich Adam damit ein bisschen aus der Reserve locken kann. Eigentlich war es erst für ihren 16. Geburtstag im kommenden August vorgesehen gewesen, doch die »Kinder« erscheinen mir reif genug.

J führt die beiden ins Kommandomodul, das festlich geschmückt ist. Adam setzt sich schnurstracks an den Tisch, Eva sieht sich neugierig um. Es ist kein Geschenk zu sehen, ihr Gesicht zeigt, wie irritiert sie ist.

Ich schalte mich über den Lautsprecher ein.

»Schön, dass ihr hier seid.«

»Ja, das wissen wir, Marchenko, nun mach es nicht so spannend«, sagt Adam.

Ich muss lächeln. Zum Glück sieht man das nicht, sonst würde sich Adam wieder mal nicht ernstgenommen fühlen.

»Also, euer Geschenk, verstehe, ich mache es kurz.«

J bewegt sich zur Spitze des Kommandomoduls, die in unsere Bewegungsrichtung zeigt. Er drückt mit seinem linken Arm etwa in Hüfthöhe gegen die Wand. Ein klackendes Geräusch, dann faltet sich eine Platte aus der Wand, die etwa zwei Zentimeter dick und an der Unterkante über ein Gelenk mit der Wand verbunden ist.

»Kommt doch mal her«, sagt J, und sofort schnellt Adam aus dem Sitz. Der Roboter streift über den linken Rand der Platte. Daraufhin beginnen in ihrer Mitte Lichter zu blinken.

»Das sind Schalter«, sagt Adam, und man sieht ihm an, dass er erfolglos versucht, seine Begeisterung zu unterdrücken.

»Bitte beugt euch kurz hierüber«, J zeigt auf eine unscheinbare Stelle in der Platte, »damit ich eure Iris registrieren kann.«

Adam und Eva folgen nacheinander der Aufforderung.

»Ihr seid jetzt«, sage ich, »als Piloten der Messenger registriert. Das ist euer Geschenk. Ab sofort könnt ihr euren Weg ganz allein bestimmen. In den nächsten Wochen werden wir uns im Virtual-Reality-Simulator damit befassen, wie das genau funktioniert.«

»Wir können überall hin fliegen?«, fragt Adam, als könne er es noch nicht ganz glauben.

»Überall ist ein bisschen zu viel gesagt. Du weißt ja, dass die Messenger noch gar keinen eigenen Antrieb besitzt. Aber ihr könnt den Kurs ändern, so gut das mit den Steuerdüsen möglich ist. Und wenn wir im Proxima-System angekommen sind, wird es auch ein Triebwerk geben.«

»Aber lässt du uns auch den Kurs korrigieren, wie wir das wollen?«

Das ist die Frage, auf die ich gewartet und die ich gefürchtet habe. Einerseits würde den beiden gern so weit vertrauen, dass ich ‚ja' sagen kann, andererseits darf ich die Mission nicht gefährden. Oder gefährde ich die Mission nicht viel mehr, indem ich ihnen mein Vertrauen versage?

»Ja, ihr könnt fliegen, wohin ihr wollt«, antworte ich.

»Gut, dann leite ich jetzt mal eine Kurve ein. Wir fliegen zurück.« Adam steht auf und zielt mit dem Finger auf die Tasten. Ich werde nervös, lasse mir aber nichts anmerken.

»Nein, Quatsch«, sagt er schließlich und setzt sich wieder. »Zuerst musst du uns ja beibringen, wie das geht.«

3. Februar 18

Adam sieht cool aus, wie er mit Sonnenbrille vor dem Steuerpult sitzt. Die Brille, nach seinem eigenen Design entworfen, schützt nicht vor Sonnenlicht, sondern enthält winzige Screens, die Adam vorgaukeln, dass er sich mitten im All befindet. So soll er ein Gefühl dafür bekommen, was seine Steuerbefehle bewirken. Die Konsole ist mit der Virtual-Reality-Simulation gekoppelt. Seit Neujahr stehen diese Stunden nun auf dem Programm. Eva sieht sie pragmatisch. Sie betrachtet die Messenger als Vehikel, das sie irgendwann an ihr Ziel bringen wird. Natürlich ist es gut, damit umgehen zu können, aber es verschafft ihr nicht die Befriedigung, die Adam daraus zieht. Besonders reizt es ihn, das Raumschiff in Extremsituationen zu bringen.

Das ist, das muss ich zugeben, nicht nur spannend, sondern auch sehr lehrreich. Denn es zeigt ihm, dass seine Einflussmöglichkeiten gering sind. Das Universum versucht uns dauernd umzubringen, und wir springen ihm nur deshalb immer wieder von der Schippe, weil wir keine Fehler machen und Extremsituationen bewusst vermeiden. Das Hauptproblem besteht darin, dass es ein Kampf »einer gegen alle« ist. Die Messenger hat jetzt, kurz vor Erreichen des Ziels, einen Durchmesser von sieben Metern und eine Länge von zwölf Metern. Sie hat ihre Endgeschwindigkeit erreicht; langsamer wird sie erst wieder werden, wenn sie dann zur Landung bereit ist. Ein paar Monate vor dem Ziel, ich rechne zum Jahresende damit, wird sie ihre verfügbare Masse investieren, um ihren Durchmesser stark zu vergrößern. Das Ziel ist, die Passagiere durch eine schnelle Rotation an die hohe Schwerkraft auf dem Planeten zu gewöhnen. Bisher hatten sie es mit höchstens einem Viertel der Erdschwere zu tun, nach der Landung werden sie 50 Prozent schwerer sein als auf der Erde oder sechsmal so schwer wie jetzt. Ihre Knochen und Muskeln sind zwar genetisch darauf vorbereitet, aber sie brauchen Training und Vorbereitung.

Adam testet gerade, wie schwerfällig ein derart umgebautes Raumschiff reagiert. Der große Querschnitt macht uns anfälliger für Asteroiden-Treffer. Noch wissen wir nicht genau, ob es im Zielsystem viele solche Hindernisse gibt, doch wir gehen davon aus. Ich sehe, wie Adam sich zur Seite neigt, als müsse er selbst einem Treffer entgehen. Er verschmilzt so richtig mit dem Schiff, wenn er am Steuer sitzt, das mag ich. Die Steuerdüsen, mit denen wir Kollisionen ausweichen können, sind vergleichsweise kraftlos. Es kommt alles darauf an, dass wir Hindernisse rechtzeitig erkennen und dann richtig reagieren. Die Schiffssensoren leisten bei der Gefahrenerkennung einen guten Dienst. Algorithmen berechnen dann die nötigen Korrekturen. In der Simulation sind die Algorithmen aber deaktiviert. Adam soll selbst ein Gefühl dafür bekommen, welcher Triebwerksstoß in welchem Moment genau passt. Bisher hat er vor allem gelernt, wie frustrierend das ist. Dauernd höre ich ihn fluchen. Korrigiert er zu wenig, kommt es zum Zusammenstoß, der meist das Schiff zerstört. Korrigiert er zu viel, wird es plötzlich schwierig, das Ziel zu erreichen, das Raumschiff gerät ins Trudeln und wird unkontrollierbar oder wir rasen in einen anderen Felsbrocken, den Adam im Eifer des Gefechts übersehen hat. In der Simulation sterben wir in 99,6 Prozent der Fälle. Ich habe berechnet, dass Adam durch fleißiges Training diese Quote auf 76 Prozent verringern kann. Wenn er es schafft, die Messenger in einem Viertel aller Fälle zu retten, ist er ein Elite-Pilot.

Hoffentlich wird er jedoch diese Fähigkeit nie benötigen. Normalerweise übernehmen ja die Algorithmen diese Manöver. Es gibt allerdings Konstellationen, in denen das Schiff auf jeden Fall Schaden erleiden wird. Mit diesem Risiko müssen wir leben.

Adam ist nicht mehr so ablehnend, seit er mit diesem Training begonnen hat. Eva hat gerade eine Phase, in der sie sich besonders stark ihrer Weiblichkeit zuwendet. Die Fabrikatoren haben auf ihre Bitte einen BH und ein Kleid hergestellt. Eigentlich sind für Adam und Eva bequeme und praktische Uniformen vorgesehen, doch Eva will sich anscheinend als Frau erproben. Die Schnitte hat sie in uralter Literatur gefunden. Ich habe keine Ahnung, ob man so etwas heute noch auf der Erde tragen würde. Eva zieht das Kleid konsequent in ihrer Freizeit an. Adam bevorzugt nach wie vor die Uniform. Die beiden sprechen nur wenig miteinander. Sie haben einen scheuen Umgang, umarmen sich nicht, geben sich höchstens einmal vorsichtig die Hand. Mit Eva kann ich mich gut unterhalten, bei Adam fällt mir das schwerer, doch ich habe auch das Gefühl, dass ihm an Gesprächen wenig liegt.

»Scheiße«, ruft Adam jetzt laut. Ich prüfe die Simulation: Das Raumschiff hat es zum dritten Mal in Folge verpasst, in den Orbit um Proxima Centauri einzutreten, und wird stattdessen auf ewig in die Weiten des Alls davonfliegen. Ich kümmere mich nicht um Adam, er kann sich auch selbst wieder beruhigen. Ich habe ein seltsames Gefühl. Der Abschluss einer wichtigen Etappe liegt vor uns. Die beiden Kinder haben sich schnell in junge Erwachsene verwandelt, und die Messenger wird bald das Ziel erreichen. Veränderungen warten auf uns, die wir noch nicht einmal abschätzen können. Gut, dass in ein paar Tagen endlich wieder zwei Sensordrohnen das Proxima-System erreichen werden. Wir müssen unbedingt genauer wissen, was uns erwartet.

14. Februar 18

Wir sitzen heute zu viert im Kommandomodul. Ich habe beschlossen, aus den Ergebnissen der ISUs kein Geheimnis mehr zu machen. Nun gut, nicht ganz konsequent: Dass ich schon Fotos von der Oberfläche des Planeten gesehen habe, werde ich nicht verraten. Aber wir werden uns die Bilder der beiden Sonden gemeinsam ansehen, die aller Voraussicht nach heute ihren geringsten Abstand zu Proxima b erreichen sollten. Nein, natürlich nicht heute, sondern in der Vergangenheit, vor ein paar Monaten.

Beide Komponenten des Doppelsternsystems Alpha Centauri können wir längst als hellste Sterne am Himmel erkennen. Proxima ist dafür noch immer zu dunkel, der Planet erst recht. Die Sonden sehen, wenn sie nach hinten blicken, jetzt vielleicht dasselbe Bild wie wir. Dass es so lange gedauert hat, liegt an der Tatsache, dass sich die ISUs stets mit der im Zeitpunkt des Abwurfs aktuellen Messenger-Geschwindigkeit bewegen. Das ist längst nicht mehr ein Fünftel der Lichtgeschwindigkeit.

Ich betrachte die Geschwister. Immer wieder ertappe ich mich dabei, sie so zu nennen, obwohl sie doch streng genommen nicht verwandt sind, auch wenn sie am selben Tag geboren wurden. Sie sind uns wirklich gut gelungen. So lange Zeit auf kleinem Raum zusammengesperrt und trotzdem so vernünftig, das war nicht unbedingt zu erwarten gewesen. Der Schöpfer hatte mir sogar sicherheitshalber die Berechtigung zur Ausübung tödlicher Gewalt erteilt, falls eines der Kinder die Mission gefährden würde. Die Brutkammer hätte dann versucht, in einem beschleunigten Prozess Ersatz herzustellen. Ich glaube allerdings nicht, dass ich im Ernstfall fähig gewesen wäre, eines der Kinder zu töten.

Eva sieht auf den Fußboden und scharrt mit den Füßen. In der Schwerelosigkeit des Kommandomoduls führt das dazu, dass sich ihr ganzer Körper bewegt. Adam hat die

Arme verschränkt und sitzt ganz still, als ginge ihn das alles gar nichts an. Ich glaube nicht, dass er wirklich so empfindet.

Das Außenfenster verwandelt sich in einen Bildschirm. Das ist eine automatische Reaktion, wenn neue Daten eintreffen. »Signal-Lock erreicht«, sagt eine Stimme. Gleichzeitig spüre ich, wie sich einer meiner Speicher nach dem anderen füllt. Diesmal war die Ausbeute anscheinend hervorragend.

»Es sieht gut aus, Kinder«, kündige ich an.

»Nenn uns nicht immer Kinder, wir sind erwachsen«, sagt Adam. Eva wirft ihm einen genervten Blick zu.

Die Bilder müssen zunächst anhand ihrer Prüfsumme verifiziert werden. Wir dürfen nicht riskieren, dass in irgendeiner Form schädliche Daten die Messenger entern. Die Prüfung übernimmt ein Algorithmus, den ich weder verändern noch abbrechen kann. Ungeprüfte Dateien wird das Betriebssystem nicht anzeigen.

Dann passiert etwas auf dem Bildschirm. Von oben nach unten baut sich zeilenweise eine Grafik auf, ein Foto. Ich hoffe, dass ich dieses Bild nicht schon gesehen habe. Für Adam und Eva wird es der erste Blick auf ihre neue Heimat sein, der Ort, den sie anschließend bis zu ihrem Tod nicht mehr verlassen werden.

Es ist die dunkel glühende Ebene, die ich schon kenne. Eva ist aufgestanden, um jedes Detail aufnehmen zu können. Auch Adam sieht gespannt zu.

»Nicht gerade das Paradies«, sagt Adam. Eva nickt. Beide wirken noch unentschieden, wie sie reagieren sollen. Die Enttäuschung braucht anscheinend einen Moment, um sich in ihren Köpfen auszubreiten.

»Umschalten?«, fragt eine Aufschrift auf dem Bildschirm. Es sind anscheinend noch weitere Bilder verarbeitet.

»Umschalten«, sage ich, und das zweite Bild wird eingeblendet. An der Uhrzeit erkenne ich, dass die Sonde inzwischen weitergeflogen ist. Etwa 800 Kilometer, berechne ich aus Zeit- und Geschwindigkeitsdaten. Hier sieht die Landschaft schon deutlich anders aus. Adams und Evas Gesichter hellen sich auf, obwohl es hier, wo die Sonne schräg am Himmel steht, noch deutlich dunkler ist als in der Zentralebene. Doch der Boden ist hier ganz offensichtlich von etwas Anderem bedeckt als von hartem Gestein. Die ISU, sagen die Daten, hat das Bild aus etwa 3000 Metern Höhe aufgenommen, deshalb ist nicht ganz genau zu erkennen, was wir da sehen.

Während Adam und Eva gebannt das Bild mustern, schiebe ich es durch den Spektral-Analysator. Ich finde Wasserstoff, Sauerstoff, Stickstoff, Kohlenstoff. Alles weist darauf hin, dass die Temperaturen hier niedriger sind. Der Sauerstoffgehalt in der Luft liegt immer noch kaum über zehn Prozent, aber wenn die Temperaturen stimmen, bekommen wir den Rest hin. Wir werden Atemmasken konstruieren, die den Sauerstoff aus der Luft konzentrierter an ihren Träger abgeben. Drei Prozent mehr würden schon reichen, vielleicht fünf, wenn man die höhere physische Anstrengung aufgrund der Schwerkraft einberechnet.

Der Analysator findet auch ganz ungewöhnliche Linien, die ich keinem bestimmten Stoff zuordnen kann. Sie sind nicht reflektiert, sondern emittiert. Es ist fast, als würde der Boden, oder das, was ihn hier bedeckt, in bestimmten Frequenzen leuchten.

»Da kommt noch etwas«, holt Adam mich aus meinen Gedanken. Stimmt, wir haben ein drittes Bild empfangen. Eine wirklich sehr ordentliche Ausbeute, wenn man bedenkt, dass die ISUs eigentlich ganz andere Aufgaben hatten und für die Informationsübermittlung über so lange Distanzen nicht konstruiert sind.

»Umschalten«. Die Automatik braucht meinen Befehl. Vielleicht möchte ich ja den Inhalt der Grafik manipulieren, bevor ich sie meinen Passagieren zeige?

Das wird nicht nötig sein. Die Sonde überfliegt, während sie das Foto schießt, wohl gerade den Terminator, die Linie, die die immer helle von der stets dunklen Seite trennt. Drei Vegetationszonen sind zu erkennen: ein Bereich, vielleicht 300 bis 100 Kilometer vom Terminator entfernt, ist mit einer geschlossenen Waldzone bedeckt. Danach beginnt ein anscheinend planetenumspannender Ozeanring, in dem ein paar kleinere Inseln zu sehen sind. Und schließlich folgt, etwa 50 Kilometer hinter dem Terminator, eine Zone des ewigen Eises. Es ist nicht erkennbar, ob hier der Ozean gefroren weitergeht oder vielmehr eine Eiswüste auf Besucher wartet. Falls der Ozean die gesamte Rückseite einnimmt, besäße Proxima b weitaus mehr Wasser als die Erde.

»Wow«, sagt Adam. Einen Ausdruck solcher Begeisterung habe ich lange nicht von ihm gehört. Eva beginnt, die drei Fotos in eine schematische Darstellung umzusetzen, eine Art Karte. Ich grübele, wo wir wohl die größten Chancen haben werden, auf die Bewohner oder ihre Hinterlassenschaften zu stoßen.

»Was meint ihr, wo sollten wir zuerst nach denen suchen, die uns das Signal geschickt haben?«

»In der Zentralebene sicher nicht«, sagt Adam. Sehr wahrscheinlich hat er Recht, aber wir dürfen trotzdem keine Möglichkeit außer Acht lassen.

»Es könnte sich um Leben auf Silizium-Basis handeln, das sich dort sehr wohl fühlt.«

»In der Botschaft waren eindeutig Wesen mit zwei Beinen und zwei Armen erkennbar, eine solche Form ergibt unter diesen Umständen keinen Sinn.«

»Guter Einwurf, Adam«, sage ich. »Und sonst?«

Eva wiegt den Kopf. »Ich tippe auf die Rückseite«. Ich bin überrascht.

»Obwohl dort das Klima so extrem kalt ist?«

»Das ist der am besten vor den Proxima-Flares geschützte Ort. Wenn es sich um eine Zivilisation handelt, die eine solche Botschaft absenden kann, dann haben sie auch die Fähigkeit unter extremen Bedingungen zu überleben.«

»Da wäre ich nicht so sicher. Die Menschheit tut sich gerade mit zwei Grad mehr sehr schwer, und wir haben es immerhin bis hierher geschafft.«

»Ich weiß, das hat uns J im Unterricht erzählt«, meint Eva. »Die Menschheit ist eben ganz schön verkorkst. Müssen ja nicht alle so sein.« Wenn sie wüsste, wie verkorkst manche Menschen wirklich sind. Ich hoffe, dass sie es nie erfahren muss. Aber ihre Argumente sind gut, sie überzeugen selbst mich. Wir müssen unbedingt in dem Ozean nachsehen.

»Warum sollten sie denn im Eis bleiben, wenn der große Flare längst vorüber ist?« Adams Einwurf ist berechtigt. »In diesem Moment dürfte ihnen das Überleben in der Steppen- oder Waldregion sicher leichter fallen.«

»Vielleicht habt ihr beide Recht? Es könnte Individuen geben, denen das Leben im Eis langweilig geworden ist und die nun durch Wälder und Wiesen streifen.«

Eines stimmt mich allerdings skeptisch, und ich beschließe, diese Sorge noch nicht mit den beiden zu teilen: Die Botschaft, die kurz wieder empfangbar gewesen war, ist längst wieder versiegt. Schade, an dem Funkstrahl hätten wir uns beim Anflug gut orientieren können.

22. Juni 18

Seit Anfang der Woche sind Adam und Eva ausgesprochen gern beim Unterricht. Nur hier in der Kommandokapsel quält sie die simulierte Gravitation nicht, die inzwischen in ihren Quartieren herrscht. Sie wissen natürlich, dass diese harte Vorbereitung nötig ist, doch der Muskelkater schmerzt sie trotzdem. Es genügt ja nicht, dass sie still auf ihren Betten liegen, sie müssen sich bewegen. Nur so können sich ihre Muskeln an die hohe Schwerkraft auf Proxima b gewöhnen.

Bis jetzt ist die Quälerei noch lange nicht beim Maximalwert angekommen. Wir haben bisher lediglich die Drehgeschwindigkeit der Messenger so weit erhöht, dass in den Kabinen etwa drei Viertel der Erd-Schwerkraft herrschen. Noch viel schneller können wir das Raumschiff nicht rotieren lassen. Doch die Fabrikatoren sind schon dabei, den Radius des Schiffes zu vergrößern. Spätestens zwei Monate vor der Ankunft sollen sich die Passagiere an die volle Schwerkraft des Planeten gewöhnen können.

Ich bin froh, dass ich dieses Programm nicht mitmachen muss. Meine alten Knochen hätten da wohl versagt, ihnen war die Fallbeschleunigung auf der Erde manchmal schon zu viel gewesen. Es ist etwas anderes, ob man, in Watte gepackt und mit einer Windel ausgestattet, mal für ein paar Minuten 6 oder 8 g beim Start eines Raumschiffs überstehen muss – oder ob man den Rest seines Lebens bei 1,5 g, also 1,5-facher Erdschwere, verbringen soll.

Adam hat dabei die größten Probleme im Rückenbereich. Das ist nicht ganz überraschend, weil er deutlich größer ist als Eva. Die hingegen klagt über starke Schmerzen in den Waden. Das ist allerdings ungewöhnlich. Ich habe die Brutkammer zu einer Untersuchung veranlasst, doch sie hat nichts gefunden. Beide machen angesichts der neuen Belastungen eine gute Figur. Der genetisch leicht veränderte Stoffwechsel hilft ihnen, in kurzer Zeit recht viel Kalzium in den Knochen einzulagern, sodass die Knochendichte schneller steigt als bei normalen Menschen.

Ich habe die beiden aber nicht ins Kommandomodul geholt, um mich mit ihnen über ihre Gesundheit zu unterhalten. Es gibt neue Daten aus dem Proxima-Centauri-System. Wir sind endlich nah genug, um mit dem bordeigenen Teleskop mehr herauszufinden, als wir schon wissen.

Das Fenster verwandelt sich erneut in einen Computerscreen.

»Adam, du wirst dich freuen«, sage ich, »wie es aussieht, wird unsere Einreise in das System nicht ganz einfach. Vielleicht brauchen wir sogar deine Fähigkeiten.« Der Junge hat sich im Simulator tatsächlich als sehr begabt erwiesen. Auf der Erde hätte er ein guter Pilot werden können.

»Warum?«, fragt er.

Ich zoome auf dem Bildschirm in das System hinein.

»Da, in der Mitte, das ist Proxima Centauri, klar. Dann, in etwa 7 Millionen Kilometern Abstand, haben wir den Planeten, von dem die Botschaft kam. In etwa elf Tagen kreist er einmal um seine Sonne. Das ist ganz schön nah und ganz schön schnell, aber ein lösbares Problem. Aber hier draußen, etwa dort, wo im Sonnensystem Merkur orbitiert, haben wir ein echtes Problem, eine Art Asteroidengürtel, der unseren Anflug behindert. Vielleicht befand sich dort irgendwann ein weiterer Gesteinsplanet.«

»Oder etwas hat seine Evolution zum Planeten gestört«, meint Eva.

»Auch das wäre möglich, aber unwahrscheinlich, denn hier gibt es nichts weiter, was stören könnte. Das System hat ja keinen Jupiter.«

»Vielleicht ein gravitativer Einfluss des Alpha-Centauri-Doppelsterns?«

Ich nicke unwillkürlich, bis mir einfällt, dass davon niemand etwas mitbekommt. »Ja, Eva, das könnte eine Ursache sein.«

Eva stößt Adam mit dem Ellenbogen in die Seite.

»In dem Asteroidengürtel steckt leider eine Menge Material, das wäre ein schöner Planet geworden oder war mal einer«, erkläre ich. »Das Material verteilt sich nicht nur in der Ekliptik, sondern auch ober- und unterhalb.«

»Der Asteroidengürtel im Sonnensystem ist doch auch nur scheinbar gefährlich.«

»Das stimmt, Adam. Allerdings enthält dieser hier mehr Material und liegt viel, viel näher am Stern. Es verteilen sich also deutlich mehr Kollisionskandidaten über einen wesentlich kleineren Raum. Das macht das Durchqueren des Asteroidengürtels für uns so gefährlich.«

»Können wir nicht daran vorbeifliegen?«

»Hätten wir unendlich viel Zeit, wäre das eine Option. Das Problem ist, dass Proxima Centauri etwa alle 40 Tage einen Flare produziert. Ich bin nicht sicher, ob wir euch im Weltall den Folgen dieses Sonnensturms aussetzen sollten. Für die Messenger selbst dürfte das kein Problem sein, aber eure Biologie ist dafür zu empfindlich. Wenn wir für die Annäherung samt Landung länger als 40 Tage brauchen, wird uns sehr wahrscheinlich ein Flare erwischen.«

»Das klingt, als wären wir auf dem Planeten sicher?«

»Sicherer als auf der Messenger. Wir haben inzwischen das Gravitationsfeld von Proxima b noch genauer vermessen. Es sieht sehr danach aus, als besäße der Planet einen großen, in sich rotierenden Eisenkern, der bis zu 60 Prozent seines Radius ausmacht, viel mehr als bei der Erde.«

»Das bedeutet, der Planet besitzt ein Magnetfeld, das uns vor der Strahlung schützt?«

»Richtig, Eva.«

»Und das hat die Bewohner aus welchem Grund nicht geschützt?«

»Der Riesen-Flare, den wir sogar von der Erde aus sehen konnten, muss etwa 4000 Mal stärker als die gewöhnlichen Flares gewesen sein. Da half dann auch das Magnetfeld nicht mehr.«

»Und wie passiert so etwas? Kann es wieder passieren, wenn wir uns auf Proxima b befinden?«

»Darüber wissen wir zu wenig. Rote Zwerge sind eigentlich sehr stabil. Vielleicht ist in seinem Inneren lokal der Brennstoff ausgegangen.«

»Das glaube ich nicht«, sagt Adam, »es muss eine andere Ursache geben. Proxima Centauri ist voll konvektiv, der Brennstoff mischt sich gut durch. Wenn ich mich recht erinnere, liegt seine Lebenserwartung bei vier Billionen Jahren.«

»Das stimmt, Adam«, sage ich. »Wir wissen einfach nicht genug darüber, was diesen Flare ausgelöst hat, und so lange müssen wir davon ausgehen, dass das erneut passieren kann, und schnellstmöglich Vorkehrungen treffen.«

»Schnellstmöglich?« Eva sieht den Bildschirm an, als steckte ich genau darin.

»Nach unserer Landung auf dem Planeten. Vorher können wir nichts tun, außer seinen Stern möglichst genau in allen Wellenlängen zu beobachten.«

23. August 18

Es ist Zeit, Adam und Eva die Wahrheit zu sagen. Vielleicht nicht die ganze Wahrheit, aber einen möglichst großen Teil. Heute ist ihr 16. Geburtstag. Nach den Gesetzen unserer künftigen Kolonie, vom Schöpfer persönlich aufgeschrieben, gelten sie von nun an als volljährig. Tatsächlich wirken sie längst nicht mehr wie Kinder.

Adam steckt noch stärker im Übergang zum Erwachsenen als Eva. Es fällt ihm schwer, sich als Mann zu definieren. Das ist seltsam, weil ich mich als Mann gebe, wenn ich auch nicht zu sehen bin, und auch J ein männlicher Typ ist. Wir sprechen jedenfalls immer von »ihm«, nicht von »ihr« und auch nicht von »es«, wenn wir uns auf ihn beziehen. Eva hingegen hat gar keine Rollenvorbilder an Bord, scheint sich aber in ihre Weiblichkeit gefunden zu haben. Dass sie sie deutlich herausstellt, mag mit Abgrenzung zu tun haben.

Mit 16-Jährigen Geburtstag zu feiern, macht wenig Spaß. Sie sind einfach von nichts mehr zu beeindrucken. Und es ist sowieso schwer, ihnen etwas zu schenken. Was sie brauchen, bekommen sie, was sie möchten (»ich würde so gern mal mit einer Freundin ins Kino gehen wie in dieser Serie«), können wir ihnen nicht bieten. Aber die Wahrheit über ihre Herkunft, stelle ich mir vor, könnte ein beeindruckendes Geschenk sein. Hätte ich damals nur gewusst, wie sehr ich mich irrte.

Das Gespräch findet im Kommandomodul statt, schon deshalb, weil Adam und Eva immer froh sind, der Schwerkraft zu entkommen. Wir sind inzwischen bei voller Erdschwere angekommen, nur hier im Zentrum der Rotationsachse ist davon nichts zu spüren, nicht einmal die Corioliskraft, denn das Modul dreht sich nicht.

Es fällt mir immer schwer, bei solchen Unterhaltungen einen Anfang zu finden. Ich probiere es.

»Ich wollte heute mit euch über den Schöpfer sprechen.«

»Das klingt so hochtrabend, so religiös«, sagt Adam.

»Ich habe mich deshalb nie getraut, danach zu fragen«, meint Eva.

»Der Begriff beschreibt gut, was dieser Mann für die Messenger-Mission getan hat. Aber ich verstehe, was ihr meint. Ich kann dazu nur sagen: Es war Nikolai Schostakowitschs ausdrücklicher Wunsch, ihn so zu nennen.«

»Ein komischer Wunsch«, sagt Adam. »War, ist er ein seltsamer Mensch?«

»Vielleicht«, entgegne ich. »Ich weiß ehrlich gesagt nicht viel über ihn. Nur, was in den Medien so zu finden ist. Er hat sehr schnell sehr viel Geld verdient und wusste anscheinend lange nicht, was er damit anfangen soll. Der Hilferuf der Aliens kam dann anscheinend gerade recht.«

»Darüber haben wir in den Daten nichts gefunden«, sagt Adam. Ich habe doch geahnt, dass die beiden längst nach ihrer Herkunft geforscht haben.

»Das ist klar, denn das Programm durfte nicht an die Öffentlichkeit dringen. Die Mission verletzt grundlegende ethische Prinzipien, und zwar mehrfach, das wäre dem Schöpfer nie von seiner Regierung genehmigt worden.«

»Das heißt, die Menschheit weiß nichts von uns? Wenn wir verloren gingen, würde niemand um uns trauern?« Eva reißt die Augen auf, sie scheint tief schockiert.

»Der Schöpfer und das Forscherteam in seiner Firma würden die gescheiterte Expedition bedauern.«

»Bedauern, das ist alles?«

»Wahrscheinlich. Ich bin nicht sicher, welchen Zweck er mit der Expedition verfolgt.« Ich erzähle nichts von dem geschützten Speicherbereich, auf den ich keinen Zugriff habe. »Aber er betrachtet euch wohl objektiv als Mittel zum Zweck.«

»So ein Arsch.« In Evas Gesicht hat Wut die Trauer abgelöst. Ich bin froh darüber. Mit Wut kann ich besser umgehen.

»Aber du bist trotzdem dabei. Wie konntest du das mitmachen?«

»Ich wurde nicht gefragt, Eva. Das letzte, an das ich mich

erinnern kann, ist eine Reise zum Saturn-Mond Enceladus.«

»Hast du eine Idee, wie du hierher gekommen bist?«

»Allerdings. Ich vermute, dass ich eine Raubkopie bin. Wir hatten uns damals schon gewundert, warum der Schöpfer so bereitwillig unsere Expedition finanziert, obwohl sie keinerlei ökonomischen Nutzen für ihn bringt.«

»Worum ging es denn bei der Expedition?«

»Wir wollten mein Bewusstsein wieder mit meinem Körper vereinen, den ich auf Enceladus hatte zurücklassen müssen.«

»Hattet ihr Erfolg?«

»Ich weiß es nicht. Ich habe an die Reise selbst keine Erinnerung. Ich bin erst aufgewacht, als die Messenger schon auf dem Weg war. Entweder hat der Schöpfer mein Gedächtnis zum Teil gelöscht oder er hat mein Bewusstsein noch vor dem Start kopiert. Ich vermute letzteres; so konnte er sicher sein, meiner habhaft zu werden.«

»Bist du darüber nicht wütend?«, fragt Adam. »Ich wäre sehr wütend.«

»Nein, bin ich nicht. Ich war noch nie ein wütender Mensch. Und ich habe euch gefunden. Ich hatte als Mensch nie Kinder.« Ich erwähne nicht, dass ich mit Francesca gern welche gehabt hätte. Wenn die Expedition zum Enceladus erfolgreich war, ist der Mensch Marchenko vielleicht schon Vater. Es würde mich für ihn freuen, obwohl es nichts mehr mit mir zu tun hat. Ich spüre, dass wir zwei verschiedene Wesen sind.

»Wenn du nicht da wärst, wären wir ganz allein auf dem Schiff«, sagt Eva.

»Ihr hättet immer noch J und die Brutkammer.«

»Das ist etwas völlig anderes. J ist wie ... ein Haustier. Er weiß alles, aber er ist nicht klug.«

»Und die Brutkammer ist inzwischen einfach nur noch nervig«, ergänzt Adam.

»Das ist zu eurem Besten. Sie ist für eure Gesundheit zuständig.«

»Bla bla bla«, sagt Adam.

»Und was ist mit uns? Ist der Schöpfer unser Vater?« Eva hat einen ernsten, fast traurigen Gesichtsausdruck. Ich bin nicht sicher, ob sie die Antwort wirklich hören will.

»Vater ist sicher nicht das richtige Wort. Euer Genmaterial haben die vom Schöpfer beauftragten Humangenetiker aus vielen verschiedenen Personen zusammengesetzt. Überall haben sie sich die besten Eigenschaften herausgepickt, und dann haben sie sie wenn möglich noch verbessert. Ihr könnt komplexer denken und schneller laufen als die meisten Menschen auf der Erde. Ihr seht auch im infraroten Teil des Spektrums, sodass Proxima Centauri für euch heller erscheint. Die Pigmente in eurer Haut ...«

»Wir haben also nicht einen Vater und eine Mutter, sondern viele?«, unterbricht mich Eva.

»Ich bin euer Vater, ich habe euch adoptiert. Die genetische Ausstattung spielt doch keine Rolle. Ich werde immer für euch da sein. Das ist genau das, was Eltern so tun.«

»Und die Brutkammer wäre dann unsere Mutter?«

»Wenn du es so sehen willst ... Sie zeigt jedenfalls mütterliches Verhalten. Dass sie euch nervt, ist der beste Beweis dafür.«

»Weißt du, Marchenko, das ist ja alles gut und schön, und es ist toll, dass du für uns da sein willst. Aber erstens brauchen wir das nicht mehr, und zweitens habe ich das dumme Gefühl, eine Marionette dieses Schostakowitsch zu sein, den du so schwülstig Schöpfer nennst. Ich will nicht die Pläne eines anderen umsetzen, den ich nie gesehen habe. Ich bin schon nicht gefragt worden, ob ich überhaupt hier sein will. Nun will ich mein eigenes Leben leben, und ich bin sicher, Eva stimmt mir zu.« Adam sieht seine Schwester an, die doch nicht mit ihm verwandt ist. Sie nickt bedächtig.

»Das verstehe ich«, antworte ich. Adams Antwort kommt nicht unerwartet. »Der Schöpfer hat diese Expedition allerdings so organisiert, dass ihr zumindest am Anfang seinem Plan folgen müsst, wenn ihr irgendwann euer eigenes Leben wollt.«

Adam nickt. »Ja, das war schlau. Wir brauchen ein Zuhause, wir müssen auf Proxima b ankommen und den Planeten erforschen. Aber es wird der Zeitpunkt kommen, an dem wir unsere eigenen Wege gehen. Die Menschheit weiß nichts von uns, der Schöpfer hat uns nie um Einverständnis gebeten. Wir sind niemandem etwas schuldig.«

»Ich weiß. Ich hoffe und wünsche mir, dass wir im Guten auseinandergehen können, wenn es irgendwann so weit ist.«

Ich habe gelogen. Ich möchte nicht, dass wir uns jemals trennen. Ich glaube nicht, dass ich eine ewig währende Einsamkeit ertragen könnte.

11. November 18

Adam hat an der Steuerkonsole Platz genommen. In den vergangenen Tagen hat er im Training gezeigt, dass er die Messenger im Notfall ein ganzes Stück besser beherrscht als Eva. Ich hoffe trotzdem nicht, dass er eingreifen muss, denn das hieße, dass die Software versagt hat. Er streicht sich nervös durch seinen dünnen Bart, der kurz nach seinem 16. Geburtstag zu sprießen begonnen hat.

Die ersten Ausläufer des Asteroidengürtels haben wir schon erreicht. Noch sind die Abstände zwischen den Hindernissen groß genug, um rechtzeitig ausweichen zu können. Ich habe den Sensor-Input so eingerichtet, dass mir der umliegende Raum so erscheint, als befände ich mich direkt in der Nase der Messenger. Ich sehe aber nicht nur das All, sondern bekomme auch zu allen Asteroiden bis hinunter auf Millimetergröße die Geschwindigkeitsvektoren angezeigt. Heute wird der Quantencomputer an Bord wahrscheinlich zum ersten Mal richtig ausgereizt, kann er doch alle nicht-relativistischen Bewegungsgleichungen potenzieller Hindernisse gleichzeitig lösen. Das heißt, wir wissen stets bei jedem Objekt, mit welcher Wahrscheinlichkeit es uns wann trifft. Das gilt fast unabhängig von der Anzahl der Hindernisse. Wir laufen also auch mitten im Asteroidengürtel nicht Gefahr, den Überblick zu verlieren.

Ich hege die leise Hoffnung, dass die Prognosen, die wir anhand der von den ISUs übermittelten Daten erstellt haben, nicht komplett zutreffen. Es gibt da ja einen Wahrscheinlichkeitsbereich. Die maximale Dichte kann so hoch sein, dass wir es gerade noch schaffen, oder so hoch, dass wir auf jeden Fall sterben. Welches dieser Szenarien zutrifft, werden wir in ein paar Stunden wissen.

Die Automatik meldet gefährliche Begegnungen mit einem Summen. Der Sinn ist mir nicht ganz klar, aber die Häufigkeit der Geräusche zeigt ein gutes Bild davon, wie gefährlich es gerade ist. Während heute Morgen pro Stunde nur eine Warnung erfolgte, sind wir jetzt bei einem Summen alle fünf Minuten angekommen. Adam beginnt, parallel zur Automatik an der Konsole Steuerimpulse zu geben. Das ist reines Training, die Impulse werden nicht übernommen, aber er bekommt eine virtuelle Rückmeldung, was passiert wäre, wenn die Messenger seinen Befehl ausgeführt hätte. Er sieht nicht unzufrieden aus.

Eine halbe Stunde später sitzt er schon verkrampft auf seinem Pilotensitz und drückt hektisch die verschiedenen Knöpfe. Es sieht fast aus, als würde er Whac-A-Mole spielen, wo man aus Löchern herausschauenden Maulwürfen möglichst schnell auf den Kopf schlagen muss. Die Summgeräusche ertönen nun etwa alle zwanzig Sekunden. Die Automatik hält noch gut mit. Ich verfolge auf meiner internen Darstellung, wie sie das Schiff immer wieder außer Reichweite bringt. Es scheint, als wären alle Asteroiden des Bereiches darauf aus, uns zu treffen, aber das ist eine optische Täuschung. Ich erinnere mich, wie ich als Mensch mit einem Auto bei heftigem Schneefall durch den Mittleren Westen gefahren bin. Das hat sich ähnlich angefühlt, nur dass die Schneeflocken nicht in der Lage waren, mein Fahrzeug zu zerstören. Die Asteroiden befinden sich auf einem prograden Standard-Orbit, das heißt, sie kommen auf unserem Weg ins Zentrum dieses Systems alle von links. Von Verkehrsregeln scheinen sie leider nichts zu halten.

Ein lautes Pfeifen signalisiert den ersten Einschlag. Es ist nicht viel passiert. Das Bild des Alls vor meinen Augen zittert kurz, während es die Software an die plötzliche Impulsänderung der Messenger anpasst. Die Fabrikatoren beginnen sofort mit der Ausbesserung des Schadens. Ich glaube nicht, dass sie damit fertig sein werden, bevor der nächste Treffer kommt. Sie können keine Wunder vollbringen. Die Sensoren sagen, dass wir gerade einmal fünf Prozent des Asteroidengürtels durchquert haben.

Ich versuche, meinen Blick etwas nach vorn zu richten. Mit den uns am nächsten befindlichen Asteroiden wird die Automatik schon fertig, doch was ist mit der Welle dahinter? Es ist bedauerlich, dass wir keine Waffen an Bord haben, mit denen wir sie aus dem Weg räumen könnten, aber dafür fehlt uns einfach die Energie. Ich spüre den nächsten Treffer. Er verursacht mir körperlichen Schmerz. Damit will mir die Automatik Auskunft über die Gefährlichkeit geben. Je mehr ein Treffer unsere Stabilität gefährdet, desto schmerzhafter fühlt er sich für mich an. Die Schmerzempfindung wird auch dann in mein Bewusstsein geleitet, wenn ich intensiv an etwas anderes denke. So wie jetzt, denn mir fällt auf, dass sich die Vektoren der auf uns zurasenden Asteroiden in etwa 30 Minuten Entfernung fast zu einem Vorhang verdichten. Die Automatik hat noch keine Zeit, sich darum zu kümmern, sie hat mit den unmittelbar nahenden Objekten zu tun. Ich überschlage die Werte. Der Quantencomputer besitzt genügend Reserven, er kommt auch damit noch zurecht. Doch es sieht ganz so aus, als wäre keine hindernisfreie Route für uns zu berechnen. Wir kollidieren auf jeden Fall, wenn wir nicht sofort umdrehen.

»Simulation beenden. Anflug abbrechen«, höre ich Adams Stimme, noch bevor ich den Befehl zum Rückzug geben konnte. Der Junge hat das Kommando übernommen. Diese Möglichkeit stand ihm immer offen, doch bisher hat er sie nie genutzt.

»Es war sinnlos, Marchenko«, sagt er. Er weiß, dass er jetzt meine Aufmerksamkeit hat. »So schaffen wir das nicht.«

»Der letzte Flare ist vor drei Tagen durchgezogen. Wir haben nicht genug Zeit für einen Umweg.«

»Ich weiß, Marchenko, aber es muss trotzdem eine Lösung geben. Ich habe auch eine Idee. Gerade eben, in der Simulation, wollte ich in einer Situation schon aufgeben und habe das Steuer losgelassen. Der Asteroid, ein 2-Meter-Riese, hätte uns auf jeden Fall gestreift. Die Software hat mir trotzdem einen Erfolg gemeldet. Denn in letzter Sekunde ist das Hindernis von einem größeren Asteroiden getroffen und abgelenkt worden. Ich hatte den nicht auf dem Schirm, weil er selbst nicht auf Kollisionskurs zu uns war.«

»So ein Glück werden wir aber nicht immer haben.«

»Nicht, wenn wir darauf warten. Aber vielleicht können wir diese Situation künstlich herstellen. Es gibt immer einen größeren Fisch, das weißt du doch.«

Der Junge hat Recht. Wir brauchen eine Art Schild, einen richtig schweren Asteroiden, der uns vor den anderen abschirmt. Der seinen Kopf für uns hinhält. Ich scanne das gesamte Feld.

»Es gibt einen etwa 200 Meter durchmessenden Brocken, der etwa in zwei Tagen an unserer aktuellen Position eintrifft.«

»Können wir ihn irgendwie einfangen?«

»Er kommt mit einer enormen Geschwindigkeit hier an. Ihn einzufangen ist ausgeschlossen. Aber wir können uns in seinen Windschatten klemmen und ihn ein bisschen abbremsen. Dann wird er sich automatisch auf eine Bahn näher an Proxima begeben.«

»Und uns mitnehmen.«

»Ja, das könnte funktionieren, Adam.« Ich rechne die Idee kurz durch. »Es gibt nur ein kleines Problem: den Asteroidengürtel auf diese Weise zu durchqueren, wird fast drei Wochen dauern.«

»Bis zum nächsten Flare haben wir dann noch 14 Tage«, sagt Adam langsam.

»14 Tage, in denen wir Proxima b erreichen, dort landen und uns einen sicheren Unterschlupf suchen müssen.«

»Das klingt nach einer Herausforderung. Aber haben wir eine Wahl?«

»Nein«, bestätige ich.

13. November 18

Statt den Schaden an der Messenger zu beseitigen, waren die Fabrikatoren seit vorgestern damit beschäftigt, eine Bremse für Fred zu bauen, wie wir den 200-Meter-Asteroiden auf Evas Anregung genannt haben. Fred ist schwer und nicht so leicht zu bremsen. Unsere Idee besteht darin, ihn mit ein paar kleineren Asteroiden kollidieren zu lassen und ihm so ein bisschen Impuls zu nehmen und gleichzeitig Masse zu geben. Denn je schwerer er ist, desto langsamer wird er. Danach passen wir unsere Geschwindigkeit so an, dass wir uns stets in seinem »Windschatten« befinden, während er allmählich durch den Asteroidengürtel nach innen wandert. Der Plan klingt komplizierter als seine Umsetzung, denn unsere Geschwindigkeit und die der Komponenten des Gürtels unterscheiden sich kaum. Wir brauchen also im Wesentlichen nur die Richtung zu ändern.

Ein paar von den Fabrikatoren konstruierte Sensor-Units sind schon zu den als Bremsklötze erkorenen kleineren Brocken unterwegs. Sie besitzen ein schwaches Triebwerk, das die Mini-Asteroiden dann in Freds Richtung ablenken soll. Es ist unmöglich, genau vorherzusagen, wie am Ende alles ausgehen wird. Die Prognosen meinen, dass wir zwischen 19 und 28 Tagen für die Durchquerung des Asteroidenfeldes brauchen werden und dass das Risiko, dabei trotzdem getroffen zu werden, nahe Null liegt. Das sind doch brauchbare Aussichten. Ich habe schon unter sehr viel ungünstigeren Voraussetzungen überlebt – wenn ich allein an meine Reise durch den Enceladus-Ozean denke ... Gestern habe ich versucht, Adam und Eva von diesem Abenteuer zu berichten, doch sie haben beide dankend abgelehnt. Ich verstehe, dass ihnen das Sonnensystem wenig bedeutet. Oder die Geschichten eines alten Mannes.

»Kurskorrektur in 3 2 1 ...« Die Schubdüsen an Steuerbord beginnen zu feuern. Ich setze mich wieder in die Nase der Messenger, um alles besser verfolgen zu können. Das

Raumschiff vollführt einen langsamen Schwenk. Ein Geräusch macht mich darauf aufmerksam, dass hinter mir etwas Wichtiges passiert. Der erste Felsen hat sich in Freds Material gebohrt. Das hat gesessen. Der Aufprall hat nicht dazu geführt, dass Material abgesplittert ist – ein inelastischer Stoß, das bedeutet optimale Bremswirkung. Nicht jede der von uns ausgelösten Kollisionen wird so sauber ablaufen.

»4330 Meter, 5,5 Meter pro Sekunde«, meldet die Automatik eine halbe Stunde später unseren Abstand zu Fred und unsere Relativgeschwindigkeit. Unser Schutzschirm ist noch etwas zu schnell. Mit den Korrekturtriebwerken können wir die Messenger in der kurzen Zeit nicht ausreichend abbremsen, wir sind darauf angewiesen, dass Fred unserem Plan folgt. Es gibt allerdings nur noch einen kleineren Klumpen, den wir ihm zum Fraß vorwerfen können. Der Rest ist Kleinzeug, das den 200-Meter-Brocken nicht nennenswert stört.

Sicherheitshalber haben wir einen Plan B vorbereitet. Das war Evas Idee, und im Moment bin ich ihr sehr dankbar dafür, auch wenn ich die Ausführung Adam zugewiesen habe. Adam steckt bereits in seinem Raumanzug. Es ist ein nagelneues Modell, auf der Erde erst sechs Monate vor unserem Start eingeführt. Statt des harten Unterteils, das den Druck der Gasblase um den menschlichen Körper bei einer halben Atmosphäre hält, besteht es aus einem direkt auf der Haut liegenden flexiblen Material. Lediglich den Kopf schützt ein klassischer Helm mit durchsichtigem Visier. Den Entwurf muss der Schöpfer illegal aus NASA-Quellen besorgt haben, denn eigentlich hat ihn der Hersteller, eine private Firma, patentieren lassen.

Falls wir Plan B wirklich brauchen, wird das Adams erster Weltraumspaziergang sein. Deshalb wäre es mir lieber, wir könnten darauf verzichten. Doch es sieht nicht so aus, gerade melden die Sensoren, dass der letzte Bremsklotz Fred nur geschnitten hat. Nun ist unser Schutzschirm leicht ins Trudeln geraten, was leider auch Plan B erschwert. Aber es hilft nichts.

»Adam, du bist dran«, sage ich.

»Endlich raus hier«, antwortet er cool, doch ich sehe an seinem Biomonitor, dass sich sein Herzschlag enorm beschleunigt hat. Hoffentlich kippt er mir nicht um.

Von meinem Platz an der Spitze des Raumschiffs sehe ich, dass sich auf der Backbord-Seite eine Luke öffnet, von deren Existenz vorher nichts zu sehen war. Zwei Hände erscheinen am Rand der Luke, dann zieht sich eine Person heraus. Es macht mir Angst, Adam so zu sehen. In dem eng anliegenden Raumanzug sieht er beinahe ungeschützt aus; der Kopf wirkt größer als sonst und damit noch verletzlicher.

»Uiiii«, ruft er. »Das ist ja hoch, nein tief hier.«

»Suche dir einen festen Orientierungspunkt. Und prüfe, ob das Seil eingehängt ist.«

Adam weiß natürlich, was zu tun ist, doch in der Aufregung helfen klare Anweisungen.

»Hast du einen Horizont? Das ist deine Ebene. Richte dich gedanklich auf ihr ein. Jetzt sieh dich vorsichtig um. Fred muss von dir aus gut zu sehen sein. Ich aktiviere deinen Sucher.«

Auf der Innenseite seines Helms erscheint jetzt ein Pfeil, der Adam die Richtung weist. Ich habe vergessen, dass Fred mit Adams Sinnen gar nicht so gut sichtbar sein dürfte, grau auf schwarzem Hintergrund.«

»Hab ihn«, sagt er.

»Er ist noch 300 Meter entfernt, eure Differenzgeschwindigkeit beträgt 3 Meter pro Sekunde.«

»Also ist er in 100 Sekunden hier.«

»Ja, genug Zeit. Nimm jetzt die Harpune.«

Ich sehe, wie Adam in die Luke greift und einen etwa zwei Meter langen Stab herausholt. An dessen Spitze befindet sich ein Sprengsatz, der die Harpune in Fred hineintreiben soll. Am Ende ist ein dünnes, aber sehr stabiles Monofilament-Seil angebracht. Wir werden Fred harpunieren und uns dann von ihm mitschleppen lassen. So können wir auch den Geschwindigkeitsunterschied ausgleichen. Adam muss den Asteroiden nur im richtigen Moment treffen.

Durch den seitlichen Treffer von vorhin gibt es allerdings ein kleines Problem: Fred rotiert langsam. Im ungünstigsten Fall behält er die Drehung bei und schleppt die Messenger langsam um sich herum. Wenn wir Pech haben, dient nicht Fred uns als Schutzschirm, sondern wir ihm. Ein cleverer Kerl, dieser Fred, aber leider unser Tod.

»Achtung, Adam. 90 Meter. 30 Sekunden.«

Adams Herz schlägt wieder erstaunlich ruhig. Der Junge kann sich offenbar gut konzentrieren.

»30 Meter. Countdown.« Eine Computerstimme beginnt von zehn rückwärts zu zählen. Bei »0« springt Adam, die Harpune weit nach vorn gereckt, in Flugrichtung. Das Manöver ist so berechnet, dass Adam ein bisschen Vorsprung vor Fred hat.

»Nähere mich dem Ziel«, sagt Adam. »Kontakt in 3 - 2 - 1 - 0«. Unwillkürlich hatte ich ein Geräusch erwartet, doch der Sprengsatz explodiert in völliger Stille. Die Harpune ist tief in Freds Haut eingedrungen, so wirkt es jedenfalls vom Raumschiff aus.

»Seildruck im Toleranzbereich.«

Das Seil, das Harpune und Raumschiff verbindet, war kurzzeitig einem enormen Druck ausgesetzt. Das scheint ihm nicht geschadet zu haben. Was ist mit der Rotation des Asteroiden?

»Seil gespannt. Registriere vertikale Kurskomponente.«

Fred dreht sich nur noch halb so schnell, aber er dreht sich und zieht die Messenger an sich heran. Das Raumschiff darf ihm nicht zu nahe kommen.

»Adam, zurück ins Schiff.«

Ich sehe, dass Adam zögert. Er bekommt dieselben Meldungen wie ich und versteht, dass nicht alles in Ordnung ist.

»Komm zurück, du kannst nichts tun. Wir müssen abwarten.«

Adam lässt sich an seinem eigenen Seil zurück zur Luke ziehen. Doch er steigt nicht ein.

»Abwarten ist keine Option«, sagt er. Er greift in die Luke und nimmt die Ersatzharpune heraus, die die Fabrikatoren für den Fall des Versagens der ersten angefertigt hatten. Er steht langsam auf und dreht sich um seine Achse. Er sucht etwas. Dann springt er ab. Ich erkenne jetzt, was er sucht: das entgegengesetzte Ende von Fred. Kraft und Gegenkraft. Als er dem Asteroiden nah genug ist, drückt er die Harpune in den Fels. Der Sprengsatz zündet. Wenn wir Glück haben, gleicht das die Rotation zumindest so weit aus, dass die Korrekturtriebwerke der Messenger eine Chance haben, sich dagegen durchzusetzen. Einmal Glück zu haben, dazu sollte sich das Schicksal doch herablassen können?

»Rotation geht gegen Null«, verkündet die Automatik. Adam hat es geschafft!

»Tolle Leistung«, sage ich. Adam antwortet nicht. Jetzt bemerke ich auch, warum: sein Seil hat sich um das Seil der zweiten Harpune gewickelt. Ein dummer Zufall. Der Motor in der Luke zerrt daran, macht es aber bloß schlimmer. Ich sehe, dass Adam hektisch versucht, das Seil der Harpune durchzuschneiden.

»Adam, stop«, sage ich, »falsches Seil. Das ist Monofilament, keine Chance.« Mir läuft ein Schauer den Rücken hinunter. Ich muss Adam ein absolutes No-Go empfehlen.

»Schneide dein eigenes Seil durch.«

Adam hält kurz inne. Wahrscheinlich kann er es selbst kaum glauben. Nie ohne Seil, das ist heilig. Aber er hält sich nicht lange damit auf, sondern beginnt, an seinem eigenen Seil zu sägen.

»Halt dich mit den Füßen am Seil der Harpune fest, wie die Trapezkünstler, sonst fliegst du davon, wenn du das Seil aufgetrennt hast.« Ich weiß nicht, ob Adam je Trapezkünstler gesehen hat. Aber er verhakt seine Füße im Seil.

»Geschafft«, sagt er. Ich sehe, wie ein Seilende zur Seite schwingt.

»Jetzt vorsichtig zur Luke hangeln. Immer eine Hand am Seil, nie beide loslassen. Es sind nur fünf Meter.« Du hast Zeit, will ich gerade sagen, doch etwas piept hektisch in meinem Kopf.

»Kollisionswarnung.«

»Gowno«, fährt es mir heraus, ‚Scheiße'. Von vorn nähert

sich ein kleiner Asteroid. Es ist nicht klar, ob er Adam trifft, aber es reicht schon, wenn er das Seil mitnimmt, an dem der Junge hängt.

»Adam, los, du hast drei Sekunden. Jetzt!« Vielleicht ist es die Panik in meiner Stimme, vielleicht kann Adam wirklich so schnell schalten, jedenfalls lässt er sämtliche Vorsicht fahren und zieht sich mit beiden Armen und aller Kraft in Richtung Luke. Ich höre ihn nicht atmen, wahrscheinlich hält er vor lauter Anstrengung die Luft an.

»Entwarnung«, meldet die Automatik in dem Moment, in dem Adam die Luke erreicht. Er gibt einen langen Seufzer von sich.

»Glückwunsch, wirklich gut gemacht«, sage ich. Adam lässt sich wortlos in die Luke fallen, die sich hinter ihm schließt.

»Das war mein erster und letzter Weltraum-Spaziergang. Wer hat überhaupt dieses dämliche Wort erfunden?«

Ich bin stolz auf meinen Sohn.

21. November 18

Es ist frustrierend. Die Uhr tickt. Proxima Centauri nimmt es mit ihren regelmäßigen Ausbrüchen sehr genau. Aber trotzdem müssen wir uns an das gemächliche Tempo halten, mit dem sich Fred durch die Schar seiner zahlreichen Freunde kämpft. Immerhin erfüllt er seine Aufgabe als Schutzschirm hervorragend. Wir sehen die Zusammenstöße zwar nicht direkt, aber wir können sie messen – die Schockwellen pflanzen sich bis auf Freds Rückseite fort. Jede Kollision, die zumindest zum Teil in seiner Bewegungsrichtung erfolgt, macht den Asteroiden langsamer. Das Paradoxe an unserer Situation: je langsamer Fred wird, desto schneller kommen wir voran. Denn eine geringere Orbitalgeschwindigkeit hat einen geringeren Bahnradius zur Folge. Und genau da wollen wir ja hin, ins Innere des Systems, aus dem Jenseits ins Diesseits des Asteroidengürtels. Dank unserer doppelten Aufhängung an zwei Harpunen macht die Messenger jedes Bremsmanöver von Fred brav mit. Wir hätten von Anfang an auf zwei Harpunen und zwei Seile setzen sollen. Merke: Plan B sollte mindestens genauso durchdacht sein wie Plan A.

Ich betrachte den riesigen Felsen, der uns vorausfliegt und den Weg freimacht. Dabei fühle ich mich ein bisschen wie Kapitän Ahab, der seinem felsigen Moby Dick folgt, wohin es diesen auch zieht. Allerdings werden wir die Taue lösen, sobald uns der Wal durch die Untiefen gelotst hat. Moby Dick wird dann wieder eigene Wege gehen. Ob wir entscheidend in sein Leben eingegriffen haben? Vielleicht wäre er ja Kern eines neuen Planeten geworden, der sich irgendwann in diesem Orbit gebildet hätte? Nun wird Fred am Rand des Asteroidengürtels allein seine Runden ziehen müssen. Aber ich muss mir wohl keine Sorgen um ihn machen. Realistisch gesehen ist es unwahrscheinlich, dass sich so spät in der Geschichte eines Systems noch ein neuer Planet bildet.

Adam hat sich nach seinem Erlebnis im All verändert. Es scheint, als sei er dadurch vom Jungen zum Mann gereift. Er spricht noch weniger als zuvor, aber man merkt ihm an, dass er keine Scheu hat, Verantwortung zu übernehmen. Und er scheint gelernt zu haben, dass eine möglichst umfassende Vorbereitung in bedrohlichen Situationen hilfreich sein kann. Er beteiligt sich nun genau wie Eva am Unterricht und ist auf gutem Weg, seine Rückstände aufzuholen.

Eva bewundert und beneidet ihn zugleich. Sie hatte nicht die Chance, sich zu bewähren, und das nimmt sie mir übel. Das kann ich verstehen, ich habe schließlich die Entscheidung gefällt. Ich merke aber, wie sich beide immer weiter von mir entfernen. Obwohl ich weiß, dass ich stolz darauf sein sollte, lässt es mich nachts manchmal nicht schlafen, sodass ich gezwungen bin, mein Bewusstsein manuell zur Ruhe zu schicken. Immerhin ein Vorteil gegenüber der menschlichen Existenz; schlaflose Nächte, die ich früher vor wichtigen Terminen hatte, muss ich nicht mehr erdulden.

Im Unterricht konzentrieren wir uns in diesen Tagen auf die Ankunft bei Proxima b. Ich mag angewandte Mathematik. Meine beiden Schüler weniger.

»Adam, was schätzt du, wie kompliziert es ist, sich Proxima b zu nähern?«

»Wenn du so fragst«, sagt er, »ist es kompliziert.«

»Kannst du das begründen?«

Adam überlegt. »Der Planet bewegt sich mit einer bestimmten Geschwindigkeit um seinen Stern. Wir müssen etwa genauso schnell sein.«

»Gut. Von welchen Geschwindigkeiten sprechen wir hier?«

»Du hattest uns eine Umlaufzeit von gut elf Tagen genannt«, sagt Eva, »und einen Abstand zur Sonne von einer knappen halben Astronomischen Einheit. Das sind so etwa 70 Millionen Kilometer.«

»Nicht ganz, es sind nicht 50, sondern 5 Prozent einer AE«, korrigiere ich.

»Also sieben Millionen Kilometer. Der Planet legt also in elf Tagen, also 60 mal 60 mal 24 mal elf Sekunden etwa zwei mal Pi mal 7 Millionen Kilometer zurück. 46 km/s, würde ich sagen.«

Eva ist gut im Kopfrechnen. Ich lobe sie.

»Das ist übrigens 50 Prozent schneller als die Erde«, ergänze ich. »Was passiert, wenn wir langsamer sind?«

»Dann fliegt uns der Planet davon«, sagt Adam.

»Tja. Aber wenn wir dann landen wollen, was heißt das wiederum für unsere Geschwindigkeit?«

»Sie muss unterhalb der 2. Kosmischen Geschwindigkeit liegen.«

»Richtig, Eva. Das heißt konkret?«

»Hm, hier fehlt mir der Radius.«

»Schätze es doch über die Erde ab«, sagt Adam. »Da sind wir bei 11,2 km/s. Proxima b soll etwa 1,5 Mal so schwer sein, bei gleichem Radius. Wir klammern die 1,5 aus der Wurzel aus, dann sind wir bei der 1,2-fachen Fluchtgeschwindigkeit der Erde, also etwa 13 km/s.«

»Gut hergeleitet. Wenn mal ein Parameter fehlt, muss man sich anders helfen. Aber seht ihr, was das bedeutet?«

»Wir müssen in kürzestmöglicher Zeit von 46 km/s auf 13 km/s bremsen«, sagt Adam wie aus der Pistole geschossen.

»Warum in kürzestmöglicher Zeit?«

»Weil uns sonst der nächste Flare erwischt.«

2. Dezember 18

Statt 21 Tage haben wir für den Asteroidengürtel nur 19 gebraucht. Das verlängert den Puffer, der uns bis zum Erreichen eines sicheren Unterschlupfes bleibt, von 14 auf 16 Tage. Das Manöver, das wir vor uns haben, ist alles andere als einfach. Im Sonnensystem nutzt man auf dem Weg zum innersten Planeten Merkur die Schwerkraft von Venus und Erde, um entsprechend abzubremsen. Uns bleibt aber nur der direkte Weg, denn es gibt hier nur einen einzigen Planeten.

Ich betrachte das Schema dieses simplen Sonnensystems von allen Seiten. Es muss doch eine Möglichkeit geben? Das einzige Objekt neben unserem Ziel ist der Stern selbst. Die Entfernungen sind hier ja nicht so groß; ist es vielleicht möglich, die Gravitation von Proxima Centauri zu nutzen, um nach möglichst schnellem Anflug möglichst stark abzubremsen? Der Rote Zwerg hat zwar nur zwölf Prozent der Masse der Sonne, aber damit ist er immer noch weitaus schwerer als jeder Planet im Sonnensystem. Sollte das nicht reichen, so ein kleines Schiffchen wie uns einzufangen und kräftig abzubremsen?

Die Grundidee ist eine stark elliptische Bahn um Proxima Centauri. An den beiden Scheitelpunkten der Hauptachse – der langen Achse – einer solchen Bahn ist das Raumschiff immer besonders langsam, während es an den Scheitelpunkten der Nebenachse besonders schnell ist. Einer der Scheitelpunkte müsste sich also kurz hinter dem Planeten befinden; dort muss die Messenger dann langsamer als 13 km/s sein – und sie wird brav vom Planeten eingefangen.

Wie erreichen wir eine solche Bahn? Die konkreten Zahlen auszurechnen ist eine Aufgabe für die Navigationssoftware. Wichtige Nebenbedingung: Wir müssen vor dem 17. Dezember auf Proxima b landen können. Ich gebe die Berechnung in Auftrag und lasse dabei auch die Nutzung des

Quantencomputers zu. Drei Sekunden später erhalte ich das Ergebnis, und es gefällt mir nicht.

Ich rufe Adam und Eva in das Kommandomodul. Sie sind gerade beim Sport in ihren mittlerweile mit 1,2-facher Erdschwere belasteten Kabinen, kommen aber sofort.

»Die Navigationssoftware hat ein paar mögliche Bahnen zu Proxima b berechnet«, sage ich und lasse die Varianten auf dem Bildschirm anzeigen.

»Sieht ja eigentlich nicht schlecht aus«, meint Adam.

»Die Möglichkeiten, die richtig schlecht aussehen, habe ich gleich weggelassen.«

»Wenn ich es mir genau ansehe«, meint Eva, »erkenne ich das Problem.«

»Ja?« Ich will sie nicht beeinflussen.

»Die Nebenachse ist sehr kurz. Wir bewegen uns also bedenklich nah an der Sonnen-Oberfläche.«

»Ja, der Rote Zwerg durchmisst etwa 200.000 Kilometer. Wenn wir im Scheitel der Hauptachse mit ihren 14 Millionen Kilometern bei nur 13 km/s herauskommen wollen, müssen wir bis auf 200.000 Kilometer an die Oberfläche heran.«

»Das ist ein Drittel näher als der Mond der Erde kommt«, sagt Adam.

»Ja, aber hier haben wir einen ziemlich aktiven Stern vor uns, keinen langweiligen Planeten. Wir werden ziemlich sicher in die heiße Atmosphäre des Sterns eintauchen.«

»Welche Schäden sind zu erwarten?«

»Das ist schwer zu sagen, Eva. Wir wissen zu wenig über Proxima Centauri. Wenn wir Glück haben und der Stern gerade ruhig ist ... Immerhin durchqueren wir diesen Bereich mit der größtmöglichen Geschwindigkeit.«

»Speed bringt uns nichts, wenn uns Proxima den Arsch verbrennt«, meint Adam.

»Wenn wir zu langsam sind, röstet uns der Flare«, entgegnet Eva.

Mir kommt eine verrückte Idee. Wenn wir es geschickt anstellen, sparen wir eine Menge Zeit. Es gibt, was den Schutz vor Sonnenflares betrifft, kaum einen sichereren

Ort als die Rückseite von Proxima b. Dort schirmt uns der komplette Planet vor dem Sonnenfeuer ab, das auf uns zurast. Ein Flare dauert weniger als eine Stunde, wir brauchen uns also nicht lange zu verstecken. Tatsächlich müssen wir nur zur richtigen Zeit am richtigen Ort sein.

Ich erkläre Adam und Eva meine Idee.

»Klingt logisch«, sagt Adam, »genau so sollten wir vorgehen.«

»Wenn ich das recht verstehe, kommt es auf ein akribisch genaues Timing an. Wir müssen die geplante Bahn mehrfach durchrechnen. Aber wenn, dann nutzen wir die gewonnene Zeit, um den Abstand von der Sonne zu erhöhen«, erklärt Eva.

»Um welchen Betrag?«

»So weit wie möglich. 100 Prozent. Es reicht völlig, wenn wir auf die Minute genau hinter der Planetenscheibe in Sicherheit sind.«

10. Dezember 18

Bisher geht die Rechnung auf. Wir haben gerade den sonnenfernsten Punkt der Ellipse erreicht. Unsere Bahngeschwindigkeit liegt bei 12,9 Kilometern pro Sekunde. Die Radialgeschwindigkeit, mit der wir uns von Proxima Centauri entfernen, erreicht gleich 0. Die Anziehungskraft des Roten Zwergs hat uns weit ins All geschleudert, aber sie lässt uns nicht fliehen, sondern holt uns zurück. Dabei wird sie uns von Tag zu Tag stärker beschleunigen und uns näher an den Stern ziehen, bis wir unsere Maximalgeschwindigkeit erreicht haben und kurz über der Oberfläche des Sterns dahinflitzen.

Doch bis dahin haben wir noch ziemlich genau vier Tage. Im Moment sind wir ein bisschen weiter von dem Roten Zwerg entfernt als sein Planet, Proxima b, von dem nichts zu sehen ist, weil er sich aus unserer Perspektive genau hinter seiner Sonne befindet. Ich untersuche den Roten Zwerg mit allen Sensoren des Raumschiffs. Schließlich werden wir, wenn wir erst einmal gelandet sind, wegen der dichten Atmosphäre nie wieder so einen klaren Blick auf die Sonne haben. Proxima Centauri wird unser aller Existenz bestimmen: mit ihrer Energie als Lebensspenderin, aber auch mit ihrer Röntgenstrahlung und ihren Flare-Ausbrüchen als große Vernichterin.

Der Artenreichtum des Universums verblüfft mich immer wieder. Zwar ist Proxima Centauri wie die Sonne ein Hauptreihenstern. In ihrem Inneren verbrennt also Wasserstoff zu Helium. Doch darin erschöpfen sich die Gemeinsamkeiten auch schon. Wegen ihrer Größe könnte man ja annehmen, dass Proxima kein langes Leben beschieden wäre – aber im Gegenteil: der Stern geht mit seinen Wasserstoff-Vorräten so sparsam um, dass er vier Billionen Jahre alt werden könnte, das ist etwa 300 Mal so viel wie das gegenwärtige Alter des Universums. Wenn unsere Sonne in etwa 7 Milliarden Jahren die Erde verschluckt, könnte Proxima b eine sichere Alternative sein.

Ich fokussiere das Bild auf den glühenden Ball, den wir umrunden. Kaum zu glauben, dass er nur anderthalb Mal so groß wie Jupiter ist, so dicht ist das Gas darin gepackt. Je nachdem, in welchen Wellenlängen ich Proxima Centauri betrachte, verändert sich das Bild. Im sichtbaren Bereich registriere ich ein dunkles, schwaches Weiß. Im Infrarot wird der Stern heller, viel heller. Doch auch am anderen Ende des Spektrums passiert etwas. Proxima strahlt jede Menge UV- und Röntgenstrahlung ab, von letzterer mehr als die Sonne. Und dann sind da die metallischen Spektrallinien. Sie berichten aus der Vergangenheit: Proxima Centauri gehört offenbar mindestens in die Enkelgeneration der Sternenpopulation.

Ich drehe mich um. Jedenfalls fühlt es sich für mich so an, wenn ich den Blick nach hinten wende, obwohl ich schon so lange keinen Körper mehr besitze. Ich bin auf der Suche nach dem Ort, von dem wir kommen. Dazu muss ich im Sternbild Kassiopeia suchen. Die Sternbilder sehen hier fast genauso aus wie am Erdhimmel. Obwohl wir so lange unterwegs waren, haben wir doch nur einen winzigen Schritt geschafft. Und da ist sie auch, etwas unterhalb des typischen W, an dem das Sternbild gut erkennbar ist. Ein weiß leuchtender Hauptreihenstern wie viele andere, scheinbare Helligkeit 0,4 mag, etwa so hell wie der Rote Überriese Beteigeuze im Sternbild des Orion.

14. Dezember 18

Wir rasen über die Oberfläche eines Sterns. So nah wie wir ist noch nie ein Mensch einem dieser riesigen Fusionskraftwerke gekommen, die als Leuchtfeuer das All erhellen, seit das Dunkle Zeitalter vorüber ist. Der Blick nach unten ist gleichzeitig faszinierend und beängstigend. Ich fühle mich an den Anflug auf Io erinnert, den Jupitermond. In seiner Umlaufbahn hatten wir etwa dieselbe Entfernung wie jetzt, nur dass Proxima Centauri noch 50 Prozent größer ist. Die Stürme, die in Jupiters Atmosphäre wüten, sind gar nichts gegen die Gasbewegungen in der äußersten Schale dieses Kerns.

Jupiter kann man sich wie eine Zwiebel vorstellen; was in der einen Schicht passiert, berührt die andere kaum. Doch Proxima ist eine glühende Zusammenballung von Gasen. Die enorme Hitze, die im Inneren durch das Verschmelzen von Wasserstoff-Atomen produziert wird, strebt nach draußen. Doch der Stern ist zu dicht, um die Wärme aus dem Inneren abstrahlen zu können. Sie muss sich ihren Weg nach außen erkämpfen, indem sie gewaltige Strömungen in Gang setzt, die heißes Gas in kühlere Bereiche transportieren. Heißes Gas, dessen Bestandteile geladen sind – und dessen Bewegung deshalb gewaltige Magnetfelder erzeugt, die an der Oberfläche wie Luftblasen zerplatzen und dabei Material als Protuberanzen in den Weltraum schleudern.

Mit einem Abstand von etwa 250.000 Kilometern sind wir deutlich außerhalb der Reichweite gewöhnlicher Protuberanzen. Aber niemand kann ausschließen, dass sich mal ein besonders starkes Feld entlädt. Wir würden die Millionen Grad heißen Spritzer der Sonnenmaterie zwar auf uns zurasen sehen, könnten ihnen aber kaum entkommen. Und so nutze ich die einmalige Chance zwar gern, den Roten Zwerg aus dieser Nähe zu studieren, doch während die Scheibe von Proxima unter uns hängt und mein Sichtfeld fast komplett ausfüllt, werde ich ein mulmiges Gefühl nicht los.

Ich zoome in das Bild hinein. Weil ich keinen Körper besitze, der mich im Schiff verankert, fühlt es sich an, als würde ich mich direkt in diese Sonne stürzen. Ich falle tiefer und tiefer, die riesigen Gasblasen kommen auf mich zu. Es ist großartig, einem Fusionskraftwerk bei der Arbeit zuzusehen. Die Oberfläche hat etwas von einer kochenden Suppe, aber sie wirkt weitaus gefährlicher. Ich fürchte mich nicht vor den kleinen, heißen Spritzern, die meine nackte Haut treffen könnten, nein, vielmehr ist da so eine Ahnung, als schwimme ein gewaltiges Tier unter der Oberfläche, das nur darauf wartet, sich die allzu Neugierigen zu schnappen. Ich meine, seine Schuppen funkeln zu sehen in dem bewegten Plasma, und wenn der Bogen eines Magnetfeldes sich senkrecht über der Oberfläche aufstellt, könnte es sich auch um die Schwanzflosse dieses Tieres handeln. Ich merke, wie sich meine Nackenhaare aufstellen, wie ich instinktiv versuche, Abstand zu halten, während ich bewusst die Vergrößerung der Darstellung weiter erhöhe, um so noch näher heranzukommen. Ich weiß, dass alles nur ein virtueller Eindruck ist. Das Raumschiff ist weit genug entfernt, und doch fühlt es sich so an, als sei ich ein Surfer, der todesmutig die Plasmawellen dieser Sonne reitet, nicht ahnend, dass gleich ein Tsunami über ihm zusammenbrechen wird.

»Marchenko«, höre ich über den Bordfunk. »Kannst du dir das mal ansehen?« Ein Schauer der Erleichterung durchfährt mich, als ich zurückkehre.

Es ist Eva. Sie hat anscheinend ebenfalls ein paar Messungen an Proxima durchgeführt.

»Ich habe mir mal die Daten der letzten Flares genauer angesehen«, sagt sie.

»Und?«

»Nun ja, wir hatten ja eine mittlere Periode von 40 Tagen festgestellt.«

»Richtig.«

»Diese Mittelung hat mir keine Ruhe gelassen. Man kann die Daten auch anders interpretieren.«

»Klar.« Es gibt immer verschiedene Möglichkeiten, aus Rohdaten Schlüsse zu ziehen.

»Es wäre möglich, dass die Periode regelmäßig fluktuiert, dass sie also selbst eine Periode hat. Sieh dir das mal an!«

Sie lädt eine Tabelle in den Speicher. Eva hat Recht, tatsächlich könnte man die Daten so interpretieren. Es gibt aber ein Problem.

»Für deine These fehlt die Signifikanz, Eva. Wir haben nicht genug Daten, um sie zu bestätigen oder zu widerlegen. Deshalb haben die Algorithmen sie ausgesiebt.«

»Ja und nein«, antwortet sie. »Es stimmt, dass wir nicht genug Daten haben. Es gibt da aber eine Koinzidenz, die wir bisher nicht beachtet haben. Sieh mal.«

Eva legt mir eine Tabelle vor, die die Aktivität der Magnesium-Spektrallinie im Verlauf der Flares dokumentiert.

»Immer, wenn die Flares zeitlich früher auftraten, wird das durch eine entsprechende Aktivität beim Magnesium angekündigt«, erklärt sie.

Auch das stimmt. Da wir bisher die Periode der Periode nicht für signifikant hielten, haben wir darauf nicht geachtet.

»100 Prozent aller Fälle, das ist signifikant«, sage ich. »Von welchem Zeitraum sprechen wir?«

»Von der verstärkten Aktivität bis zum Flare sind es rund 84 Stunden.«

Was Eva da gefunden hat, ist sehr wichtig. Es bedeutet, dass wir uns auf den 40-Tage-Zeitraum meist verlassen können – und wenn nicht, warnt uns eine Messung des Proxima-Spektrums rechtzeitig 3,5 Tage zuvor.

»Ich habe auch einen aktuellen Blick auf das Spektrum geworfen.«

Eva ist wirklich gründlich.

»Und?«

»Vor einer Stunde hat die Aktivität zugenommen.«

Ihre Antwort schnürt mir die Kehle zu. Eva sieht erstaunlich ruhig aus. Sie weiß sicher genauso gut wie ich, dass es knapp ausgehen muss. Wir haben noch etwa vier Tage, bis wir hinter dem Planeten in Sicherheit sind, und wenn Evas Theorie stimmt, kommt der nächste Flare vorzeitig, einen halben Tag zu früh.

15. Dezember 18

»Marchenko, ich habe mir etwas überlegt«, weckt mich Adam.

»Konntest du nicht schlafen?«

»Ist gerade schwierig, aber egal, lass mich dir schnell meinen Plan schildern. Die Zeit drängt.«

»Okay«, sage ich.

»Wir haben lange Zeit mit einem Tantal-Netz Materie aufgefangen und auf diese Weise gebremst«, beginnt Adam zögernd, als müsse er seine Gedanken noch sammeln.

»Richtig.«

»Können wir diesen Prozess nicht umkehren?«

»Schneller werden, in dem wir Masse verlieren?«

»Prinzipiell ja. Lass mich mal überschlagen.«

»Ich habe es schon durchgerechnet. Um rechtzeitig vor dem Flare bei Proxima b zu sein, müssten wir mindestens ein Drittel unserer Masse abwerfen. Wie realistisch ist das?«

»Moment, Adam. Ich prüfe das.« Ich gehe blitzschnell die Struktur der Messenger durch. Es sieht nicht gut aus. Die Triebwerke brauchen wir für die Landung, sonst gibt es wenig, was überflüssig wäre. »Tut mir leid, mehr als zehn Prozent können wir nicht loswerden. Außerdem wüsste ich auch nicht, wie wir das Raumschiff so schnell auseinandernehmen könnten. Die Fabrikatoren sind zu langsam.«

Adam nickt. »Dachte mir schon sowas«, sagt er. »Es muss doch irgendeine Lösung geben?« Er sieht beunruhigt aus.

»Warte mal.« Ich habe das Gefühl, dass Adam da an etwas dran ist. Er hat Gedanken in Bewegung gesetzt, deren Bahnen nahe an gespeichertem Wissen verlaufen.

»Das Netz«, sage ich, und ich weiß noch nicht genau, wie der Gedanke weitergeht. Ich spüre eine Idee, die im Entstehen ist, ein faszinierendes Gefühl.

»Ja?«

»Es gibt Antriebs-Konzepte, bei denen ein Netz eine Rolle

spielt.« Magnetsegel, jetzt fällt es mir ein. »Magnetsegel«, sage ich.

Adam weiß sofort, was ich meine. »Das wäre perfekt. Der Plasmasturm steckt voller geladener Teilchen. Wir spannen ein Segel auf und lassen uns davon treiben. Je näher uns der Flare kommt, desto schneller werden wir.«

»Es ist wie Windsurfen«, sage ich, da fällt mir ein, dass Adam vermutlich diese Sportart gar nicht kennt. »Auf dem Erdozean stellen sich Menschen auf Bretter, spannen ein Segel auf und lassen sich dann vom Wind über das Wasser treiben.«

»Krass«, sagt er. »Ist das gefährlich?«

»Auf der Erde nicht. Wenn das Segel versagt, fällst du schlimmstenfalls ins Wasser.«

Adam lächelt und nickt. »Wie sieht unser Segel aus?«

»Ein Magnetsegel wird üblicherweise von Metallfäden aufgespannt, die sich weit ins All hinaus entfalten und von Strom durchflossen werden. Der Strom erzeugt das Magnetfeld, das dann als Segel dient.«

»Das klingt doch gut, oder?«

»Auf dem Papier ja.« Adam grinst. Ich merke, dass ich schon wieder einen altertümlichen Begriff verwendet habe. »Also in der Theorie ja. Es gab allerdings bisher keinerlei praktische Versuche damit. Ich habe deshalb keine Ahnung, wie groß unser Feld sein muss, damit wir rechtzeitig den sicheren Ort hinter Proxima b erreichen.«

»Dann sollten wir sofort den ersten Versuch starten!«, sagt Adam.

»Immerhin haben wir einen Vorteil: je näher der Flare uns dann kommt, desto stärker wird der davon auf das Segel ausgeübte Druck. Mit einem Orkan im Nacken genügt vielleicht auch ein Taschentuch als Segel.«

»Du immer mit den Erdvergleichen. Du musst wirklich ein alter Mann sein, Marchenko.«

17. Dezember 18

Wir haben ein Netz aus feinen Metallfäden gewoben und hinter uns im All ausgebreitet. So weit, so gut. Wirklich sicher sind wir nicht: zum einen, weil jegliche Erfahrung mit der Technik fehlt, zum anderen, weil uns der Flare nicht zentral, sondern schräg von hinten erreichen wird. Er geht schließlich direkt vom Stern aus, während wir uns tangential dazu auf unserer Bahn bewegen. Wir müssen zwar nicht gegen den Wind segeln, aber unser Segel steht auch nicht optimal.

Adam und Eva haben sich im Kommandomodul auf ihren Pilotensitzen angeschnallt. Sie wirken schon sehr abgeklärt. Ich würde gern in sie hineinschauen und sehen, ob sie wirklich so ruhig sind, wie sie sich geben.

»Was passiert eigentlich, wenn wir zu schnell werden?«, fragt Adam.

Das habe ich mich auch schon gefragt. Meine Berechnungen sagen allerdings, dass wir die Fluchtgeschwindigkeit von Proxima b nicht überschreiten werden.

»Das ist nicht sehr wahrscheinlich. Der Planet wird uns dann nicht einfangen können, und wir drehen noch eine Runde«, erkläre ich. »Aber es wäre auch kein Problem, in 16 Tagen wären wir dann wieder hier und hätten einen zweiten Versuch.«

»Dann könnten wir uns ja sogar noch einen dritten Umlauf leisten, bevor der nächste Flare kommt«, meint Eva.

»Wir müssen unser Glück ja nicht überstrapazieren. Ich würde uns dann schon erstmal eine sichere Unterkunft suchen, und zwar auf der Vorderseite. Auf der Rückseite wird es euch bei minus 80 Grad und ewiger Dunkelheit vermutlich zu unangenehm.«

Es fühlt sich so an, als würde ich zwischen den beiden sitzen. Sie sprechen mit mir wie mit einem richtigen Menschen. Ich hoffe sehr, dass es immer so bleiben wird. Es wärmt mir das Herz.

Die Sensoren haben den Flare registriert, als er sich von dem Roten Zwerg gelöst hat. Das ist jetzt 30 Minuten her. Ein riesiger Teil der Oberfläche hatte sich dunkel eingefärbt, dann sah man, wie dieser Bereich von unten aufgebrochen wurde, als wolle sich ein Monster endlich aus seinem Gefängnis befreien. Proxima Centauri hat, wie ungefähr alle 40 Tage, eine Kreatur aus Ionen und Elektronen geboren, die sich nun in rasender Eile ein Opfer sucht. Bogenförmig arbeitet sie sich in die Tiefe des Alls vor, denn die Rotation des Sterns hat ihr einen Drehimpuls mitgegeben.

»Röntgenbelastung über Toleranzbereich«, gibt die Automatik bekannt. Die Flares werden von starker Röntgenstrahlung begleitet. Ich prüfe unsere Bahn: noch 25 Minuten, bis wir den Schatten von Proxima b erreichen. In diesem Moment erreicht uns die Welle. Es ist nichts zu spüren, aber die Sensoren spielen verrückt.

»Es ist so weit«, sage ich. Adam und Eva sehen schon angestrengt auf den Bildschirm, der die ungefähre Form des Magnetsegels zeigt. Aus der Darstellung wird sofort klar, woher das Monster kommt. Es drückt und schiebt von schräg unten, die Magnetfeldlinien verformen sich. Das Schiff beschleunigt. Es klirrt: ein Schraubenzieher, der über dem Fußboden geschwebt hatte, fällt zu Boden. Das Segel funktioniert, es treibt uns an und schirmt uns zugleich ab. Wir surfen über eine Flut, die Millionen Kelvin heiß ist. Noch fünfzehn Minuten.

»Sieht gut aus«, sagt Adam, als wolle er sich selbst Mut zusprechen. Doch das Magnetsegel wird zunehmend ausgebeult, als wolle uns die Kreatur unbedingt erreichen. Sie bohrt sich in das Feld wie in ein Kissen, und wenn sie nur lange genug bohrt, wird das Kissen zerreißen und die Federn werden in alle Richtungen davonfliegen. Ein Schatten schiebt sich vor die Sonnenscheibe. Der Planet kommt in Reichweite.

»Sieht wirklich gut aus«, bestätige ich. Das Magnetsegel muss noch fünf Minuten durchhalten.

»Durchbruch steht bevor«, warnt die Automatik. Sie hat

Recht. Die Plasmawolke wird in weniger als einer Minute bei uns sein. Die Rettung ist noch vier Minuten entfernt. Adams Gesicht ist ausdruckslos, seine Augen sind weit geöffnet. Eva krallt sich an den Lehnen ihres Sitzes fest, als bereite sie sich auf einen Stoß vor. Doch das Plasma-Monster wird völlig geräuschlos über uns kommen.

»Magnetsegel abwerfen«, sage ich. Sofort trennt die Automatik das Metallnetz vom Schiff. Es wird zwar jetzt nicht mehr von uns mit Strom versorgt, doch die geladenen Teilchen des Plasmas haben es sofort im Griff. Mit Selbstinduktion, verursacht von der Lorentzkraft, werden sie ein Feld erzeugen, das seiner Quelle entgegen gerichtet ist. Danke, Lorentz! Wir werfen dem Monster das Netz zum Fraß vor, in der Hoffnung, dass es daran erstickt. Das wird uns zumindest eine Atempause verschaffen.

Eine Minute später haben wir die dunkle Seite von Proxima b über uns. Eva reißt die Arme hoch. Adam lächelt in sich hinein. Der Plan hat funktioniert! Der Planet schützt uns, während seine Vorderseite mit Strahlung bombardiert wird. Wir haben nun 40 Minuten, um uns für eine Landung zu entscheiden, uns darauf vorzubereiten und die Landung einzuleiten. Oder wollen wir noch eine Umrundung abwarten?

Ich denke: 40 Minuten sind mehr als ausreichend, um die Landung in Gang zu setzen. Denn wir sind wirklich ein effizientes Team.

»Landen wir?«, frage ich.

Adam und Eva nicken.

»Wo? Wir haben vier Möglichkeiten: die Rückseite, die trockene Zentralebene, die Steppe oder den Wald.«

»Am interessantesten ist es vermutlich im Wald«, sagt Eva.

»Aber auch am gefährlichsten. Nicht nur für uns, sondern auch für alle, die dort wohnen. Wir wollen uns doch nicht gleich schlecht einführen«, meint Adam.

Eva nickt. »So gesehen sollten wir dann gleich konsequent sein und die heiße Zentralebene wählen.«

»Ich bin nicht sicher«, meint Adam. »Hast du die hohen Berge gesehen, die sie umgeben?«

»Bis zum nächsten Flare haben wir 40 Tage. In der Zeit können wir uns jede Vegetationszone ansehen und einen sicheren Ort suchen.«

»Das klingt sinnvoll«, meint Adam.

Ich stimme zu. Sie haben mich nicht gebraucht, nicht einmal gefragt haben sie mich. Ich sollte froh sein.

»Aber ihr wollt nicht in einem Rutsch nach unten, oder?«

»Natürlich nicht.« Eva sagt das so, als hätte ich eine unmögliche Frage gestellt. »Wir werden den Planeten zunächst mehrfach in abnehmender Höhe umrunden. Schließlich brauchen wir Informationen über die Oberfläche.«

Ein vernünftiger Plan. Nur aus dem Orbit bekommen wir den nötigen Überblick. Wir brauchen möglichst genaue Karten. Wenn die Messenger erst einmal gelandet ist, wird es dafür zu spät sein. Wir werden die nächste Umkreisung von Proxima b dafür nutzen, allmählich den Radius unserer Flugbahn zu senken. Der Planet macht es uns ganz sicher nicht leicht. Er zerrt mit seiner Gravitation 50 Prozent stärker an uns als die Erde. Mit unseren Triebwerken können wir das nicht ausgleichen, wir würden zerschellen. Die Landung muss deshalb aus zwei Teilen bestehen. Zunächst trennt sich das Kommandomodul vom Rest der Messenger, die dann Orbitalmodul heißt. So reduzieren wir unsere Masse schon einmal um zwei Drittel. Der Ring zwischen Kommandomodul und Raumschiff-Rest ist etwa einen Meter dick. Die Fabrikatoren werden den Gang, der hindurchführt, vollständig mit feuerfestem Material füllen. Dann kann er uns als Hitzeschild dienen.

Was wir brauchen, müssen wir vom Orbitalmodul ins Kommandomodul schaffen. Was ich benötige, habe ich im Kopf, aber Adam und Eva beginnen, Erinnerungen nach vorn zu tragen. Auch Roboter J begibt sich ins Kommandomodul. Je selbständiger Adam und Eva wurden, desto seltener haben wir ihn an Bord gebraucht. Doch jetzt wird er wieder ein wichtiger Helfer sein, während Adam und Eva sich noch an die hohe Gravitation gewöhnen. Beim Abstieg werden uns dann mächtige Fallschirme unterstützen. Unsere Steuerungsmöglichkeiten sind begrenzt, wir sind Wind und Wetter ausgesetzt. Wir werden uns den genauen Landeplatz nicht aussuchen können. Vermutlich werden wir den neuen Planeten sogar nach einer Bruchlandung betreten. Das macht aber nichts, das Kommandomodul ist darauf ausgerichtet und dürfte keinen Schaden nehmen.

Während Adam und Eva ihre Sachen umräumen, studiere ich die Landschaft unter uns. Wir bewegen uns noch immer über die Rückseite. Sie ist von einem mächtigen Eispanzer bedeckt. Die Messenger misst Oberflächentemperaturen von -80 bis -90 Grad Celsius. Die Luft, die hier auf 15 Prozent Sauerstoff kommt, ist aber angenehm klar. Weder Wolken noch Stürme scheint es hier zu geben. Wolken frieren vermutlich bei der Kälte aus, und Stürme können sich nicht entwickeln, weil es keine Energieunterschiede gibt.

Die Scanner reichen hier nicht tief genug, um mir verraten zu können, was sich darunter befindet. Ich bin versucht, an einen Wasser-Ozean zu denken. Es würde Sinn ergeben. Proxima b ist den Gezeitenkräften seiner Sonne ausgesetzt, die sein Inneres erwärmen. Wahrscheinlich ist das einer der Gründe, warum der überdimensionale Eisenkern noch nicht erstarrt ist. Mindestens die äußeren Schichten des Kerns sind flüssig. Das ist leicht an dem starken Magnetfeld zu erkennen, das sich schützend um den Planeten legt. Ohne dieses Feld hätten sicher die Biologen Recht behalten, die von Anfang an der Meinung waren, Proxima b sei nicht bewohnbar.

Ein Wasser-Ozean unter dem Eis würde mir gefallen. Ich weiß, ich bin sentimental, weil ich in einem früheren Leben den Ozean des Eismondes Enceladus erforschen durfte. Obwohl mich das letztlich meinen Körper gekostet hat, möchte ich die Zeit mit Francesca, der Pilotin, nicht missen. Vielleicht gibt es hier auf Proxima b sogar ein ähnliches Wesen wie auf Enceladus?

Der Planet dreht sich unter uns hinweg. Am rechten Bildrand bemerke ich einen hellen Streifen, der von Blitzen durchzuckt ist. Das muss die Zone zwischen hell und dunkel sein. Hier vollzieht sich der unmittelbare Wärmeaustausch. Tiefdruckgebiete ziehen von der hellen Zone heran und treffen auf das riesige, stabile Hochdruckgebiet über der dunklen Halbkugel. Der Energieaustausch vollzieht sich über Regen, Wind und Wetter. Es ist kaum vorstellbar, dass hier je die Sonne scheint. Der Streifen existiert in ewiger Dämmerung, scheint aber doch voller Leben zu stecken, wie das Spektrometer verrät. Ich finde eine größere Zahl organischer Kohlenstoffverbindungen – Stickstoff, Natrium, Schwefel, Phosphor, Arsen, Blausäure –, eine wirklich erstaunliche Mischung, die mir aber auch zeigt, dass wir vorsichtig sein müssen.

Die Übergangszone zieht sich etwa 50 Kilometer über die Grenze zwischen dunkel und hell, den Terminator, hinweg. Hinter ihr beginnt ein Meer. Es sieht ungewohnt aus, weil es nur etwa 100 bis 150 Kilometer breit ist. Doch es zieht sich als Ozean um den gesamten Planeten. Es sieht fast so aus, als hätte Proxima b sich ein Handtuch aus Wasser um die Hüften gelegt. Der Ozean scheint nicht sehr tief zu sein, denn es sind Inseln darin zu sehen. Trotzdem wird er kein leichtes Hindernis darstellen, falls wir jemals von der Tag- zur Nachtseite marschieren wollen. Um baden zu gehen, eignet sich das Gewässer eher nicht, dazu ist es mit sechs bis zehn Grad zu kalt. Weiter zum Zentrum hin kann sich stehendes Wasser vermutlich wegen der zunehmenden Hitze nicht halten. Aber ich sehe Flüsse, die sich vom Landesinneren zum Ozean winden. Ich habe schon eine Ahnung, wie der Wetterzyklus hier funktioniert: Angetrieben vom Energieaustausch am Terminator werden die Luftmassen über dem Ozean Feuchtigkeit aufnehmen und ins Landesinnere tragen. Je wärmer es wird, desto mehr Wasser können sie aufnehmen, bis das System irgendwann kippt, vielleicht durch den Staub, den die Vulkane im Inneren produzieren, und sich abregnet. Über die Flüsse erreicht das Wasser dann den Ozean.

Tatsächlich sieht der Wald sehr feucht aus, der sich an den Ozean anschließt. Von hier oben ist die Art der Vegetation zwar nicht erkennbar, doch der Laserscanner verrät mir, dass zwischen Vegetationsdecke und Boden etwa 200 Meter Höhenunterschied bestehen. Das, was ich wegen des vielen Grüns ‚Wald' nenne, zieht sich etwa 200 Kilometer weit in Richtung Zentrum. Dann folgt die ‚Steppe'. Das einzige, was wir darüber wissen, ist: was dort wächst, wächst nicht sehr hoch. Es muss ein Ökosystem sein, in dem hohe Bäume nicht gebraucht werden.

Die weitgehend flache Gegend hat eine Ausdehnung von etwa 500 Kilometern. Falls wir zu den Bäumen müssen, um Schutz zu finden, sind das schon mal mindestens 15 Tage Fußmarsch. Mehr als 35 oder 40 Kilometer werde ich Adam und Eva nicht zumuten können. Ich habe gut reden: Ich selbst werde nicht laufen müssen, denn ich kann einfach Js mobile Plattform nutzen.

Die Steppe grenzt an eine Bergkette, die vier bis fünf Kilometer hoch ist. Ich weise die Sensoren an, besonders gründlich nach dem bequemsten Weg hindurch zu suchen. Die Berge sehen aus, als wären sie durch einen gewaltigen Asteroiden-Einschlag entstanden. Vielleicht hat Proxima b ein ähnliches Schicksal wie Merkur erlitten, wo das Caloris-Becken auf einen Einschlag vor sehr langer Zeit hinweist. Allerdings ist in der Mitte der Zentralebene kein typischer Kraterberg zu finden. Ob ihn die Erosion aufgefressen hat? Vielleicht ist er auch einfach geschmolzen, denn hier ist es heiß, sehr heiß. Wir müssen wirklich aufpassen, dass es uns bei der Landung nicht zu weit in Richtung Zentrum verschlägt. Am besten, wir visieren eine Position nicht weit vom äußeren Rand der Zentralebene an. An der Stelle, wo die Sonne senkrecht über dem Boden steht, war der Boden tatsächlich irgendwann mal geschmolzen, jedenfalls hat er heute eine glasige, glatte Struktur. Das würde ich bei Gelegenheit gern genauer untersuchen.

Die Messenger ist inzwischen wieder auf der Rückseite angekommen. Adam und Eva haben sich auf ihren Sitzen angeschnallt. Ich weiß nicht, ob es den beiden bewusst ist, aber es fehlt noch ein wichtiger Schritt: Wir müssen uns von der Brutkammer verabschieden. Die virtuelle Brutkammer-Intelligenz ist nah an einer KI. Sie wird nun zur Steuerung des Orbitalmoduls benötigt, zu dem wir für lange Zeit keinen Kontakt haben werden.

»Wollt ihr euch vielleicht von der Brutkammer verabschieden?«

Eva sieht mich betroffen an. Der Name hat überhaupt nichts Poetisches, und doch rührt sich etwas in ihrem Inneren. Ich kann es sehen, und ich kann es gut verstehen. Bei Adam bin ich mir nicht so sicher. Er kann seine Gefühle auf jeden Fall besser verstecken, oder vielleicht bemüht er sich in dieser Hinsicht auch nur stärker, um seinem Rollenbild zu entsprechen. Dabei habe ich mich wirklich angestrengt, keine Rollen-Stereotype zu vermitteln. Die Brutkammer hat die beiden vom Stadium der ersten Zellteilung an betreut, ihre Bedürfnisse befriedigt und sie oft auch mit Worten getröstet. Es muss eine seltsame Mutter gewesen sein, weil die Brutkammer-VI nicht mit Emotionen ausgestattet ist, aber das hat Adam und Eva nie gestört, solange sie für sie da war. Offenbar haben die beiden auch emotional keinen Schaden genommen, denn ich sehe, dass Eva weint.

»Auf Wiedersehen, Brutkammer«, sagt sie, und sie lässt das Wort so über ihre Zunge rollen, dass es wirklich wertvoll klingt. Hätte die Brutkammer Empfindung-Fähigkeiten, würde sie jetzt wahrscheinlich in Tränen ausbrechen.

Adam räuspert sich. »Mach's gut, Bruti«, sagt er leise. Bruti, dieses Wort habe ich von ihm noch nie gehört. Hat er es gerade erfunden – oder ist das ein Kosename, den er schon lange verwendet?

»Ich stehe stets zu euren Diensten«, sagt die Brutkammer. »Und vergesst nicht, euch gegen die hohe UV-Strahlung auf der Oberfläche stets einzucremen. Eure Gene schützen euch zwar für eine Weile, aber ihr seid nicht völlig immun.«

Adam lacht leise. Ich habe das Gefühl, dass die Brutkammer die perfekten Worte gefunden hat.

»Es ist Zeit«, sage ich. »Ich kappe jetzt alle Verbindungen zum Orbitalmodul.«

Der Prozess dauert eine Weile. Fabrikatoren kriechen jetzt im ganzen Schiff umher, trennen elektrische Verbindungen, schließen Wasserleitungen und Abluftkanäle. Das Kommandomodul verwandelt sich in ein eigenständiges Raumschiff.

»Sollen wir das Modul umbenennen?«, frage ich.

»Nein, das ist doch albern«, meint Adam. »Wir sitzen in der Messenger, fertig.«

Eva nickt.

»Gut, dann bleibt es dabei. Achtung, ich starte gleich die Triebwerke.«

Die Fabrikatoren sind mit ihrer Arbeit zwar noch nicht fertig, aber ich senke schon einmal unsere Bahn ab. Zu tief darf ich allerdings nicht gehen, das Orbitalmodul sollte sich aus eigener Kraft mindestens zehn Jahre in einer Kreisbahn halten können, falls wir es noch einmal benötigen.

Der leichte Bremsschub der Triebwerke ist sofort zu spüren. Alles, was nicht irgendwo fest angebracht ist, bewegt sich durch das Modul. Ich hatte schon so etwas befürchtet. Bei Adams und Evas Umzug ist noch ein bisschen Nacharbeit nötig. Die beiden stehen auf, um alle durch die Kabine taumelnden Gegenstände einzusammeln und festzuzurren.

»Physische Trennung beendet«, meldet das Schiff. Die Fabrikatoren sind fertig. Auch sie haben sich aufgeteilt, aus Gewichtsgründen bleibt nur ein Drittel bei uns, der Rest bleibt in der Umlaufbahn. Auf der Oberfläche von Proxima b können sich die Fabrikatoren selbst duplizieren, an Rohstoffen besteht dort ja kein Mangel.

»Seid ihr so weit?«

Eva sitzt schon wieder angeschnallt, Adam räumt noch an seiner Umhängetasche herum.

»Für alle Fälle«, sagt er. Eva lacht. »Ihr werdet schon sehen.« Dann schnallt er sich wieder an.

Ich starte die Korrekturtriebwerke. Sie zielen nach oben, ins All. Das Kommandomodul bewegt sich langsam nach unten. Es müssen erst einmal nur zwei Meter sein. In unserem Rücken entsteht ein lautes Kratzen. Das ist das Orbitalmodul, das langsam vorbeischrammt. Nach dreißig Sekunden hört das Geräusch auf. Wir sind frei.

Jetzt kann ich die Bremstriebwerke auf voller Kraft laufen lassen. Ich starte sie, dann überlasse ich den Rest der Automatik. Die hat bereits ausgerechnet, wann wir wie lange bremsen müssen, um schließlich in der Nähe der Bergkette anzukommen. Ich sehe, wie Adam und Eva sich an ihren Lehnen festklammern. Die Trägheit drückt ihre Körper in die Gurte.

»Ich wünsche uns eine saubere Landung«, sage ich, doch niemand antwortet. Es fühlt sich seltsam an. Wir landen, wie es vor ewigen Zeiten üblich war. Ich bin bestimmt zehn oder zwölf mal in einer kleinen, an Fallschirmen hängenden Kapsel in der kasachischen Steppe gelandet. Das Verfahren ist robust und erprobt, deshalb haben wir es auch hier gewählt. Aber damals lag ich angeschnallt auf meiner Liege, musste mich durchschütteln und mir von der Trägheit die Lunge quetschen lassen. Diesmal bin ich gleichzeitig Zuschauer und Lenker – und spüre gar nichts. Keine Schmerzen, keinen Druck, allenfalls ein bisschen Stress, das hat sich nicht geändert. Ein bisschen bin ich neidisch auf Adam und Eva, im Moment spüre ich vor allem ganz deutlich, dass man mir etwas genommen hat.

»Abstieg planmäßig, T minus 45.«

Noch 45 Minuten. Adam hat die Augen geschlossen. Der Biomonitor sagt, dass sein Herz sehr schnell schlägt. Die Oberfläche des Planeten kommt schnell auf uns zu. Wir sind jetzt in einer Phase, wo uns die Atmosphäre schon mehr bremst als die Triebwerke. Der Hitzeschild am Heck, der in Flugrichtung zeigt, erwärmt sich durch die Bremswirkung der Luft. 150 Grad, das ist weniger als erwartet, und das ist nicht gut. Denn wenn sich der Hitzeschild weniger erwärmt als vorberechnet, kann das nur daran liegen, dass uns die Luft nicht genügend bremst, vermutlich, weil die Atmosphäre dünner ist als vermutet. Und wenn die Luft nicht so stark auf das Bremspedal tritt wie erhofft, bedeutet das, dass wir schneller als geplant unterwegs sind. Und das wiederum heißt, dass wir entweder die Zielregion verfehlen oder irgendwie anders bremsen müssen. Anders, das können nur die Fallschirme sein. Aber solange wir zu schnell sind, laufen wir Gefahr, dass sie sich nicht komplett öffnen. Verdammt, wir müssen bremsen, um bremsen zu können, oder wir landen irgendwo in der Hitze.

Ich überschlage wieder einmal unsere Chancen. Wenn wir nichts tun, liegt das Landegebiet etwa 200 Kilometer weiter in Richtung Zentrum. Durchschnittstemperatur dort: 48 Grad. Ist vielleicht auszuhalten, aber unter diesen Umständen eine mehrtägige Wanderung – das wird nichts. Bleiben nur die Fallschirme. Ich überprüfe ihre Spezifikation. Wenn wir noch 30 Sekunden warten, verfehlen wir unser Zielgebiet nur um 50 Kilometer. Durchschnittstemperatur 40 Grad. Und die Fallschirme öffnen sich mit 66 Prozent Wahrscheinlichkeit normal.

»Fallschirme öffnen«. Ich gebe das Kommando laut, damit Adam und Eva gewarnt sind. Doch sie sind klug. Sie wissen sofort, dass etwas nicht stimmt. Adam versucht aufzustehen. Was will er tun? Ich aktiviere die Kindersicherung an seinen Gurten. Als er das merkt, haut er wütend mit der Hand auf die Lehne. Wir werden später darüber sprechen, falls wir das hier überleben.

Die Fallschirme brauchen etwa fünf Sekunden, um sich komplett zu entfalten. Ein kräftiger Ruck geht durch die Messenger. Jetzt beginnt die Phase, die bisher noch jeden Kosmonauten zur Spucktüte hat greifen lassen. Die Fallschirme stemmen sich gegen die Atmosphäre. Die Kapsel hat zuerst einen Schwung in Flugrichtung bekommen, nun pendelt sie zurück, immer hin und her. Ein Windstoß genügt, und sie beginnt sich zu drehen. Die Befestigungsseile sind zwar so gedreht, dass sie der Rotation entgegenwirken, und die Automatik versucht dauernd, mit den Korrekturdüsen Stabilität zu erzeugen, aber das ist bei diesen Geschwindigkeiten noch aussichtslos. Ich höre zuerst Adam erbrechen, dann Eva. Kann es sein, dass sogar mir übel wird? Das muss die Psyche sein. Ich wende mich lieber den Sensoren zu.

Das Manöver war erfolgreich. Die Landeparabel verläuft

nun wieder fast parallel zur ursprünglichen Planung. Hier unten scheint die Atmosphäre etwas dichter zu sein als zuvor gemessen, deshalb werden wir nur um 30 Kilometer danebenliegen, ein Tagesmarsch in der Sommerhitze.

Bei 500 Metern Höhe beginnt die Automatik laut zu zählen. Einen wirklichen Sinn hat das nicht, es macht höchstens die Landung dramatischer. Einfluss können wir jetzt nicht mehr nehmen. Eva wischt sich noch einmal den Mund ab und atmet tief durch. Die Automatik hat auch das Kreiseln der Kabine in den Griff bekommen. Alles sieht nach einer weichen Landung aus.

»Null«, sagt die Automatik. Im selben Moment klingt ein Glockenschlag durch das Kommandomodul: keine weiche Landung, der Boden ist steinhart. Adam und Eva werden tief in ihre Sitze gedrückt, dann prallt das Raumschiff vom Boden ab. Ein zweiter, leiserer Schlag, dann noch ein Sprung. Ich warte die ganze Zeit auf ein knarzendes Geräusch, das mir zeigt, dass die Außenwand bricht, aber Proxima b verschont uns. Wir kommen zum letzten Mal auf, ich spüre es. Das Modul trifft leicht verkantet auf den Boden.

»Alles gut«, sage ich laut, damit Adam und Eva nicht erschrecken. Das Raumschiff neigt sich, dann kippt es langsam nach vorn. Etwas prasselt auf die Seitenwand, die nun das Dach ist. Das muss einer der Fallschirme sein. Wir sind angekommen, wir sind am Ziel. Ich höre Adam und Eva fast gleichzeitig aufatmen.

»Geschafft!« Adam ist der erste, der etwas sagt. Genau wie Eva sitzt er schief in seinem Pilotensitz. Der Sessel hat sich trotz seiner flexiblen Aufhängung nicht ganz an die Schieflage des Kommandomoduls anpassen können.

»Das war ganz schön … knapp«, meint Eva. Ein metallisches Geräusch ertönt, als sie ihre Gurte löst. Ihr Körper rutscht ein Stück weiter zur Seite.

»Lasst es langsam angehen«, sage ich, »wir haben Zeit.«

Das stimmt nur zur Hälfte. Einerseits sollten wir uns auf den Weg machen, um rechtzeitig die gemäßigteren Regionen zu erreichen. Andererseits besitzt das Raumschiff noch gar keine Schleuse, durch die wir aussteigen können. Die Fabrikatoren sind gerade dabei, im Heck eine vorzubereiten. Dass die Messenger auf der Seite liegt, ist dafür ganz praktisch. Hätten wir durch die Wand aussteigen müssen, wäre statt einer Schleuse nur eine Luke in Frage gekommen. Doch der Hitzeschild unten ist dick genug für eine Schleuse, in der ein zusammengekauerter Mensch Platz findet. So können wir das Innere des Moduls unter dem gewohnten Druck belassen.

Ich bin gespannt, wie Adam und Eva mit der Schwerkraft zurechtkommen. Sie haben zwar einen Teil des Tages trainiert, aber nun entfällt die Option, ihr im Kommandomodul mal eben zu entkommen. Sie werden die kommenden achtzig, vielleicht hundert Jahre mit ihr verbringen müssen. Beide besitzen alle Gene für Langlebigkeit, die zum Zeitpunkt des Abflugs bekannt waren.

Eva versucht als erste aufzustehen. Sie braucht die Bewegung mehr als Adam. Schon am Herabfallen des Gurtes, der mit Schwung nach unten sackt, meine ich die hohe Schwerkraft zu erkennen. Es ist seltsam, weil ich selbst keinerlei Gefühl dafür habe. Eva ächzt, als sie ihren Oberkörper in die Senkrechte bringt.

»Die Sit-ups haben sich jedenfalls gelohnt«, sagt sie lächelnd. Der Kampf gegen einen unsichtbaren Gegner scheint ihr Spaß zu machen. Dann schiebt sie ihre Beine vom Sitz auf den Boden; es gibt ein dumpfes Geräusch, als die Sohlen den Belag berühren.

»So weit erst einmal«. Sie atmet tief durch, dann stützt sie sich mit den Armen an der Lehne ab und erhebt sich. Der schräge Fußboden macht es ihr nicht leicht, doch schließlich steht sie. Sie nimmt die Arme von der Lehne und breitet sie aus.

»Tadaa!«

Adam klatscht Beifall.

»Nicht zusehen, mitmachen«, sagt Eva. Breitbeinig stapft sie durch das Modul und stützt sich dabei mit einem Arm an der Wand ab.

»Eine Dusche wäre jetzt schön«, sagt sie.

»In ein paar Tagen wieder. Wenn wir die Bergkette geschafft haben.« Wir haben ein paar harte Tage vor uns. Adam und Eva werden den Komfort des Raumschiffs gegen Hitze, Trockenheit und dauernde körperliche Anstrengung eintauschen. Ich hoffe, der Zauber des Neuanfangs wirkt lange genug, damit sie das durchhalten. Ich würde mich gern wieder mal ein bisschen körperlich verausgaben, aber diese Chance habe ich nicht.

»Ähm, ich muss mal«, holt mich Eva aus meinen Gedanken.

Adam sieht sich um. »Dahinten steht so eine Art Eimer«, sagt er. Eva sieht ihn skeptisch an.

»Du kannst natürlich auch draußen in den heißen Sand pinkeln, während dir Proxima die nackte Haut verbrennt.«

»Adam hat Recht«, sage ich. »Wobei es draußen keinen Sand gibt, jedenfalls nicht an unserer Landestelle. Aber es empfiehlt sich wirklich nicht, die Haut ungeschützt der UV-Strahlung auszusetzen. Im Anzug seid ihr besser geschützt.«

»In die Windel werde ich garantiert nicht machen«. Eva verschränkt die Arme. »Dann schon lieber der Eimer. Aber nicht hinsehen.«

Adam nickt und sieht demonstrativ nach vorn. »Ich habe genug damit zu tun, aus meinem Sessel herauszukommen.«

Ich überprüfe unsere Ausrüstung. Wir haben den Roboter J, der sich auf Rollen fortbewegt. Seine Arme sind so konstruiert, dass er auch ein geschickter Kletterer sein sollte. In seinem Bauchraum steckt eine kleine Armee von Fabrikatoren, die aus fast allem fast alles herstellen können, sogar Kopien von sich selbst. Auch die drei Rucksäcke, die J, Adam und Eva tragen sollen, haben sie hergestellt. Sie enthalten das, was wir kurzfristig benötigen oder aus sentimentalen Gründen mitschleppen.

Adam besitzt zum Beispiel eine Puppe, eine Art Mini-J, die ihm J zu seinem dritten Geburtstag hergestellt hat. Eva hat Teile ihrer eigenen Kleidung aufgehoben. Sie hat mir einmal geschildert, was sie daran so fasziniert: Die Vorstellung, dass ihr eigener Körper vor langen Jahren mal in diese winzigen Hüllen gepasst hat. Sie komme sich da vor wie ein Schmetterling, hatte sie gemeint, um sich dann doch zu korrigieren – wie eine Raupe, die ihr endgültiges Stadium noch nicht erreicht habe. Ach Eva, du warst doch von Beginn an ein Schmetterling. Ich ärgere mich, dass ich ihr das damals nicht gesagt habe.

»Könnt wieder gucken«, sagt Eva. Fabrikatoren sind schon auf dem Weg, um die organischen Ausscheidungen einem neuen Zweck zuzuführen. Die Verschwendung von Materie ist an Bord der Messenger nicht vorgesehen. Auch das wird sich in Zukunft ändern. Während das Raumschiff durch fast leeres Gebiet unterwegs und Recycling stets günstiger war, beschenkt uns Proxima b überreichlich mit Rohmaterial. Oft wird es für die Fabrikatoren günstiger sein, Stoffe aus der Umgebung zu entnehmen, als Abfall umzuarbeiten. So lange wir in der glühenden Zentralebene unterwegs sind, bleiben zumindest organische Komponenten noch wertvoll, aber spätestens in der Steppe werden wir genug davon finden.

»Schleuse bereit«, sagt das Schiff.

Die Traurigkeit überfällt mich schlagartig. Mir war nicht klar gewesen, wie sehr mir die Messenger ans Herz gewachsen ist. Ich habe mehr als zwanzig Jahre in ihr gelebt. Zwar werden wir in Verbindung bleiben, doch mein neues Zuhause ist J, zumindest für die Zeit unserer Reise. Auch vom Quantencomputer an Bord der Messenger werde ich mich trennen müssen. Er hätte zwar in J Platz gefunden, doch die nötige Kühlung wäre zu aufwändig. Ich kann mich gar nicht mehr erinnern, wie sich mein Bewusstsein ohne den Quantenrechner angefühlt hat.

»Zeit zum Aussteigen«, sage ich. Eva steht als Erste vor der Schleuse.

»Der erste Schritt eines Menschen auf einen Planeten außerhalb des Sonnensystems«, sagt sie, halb lachend, halb im Ernst. »Ich gehe in die Geschichte ein.«

Ihre Wangen sind rot. Sie stellt ihren Rucksack neben der

Schleuse ab, begibt sich auf die Knie und klettert rückwärts hinein. Dann schließt sie die Tür.

»Helm aufsetzen und schließen«, warne ich sie. Ich möchte sie gern vor einem allzu großen Schock draußen bewahren.

Die Außentür öffnet sich, sagt mir das System. Warum bin ich nicht selbst zuerst ausgestiegen? Dann müsste ich jetzt keine Angst um sie haben. An der Außenhülle gibt es keine Kameras, die auf das Heck sehen. Eva ist ganz auf sich gestellt. Über den Bordfunk höre ich ihr Ächzen.

»Heiß ist es. Aber ich habe es mir heller vorgestellt.«

Die Biomonitordaten sagen, dass es ihr gut geht. Die Kühlung ihres Anzugs kommt mit der Wärme von außen gut zurecht.

»Lass dich nicht täuschen. Proxima strahlt im sichtbaren Licht nicht besonders hell, aber im Infrarot und UV ist es viel heller als auf der Erde.«

»Ich weiß«, sagt Eva mit genervtem Unterton, »das haben wir doch alles gelernt. Außerdem ist mir das egal, ich war noch nie auf der Erde. Gebt mir jetzt mal meinen Rucksack durch.«

Wir schleusen den Rucksack aus.

»Hoffentlich hast du keine Schokolade eingepackt«, meint Adam. Eva reagiert nicht. Nahrungsmittel transportiert J hitzegeschützt in seinem Bauch.

»Willst du mal ein bisschen Außenluft schnuppern?«, frage ich.

»Unbedingt«, antwortet Eva. Ihr Anzug beginnt, Luft von außen anzusaugen. Sie wird auf Keime und Giftstoffe gefiltert und mit Sauerstoff angereichert.

»Hm, riecht seltsam.«

»Kannst du das näher beschreiben?« Es ist logisch, dass die Luft des Planeten für Eva seltsam riecht. Sie hat ihr ganzes Leben lang die gefilterte Luft der Messenger geatmet, außer, wenn wir das Erkennen der unterschiedlichsten Gerüche geübt haben.

»Ein bisschen faulig. Ich weiß nicht«, sagt sie. Ich versuche, dem Analysator etwas zu entlocken, aber dafür scheint die Konzentration zu gering. Wenige Moleküle eines Stoffes genügen, um das Riechzentrum anzuregen. Ich bin gespannt, wie Eva reagiert, wenn wir die fruchtbaren Gebiete erreichen. Das Bild eines dunkelgrünen Waldes erscheint vor meinen Augen. Ich liege im Moos und rieche die Pilze, das Harz, die Sonne, den Humus.

»So, ich bin dran«, sagt Adam. Nun gut, dann verlässt eben der Kapitän als letzter das Schiff. Ich höre ein »Woohoo« und dann einen Schmerzensschrei, der mich unglaublich erschreckt, gefolgt von einem »Mist«.

»Adam ist vom Schleusenrand gesprungen«, sagt Eva.

Er hat wohl nicht mit der hohen Schwerkraft gerechnet.

»Ist noch alles ganz«, höre ich Adams Stimme.

Kindereien!

J legt erst Adams Rucksack in die Schleuse, dann seinen eigenen. Ich verlagere mein Bewusstsein in seine Recheneinheit. Die Kapazität genügt völlig, allerdings werde ich partielle Differentialgleichungen jetzt nicht mehr in Mikrosekunden lösen, sondern in Sekunden. Ab sofort wird meine Stimme durch die Lautsprecher des Roboters dringen. Noch fällt mir nicht auf, dass mir der Zugriff auf den Quantencomputer fehlt. J faltet sich in die Schleuse. Er sieht nicht so aus, als würde er in die Röhre passen, aber deren Form war natürlich eine Nebenbedingung bei der Konstruktion. Die Schleuse ist quasi für ihn gemacht, denn er ist das größte Einzelobjekt, das wir von Bord schaffen müssen.

Draußen will ich Adam und Eva in die Gesichter sehen, doch die Scheiben ihrer Helme spiegeln etwas.

»Geht es euch gut?«

Beide nicken. Sie haben ihre Rucksäcke schon aufgesetzt. Die hohe Schwerkraft scheint ihnen wenig auszumachen. Sollten sie sich so schnell daran gewöhnt haben? Ich rufe die Route ab. Die Bergkette, die wir erreichen wollen, liegt im Westen. Sie ist von hier aus schon gut zu sehen. Die Luft flimmert über der heißen, trockenen Ebene. Die Sonne werden wir im Rücken haben. Da Proxima b gebunden rotiert, wird sie ihren Platz am Himmelszelt nicht verlassen.

Die Sternenscheibe glüht weiß. Sie ist etwa zweieinhalb Mal so groß wie die Sonne am Erdhimmel. Trotzdem ist es deutlich dunkler als an einem Sommertag auf der Erde, beinahe, als würde es schon dämmern. Der Himmel selbst hat ein schmutziges Blau – für ein Blau wie auf der Erde hat Proxima Centauri nicht das richtige Spektrum.

Ich lasse J zu den Bergen zeigen. »Das ist unser Ziel. Etwa 30 Kilometer.«

»Müssten wir bis heute Abend schaffen«, sagt Adam.

»Es gibt keinen Abend und keine Nacht. Die Sonne wird scheinen, bis wir den Terminator erreichen.«

18. Dezember 18

Zehn Kilometer, mehr haben wir gestern nicht mehr geschafft. Eva hat weniger Probleme mit dem Marschieren als Adam, vielleicht, weil sie etwa 20 Kilogramm weniger wiegt, aber kaum weniger trainiert hat. 20 Kilo Gewichtsunterschied, das ist hier so viel wie auf der Erde 30. Der Druckanzug ist für solche Wanderungen nicht optimal, vor allem, weil er so eng an der Haut anliegt. Dadurch bilden sich bei oft wiederholten Bewegungen Scheuer-Stellen. Eigentlich ist die Atmosphäre dicht genug, dass wir auf den Anzug verzichten könnten. Eine Atemmaske für den zusätzlichen Sauerstoff würde genügen. Doch das eingebaute Kühlsystem hat bei den Temperaturen hier eindeutig Vorteile.

Adam will es heute trotzdem ohne den Druckanzug probieren, in der einfachen Uniform, aber mit den Stiefeln, die zum Anzug gehören. Der Boden ist zum Teil bis zu 50 Grad heiß; man könnte fast denken, dass darunter irgendetwas glüht. Ich bin überzeugt, dass wir nach zwei, drei Kilometern anhalten werden müssen, damit er den Druckanzug wieder überziehen kann, aber trotzdem habe ich gegen das Experiment keinen Einspruch erhoben.

Durch Js Augen untersuche ich die Druckstellen. Die Fabrikatoren haben über Nacht eine antiseptische Creme hergestellt, die seine Beschwerden lindern soll.

»Was ist da drin?«, fragt Adam.

»Urea, Harnstoff.« In Wirklichkeit habe ich keine Ahnung, ich hätte nachsehen können, aber die Antwort schoss mir gerade durch den Kopf.

Adam verzieht das Gesicht. »Nun sag gefälligst danke«, meint Eva, zeigt an sich nach unten und lacht.

Es ist gut, dass sie ihren Humor nicht verloren haben. Die aufrechte Bewegung scheint wirklich hart für sie zu sein. Ich habe es mit Archivbildern verglichen, weder Adam noch Eva laufen wie andere Menschen. Beide haben unwillkürlich einen Gang angenommen, wie ihn auch Taucher unter Wasser verwenden. Sie stapfen mit beiden Beinen und bewegen dabei die Hüften hin und her, es erinnert fast an zweibeinige Roboter. So müssen sie möglichst wenig gegen die Gravitation ankämpfen. Ich hatte ihnen zunächst einen anderen Gang empfohlen, der energetisch noch sparsamer ist: Man lässt sich nach vorn in den nächsten Schritt fallen und schwingt dann in der Mitte zurück, lässt also die Gravitation stärker für sich arbeiten. Adam hatte davon jedoch schnell Knieschmerzen bekommen; dieses Gelenk kommt offenbar mit dem harten Stoß bei jedem Schritt schlecht zurecht.

Vielleicht wäre es ja besser, wenn der Boden weicher wäre. Doch er besteht aus einem glasigen Material. Der Analysator sagt uns, dass es sich um ein Vulkanglas handelt. Womöglich war die Zentralebene wirklich mal von Sand bedeckt, ist dann aber eingeschmolzen worden, vielleicht durch einen Meteoriteneinschlag, oder aber durch vulkanisches Magma aus der Tiefe. Für letzteres spricht die nicht geringe Radioaktivität, die meine Messgeräte nachgewiesen haben. Auch aus diesem Grund sollten wir die Zentralebene hinter uns lassen.

Schon nach der ersten »Nacht« habe ich so eine Ahnung, was sich zu unserem größten Problem auswachsen könnte: das Fehlen eines natürlichen Rhythmus. Die Sonne bewegt sich am Himmel um keinen Millimeter. Auf der Messenger hat das Schiff Tag und Nacht simuliert. Adam und Eva wussten zwar, dass es eine künstliche Einteilung war, aber ihre Körper haben gelernt, dass jeder Tag zwei Hälften hat. Hier ist das nicht so. Der Tag dehnt sich auf Jahrmillionen. Wir haben zwar vereinbart, uns zunächst an die Erdzeit mit ihren 24 Stunden zu halten, aber ich bin skeptisch, ob wir das durchhalten werden. Letztlich werden sich Adams und Evas Körper eigene Abläufe suchen, die dann vielleicht auch nicht mehr zusammenpassen.

Frühstück gibt es aus dem Bauch des Roboters. Ich vermeide, von meinem Bauch zu sprechen, denn obwohl sich mein Bewusstsein in J befindet, bin ich nicht der Roboter.

Ich bin Marchenko. Wie schon auf der Messenger muss ich Selbsthygiene betreiben und mich von den anderen abgrenzen. Das fällt mir hier jedoch schwerer, da ich durch Js Lautsprecher spreche, durch seine Augen sehe, seine Ohren zum Hören nutze und mit seinen Armen zugreife.

Weder Adam noch Eva essen mit großem Appetit. Eva gähnt herzhaft. Niemand sagt etwas. Nach dem Essen packen die beiden das Zelt ein, unter dem sie geschlafen haben, und rollen ihre Matratzen zusammen. Sie arbeiten langsam, aber effizient, jeder Handgriff, jeder Schritt scheint vorher überlegt und präzise ausgeführt.

Wir brechen auf. Ich habe mir vorgenommen, dass wir es heute bis zum Fuß der Bergkette schaffen. Das sind noch etwa 21 Kilometer, sagt mir der Laserscanner.

Adam und Eva gehen sehr gleichmäßig. Sie setzen ihre Schritte sogar im Takt, obwohl Eva kürzere Beine hat. Adam gewinnt dadurch immer etwas Vorsprung, bleibt dann aber stehen und wartet auf Eva. Jedes Mal winkt Eva ab. Er soll nicht auf sie warten, meint sie damit, aber Adam interessiert sich nicht dafür. Nach zwei Stunden ist Eva davon so genervt, dass sie beschließen, die Rollen zu tauschen. Eva geht voran, Adam folgt ihr. Wenn er Gefahr läuft, sie zu überholen, bleibt er stehen und lässt sich ein Stück zurückfallen. Weil Eva das nicht sieht, ist sie zufrieden. Sie funktionieren schon wie ein altes Ehepaar.

Nach vier Stunden und zwei Pausen haben wir die Hälfte des Weges geschafft. Zehn Kilometer, die Strecke des ganzen gestrigen Tages. Ich bin stolz auf die beiden.

Nach weiteren zwei Kilometern stoßen wir auf erste Vorboten der Bergkette. Es sind kleine, glatt geschliffene Hügel, vielleicht hundert Meter hoch. Auf ihrer Vorderseite ist die Steigung gering, an der Rückseite fallen sie steil ab. Hier entdecken wir den ersten Schatten auf diesem Planeten.

Zunächst fällt mir auf, dass der Schatten anders aussieht als ein Schatten auf der Erde: Er wirkt nicht so dunkel, weil der Kontrast nicht so stark ist. Es ist eher so, als sei das von den Sonnenstrahlen nicht erreichte Gebiet rötlich-grau angestrichen. Dann erkenne ich: dieser Schatten ist nicht nur der Schatten eines anderen Planeten, er ist auch eine andere Welt. Weil ihn weder das Licht von Proxima Centauri noch ihre UV- und Röntgenstrahlung erreichen, hat er sich trotz Trockenheit und Hitze zu einem eigenen Biotop entwickelt. Die Luft ist hier immer noch sehr warm, vielleicht 35 Grad, doch der Boden besteht nicht aus Glas, sondern aus Sand. Und darin sprießen Haare.

Eva hockt sich hin, Adam folgt ihr. Sie betrachten das fremde Leben fast ehrfürchtig. Adam bewegt seine Hand nah heran, greift aber nicht zu.

»Wir müssen wissen, was es ist und wie es funktioniert«, sage ich, »also müssen wir es untersuchen.«

»Ich sehe zum ersten Mal etwas Lebendiges, das nicht Adam heißt.« Eva fächelt den Haaren Luft zu und beobachtet, wie sie sich bewegen.

»Das reicht leider nicht«, sage ich. »Du musst eines abreißen, damit ich es in meinem Analysator prüfen kann.«

»Du meinst, töten?«

»Ob du es damit tötest, wissen wir erst, wenn ich es untersucht habe. Erdpflanzen kann man sogar vermehren, indem man Triebe entfernt.«

Eva sieht mich verärgert an.

»Du hast recht, vermutlich tötest du es. Aber wir werden hier nicht überleben, ohne in Maßen hiesiges Leben zu töten.«

Sie seufzt. Adam reißt an einem der schwarzen Haare herum, doch es ist erstaunlich stabil. Es scheint tief im Boden verankert zu sein. Schließlich benutzt er die Schere, die ich ihm gebe.

Ich untersuche das Haar in meinem Probenbehälter. Tatsächlich hat es, ähnlich wie ein Tierhaar von der Erde, einen stabilen Mantel, in den Silizium eingelagert ist. Darauf sitzen mikroskopisch kleine Fühler, die gleich zwei Funktionen besitzen: Sie filtern Feuchtigkeit aus der Luft, und sie gewinnen Energie, indem sie sich von Luftströmungen in Vibration versetzen lassen. Die mechanischen Bewegungen werden über den piezoelektrischen Effekt in Strom umgewandelt, mit dem die Pflanze die gewonnene Feuchtigkeit in Wasserstoff und Sauerstoff zerlegt. Die Gase werden anscheinend innerhalb der Siliziumröhren nach unten transportiert und dort von dem eigentlichen Wesen konsumiert. Der Prozess ist vermutlich nicht sehr effizient, aber das ist kein Problem, solange der Organismus weniger abgibt als er aufnimmt. Ob es sich um eine Pflanze oder ein Tier handelt, ist schwer zu sagen, ich tendiere nur deshalb zur Pflanze, weil ich keine Möglichkeit sehe, wie sich der Organismus fortbewegen könnte.

Ich lasse mir von Eva noch ein paar weitere Haare bringen, um zu sehen, ob diese sich voneinander unterscheiden. Das ist nicht der Fall, es scheint also nur eine solche Art zu geben. Doch auf dem vierten Haar finde ich etwas Merkwürdiges: einen ebenfalls schwarzen Ring, nicht größer als ein Millimeter, der sich an dem Haar hinauf- und hinunterbewegt. Ich entferne den Ring, der sich auch dann noch bewegt. Es handelt sich wohl um ein weiteres Lebewesen, das mit den Haaren in Symbiose lebt. Ich bemerkte weder Gliedmaßen noch Kopf. Das Tierchen ist aber offenbar in der Lage, seinen kompletten Körper um das Wirtshaar zu schließen. Dann sucht es nach defekten Vibrator-Fühlern, die es daran erkennt, dass sie sich nicht mehr bewegen, nimmt sie in sich auf und zerlegt sie in ihre Bestandteile. So versorgt es sich mit Nahrung und Feuchtigkeit und hält den Wirt gesund.

»Wir haben unser erstes Ökosystem entdeckt«, erkläre ich Adam und Eva. Ich berichte in Kurzfassung von meinen Erkenntnissen. Adam macht ein gelangweiltes Gesicht. Eva dagegen sieht interessiert aus. Nachdem ich fertig bin, sagt sie:

»Marchenko, meinst du, du kannst uns in Zukunft auch ein bisschen mitforschen lassen? Es ist zwar interessant, was du da herausgefunden hast, aber noch spannender wäre es gewesen, diesen Rätseln gemeinsam auf die Spur zu kommen. Dann muss ich mich nicht wie deine dumme Mess-Sklavin fühlen.«

Könnte ich rot werden, würde ich jetzt glühen. Natürlich hat Eva Recht. Ich entschuldige mich bei ihr, und sie akzeptiert das mit einem Lächeln.

»Bevor wir weitergehen«, sage ich, »würde ich gern herausfinden, ob diese Schatten-Ökosysteme untereinander in Verbindung stehen.« Ich lasse J auf zwei weitere Hügel zeigen, die in nordwestlicher Richtung zu sehen sind. Wir machen uns auf den Weg.

»Wenn es keine Verbindung gibt, müssten die vertretenen Arten sehr unterschiedlich sein. Es ist sehr unwahrscheinlich, dass die Evolution zufällig genau denselben Weg geht.«

Eva nickt, Adam grummelt etwas, das ich nicht verstehe.

»Aufgabe verstanden«, sagt Eva.

Auch im Schatten des nächsten Hügels gibt es Sand, in dem haarförmige Gebilde wachsen. Eva bringt mir von selbst ein paar davon. Wie sehr sich die Exemplare von denen des anderen Hügels unterscheiden, kann nur mein Analysator herausfinden. Das Ergebnis ist eindeutig.

»Auf genetischer Ebene sind sie fast identisch«, erkläre ich. »Es muss also eine Verbindung zwischen den Schattenbereichen geben.«

»Du hast bereits das Genom analysiert?«

»Nein, ich habe nur eine zufällig ausgewählte Menge von Basenpaaren verglichen. Das genügt, um Verwandtschaft festzustellen. Das Leben hier besitzt übrigens sechs Basenpaare.«

»Also gibt es DNS? Und das sagst du so im Nebensatz?« Eva sieht mich jetzt richtig böse an. So kenne ich sie noch gar nicht.

»Ob es mit unserer DNS völlig vergleichbar ist, kann ich noch nicht sagen. Die Haare bestehen jedenfalls aus Zellen, und in diesen Zellen finden sich kleine, zusammengerollte Organellen, die einen langen Informationsstrang bilden. Es könnte sich auch um eine DNS-Vorstufe handeln, RNS zum Beispiel. Aber es enthält Informationen, und diese werden mit sechs Buchstaben kodiert.«

Eva kneift die Augen zusammen und sagt eine Minute

lang gar nichts. Dann dreht sie sich zu mir um. »Ich weiß nicht, warum, aber mir laufen dauernd Schauer über den Rücken. Stellt euch nur vor, wir sind so weit geflogen, nur um festzustellen, dass sich das Leben hier und auf der Erde so verdammt ähnelt.«

»Hat vielleicht praktische Gründe«, meint Adam. »Ohne Informationsweitergabe keine Evolution. Biologie fußt auf Chemie, also sind Moleküle die Informationsträger. Zwei Buchstaben wären zu wenig, eine große Zahl macht das Vervielfältigen komplizierter. Sechs wie hier oder vier auf der Erde scheinen gängig zu sein.«

»Ich verstehe dich, Eva«, sage ich, »auch wenn Adam natürlich Recht hat.«

»Weißt du, Marchenko, es ist ja nett, dass du dich zwischen uns nie auf die eine oder die andere Seite stellen willst, aber auf Dauer wird das nicht funktionieren.«

»Aber ich« ... gebe doch immer wieder dir Recht oder Adam oder beharre auf meiner eigenen Meinung, will ich sagen, doch ich beende den Satz nicht, denn ich spüre, dass diese 16-Jährige mehr als ich über zwischenmenschliche Beziehungen weiß. Sollte ich in den vergangenen zwanzig Jahren so viel meiner Menschlichkeit verloren haben? Das Dumme ist nur, dass ich weder Adam noch Eva verlieren will.

19. Dezember 18

»Um auf gestern zurückzukommen, du sagtest, es müsse eine Verbindung zwischen den Schatten-Habitaten geben, Marchenko.« Eva sieht zu mir nach unten. Ich ziehe meinen Roboterkörper gerade mit seinen starken Armen auf eine kleine Plattform im Fels.

»Ja, es muss irgendeine Form des Austauschs geben. Vielleicht über die Luft?«

»Wie stellst du dir das vor?« Eva zieht sich ächzend einen weiteren Absatz hoch. Adam klettert über ihr. Alle beide sind über Seile mit mir verbunden. Falls jemand abstürzen sollte, kann sich mein Körper blitzschnell im Fels verankern.

»Es würde ja genügen, wenn der Wind einzelne Zellen hinüberweht, oder auch eins der kleinen Ring-Tierchen, das vielleicht gerade ein Stück seines Wirtes verdaut.«

»Oder die Verbindung besteht unterirdisch«, meint Eva.

»Auch eine Möglichkeit. Wie kommst du darauf?«

»Ich habe mich daran erinnert, was du uns über die Biologie auf der Erde beigebracht hat. Wie groß der unterirdische Teil aller Ökosysteme ist. Und wir haben das Ding noch nicht mal gesehen, zu dem die ganzen Haare führen.«

Über die Natur dieses Wesens habe ich auch schon gegrübelt. »Vielleicht ist es eine riesige Knolle. Die Haare liefern Nährstoffe, und die Knolle speichert sie. Aber wofür?«

»Für den nächsten Flare?«, schlägt Eva vor. »Die Haare besitzen zwar einen Silizium-Mantel, aber in der Zentralebene ist die Wirkung der Flares sicher am stärksten.«

»Du meinst, die Haare treiben alle 40 Tage neu aus, gespeist von der in der Knolle gespeicherten Energie?«

Die Biomonitor-Sensoren melden sich. Evas Körpertemperatur liegt zwei Zehntel Grad höher als normal. Womöglich kommt die Klimaanlage ihres Anzugs nicht hinterher.

»Wenn Proxima Centauri schon seit Milliarden Jahren

Flares produziert, hat sich das Leben hier garantiert daran angepasst«, sagt Eva.

»Entschuldige, aber fühlst du dich gut?«

»Ja, klar, Marchenko. Es ist ein bisschen anstrengend, aber das war ja zu erwarten. Wieso?«

»Ich sehe hier leicht erhöhte Messwerte deiner Körpertemperatur. Das muss nicht viel sagen, aber …«

»Ich weiß schon, besser einmal zu oft gefragt als zu wenig. Moment, ich komme gerade selber an die Displays nicht heran. Hinter der Spalte dort können wir eine Pause machen.«

»Adam, wir halten kurz an«, gebe ich durch. Adam brummt etwas, das sich wie ‚okay' anhört.

Auf dem Felsvorsprung, den Eva anvisiert hat, ist nicht genug Platz für uns beide. Das ist aber kein Problem. Ich treibe aus meinen Armen zwei Stahlnägel in den Granit, die mich halten werden.

»Gleich«, sagt sie. Ich sehe, wie sie über eine halbmeterbreite Spalte springt, unter der es 50 Meter in die Tiefe geht, und ich bin versucht aufzuschreien, kann mich aber gerade noch zurückhalten.

»Also, mein Anzug. Moment.« Sie schüttelt Staub von ihrem Ärmel, um das Display darauf besser ablesen zu können. »Mist«, sagt sie dann. »Die Effizienz der Kühlung ist um 45 Prozent zurückgegangen. Tut mir leid, Marchenko, ich hätte das schon eher sehen müssen. Aber dass ich beim Klettern ins Schwitzen komme, war mir ziemlich normal erschienen.«

»Alles okay?« Adam interessiert sich also doch noch für uns.

»Eva hat ein Problem mit ihrem Anzug. Die Kühlung.«

»Soll sie eben nackt klettern!«

»Ha-ha«, antwortet Eva.

»Aber im Ernst, was spricht dagegen, dass sie in ihre normale Uniform wechselt?«

»Die Hitze und die Strahlung«, entgegne ich.

»Verstehe«, sagt Adam.

»Ich halte es schon noch eine Weile aus«, meint Eva, doch

ich höre ihr an, dass sie unsicher geworden ist. Ich sehe nach unten. Wir haben eine Kletterstrecke von etwa 400 Höhenmetern geschafft. Wir haben noch 300 Meter, dann erreichen wir eine Schlucht, die uns durch die ein paar Tausend Meter hohe Bergkette führt. Die Form der Kette gibt mir Rätsel auf, vor allem der steile Fuß. Er wirkt, als umgrenzten die Berge eine Art riesige Badewanne. War die Zentralebene irgendwann mal ein Meer? Das müsste eine Zeit gewesen sein, als Proxima b noch einen größeren Abstand zu seinem Stern hatte, es also generell kälter war. Vielleicht ist damals ein Meteorit in den Ozean gestürzt, hat das Wasser verdampft und den Planeten auf eine sonnennähere Bahn gebracht?

Für die bisherige Kletterstrecke haben wir zwei Stunden gebraucht. Eva wird noch mindestens eine Stunde durchhalten müssen. Der menschliche Körper ist nicht für eine Überhitzung gemacht. Er reagiert darauf mit Übelkeit, Kopfschmerzen und schließlich Bewusstlosigkeit. Bis dahin sollten wir es nicht kommen lassen.

»Irgendwelche Vorschläge? Welche Alternativen gibt es?«

»Wir warten, bis es Nacht wird, und klettern dann weiter.« Adam ist heute aber auch gar zu witzig.

»Die Uniform, wie Adam schon vorgeschlagen hat«, sagt Eva.

»Es ist noch über eine Stunde in praller Sonne und bei starker körperlicher Anstrengung. Da ist ein bisschen Kühlung allemal besser als keine.«

»Die Sonne können wir nicht vermeiden, aber die Anstrengung.«

Eva hat Recht, ich weiß auch schon, was sie meint.

»Ich könnte dich tragen.«

»Gib zu, du machst das bloß aus Faulheit, dein Druckanzug funktioniert prima.«

»Adam, es reicht.«

Eva antwortet nicht, anscheinend überlegt sie noch. »Kannst du das auch?«

»Ich hätte es nicht ...«

»Ja, das ist mir auch klar. Also gut.«

Ich frage mich, ob ich nicht zu viel versprochen habe. Ja, ich kann, wenn Adam oder Eva oder beide abstürzen, mich blitzschnell in der Wand verankern, sodass sie vom Seil aufgefangen werden. Allerdings hilft das nicht beim Klettern. Ich muss die letzten 300 Meter mit der zusätzlichen Last Evas und ihres Rucksacks klettern, mit nur zwei Armen. Ein einzelner Arm muss also in der Lage sein, knapp eine halbe Tonne nach oben zu befördern. Das ist innerhalb von Js Spezifikationen, das weiß ich. Aber die Gesteinskante, an der sich dieser Arm dann festklammert, weiß die das auch? Wird sie stets stabil genug sein, um 500 Kilogramm zu tragen? Das kann ich nicht mit Sicherheit sagen, obwohl der Fels bisher einen sehr stabilen Eindruck gemacht hat.

Und was passiert, wenn ich abstürzen sollte? Adam hängt am selben Seil wie ich, aber er wird meine Masse ganz sicher nicht halten können. Also wird er ebenfalls abstürzen. Das ist unverantwortlich von mir. Eva gehört an Adams Seil. Falls ich abstürze, können die beiden überleben. In den Bergen muss man immer mit allen Eventualitäten rechnen.

Ich erkläre Adam und Eva meinen Plan.

»Kommt gar nicht in Frage«, sagt Adam. »Entweder keiner oder alle.«

Eva stimmt ihm zu. »Ich werde mich nicht in Adams Seil einklinken, da kannst du gar nichts tun.«

Obwohl sie mir nicht gehorchen und obwohl sie sich selbst und völlig unlogisch in Gefahr bringen, freue ich mich.

»Gut«, sage ich, »wenn ihr es so wollt? Eva, ich würde sagen, du setzt dich auf Js Schultern und hältst dich an seinem Kopf fest.«

Eva wartet nicht lange. Ich hänge schräg unter ihr in der Wand. Das ist perfekt, um auf meine Schultern zu klettern.

»Hü, Pferdchen«, sagt sie, als sie ihren Platz eingenommen hat, und benutzt dazu eine Schlinge des Seils als Rute. Ich habe Lust zu wiehern, verkneife es mir aber, als mir bewusst wird, dass wir in der nächsten Sekunde zu dritt in den Abgrund stürzen könnten.

»Gut festhalten«, sage ich zu Eva. Falls sie sich den Aufstieg wie einen gemütlichen Ausritt vorstellt, hat sie sich geirrt. Mir fällt ein, dass sie sich einen Ausritt gar nicht vorstellen kann. Pferde kennt sie nur aus dem Unterricht. Ich löse vorsichtig die Verankerung des linken Arms und taste dann nach einer stabilen Kante weiter oben. Die Gelenke, mit denen sich meine Finger festkrallen, bestehen aus einer Titanlegierung und sind unglaublich stabil. Dann löse ich den anderen Arm. Ich rutsche automatisch ein bisschen nach links unten, weil ich nun an einem einzigen Arm pendele. Dann gebe ich mit dem Unterkörper Schwung, sodass sich der andere Arm auch einen neuen Halt suchen kann. Der Roboter J klettert ungefähr wie ein Affe, was für jemanden, der auf seinen Schultern sitzt, keine angenehme Fortbewegungsart ist.

Eva ist denn auch still geworden. Ich verankere ihre Knie mit meinem Kinn derart, dass sie nicht herunterfallen kann. Schwung nach rechts, Schwung nach links, ich muss mich bremsen, um Adam nicht zu überholen. Vielleicht bleiben wir doch unter einer Stunde. Schwung nach rechts, dort ist die bessere Verankerung sichtbar. Plötzlich wird der Blick meines rechten Auges getrübt. Ich greife beinahe daneben, erwische die Felskante dann aber doch noch und verankere mich.

»Was ist passiert?«

»Ich habe mich übergeben müssen«, sagt Eva. »Tut mir leid, es kam so plötzlich, da konnte ich dich nicht mehr warnen.«

Ich werde hellhörig. Erbrechen kann ein Symptom für einen Hitzeschock sein. »Alles okay bei dir?« Noch während ich frage, prüfe ich die Daten des Biomonitors.

»Ja, alles prima, mir ist gar nicht mehr so heiß.«

Ich bin erleichtert. Evas Körpertemperatur ist nicht weiter gestiegen.

»Adam, es geht weiter«, sage ich. »Noch hundert Meter.«

20 Minuten später erreichen wir das Plateau. Ich hebe

Eva von ihrem Platz auf meinen Schultern. Wie auf ein Signal drehen wir uns nach hinten. 700 Meter unter uns liegt die sonnenverbrannte Zentralebene. Wir haben erst zwei der Arten kennengelernt, die sie bewohnen, doch es gibt sicher noch weitere. Irgendwann müssen wir hierher zurückkommen – schon deshalb, weil dort hinter dem Horizont die Messenger auf uns wartet. Sie besitzt zwar kein Triebwerk, das genügend Kraft hätte, uns ins All zu befördern, aber das lässt sich ändern. Ich drehe mich um, Adam und Eva folgen mir. Die Daten, die wir beim Überflug gewonnen haben, sind korrekt. Die Schlucht wird uns auf die andere Seite der Bergkette führen. Ihre mehrere Kilometer hohen Wände werfen dunkle, kalte Schatten, die bedrohlich wirken.

20. Dezember 18

Aus der Felsspalte weht ein so starker Wind, dass wir das Zelt abseits aufgebaut haben. Die von der ewigen Dunkelheit abgekühlte Luft ergießt sich ungestüm in das weite Tal unter uns. Wir haben acht Stunden des nicht endenden Tages zur Nacht gemacht und noch einmal Wärme und Licht getankt. Adam räumt verschlafen die letzten Sachen zusammen. Eva ist um die Ecke im Schatten verschwunden, um sich noch einmal zu erleichtern.

Der Scan aus dem Orbit hat uns verraten, dass die Schlucht die ganze Bergkette durchquert. Wie mag sie entstanden sein? Hat sich genau hier ein Riss in den Kontinentalplatten ausgebreitet? Gab es hier einst einen Fluss, der sich den Weg gebahnt hat, oder sollte tatsächlich der Wind allein der Baumeister gewesen sein? Ich hoffe, das unterwegs klären zu können. Ob Wasser, Luft oder Tektonik die Schlucht formten, müsste an ihren Wänden zu erkennen sein.

Diesmal gehe ich an der Spitze. Mit meinen Sensoren kann ich die Dunkelheit durchleuchten und uns vor Überraschungen bewahren.

»Ist doch bloß eine Spalte«, sagt Adam, aber ich lasse mich auf keine Diskussion ein.

Die ersten Meter verlaufen geradlinig. Wir können den Eingang der Schlucht noch sehen. Licht kommt nur von dort. Die Spalte muss weiter oben einen Knick haben, denn wir sehen den Himmel nicht.

Die Temperatur sinkt schnell. Hatten wir eben dreißig Grad, sind es nach 100 Metern nur noch fünfzehn.

»Wenn ihr friert, stellt am besten die Heizung an«, empfehle ich.

»Ja ja«, antwortet Eva.

Nach etwa 300 Metern wird es vollkommen dunkel. Die Luft wird deutlich feuchter. Ich aktiviere die Lampe an Js Kopf.

»Iiih, spürt ihr das auch?«

»Was, Eva?«

»Mir streift dauernd etwas über das Gesicht.«

Ich muss meine optischen Sensoren schärfer einstellen, bisher ist mir nichts aufgefallen.

»Ja, das sind Haare«, sagt Adam.

Ich richte die Lampe auf die Wand. Da wächst irgendetwas. Ich schalte auf ultraviolett um, und das Bild wird deutlicher. Feine Haare wehen in der bewegten Luft. Ihre Hülle phosphoresziert im UV-Licht.

»Sehen so ähnlich aus wie die Pflanzen draußen in den Schatten-Biotopen«, meint Eva.

»Ja, das scheint mir eine Anpassung an die Flares zu sein. Photosynthese ist zwar effizienter, aber hier ungleich gefährlicher, weil sich die Pflanzen gefährlicher Strahlung aussetzen müssen. Da bleibt ein Teil der Flora lieber im Schatten und ernährt sich von Windenergie.«

»Klingt logisch«, sagt Eva.

Je tiefer wir in den Canyon vordringen, desto länger und dichter werden die Haare. Ich stelle fest, dass die Bewuchsdichte mit der Luftfeuchtigkeit wächst. Die Haare filtern wohl auch Wasser aus der Luft.

»Könnt ihr mal kurz warten?« Evas Stimme erreicht mich aus zwanzig Schritt Entfernung. Sie muss zurückgeblieben sein, ohne dass ich es gemerkt habe. Ich bleibe stehen, Adam stößt von hinten an meinen Rücken. Ich drehe mich um und richte den Scheinwerfer in Evas Richtung. Sie ist nur undeutlich erkennbar, scheint aber mit den Armen gegen etwas zu kämpfen. Adam rennt zu ihr, ich folge.

»Was ist denn los?«, fragt Adam.

»Da ist etwas in meinem Anzug. Es kratzt.«

Ich scanne sie, bemerke aber nichts.

»Es hilft nichts«, sage ich, »du musst dich wohl ausziehen. Wo ist es?«

»An der Seite.« Sie drückt auf den Knopf, der den Spezial-Reißverschluss öffnet. Das Oberteil des Anzugs pellt sich ab. »Da, kurz über der Hüfte.«

Js Hand schnellt nach vorn. Ich habe gesehen, was Eva meint: ein vielleicht acht Millimeter großes Tier, das man auf den ersten Blick für eine Ameise halten könnte. Die Roboterfinger greifen es so, dass es nicht entkommen kann, aber auch nicht verletzt wird. Ich betrachte es mit der Teleoptik. Auch in Vergrößerung wirkt es noch wie eine Ameise, aber mit einem wichtigen Unterschied.

»Schaut mal, das Ding hat Räder«. Ich projiziere die Vergrößerung auf die Wand neben uns. Statt der Beine besitzt das Tierchen acht runde Gliedmaßen, die aus Haaren gewickelt zu sein scheinen.

»Vielleicht eine Weiterentwicklung der Parasiten von draußen«, sagt Adam.

Die Räder drehen sich wild, während ich das Tier festhalte. In seiner Körpermitte besitzt es eine Kapsel, in die ein besonders starkes Haar führt. Das scheint der Antriebsmechanismus zu sein.

»Das funktioniert wie ein Spielzeug zum Aufziehen«, erkläre ich. Adam und Eva sehen mich verständnislos an.

»Eine Federmechanik.« Beide nicken. »Das besonders starke Haar hier«, ich markiere es in der Projektion, »ist in sich verdreht wie eine Feder. Die Räder bewegen sich, wenn das Tier die Feder entspannt.«

»Aber wie spannt es die Feder?«

»Gute Frage, Eva.« Ich sehe mich um. »Hier sind fast nur senkrechte Flächen. Wenn sich das Tier falsch herum die Wand hinunterrollen lässt, müsste die Drehung der Räder die Feder spannen. Dann kann es die Spannung nutzen, um die Wand wieder hochzuklettern.«

»Und was ist mit der Energieerhaltung?«

Eva hat Recht. Die beim Herunterrollen gewonnene Energie genügt nicht. Das Tier muss einen zusätzlichen Spann-Mechanismus für seine Feder besitzen.

»Das werden wir an dieser Stelle nicht herausfinden, da müsste ich ein paar Versuche machen. Vielleicht ein elektrischer Mechanismus, oder eine Art Muskeln. Das Tier ernährt sich wahrscheinlich von den Parasiten. Die hat es wohl auch bei dir gesucht.«

»Ich hoffe, umsonst.«

»Da wäre ich mir nicht so sicher. Es wird nicht ausbleiben, dass unsere Körper mit den Kleinstlebewesen dieser Welt in Kontakt kommen. Eure Körper.«

»Ih, das ist ja eklig«, sagt Eva.

»Können wir? Mir wird kalt.« Adam klingt ungeduldig. Eva zieht ihren Anzug wieder hoch und setzt den Helm auf.

»Gute Idee«, sage ich. »Es wird wahrscheinlich noch deutlich kälter werden.«

Für etwa anderthalb Kilometer kommen wir gut voran. Auch Adam hat seinen Helm geschlossen. Die Wände sind jetzt gleichmäßig behaart, als würden wir durch die Achselhöhle eines Riesen spazieren.

»Sieh mal«, sagt Adam, der nun doch vorausgeht. Im Schein seiner Helmlampe erkenne ich eine freie Fläche im Bewuchs, die unregelmäßig geformt ist. Der Untergrund sieht unberührt aus. Ich betrachte die Stelle in der Vergrößerung.

»Die Haare sind bis auf etwa zwei Millimeter gekürzt«, erkläre ich.

»Vielleicht eine Krankheit? Eine Art Haarausfall?«, schlägt Eva vor.

»Dann müssten die Haare doch komplett fehlen. Da hat ein Tier gegrast«, meint Adam.

»War zu erwarten«, sage ich. »Die Schlucht wäre schon zugewachsen, würde nicht irgendetwas die Haare ab und zu stutzen.«

»Irgendetwas?« In Evas Stimme liegen Neugier und Respekt.

»Schwer zu sagen, wie es aussieht und ob es uns gefährlich werden kann. Wir sollten aufpassen. Ich will ja nicht ohne Grund vor euch gehen.«

Genau sieben Minuten lang sagt niemand etwas. Dann höre ich von hinten ein leises Geräusch, wie ein »Wuuusch«, gefolgt von einem spitzen Schrei. Eva! Ich drehe mich um und rolle hektisch gegen Adam, der hinter mir geht und nicht so schnell reagiert.

»Adam, schnell, mach Platz!« Er reagiert, lässt mich aber nicht vorbei und läuft selbst ein paar Schritte in die Richtung, aus der wir gekommen sind. Dann bleibt er abrupt stehen.

»Eva«, schreit er. Ich blende meinen Scheinwerfer auf. Auf dem Boden liegt etwas. Es sieht aus wie eine riesige Fledermaus ohne Augen, mit zwei dreieckigen Flügeln und einer Art Saugmund. Die Flügel wickeln sich um Eva. Nur ihr Arm und ihre Hand ragen heraus.

»Ni ...«, höre ich Evas Stimme. Ich blende sofort wieder ab. Vermutlich mag das Tier kein Licht, und ich will es nicht reizen.

Ich schalte auf den Bordfunk um. Gut, dass Eva ihren Helm aufgesetzt hat.

»Bleib ganz ruhig«, sage ich.

»Vschs«, höre ich Eva krächzen. Anscheinend drückt das Tier mit seinem Gewicht auf ihren Brustkorb. Ihr Herz schlägt schneller, doch ihre Vitalfunktionen sind nicht besorgniserregend. »Stress abbauen«, empfiehlt der Computer. Mein Stresspegel steigt auf den Maximalwert.

Die Fledermaus scheint ruhig dazusitzen. Ob sie jetzt überlegt, was sie mit ihrer Beute anstellt? Ob sie sie gleich verdaut, oder lieber Teile herausreißt, um sie an ihre Brut zu verfüttern? Ich habe grässliche Angst um Eva und muss mich zwingen, nicht unüberlegt zu handeln. Adam scheint ähnliche Befürchtungen zu haben. Er hat seine Hand erhoben und will anscheinend auf das Ding losgehen.

»Nicht, Adam«, sage ich über den Helmfunk. Ich bin selbst überrascht, dass er stehenbleibt. Ich schalte auf Infrarot um, damit ich die Fledermaus beobachten kann, ohne sie zu stören, aber sofort ruft Eva wieder »Ni ...«. Infrarot scheint das Tier ebensowenig zu mögen.

Wie steht es im ultravioletten Bereich? Die Alien-Fledermaus phosphoresziert! Dadurch ist gut erkennbar, wie ihr Saug-Maul die unter ihr liegende Eva absucht, vermutlich auf der Suche nach Nahrung. Da Anzug und Helm geschlossen sind, sehe ich keine unmittelbare Gefahr, so beängstigend die Situation auch scheint.

»Eva, es leckt dich bloß ab. Keine Sorge.«

»Sr schwr«, presst Eva heraus.

Der Biomonitor beruhigt mich ein bisschen. Er zeigt, dass ihre Blutsättigung kaum abgenommen hat. Sie bekommt genug Luft.

»Trotzdem, nicht bewegen.« Ich versuche, Eva meine Angst nicht spüren zu lassen. Sie darf jetzt nicht Unüberlegtes tun.

»Dir passiert nichts, vertrau mir!« Ich sehe, dass das Tier seinen linken Flügel unter Eva herauszieht. Am Ende befindet sich ein ellenlanger Knochen, der in eine Spitze überzugehen scheint. Sie sieht aus, als ließe sie sich sehr gut als Waffe einsetzen. Adam scheint das auch zu bemerken. Ich halte mit dem Roboterarm seine Schulter fest. Er windet sich und will sich losreißen.

»Nicht, Adam, wenn das Tier will, ist Eva schon tot, bevor du bei ihr bist. Willst du mit den Fäusten dagegen kämpfen? Du machst es nur aggressiv! Verhalte dich ruhig!«

»Nun tu doch etwas!«, sagt er.

»Es ist besser für Eva, sicherer meine ich, wenn wir warten. Wirklich. Du musst mir glauben.«

Adam gibt seine Gegenwehr kurz auf, doch ich falle auf den Trick nicht herein und lasse ihn nicht los.

»Schsss vchhh«, hören wir Eva murmeln. Die Fledermaus zieht nun auch ihren zweiten Flügel unter ihr heraus. Auch an seinem Ende befindet sich ein spitzer Knochen. Adam versucht erneut, sich loszureißen. Doch die Kreatur hat anscheinend genug. Sie hebt den Kopf, der auf einem langen Hals sitzt, und wittert in unsere Richtung. Überlegt sie, wen von uns sie als nächstes auf eine potenzielle Nahrungsquelle untersucht? Sie hebt den linken Flügel, dann den rechten, und nun sehe ich, wozu die Stichwaffen dienen: damit stemmt sie sich gegen die gegenüberliegenden Wände des Canyons. Wie ein Bergsteiger in einem Schacht stemmt sie sich nach oben und entfernt sich mit schnellen Schritten von uns. Ich leuchte ihr mit dem UV-Scheinwerfer hinterher, verliere sie aber aus dem Blick – an der Unterseite phosphoresziert die Haut anscheinend nicht. Adam stürzt derweilen in Evas Richtung, hilft ihr beim Aufstehen und umarmt sie.

Eva lehnt sich an die Wand und öffnet ihren Helm. Ihr Gesicht ist ganz bleich, und sie atmet schwer. Auf dem Biomonitor sehe ich, dass sie keine Schäden davongetragen hat. Ich bin froh, dass nichts Schlimmeres passiert ist.

»Das war …« Sie spricht den Satz nicht zu Ende.

»Das war so eine Art Schaf, ein harmloser Pflanzenfresser«, sage ich.

»Das Ding war schrecklich schwer. Es hat sich von oben auf mich herabfallen lassen.«

»Ich hätte in deiner Lage auch eine Scheiß-Angst gehabt. Aber ich habe sein Maul gesehen, das hätte dich nicht fressen können. Es war wohl bloß neugierig. Es tut mir leid, dass es dir so einen Schreck eingejagt hat. Uns allen.«

»Das ist ja sehr beruhigend.« Eva holt noch einmal tief Luft, dann dreht sie sich plötzlich um und erbricht. Adam legt ihr die Hand auf die Schulter und reicht ihr ein Tuch.

»An den Flügeln«, beginnt er. Ich schüttele heftig mit dem Kopf. Eva kann das nicht sehen. Doch Adam ignoriert mich. »An den Flügeln hatte es so eine Art Messer. Ich habe mir schon ausgemalt, wie es dich damit aufschlitzt.«

»Nur, wenn du auf das Tier losgegangen wärst, Adam.«

»Ich kann doch nicht herumstehen, während es Eva die Luft abdrückt«, gibt er empört zurück.

»Sie war nicht in Gefahr zu ersticken. Mit einem Angriff hättest du das Tier bloß provoziert.«

»Streitet euch nicht«, sagt Eva. »Mir geht es schon wieder besser. Es ist vorbei. Lasst uns weitergehen.«

»Soll ich dich eine Weile tragen?«, biete ich ihr an.

»Nein, es geht schon. Ich komme sonst aus der Übung. Schau du dich lieber um, was da noch so auf uns warten könnte. Ich mag solche Überraschungen nicht.«

»Ich glaube nicht, dass es zurückkommt«, sagt Adam.

»Ich auch nicht. Aber wenn das eine Art Schaf war, wie gefährlich muss dann der Wolf sein?«

Das stimmt allerdings. Wenn ein Pflanzenfresser schon so gut bewaffnet ist, muss die Gefahr, der er täglich ausgesetzt ist, von beeindruckendem Ausmaß sein.

Wie um unsere Befürchtungen zu bestätigen, finden wir 400 Meter weiter mehrere Knochen auf dem Boden. Weitere Reste gibt es nicht. Körper und Haut sind also entweder längst verwest oder wurden von dem Jäger komplett verspeist. Adam bückt sich und hebt ein 30 Zentimeter langes Knochenstück auf.

»Das muss vom Flügel stammen«, meint er. Ich sehe sofort, dass er Recht hat, untersuche es aber trotzdem ausführlich. Die Struktur des Materials ist mit der uns bekannten Knochenstruktur nicht vergleichbar. Ich breche den »Knochen« in der Mitte durch und zeige Adam und Eva die Bruchstelle.

»Musstest du das zerstören? Wir hätten eine Waffe gut gebrauchen können«, sagt Adam.

»Wissen ist viel wertvoller als so eine primitive Waffe«, entgegne ich. »Seht mal, das Material besteht aus lauter mit Luft gefüllten Waben. Dadurch ist es stabil und leicht. Hier vorn, wo sich die Schneide befindet, sind die Waben besonders dicht.« Ich reibe darüber. »Und das Material ist selbstschärfend. Die Kreatur braucht bloß ein bisschen zu klettern, um ihre Messer zu schärfen.«

Ich betrachte den Knochenhaufen. Leider ist nicht mehr herauszufinden, wie die einzelnen Teile miteinander verbunden waren. Offenbar sind die Gelenke schneller verrottet oder wurden ebenfalls gefressen. Insgesamt liegen hier etwa 330 Knochen verstreut, verrät mir die Objekterkennung meines visuellen Systems.

»Eine ganz schön hochentwickelte Struktur, dieses Schaf, allein von der Anzahl der Knochen, ein Drittel mehr als bei einem Schaf von der Erde«, sage ich.

»Und warum erzählst du uns das?« Adam sieht mich böse an.

»Es geht um die Mission, die Botschaft. Wir müssen verstehen, was aus den Bewohnern hier geworden ist. Dazu müssen wir Natur und Umwelt studieren.«

Adam öffnet den Mund, dann schließt er ihn wieder, dreht sich um und geht voraus. Eva folgt ihm, ohne etwas zu sagen. Ich will sie zurückrufen, doch dann sehe ich davon ab, weil ich den zweiten Messer-Knochen entdeckt habe. Adam hat Recht, eine Waffe kann vielleicht tatsächlich nicht schaden. Ich nehme sie und stecke sie in Js Bauch. Zum Abschluss scanne ich den Bereich noch im UV-Licht. Ich erkenne fast zwanzig Spuren, die von dem Knochenhaufen ausgehend in alle Richtungen führen, nach oben ebenso wie nach vorn und hinten. Das werden wohl Aas-Fresser hinterlassen haben, die für das Zerlegen der Leiche zuständig waren.

Wir marschieren eine halbe Stunde in völliger Stille. Eigentlich müssten wir bald das Ende der Schlucht erreicht haben. Ich halte an, weil ich ein plätscherndes Geräusch zu hören glaube. Ist das vielleicht schon Regen, der auf die Landschaft außerhalb fällt? Das Plätschern kommt näher, nein, es ist eher eine Mischung aus leisem, zartem Klatschen und Trappeln. Ich stelle mir eine Mäuseherde vor. Das Geräusch kommt von hinten.

»Wartet mal«, rufe ich Adam und Eva nach, »das hört sich irgendwie bedrohlich an.« Hat es etwas mit den Knochen zu tun, die wir vorhin gefunden haben? Wie auf Kommando verstärkt sich das Geräusch, als hätten die Mäusebeine einen kräftigen Schritt zugelegt. Ich richte den UV-Scheinwerfer auf den Bereich hinter uns, und da sehe ich sie: eine kaum zählbare Menge kleiner Tiere, etwas größer als Mäuse, die von Wand zu Wand springen. Sie müssen Klebefüße wie Gekkos und die Muskeln von Fröschen besitzen. Es ist beeindruckend, wie schnell sie sich auf nur zwei Beinen vorwärts bewegen. Die Tiere sehen aus wie Frösche, denen man die Vorderbeine amputiert und das Maul zugenäht hat. Sie wirken auf den ersten Blick nicht gefährlich. Wer hat schon Angst vor Fröschen?

»Wahnsinn«, sagt Adam staunend. Eva gibt einen spitzen Schrei von sich. Die beiden haben mich erreicht. Die Tiere phosphoreszieren wie ihre größeren Verwandten und sind dadurch auch im Dunklen gut erkennbar, solange ich den UV-Strahler darauf richte. Eine sehr praktische Erfindung der Natur, einen Teil der UV-Strahlung unschädlich zu machen, indem sie sie in sichtbares Licht umwandelt.

Ich schwenke den Strahler nach oben und nach unten. Allmählich scheint mir, als wären die Tiere nicht zufällig auf dem Weg, sondern als hätten sie sich uns als Ziel ausgesucht. 30 Sekunden später habe ich die Bestätigung. Das Tier, das mir am nächsten ist, hebt seinen Kopf. In der Kehle besitzt es ein Organ, das aussieht wie Kiemen, aber ein elastisches Band wie eine Zunge enthält. Diese Zunge schnellt heraus, bewegt sich etwa einen halben Meter in meine Richtung, trifft mich aber nicht und zieht sich wieder zurück. Das zweite Tier jedoch trifft. Die kissenförmige Spitze der Zunge bleibt am Metall meines Körpers kleben. Das Tier versucht, die Zunge zurückzuziehen. Es besitzt eine erstaunliche Kraft, das zeigen meine Messinstrumente. Bei ihrem geringen Gewicht von ein paar Gramm können die außerirdischen Frösche soviel Kraft nur entwickeln, wenn sie sich sehr fest an die Wände des Canyons heften.

»Achtung, die sind wohl nicht nett«, rufe ich Adam und Eva zu. Ich greife nach dem Tier, dessen Zunge an mir klebt, und versuche es zu entfernen. Es haftet selbst für meine Roboterkräfte zu stark an der Wand. Die Zunge aber ist nicht so stabil, ich kann sie mit meinem Schneidewerkzeug schnell durchtrennen. Die ersten Tiere erreichen Adam, der nur einen Meter hinter mir steht.

»Renn weg!«, rufe ich noch, doch es ist zu spät.

»Au, du verdammtes Biest«, schreit Adam ärgerlich. »Das Ding hat einen Fetzen aus meinem Anzug gerissen!«

Ich werfe ihm das Messer zu. »Kümmere dich nur um die Zungen. Einfach durchschneiden!« Jetzt weiß ich, warum das Schaf an den Flügeln zwei große Messer besitzt. Dem Exemplar, das wir vorhin gefunden haben, hat das allerdings auch nichts genutzt.

Ich orientiere mich. Aus dem Gang hinter uns kommen

immer neue Frösche. Ihre schiere Menge erschreckt mich. Wir müssen achtgeben, dass sie uns nicht einfach überrennen. Vor allem Adam und Eva sind in Gefahr. Das flexible Material ist den Kräften der Tiere anscheinend nicht gewachsen. Meinem Metallpanzer können sie hingegen nichts anhaben.

»Rennt zum Ausgang«, rufe ich. »Es kann nicht mehr weit sein. Ich lenke sie ab. Mit denen werde ich schon fertig.«

Adam hält einen Moment inne, dann nickt er mir zu.

»Los, Eva, Marchenko hat Recht, wir müssen machen, dass wir ins Freie kommen. Die Dinger sind gefährlich.« Die beiden laufen los. Die Frösche konzentrieren sich auf mich. Ich sehe für sie offenbar wie das leckerste Opfer aus. Sie erkennen wohl nicht, dass sie mit meinem Metallpanzer nichts anfangen können.

Ich kämpfe einen einsamen Kampf, aber das ist okay, dafür bin ich da. Adam und Eva werden diese Schlucht nicht noch einmal durchqueren müssen.

Ob ich wirklich mit diesen Viechern fertig werde? Ich weiß es nicht. Ich arbeite, so schnell ich kann, trenne mit meinem Messer die Zungen durch, die an mir haften. Das schafft zunächst etwas Verwirrung, weil die Exemplare mit durchtrennter Zunge von ihren Artgenossen nun ebenfalls angegriffen werden. Nun kann ich erleben, was die Folge ist: die Zungenspitzen reißen Haut und Fleischstücke aus dem Opfer heraus. Sie verschwinden im Schlund, den »Kiemen«, wo sie ihre Beute anscheinend deponieren, um dann erneut auf das Opfer geschleudert zu werden. Ich kann nur hoffen, dass Adam und Eva in Sicherheit sind.

Mit der Zeit baut sich eine mehrteilige Kampfzone um mich herum auf. Die Tiere greifen von allen Seiten aus an. Ich kann zwar jeden Teil meines Körpers mit meinen Scheren erreichen, doch um den rechten Arm von vorn nach hinten zu bewegen, brauche ich eine gewisse Zeit. Falls in dieser Zeit jedoch schon zwei neue Zungen an mir kleben, gerate ich unvermeidlich ins Hintertreffen. Die Dinger werden es vielleicht nicht schaffen, mich zu zerlegen, aber sie werden mich fixieren. Es wird nicht mehr lange dauern, dann kann ich mich nicht mehr bewegen. Ich überlege fieberhaft. Es wird Stellen an J geben, die nicht ganz so stabil sind wie der Rest, vor allem die Gelenke. Wenn die Frösche das erst einmal gemerkt haben ... sie scheinen zwar nicht sehr koordiniert vorzugehen, doch irgendwann müssen sie meine Gelenke schon rein statistisch einmal treffen. Bin ich dem Untergang geweiht? Ist das der Ort, an dem mein Bewusstsein ausgelöscht wird? Meine Angst lähmt mich. Es ist völlig unlogisch, ich schade mir selbst, so wie das Infrarot-Licht den anderen Wesen geschadet hat.

Infrarot? Die Frösche leben im Dunklen und in der Kälte. Wie reagieren sie wohl auf ein schönes warmes Bad? Ich aktiviere meinen Infrarot-Scheinwerfer, der reinste Wärme in den Gang strahlt. Ha! Die Viecher reagieren. Die Zahl der Angriffe nimmt ab. Ich registriere ein hochfrequentes Quietschen, vielleicht so eine Art Schmerzensschrei. Es tut mir gar nicht leid, dass ich ihnen Schmerzen zufüge, und das erfüllt mich mit tiefer Befriedigung. Nicht mit mir, Frösche, nicht mit mir! Ich gerate in einen Rausch, meine Roboterarme rasen, als wären sie selbständig. Die hinteren Reihen beginnen, sich zurückzuziehen. Ich zerschneide die letzten Zungen, die noch an mir kleben, während auch die Tiere in vorderster Front den Rückzug antreten.

Dann habe ich es geschafft. Eine seltsame Hochstimmung erfasst mich, die sich aus abklingendem Kampfrausch und tiefer Erleichterung zusammensetzt. Ich kann mich weiter um Adam und Eva kümmern! Ich registriere das Schlachtfeld um mich herum: bestimmt hundert tote Frösche, denen unterschiedlich viel Fleisch fehlt, herausgerissen von ihren Artgenossen. Vorsichtig packe ich das Exemplar ein, das mir am wenigsten beschädigt erscheint, um es mir später genauer ansehen zu können. Dann bewege ich mich in schnellem Tempo Richtung Ausgang, wo Adam und Eva auf mich warten. Eva kommt mir entgegengerannt und umarmt Js Körper.

»Marchenko, gut dass du da bist«, sagt Adam, als wir bei ihm ankommen.

21. Dezember 18

Etwa 600 Meter unter uns breitet sich eine Ebene aus, die am ehesten mit einer Steppe vergleichbar ist, aber doch völlig anders wirkt. Vor allem die Farben haben so gar nichts Irdisches. Das Grün sieht völlig falsch aus. Ich weiß, das hat simple physikalische Ursachen: Proxima Centauri strahlt den größten Teil seiner Energie in anderen Wellenlängen ab als die Sonne. Die Photosynthese, die sicher die meisten der Pflanzen unter uns betreiben, wäre mit dem irdischen Grün weniger effizient. Trotzdem fühle ich mich irgendwie betrogen, fast abgestoßen von dieser seltsamen Färbung, die eher an ein grünlich schimmerndes Schwarz erinnert. Alles wirkt künstlich dadurch, wie die Vision eines Malers, der seine Version der Hölle aufgezeichnet und koloriert hat.

Adam und Eva staunen einfach nur. Sie sind nicht so vorbelastet wie ich.

»Dieser weite Blick«, sagt Adam. »Das macht mich ganz ehrfürchtig.«

»Das ist doch nichts gegen den Blick aus dem Raumschiff in die Unendlichkeit.« Dass ich das einmal sagen würde?

»Im All ... verliert man sich so schnell. Hier fühle ich mich auch klein«, entgegnet er, »aber nicht winzig, ich bin nicht in Gefahr, mich völlig aufzulösen.«

»Ja, es gibt eine Grenze, den Horizont.« Eva zeigt in eine unbestimmte Richtung. »Der legt sich wie ein Rahmen um das ganze Bild. Ich fühle mich als Teil von etwas Größerem. Im All bin ich ein verschwindender Teil des großen Nichts.«

Adam und Eva haben nie auf einem Planeten gelebt, und trotzdem fühlen sie sich nur dort richtig wohl. Liegt das dem Menschen in den Genen, und fühle ich dann anders, weil mir der Körper fehlt? Ich sehne mich inzwischen wieder nach der Freiheit, die mir die Messenger geboten hat.

Adam, nach der sechsstündigen Rast noch mit einer Decke über den Schultern, steht an der Kante. Ein Schritt weiter, und er stürzt in die Tiefe. Ich möchte ihm am liebsten die Hand auf die Schulter legen, nur zur Sicherheit, aber ich verkneife es mir. Er hat die Hand über die Augen gelegt. Der Schatten der Berge reicht bis weit in die Ebene hinein. Dahinter ist es gleißend hell, zumindest scheint es uns so. Wir haben uns an die Beinahe-Dämmerung auf Proxima b schnell gewöhnt.

»Seid ihr ausgeruht genug für den Abstieg?«

Beide nicken. Wir sichern uns wie beim Aufstieg mit Seilen. Das Klettern wird nicht so anstrengend wie beim Aufstieg werden, weil die Hitze wegfällt und die Schwerkraft uns hilft, andererseits klettern wir in der Dunkelheit. Im Schatten ist es etwa so hell wie in einer Vollmond-Nacht auf der Erde. Ich will das gerade Adam und Eva erklären, da fällt mir ein, dass sie den Vergleich nicht verstehen können. Falls sie jemals die Erde erreichen sollten, was eigentlich unmöglich ist, werden sie die mondbeschienenen Nächte dort mit den Schatten von Proxima b vergleichen. Es sind solche Details, die mir immer wieder zeigen, dass sie wirklich anders sind als ich.

Je tiefer wir kommen, desto schneller werden wir. Ab und an muss ich Adam und Eva bremsen. Wir dürfen nicht unachtsam werden. Auch aus 120 Metern Höhe ist ein Absturz noch gefährlich, selbst wenn das Seil sie auffängt. Ich kann aber verstehen, dass sie es eilig haben. Dort unten beginnt der Teil dieses Planeten, der ihnen Heimat werden könnte, Heimat für die kommenden hundert Jahre. Die ausgedörrte Ebene, auf der wir gelandet sind, hat damit nicht viel zu tun.

Adam ist als erster unten. Ich beobachte ihn. Er sucht erst nach einer freien Stelle, findet offenbar nichts und setzt seinen Fuß dann ganz sorgfältig auf dem dicht bewachsenen Boden ab. Als er steht, winkt er uns.

»Alles bestens, sieht ungefährlich aus!«

Ich hoffe, dass er Recht hat, doch wir haben ja keine Wahl. Eva und ich erreichen etwa gleichzeitig den Boden. Meine Elektronik sagt mir, dass ich um genau 3,5 Zentimeter einsinke. Der Boden scheint stabil zu sein. Ich drehe mich um und beginne, die Pflanzen zu untersuchen. Adam entfernt sich derweil schon von der Felswand. Es wäre mir lieber, er würde auf meine Ergebnisse warten, aber ihn zurückzurufen hat wohl wenig Sinn. Wenigstens kommt Eva zu mir. Sie hat etwas in der rechten Hand.

»Sieh mal, eine Blume!« Sie streckt mir einen Stängel entgegen, an dessen Spitze sich ein glockenförmiges Gebilde befindet. Außen ist es schwarz wie alles hier, aber innen zeigt es farbige Streifen: rosa, ein schmutziges Gelb, violett und braun. Am Grunde der Glocke öffnet sich ein kleines Loch, das ins Innere der Pflanze zu führen scheint.

»Eine echte Blüte ist das nicht«, sage ich.

»Sondern?«

»Ich vermute, dass die Pflanze damit irgendwelche kleinen Tiere fängt.« Ich berühre vorsichtig das Innere der Blüte, und die farbigen Streifen lösen sich und klappen nach innen. »Siehst du, wenn etwas hier hineingekrabbelt ist, wird es sich vor Schreck in dem Loch verstecken. Wahrscheinlich wird es dort dann verdaut.«

Ich sehe mich um. Es gibt nur wenige dieser anscheinend fleischfressenden Pflanzen. Das Gebiet unterhalb der Steilwand befindet sich dauerhaft im Schatten. Es wird von Gewächsen mit harten, ledrigen, fast schwarzen Blättern beherrscht. Sie sind höchstens fünf Zentimeter hoch und bedecken jeden Quadratmillimeter. Doch zwischen ihnen ragen zahlreiche dieser Haar-Pflanzen in die Höhe, die wir schon kennengelernt haben und die Energie aus Wind gewinnen. Die beiden Gattungen sind offenbar keine Konkurrenten. Vielleicht profitieren sie auch voneinander. Den Blattpflanzen bleiben 99 Prozent der Rest-Helligkeit, die Haare sammeln in einer Höhe Energie und Feuchtigkeit, die die Blattpflanzen nur mit hohem Aufwand erreichen könnten.

Ich versuche, die genaue Verteilung zu zählen. Dabei fällt mir auf, dass anscheinend doch ein paar der Blumen in unserer Nähe wachsen.

»Waren die vorhin auch schon da?« Ich zeige auf die Pflanzen, die in einem Halbkreis um uns angeordnet sind.

»Ich habe sie nicht gesehen«, sagt Eva. Ich betrachte die Aufzeichnung, die Js visuelles System automatisch angefertigt hat.

»Die waren vorhin wirklich noch nicht da«, erkläre ich.

»Das heißt, sie bewegen sich. Es sind vielleicht gar keine Pflanzen, sondern Tiere.«

»Sie besitzen aber auch Blätter und betreiben sicher Photosynthese. Wahrscheinlich müssen wir die Einteilungen von der Erde hier vergessen.«

»Ob sie uns gespürt haben?«

»Es sieht ganz danach aus«, sage ich. »Vielleicht reagieren sie auf Bewegung. Das werden wir noch herausbekommen.«

»Ob sie uns gefährlich werden können?«

Ich betrachte noch einmal die Scheinblüte, die Eva mir gebracht hat.

»Nein, für diese Verdauungslöcher sind wir definitiv viel zu groß. Es scheint sich um passive Jäger zu handeln. Sie bieten sich der Beute an, sind aber darauf angewiesen, dass ihre Täuschung nicht auffällt.«

»Wenn das so ist, dann muss es aber auch irgendwo echte Blüten geben«, sagt Eva. »Das ist eine großartige Nachricht. Ich habe mich so darauf gefreut, Blumen pflücken zu können.«

Auch wenn wir das Original, das von den Jägern nachgeahmt wird, noch nicht gefunden haben, spricht einiges dafür, dass Eva Recht hat.

»Jetzt lass uns aber erst einmal den Schatten der Bergkette verlassen«, sage ich. Adam ist uns schon 500 Meter voraus. Er geht zügig voran und sieht sich nicht um. Je näher wir dem Licht kommen, desto größer wird der Anteil der Blattpflanzen. Ich bleibe stehen und versuche vorsichtig, ein Exemplar aus dem Boden zu graben. Die Wurzel reicht nicht tief in das bröselige Erdreich, das nach Sumpf riecht, verzweigt sich allerdings stark. Ich verfolge mehrere Stränge, bis diese sich wieder mit anderen vereinen. Es handelt sich offenbar gar nicht um einzelne Individuen! Wir haben eine ganze Kolonie vor uns, die unter der Erde miteinander verknüpft ist und sich das Wurzelwerk teilt.

»Es ist so, wie du es bereits bei den Haaren vermutet hast«, sage ich.

»Das ist eine schlaue Strategie«, schlussfolgert sie. »Was an Nährstoffen an einer Stelle fehlt, können sie von einer anderen heranschaffen.«

Zum Vergleich sehe ich mir eine der Haar-Pflanzen an. Hier enden alle Haare ähnlich wie bei den Exemplaren in der Wüste in einer einzelnen Knolle. Ob alle Blattpflanzen auf dem Planeten zu einem einzigen Individuum gehören?

Nach 300 Metern Weg erreichen wir einen vielleicht drei Meter breiten Streifen, der nur von Haaren bewachsen ist. Wären sie hier nicht besonders hoch, könnte man annehmen, dass es sich um einen künstlich angelegten Weg handelt. Ich untersuche den Boden, um Beweise dafür zu finden. Der Untergrund ist jedenfalls nicht härter als anderswo. Die oberste Schicht ist deutlich grau, das dürfte aber an der stärkeren Verdunstung liegen. Ich messe den Mineraliengehalt des Streifens und bin überrascht: der Anteil von Natrium-, Kalium- und Magnesium-Salzen ist so hoch, dass keine Pflanze der Erde hier wachsen könnte. Hat jemand den Boden vergiftet, um ihn frei von Blattpflanzen zu halten?

Ich will wissen, wie exakt der Weg geradeaus verläuft und beschließe, ihm zu folgen. Er führt nicht schnurstracks zur Grenze des Schattens, aber schräg darauf zu. Über Funk sage ich Adam Bescheid. Der grummelt etwas, wechselt aber seine Richtung, sodass er nun parallel zum Weg marschiert. Eva folgt mir ohne besondere Aufforderung. Eine ganze Weile verläuft die Strecke tatsächlich so gerade, dass ich an irgendeinen bewussten Einfluss glaube. Doch dann teilt sich der Weg plötzlich. In der Mitte entsteht eine etwa fünf Meter breite, von Blattpflanzen bewachsene Insel, die beiden deutlich schmaleren Teilwege führen darum herum.

Ich hege einen Verdacht. Zuerst grabe ich eine Pflanze

von der Insel aus, dann eine weitere von der rechten Seite. Beide vergleiche ich mit dem Exemplar, das ich vorhin mitgenommen habe. Das Ergebnis verblüfft mich: Wir erleben hier offenbar einen Krieg der Pflanzen, die mit chemischen Kampfstoffen arbeiten, um ihren Gegnern Territorium abzunehmen. Die drei Exemplare unterscheiden sich zwar äußerlich nur wenig, doch genetisch deutlich. Zum Test grabe ich auf dem Weg ein paar Fuß tief – die Wurzelwerke stehen nicht in Verbindung. Das Exemplar, das die kleine Insel bildet, scheint zum Untergang verurteilt, denn es wird von Westen und Osten von zwei viel größeren Exemplaren bedroht. Der Weg ist dann so etwas wie eine Demarkationslinie. Die Blätter der äußersten Exemplare des Westens sind mit Natrium- und Kalium-Verbindungen getränkt, die des Ostens mit Magnesium. Regen wäscht diese dann als Salze aus, und der Bereich zwischen beiden wird zum unfruchtbaren Kampfgebiet. Nur die Haar-Pflanzen scheinen zu profitieren.

Es ist beruhigend, dass der Mensch nicht die einzige Art im Universum ist, die gegen ihresgleichen Krieg führt.

Ich erkläre Adam und Eva, was ich herausgefunden habe. »Irgendwie interessant«, sagt Adam, »aber können wir das für uns nutzen? Bringt es uns etwas, dass wir es wissen?«

»Vielleicht hilft es uns, die Mission zu erfüllen.«

»Damit kannst du mir gestohlen bleiben.«

»Wir wissen, worauf diese Pflanzen allergisch reagieren. Das können wir nutzen, wenn wir eine Basis bauen, um den Bereich pflanzenfrei zu bekommen.«

»Das meine ich«, sagt Adam. »Vielleicht kannst du dich mehr um solch praktisches Wissen kümmern statt um die Theorie. Wir müssen es hier noch viele Jahre aushalten.«

Ich sage jetzt lieber nichts. Noch fünfzehn Minuten bis zur Grenze des Schattens, dann ist es Zeit für die nächste Nacht. Vor uns liegen knapp 500 Kilometer. Hier in der offenen Steppe werden wir keinen Schutz vor den Flares von Proxima Centauri finden.

23. Dezember 18

Seit vorgestern haben wir ungefähr 75 Kilometer geschafft. Ich bin stolz auf Adam und Eva, sie halten sich wirklich sehr gut. Beide haben zwar Blasen an den Füßen, doch sie jammern nicht. Trotz der hohen Schwerkraft halten sie ein ordentliches Tempo durch. Auf unserem Marsch sind wir noch mehrmals auf solche Domänengrenzen zwischen verschiedenen Exemplaren der Blattpflanzen gestoßen.

Auf den gesamten Planeten extrapoliert, dürfte es vielleicht 10.000 verschiedene Wesen geben. Das ist eine sehr niedrige Zahl von Individuen, die ein dauerhaftes Überleben eigentlich erschweren müsste. Doch die Pflanzen scheinen hervorragend angepasst. Ich habe bisher keinerlei Parasiten gefunden. Als Ökosystem ist die Steppe überaus langweilig, doch die Fähigkeiten der Pflanzen sind beeindruckend. Vermutlich wehren sie sich chemisch gegen etwaige Schädlinge und haben es geschafft, diese auszurotten. Lediglich die Haarpflanzen lassen sie am Leben, vermutlich, weil sie ihnen nutzen.

Ich muss immer öfter an das Enceladus-Wesen denken, das aus vielen unabhängigen Zellen besteht. Heute Morgen habe ich mit Adam und Eva darüber gesprochen. Natürlich war das kein echter Morgen, nur die Zeit nach dem Aufstehen.

»Ob die einzelnen Domänen miteinander kommunizieren?«

»Du glaubst, die Pflanzen reden miteinander?« Adam sieht mich ungläubig an.

»Vielleicht nicht im Sinne menschlicher Sprache«, sage ich.

»Im Biologieunterricht hast du uns beigebracht, dass irdische Pflanzen über Botenstoffe kommunizieren können«, erinnert mich Eva.

»Ja, in Grenzen«, antworte ich. »Dass sie die Wege vergiften, geht in diese Richtung.«

»Aber du meinst eigentlich etwas anderes, stimmt's?«

»Ja, Eva. Ich habe überlegt, ob sie Gedanken austauschen. Die Pflanzenkollektive müssen schon ziemlich alt sein. Sie haben sogar den großen Flare überstanden, und wahrscheinlich auch schon die davor.«

»Vermutlich denken sie dann ziemlich langsam.«

»Wieso glaubst du das?«

»Wegen der schieren Entfernung«, sagt Eva. »Sieh dir doch den menschlichen Körper an. Nun stell dir vor, dein Arm wäre hundert Kilometer weit weg.«

»Da hast du zweifellos Recht, zumindest, wenn diese Pflanzen sich wie wir auf elektrochemischem Weg austauschen.«

»Meinst du, sie haben einen anderen Weg gefunden?«

»Das werde ich herausbekommen.«

»Glaubst du denn, dass diese Pflanzen die Botschaft zur Erde geschickt haben?«

»Ganz gewiss nicht. Dazu fehlen ihnen die Voraussetzungen. Sie besitzen überhaupt keine Technik, nur ihre riesigen Körper im Erdboden der Steppe.«

»Warum interessieren sie dich dann so, Marchenko?«

»Vielleicht kann ich sie als Zeugen um Auskunft bitten. Sie wissen vielleicht, wo die hingegangen sind, die die Botschaft geschickt haben.«

»Und wenn die gar nicht mehr da sind? Wenn sie vom großen Ausbruch getötet wurden? Wenn sie rechtzeitig wieder abgereist sind?«

»Dann werden wir ihre Spuren finden, Eva, so oder so.«

»Und was passiert dann mit uns?«

Ich verstelle mich, als hätte ich ihre Frage nicht in letzter Konsequenz begriffen. »Wir werden diese Spuren auswerten und dann weiter nach ihnen suchen.«

Eva schüttelt den Kopf, sagt aber erst einmal nichts. Fünf Minuten später spricht sie dann doch. »Ich beginne, Adam zu verstehen.«

Ich will nicht wissen, was sie damit meint.

25. Dezember 18

Weihnachten! Ich habe Adam und Eva gefragt, ob wir angesichts des Feiertags eine Pause einlegen sollen, doch sie haben sich beide dagegen entschieden. Sie seien jetzt zu alt für solche Feste, und der Anlass dafür sei einfach zu weit weg. Ich bestehe trotzdem darauf, dass wir am Abend gemeinsam essen. In den vergangenen Tagen hat sich Adam stets nach dem Aufbau des Zeltes und einer hastigen Mahlzeit in seinen Schlafsack gerollt. Zweimal habe ich ihn zufällig beobachtet, wie er sich mit verzerrtem Gesicht selbst befriedigt hat. Das ist die Pubertät. Ich kann mich nicht mehr erinnern, wie es mir in dieser Zeit ging. Vielleicht will ich mich auch nicht erinnern. Eine endlose Reise mit Geschwistern und Eltern hätte sicher nicht auf meiner Wunschliste gestanden.

Doch heute sitzen wir gemeinsam um ein Lagerfeuer. Ich habe schon vorgestern Blätter geerntet und trocknen lassen, die dem Feuer nun Nahrung liefern. Zunächst habe ich lange überlegt, ob wir das den Pflanzen antun können. Dann habe ich an die vergifteten Wege gedacht. Sterben muss für diese Blattpflanzen Teil des Alltags sein, und einen drei mal drei Meter großen Streifen komplett von ihnen zu befreien, dürfte das entsprechende Wurzelgeflecht wohl verkraften. Wo wird denn hier das Bewusstsein sitzen, falls es eines gibt?

Das Feuer prasselt. Es riecht, als würden wir Schilf verbrennen. Obwohl es nicht dunkler ist als sonst, spiegeln sich die Flammen in Adams und Evas Augen. Beide sitzen nach vorn geneigt im Schneidersitz. Als ich noch ein Mensch war, habe ich nie lange so sitzen können. Adams Pupillen wirken so feucht, dass man denken könnte, er weint.

»Und nun?«, frage ich.

»Nun was?« Adam scheint sich zu ärgern, dass ich die Stille breche.

»Weihnachten, der 25. Dezember, das war sonst immer ein guter Anlass für einen Blick in die Vergangenheit.«

»Es gibt keine Vergangenheit, nur die Zukunft.«

»Was in den letzten Monaten passiert ist, zählt nicht, Adam?«

»Ich wüsste nicht, wieso. Es war alles nur Vorspiel.« Adam atmet schneller. Eva legt ihm die Hand auf die Schulter, und er beruhigt sich wieder.

»Adam, ich brauche euch hier. Dich auch, Eva.«

Der junge Mann sieht mich ärgerlich an. »Für die Mission, ja, ich weiß.«

Nein, will ich sagen, aber es kommt mir nicht über die Zunge. Im Grunde weiß ich, dass er Recht hat.

»Wir waren so lange unterwegs«, erklärt Adam. »Wir wurden für diesen Planeten gemacht. Aber es ist völlig klar, dass wir nicht hierher gehören. Wir sind Besucher, und müssen doch auf ewig hier bleiben. Welche Rolle spielt da noch die Vergangenheit?«

Ich kann ihm nicht widersprechen. Ich könnte ihm entgegnen, dass auch ich mir diese Reise nicht ausgesucht habe. Aber das hilft ihm nichts. Ich vertraue darauf, dass er seinen Platz finden wird.

4. Januar 19

Es war ein wirklich langer Weg. Zwei Wochen über die endlos scheinende Steppe. Aufstehen, gehen, hinlegen, schlafen, während die düstere Sonne an ihrem Platz am Himmel festgeklebt scheint. Es hat nicht ein einziges Mal geregnet. Ich frage mich schon, wie die Vegetation damit überleben kann. Es gibt ja keine Jahreszeiten, ein ganzer Orbit um die Sonne dauert nur ein paar Tage. Vielleicht hat sich doch eine Art jahreszeitlicher Wechsel etabliert, wenn nicht durch die Energie der Sonne, dann vielleicht durch andere Faktoren.

Die mittlere Schlafdauer von Adam und Eva hat sich von Tag zu Tag verkürzt. Der Tag-Nacht-Rhythmus scheint tief im genetischen Code des Menschen zu stecken. Wie lange werden sie brauchen, sich daran zu gewöhnen, dass die Sonne nie untergeht?

Geredet haben wir in den letzten Tagen nur das Nötigste. Doch es ist uns gelungen, das Tempo durchzuhalten, wir sind sogar einen Tag schneller gewesen als geplant. Jetzt ist am Horizont der Wald zu sehen, von dem wir uns nicht nur Schutz vor den Flares versprechen, sondern auch Rettung aus dem alltäglichen Einerlei.

Ich betrachte Proxima Centauri. Die Sonne steht deutlich tiefer als vor zwei Wochen. Das ist klar, weil wir ein großes Stück Richtung Westen vorangekommen sind. Der östliche Himmel hat dadurch einen rötlichen Farbton angenommen. Die Helligkeitssensoren sagen, dass hier zwanzig Prozent weniger Licht ankommt. Die Blattpflanzen haben sich daran angepasst; ihre Blätter haben eine Riffelung, sodass sich die lichtempfindliche Oberfläche vergrößert.

Den Wald, der noch etwa 30 Kilometer entfernt sein muss, können wir noch nicht sehen. Doch Adam und Eva, das spüre ich, sind nicht weniger aufgeregt als ich.

5. Januar 19

Bald sind wir da. Gestern Abend haben wir den Wald zum ersten Mal am Horizont bemerkt. Adam und Eva hatten darauf bestanden, erst dann eine Schlafpause einzulegen, wenn sie die Wipfel am Horizont gesehen hätten. Für die restlichen Kilometer haben wir länger gebraucht als sonst. Schon aus der Ferne ist der Wald gar zu beeindruckend, allein durch seine schiere Höhe: Die höchsten Wipfel ragen mehr als 200 Meter in die Luft. Doch wir bemerken auch frühzeitig, dass er weit weniger statisch ist als die Steppe. Im Wald scheint es jede Menge Bewegung zu geben. Ich vermute, dass sich in den verschiedenen Schichten jeweils ein bestimmtes Mikroklima herausbildet, und der Ausgleich dazwischen ist dann für die Bewegung verantwortlich. Ich vermute also jede Menge Wind als Quelle.

Was mich wundert, ist die scharfe Abgrenzung.

»Es wäre doch logischer, dass der Wald mit kleineren Bäumen beginnt, die allmählich größer und dichter werden, meint ihr nicht?«, fragt ich Adam und Eva.

»Ist doch egal«, sagt Adam. »Es wird schon eine Ursache geben, und je mehr wir uns beeilen, desto eher finden wir sie.«

Seine Behauptung bestätigt sich. Den Beweis dafür liefert die Steppe etwa fünf Kilometer, bevor wir den Wald erreichen. Mit einem Mal ist der Boden grau. Der Bewuchs endet radikal. Erneut sieht es aus, als hätte jemand den Bereich bis zum Wald gerodet. Diesmal wachsen aber nicht einmal mehr die Haarpflanzen auf dem Zwischenstück.

Ich halte an, untersuche den Boden und bin schockiert. Auf Terra hätte man derart verunreinigtes Erdreich nicht einmal auf einer Sondermülldeponie angenommen.

»Adam, Eva, hier wird es gefährlich«, sage ich.

»Wie bitte? Wie meinst du das?« Adam sieht mich an, als wolle ich ihn veralbern.

»Der Boden ist das reinste Gift. Ihr müsst eure Helme

schließen, sonst könntet ihr ohnmächtig werden. Die Luft über dem Boden ist ebenfalls kontaminiert.«

Adam sieht zwar immer noch aus, als glaube er mir nicht, doch immerhin gehorcht er.

»Aber was soll das? Wer war das?«

»Ich weiß nicht, Adam«, antworte ich. Doch ich habe einen Verdacht. Ich muss an den chemischen Krieg denken, den die Blattpflanzen untereinander führen. Wenn sich so etwas, aber in noch größerem Ausmaß, zwischen ihnen und dem Wald abspielt? Wovon werden wir da gerade Zeuge, und was verrät uns das über die Natur des Waldes? Ich analysiere die Zusammensetzung des Bodens genauestens. Wenn die Blattpflanzen es geschafft haben, damit den Wald zu stoppen, dann könnte uns das bei Bedarf ebenfalls als Waffe dienen.

Ausgerechnet jetzt beginnt es zu regnen. Was hätten wir in den vergangenen zwei Wochen für diese Abwechslung gegeben! Adam und Eva sind bereits 200 Meter vor mir dabei, die leere Ebene vor dem Wald zu durchqueren, da fällt mir auf, was meine Boden-Analyse ergeben hat. Der hohe Anteil an Salzen, Fluor, Chlor, Schwefel – wenn diese Masse ordentlich eingeweicht wird, was wird dann wohl passieren? Wie schnell werden sich die Ionen im Wasser lösen, wie lange wird es dauern, bis daraus Fluss-, Salz- und Schwefelsäure entstehen?

»Adam, Eva, kommt bitte schnellstmöglich zurück«, gebe ich per Funk durch.

Ich sehe, dass Eva reagiert und stehenbleibt.

»Spinnst du, Marchenko?« Ich weiß nicht, was Adam denkt, aber ich muss ihn abhalten, weiter in Richtung Wald zu laufen.

»Adam, du wirst bald in einem Säuresee unterwegs sein. Das halten die Stiefel deines Anzugs nicht lange durch.«

Ich habe keine Ahnung, ob es wirklich so kommt. Vielleicht läuft das Wasser schnell genug ab, und die schlimmste Folge für Adam ist ein bisschen Matsch an den Schuhen. Aber es ist auch möglich, dass ich Recht behalte. Ich hoffe, dass er auf mich hört. Immerhin bleibt er jetzt stehen. Eva schließt zu ihm auf, sie diskutieren bei abgeschaltetem Funk. Eva war immer die Vernünftigere der beiden. Sie wird es schaffen, ihn zu überzeugen. Doch dann geben sie sich bloß die Hand. Eva geht in meine Richtung, Adam läuft in Richtung Wald. Er hat seinen Helmfunk immer noch abgeschaltet. Ich flehe ihn an, komme aber nicht zu ihm durch. Der Regen wird stärker. Ein Blitz fährt aus den Wolken herab und schlägt im freien Feld ein. Eva fängt an zu rennen. Kurz verliere ich Adam aus dem Blick; als ich wieder in seine Richtung sehe, hat sich Nebel über das Feld geschoben. Er ist weg.

»Adam, komm zurück!«, rufe ich in den Helmfunk. Ich sehe, dass Eva gleich bei mir ist. Hier, wo noch Blattpflanzen wachsen, sollten wir sicher sein. Was ist mit Adam? Eva versucht ebenfalls, ihn zu erreichen. Der Nebel verdichtet sich und kommt immer näher. Es ist, als läge die Gewitterwolke mit ihrer Untergrenze auf dem Boden auf. Da hören wir ein Platschen. Wir müssen es gleichzeitig vernommen haben, denn wir drehen im selben Moment die Köpfe in Richtung des Geräuschs. Adam kommt angerannt. Er ist voller Schlamm, aber das ist egal. Er sieht uns erst in letzter Sekunde, fast rennt er mich um, doch ich kann ihn auffangen.

»Das ist das letzte Mal, dass du Recht hast, Marchenko, das verspreche ich dir«, sagt er. Egal. Hauptsache, ihm ist nichts passiert. Nicht die Zukunft ist wichtig, es ist die Gegenwart, die zählt, und in der stehen wir nass in dichtem, warmem Regen, und kein Übel dieser Welt kann uns etwas anhaben.

6. Januar 19

Es regnet noch etwa vier Stunden weiter. Danach braucht das Regenwasser fast einen halben Tag um abzulaufen. Adam und Eva kommen so gut erholt wie lange nicht aus dem Zelt.

»Der Regen, der auf die Zeltbahnen geklopft hat, das war so einschläfernd, ich habe auf Proxima b noch nie so gut geschlafen wie heute«, sagt Eva. Adam nickt nur. Er kann nicht aus seiner Haut, das akzeptiere ich.

»Bereit für die letzten Kilometer?«

»Ich freue mich«, erklärt Eva.

Wir bauen das Zelt ab und marschieren los. Der Wald macht mir heute weniger Angst als gestern noch. Er scheint irgendwie ruhiger geworden. Vielleicht brauchte er die Erfrischung ja genauso wie wir. Ab und zu müssen wir einer größeren Pfütze ausweichen, aber sonst ist der leere Streifen zwischen Pflanzen und Wald wieder gut begehbar.

Je näher wir dem Wald kommen, desto majestätischer erscheint er mir. Am Anfang scherzen Adam und Eva noch ab und zu in leisen Worten miteinander, doch dann werden auch sie von seinem Zauber erfasst. Die wahre Dimension der Baumriesen zeigt sich erst, als wir ihnen wirklich nahekommen.

Wir bleiben etwa hundert Meter vor der Grenze stehen. Der Wald kommt mir von außen wie ein grünes New York vor. Die nackten Stämme ragen förmlich in den Himmel. Weit, weit über uns erst tragen sie Blätter. Hier gewinnt, wer es am höchsten hinaus schafft. Aus der Ferne wirkte es, als sei alles ständig in Bewegung, doch die riesigen, bestimmt zehn Meter langen Blätter sind so weit über uns, dass wir sie kaum noch bewusst wahrnehmen. Es ist, als betrete man einen riesigen Dom mit einem 200 Meter hohen Dach und zahlreichen Pfeilern, den Stämmen. Kein Sonnenlicht dringt mehr in die Kuppel vor, alles wird von den Blättern aufgefangen und in Energie umgewandelt.

Doch es ist trotzdem nicht dunkel.

»Sieh mal«, sagt Eva mit weit offenem Mund. Auch Adam neben ihr staunt. Vor uns liegt eine Märchenlandschaft. Es funkelt und glitzert in Farben, die Gold und Edelsteine versprechen. Aladins Schatzkammer wäre nichts dagegen.

Wir betreten den Wald. Der Boden ist von Gewächsen bedeckt, wie wir sie hier noch nicht gesehen haben.

»Wie Pilze«, sagt Adam.

Tatsächlich bestehen die Pflanzen aus einem Stiel, der in den Boden hineinreicht, und einem Hut an dessen Ende. Diese Hüte sind es, die das vielfarbige Licht abstrahlen. Es gibt sie in den unterschiedlichsten Varianten: klein, mit Streifen, die vom Zentrum ausgehen, größer mit kleinen Flecken, mittelgroß mit zitternden Lamellen auf der Vorderseite oder groß und runzelig. Und dann gibt es die Exemplare, unter denen sogar Js zwei Meter hoher Roboterkörper Schutz finden könnte. Alle Formen strahlen Licht in verschiedenen Farben ab, wobei Form und Farbe nicht korreliert zu sein scheinen. Das schafft den überwältigenden, magischen Eindruck, den das Innere dieses riesigen Doms auf uns ausübt. Allein deswegen hat sich die ganze Reise gelohnt. Ich betrachte Adam und Eva. Sie sind nicht weniger beeindruckt als ich. Adam geht ein paar Schritte in den Wald hinein und setzt sich dann auf den Boden, an einen der riesigen Stämme gelehnt.

»Hier bauen wir unsere Basis«, sagt er. Ich will eigentlich warnen. Wir müssen doch erst untersuchen, ob wirklich alles so ungefährlich ist, wie es aussieht, herausfinden, warum der Wald so majestätisch wirkt, doch das ist gerade keine gute Idee. Adam hat sich diesen Moment verdient, der für ihn wahrscheinlich viel mit Ankommen zu tun hat. Eva setzt sich neben ihn. Sie sitzen Schulter an Schulter und betrachten die Wunder dieses Waldes.

Ich beginne inzwischen trotzdem mit den Untersuchungen. In ein paar Tagen brauchen wir einen Unterschlupf, der uns vor dem nächsten Flare schützt. Die erste Überraschung sind die Pilze. Sie haben alle eine Gemeinsamkeit: Sie verwandeln die harte UV-Strahlung der Sonne in Energie. Was sie nicht brauchen, geben sie über Phosphoreszenz wieder ab. Das kann für uns ein spannender Ansatz werden. Ich muss herausfinden, welchen Teil der harten Strahlung die Pilze abweisen können. Ich glaube zwar nicht, dass es reichen wird, um den nächsten Superflare einfach unter einem der mannshohen Pilze auszusitzen, aber sicher können wir die Gewächse irgendwie in unsere Pläne einbeziehen.

Die zweite Überraschung sind – erneut die Pilze. Denn ihre Hüte bestehen aus weichem, organischem Material. Theoretisch müssten sie sogar essbar sein. Das ist gut und schlecht. Gut, weil wir daraus mit wenig Aufwand Nahrung herstellen können. Wir könnten sie sogar roh essen, obwohl sie wegen der vielen Mineralien eher bitter sein dürften. Schlecht ist es, weil die Natur etwas Essbares nie ohne Sinn herstellt. Wo es etwas zu Fressen gibt, können Tiere, die sich davon ernähren, nicht weit sein. Wenn wir Glück haben, handelt es sich um kleine, ungefährliche Würmer, wie man sie auch auf der Erde in Pilzen findet. Wenn wir aber Pech haben, läuft ab und an eine Horde pilzfressender Saurier durch den Wald und spießt alles auf, was kein Baumstamm ist. Oder bei den Würmern handelt es sich um eine Spezies, die – falls man mal aus Versehen ein Exemplar verschluckt – die Magenschleimhäute durchbohrt und sich im Bauch ein Nest einrichtet, aus dem irgendwann eine Million neuer Würmer schlüpft. Den Fehler, Größe und Gefahr gleichzusetzen, werde ich nach der Erfahrung in der Spalte nicht mehr machen.

Diagnose Nummer drei überrascht mich nach unseren bisherigen Erkenntnissen weniger. Tatsächlich ähneln die Pilze den irdischen Exemplaren auch insofern, als die Wurzeln sich zu einem Myzel vereinen, in das auch die Wurzeln zahlreicher anderer Exemplare münden. Das scheint ein gemeinsames Erbe mit den Blattpflanzen der Ebene zu sein. Ob alle Pilze im ganzen Wald zum selben Individuum gehören? Oder gibt es hier ähnliche Kriege wie in der Steppe, vor denen wir uns in Acht nehmen müssen?

Erkenntnis Nummer vier ist zugleich die dritte Überraschung. Ich entferne ein kleines Stück aus einem der Stämme. Es ist enorm hart, aber meine Kräfte genügen gerade so. Einen kompletten Baum zu fällen, werde ich vermutlich nicht schaffen. Das Material des Stammes ist, und das hätte ich nie vermutet, dem der Haarpflanzen sehr, sehr ähnlich. Es besteht aus einzelnen, kleinen Kammern, die mit einem weichen Stoff gefüllt sind. Es sieht ganz danach aus, als besäßen beide Spezies die gleichen Wurzeln. Wenn das so ist, müssten auch die Bäume – wie die Haare – Individuen darstellen, die sich allein durchschlagen. Wir kennen zwar noch lange nicht das komplette Ökosystem, aber mir scheint, dass es hier nicht auf eine Zweiteilung Pflanzen versus Tiere hinausläuft, sondern auf Blatt- gegen Haarpflanzen. Blattpflanzen wären demnach untereinander verbunden, Haarpflanzen hingegen Einzelgänger. Die Frösche aus dem Canyon müssten dann zu den Haarpflanzen gehören, denn eine physische Verbindung besaßen sie nicht. Ob und wie schnell sich eine Spezies fortbewegt, scheint zumindest für ihren Familienstammbaum auf diesem Planeten keine Rolle zu spielen.

Ich beschließe, dass ich für heute genügend Wissen gesammelt habe. Langsam rolle ich zu dem Baum, an dem noch immer Adam und Eva sitzen. Auf dem Weg breche ich ein größeres Stück von einem Pilz ab. Ich zerteile es und biete es Adam und Eva an.

»Salz und Brot«, sage ich, »so begrüßt man in meiner Heimat Gäste. Salz müsste ich erst von den Fabrikatoren herstellen lassen, aber das Pilzfleisch ist nicht weniger nahrhaft als Brot.«

Eva nimmt zuerst ein Stück, dann greift auch Adam zu.

»Ein bisschen schleimig«, sagt sie, »aber der Geschmack ist erträglich. Erinnert ein bisschen an Chinakohl, vielleicht nicht ganz so bitter.«

»Chinakohl?« Adam sieht sie zweifelnd an. »Du hast doch nie in deinem Leben Chinakohl gegessen.«

»Nein, aber ich habe Kochbücher gelesen, und immer, wenn darin Chinakohl erwähnt wurde, habe ich mir diesen Geschmack vorgestellt.«

7. Januar 19

»Wir bauen die Basis genau hier«. Adam steht zwei Meter neben dem letzten Baum, der die Grenze zur Steppe bildet. »Wir müssen sehen können, was am Himmel passiert.«

»Was sollte denn am Himmel passieren, außer Sonneneruptionen, vor denen wir uns hier schlechter schützen können?«

»Ich weiß nicht«, gibt Adam zu. »Aber wenn doch etwas passiert, sind wir tiefer im Wald praktisch blind. Das behagt mir überhaupt nicht.«

Eva sagt nichts. Ich bemerke aber an ihrem Gesicht, dass sie nach Argumenten sucht.

»Der Wald schützt uns. Die Blätter bilden eine wichtige Barriere für die Strahlung«, erkläre ich.

»Du sagst doch selbst, dass das bei weitem nicht reicht. Wir brauchen unseren eigenen Schutz.«

»Jedes zusätzliche Sicherheitsnetz hilft uns.«

»Aber es macht uns blind für das, was um uns herum passiert.«

»Es wird nicht viel passieren, Adam, außer dass in ein paar Tagen ein vernichtender UV- und Röntgensturm über uns hereinbricht.«

»Nun sag doch auch etwas, Eva.« Adam sieht Eva an, als wäre er sicher, dass sie auf seiner Seite steht.

»Ich glaube, Marchenko hat Recht«, sagt sie. »Wir sollten kein Risiko eingehen.«

Adam sieht sie mit hängenden Schultern an. »Aber genau das tun wir doch, wenn wir in den Wald ziehen, ist dir das nicht klar?«

»Ich sehe das Risiko nicht, Adam. Wirklich. Ich glaube auch, dass wir weiter innen besser vor den Flares geschützt sind.«

Adam stampft vor Wut auf wie ein Teenager. Mir fällt ein, dass er einer ist. Adam und Eva verhalten sich sonst so erwachsen, dass ich ihr wahres Alter fast vergessen habe.

»Ich traue dem Wald nicht«, sagt er, und stemmt die Arme in die Seite. »Irgendwas ist damit, das werdet ihr schon noch sehen. Ich habe das im Gefühl.« Er dreht sich um und läuft ins Innere des Waldes, als wolle er ihn herausfordern.

Etwa drei Kilometer hinter der Waldgrenze beginnen wir mit dem Bau der Basis. Ich habe die Hüte der Pilze analysiert. Sie sind tatsächlich in der Lage, harte Strahlung zu absorbieren, in unschädliches Licht umzuwandeln und abzustrahlen. Dass es im Wald trotz des dichten Blätterdachs nie dunkel wird, liegt auch an dieser Fähigkeit. Wenn wir uns vor den kommenden Flares schützen wollen, gibt es nur eine mögliche Strategie: Wir müssen so viel absorbierendes Material zwischen uns und Proxima Centauri bringen, dass der Rest uns nichts mehr anhaben kann. Das Blätterdach hilft ein bisschen, aber Adam hat schon Recht, das reicht lange nicht. Wir werden uns ein paar Meter tief in den Erdboden graben müssen. Das wird in den kommenden Tagen Adams und Evas Aufgabe sein.

Ich werde versuchen, ihnen die Arbeit zu erleichtern: Wenn ich den Aufbau der Pilzhüte mit meinen Fabrikatoren nachahmen kann, brauchen sie weniger zu schuften. Die Idee ist ein zusätzliches Dach, das wie das Pilzmaterial funktioniert, aber Strahlung noch effizienter aufnimmt. Ich habe mir also vorgenommen, die Arbeit von vermutlich Millionen Jahren Evolution mal eben zu optimieren. Dazu muss ich zunächst noch weiteres Material sammeln. Denn ich habe schon festgestellt, dass die unterschiedlichen Pilzarten verschieden reagieren. Ich brauche die beste, in Sachen Strahlungsschutz höchstentwickelte Art, um diese dann zu verbessern.

Der Gewinner ist ein besonders kleines Exemplar, das ich unter einem anderen finde. Genau deshalb fällt es mir auf: Obwohl es ja schon von dem größeren Pilz abgeschirmt wird, leuchtet es noch ungewöhnlich hell. Es muss die unsichtbare Strahlung also besonders effizient in Licht umwandeln. Im Analysator nehme ich das Genom unter die

Lupe. Der Vergleich mit den anderen Arten zeigt schnell, was dem Winzling seinen Vorteil verschafft. Er hat sich gleich auf mehrere Wellenlängen spezialisiert. Er wandelt die Energie also nicht besser um, sondern kann – anders als die Konkurrenz – mehrere Inputs gleichzeitig aufnehmen. Das ist schlau. Und es zeigt mir die Richtung: Wenn ich dieser Pilzart die Aufnahme zusätzlicher Wellenlängen-Bereiche beibringe, müsste sie uns noch besser schützen können. Im Prinzip muss ich dazu nur möglichst viele andere Arten scannen, die richtigen Gen-Schnippsel identifizieren und diese dann in meinen Design-Pilz einbauen.

Wäre die Pflanze ein Programm, könnte ich dieses Vorhaben in wenigen Minuten umsetzen. Biologische Systeme haben den Nachteil, dass ich meine Veränderungen immer erst an einer neuen Generation testen kann, und die braucht eben ein bisschen Zeit zum Wachsen. Im Moment weiß ich noch nicht einmal, wie häufig die Generationen hier wechseln. Ich vermute allerdings, dass die großen Varianten langlebiger sind als die kleinen – und mein Design-Pilz gehört zum Glück zu letzteren.

Ich kehre zu dem Ort zurück, wo Adam und Eva die Basis errichten. Sie sind allerdings nicht bei der Arbeit. Eva sitzt auf dem Boden, mit dem Rücken an einen Baum gelehnt. Sie macht ein schuldbewusstes Gesicht.

»Adam wollte lieber einen Spaziergang machen«, sagt sie.

Ich lasse den Roboterkopf nicken. »Ist schon okay«, sage ich.

Die Baustelle sieht aus, als hätten die beiden höchstens eine halbe Stunde gearbeitet. Es war wohl keine gute Idee, dass ich mich entfernt habe. Adam und Eva haben auf etwa zwei mal zwei Metern den Bewuchs abgetragen. Darunter kommt feuchter Mutterboden zum Vorschein, der fettig glänzt. Ich frage mich, ob Erd-Pflanzen darin gedeihen könnten. Genügend Feuchtigkeit würden sie wohl finden. Ich untersuche eine Handvoll Erde. Auf der Erde würde sie von Klein- und Kleinstlebewesen wimmeln. Das ist hier nicht der Fall. Wie bleibt der Boden dann trotzdem so locker? Welche Mechanismen durchmischen ihn, damit er fruchtbar bleibt? Das Rätsel kann ich im Moment nicht lösen.

Hinter mir sind Schritte zu hören. Ich drehe meinen Kopf blitzschnell um 180 Grad.

»Adam?«

Keine Antwort. Er versteckt sich wohl hinter einem der Bäume. Ich schalte auf Wärmebild um und entdecke ihn in etwa sechs Metern Entfernung.

»Komm heraus, ich sehe dich«, sage ich.

»Spielverderber.«

Ich beschließe, den unangenehmen Teil gleich hinter mich zu bringen.

»Die Basis …«, beginne ich.

»Schon klar«, fällt mir Adam ins Wort. »Du bist kein gutes Vorbild, weißt du das? Außerdem ist es doch sinnlos, dass du uns hier schuften lässt. Der Roboter ist stärker und ermüdet nie, der könnte das viel schneller.«

»Ich versuche, uns die Arbeit zu erleichtern.«

»Uns? Du arbeitest doch gar nicht, du gehst im Wald spazieren. Das steht mir ja wohl genauso zu.«

»Ein Vorschlag, Adam«, sage ich. »Ab morgen arbeiten wir gemeinsam an der Basis. Du hast Recht, manches dabei kann ich besser, für anderes brauche ich euch. Wir haben noch 19 Tage Zeit bis zum nächsten Flare. Allein schaffe ich es in dieser Frist nicht. Einverstanden?«

Er ziert sich erst, dann dreht er sich um und geht in Evas Richtung. Über die Schulter ruft er mir sein »Okay« zu.

11. Januar 19

»Baum fällt«, rufe ich durch den Wald. Adam und Eva stehen hinter mir, der Baum wird nach vorn fallen, aber die Warnung scheint mir trotzdem angebracht. Der riesige Stamm vor uns zittert zunächst nur ein wenig. Er scheint noch nicht zu ahnen, dass ich ihn mit einem glatten Schnitt komplett durchtrennt habe. Die Schnittfläche ist minimal nach vorn geneigt, sodass der Baum in diese Richtung stürzen muss. Es hat etwa zwei Stunden gedauert, bis ich den Stamm durchtrennt hatte. Das liegt vor allem an seiner Masse, die von oben auf die Schnittfläche und meine selbst konstruierte Säge drückt. Dieser hohe Druck vereint die gerade aufgetrennten Zellen sofort wieder miteinander, sodass das Material selbstheilende Eigenschaften besitzt. Mein Schnitt war überhaupt erst erfolgreich, als ich damit begann, durchtrennte Bereiche mit einem undurchlässigen synthetischen Tuch abzudecken. Ab diesem Moment funktionierte die Selbstheilung nicht mehr, und ich kam endlich voran.

Jetzt setzt sich der Stamm in Bewegung. Hier unten sind es nur ein paar Millimeter, doch die Krone, oben in 210 Metern Höhe, hat sich schon deutlich geneigt. Kurzzeitig sieht es so aus, als könnten die Blätter den Sturz aufhalten, indem sie sich mit denen anderer Bäume verhaken. Doch einmal in Bewegung, wird nichts und niemand diesen fallenden Riesen mehr bremsen können. Der Baum reißt die Blätter der Nachbarbäume einfach mit. Ich glaube nicht, dass ein Domino-Effekt eintreten kann. Trotzdem habe ich den Fallweg so berechnet, dass unser Baum freie Bahn hat. Wir benötigen all sein Holz für die Basis – zum Verschalen der Seitenwände und Decken. Das Holz eines Baumes dürfte genügen, aber wenn er an einem anderen Exemplar hängen bliebe, würde uns das das Zerlegen erschweren.

Der Baum fällt wie in Zeitlupe. Die mächtige Krone schwenkt nach unten. Kurz sehen wir den Himmel, der heute von Wolken bedeckt ist. Ein paar Sekunden später treffen mich einige Regentropfen, die ihre Chance genutzt haben, doch schnell wird der freie Raum von den zurückschnellenden Blättern der Nachbarbäume geschlossen. Hier unten kommt sonst nie Regen an, und das wird sich auch nicht ändern. Eine seltsame Aufregung erfüllt den Wald, oder bilde ich mir das nur ein?

»Hört ihr das Geräusch auch?«, fragt Eva. Tatsächlich, da ist ein hochfrequentes Surren in der Luft, das mich an das Geräusch eines geladenen Weidezauns erinnert.

»Ja, seltsam«, sagt Adam.

Ich analysiere den Ton digital. Vielleicht entsteht er, weil der Stamm immer schneller durch die Luft rast, wie das Sirren eines Propellers oder eines Schwertes, das mit Wucht geschwungen wird. Dann müsste die Lautstärke aber einem Muster folgen. Man hört es kaum, aber der hohe Ton besteht aus einzelnen Abschnitten, Silben gewissermaßen. Gibt der Baum etwa Laute von sich? Jetzt verstummt das Geräusch wieder. Es war zu kurz, um festzustellen, ob tatsächlich irgendeine Art von Sinn darin steckte. Sprechende Bäume? Oder einfach Zufall? Vielleicht haben sich die Blätter beim Fallen so bewegt, dass sie ebenfalls zum Sirren beigetragen haben und der Anschein von An- und Abschwellen entstand.

»Das war wahrscheinlich das Fallgeräusch«, sage ich. »Der Baum erreicht eine ziemliche Geschwindigkeit.«

Und dann kracht es. Die Äste, an denen die Blätter hängen, brechen unter der Wucht des Aufschlags. Ein dumpfer Ton versetzt den Waldboden in Schwingungen, die ich messen kann.

»Bringt euch in Sicherheit!«, warne ich, denn Reste der Äste und Blätter spritzen zur Seite. In unsere Richtung fliegt zum Glück nichts. Als sich alles beruhigt hat, schreiten wir den gefällten Baum ab. Er liegt wie ein Fremdkörper auf dem Boden. Es gibt kein Unterholz. Das ist nachvollziehbar, weil nicht genug Licht durchdringt. Aber müsste nicht ab und zu ein Baum seine Altersgrenze erreichen, sterben, umstürzen und schließlich zersetzt werden?

Kein Lebewesen kann unendlich lange existieren. Ein derart sauberer Boden spricht dafür, dass die Bäume alle etwa zur gleichen Zeit in die Höhe schossen, wie in einer Plantage. Wurden sie gepflanzt?

Eva streicht mit der Hand über die Rinde des Baumes.

»Ist ganz glatt«, sagt sie.

Die Struktur bleibt ungewöhnlich konstant, selbst als wir uns der Krone nähern. Der Stamm muss schon immer völlig astlos gewesen sein. Erst zwanzig Meter vor dem Gipfel stoßen wir auf den ersten Blattansatz. Was ich von unten für Äste gehalten habe, sind eher Stiele. Die Blätter hängen daran einzeln am Stamm. Ihre Ansätze sind schraubenförmig rund um den Stamm verteilt. Ein einzelner Stiel ist vier, fünf Meter lang, danach folgt ein ähnlich langes und höchstens einen Meter breites Blatt, das sich nach außen verbreitert.

»Seltsame Konstruktion«, meint Adam.

»Die Aufteilung ergibt nur Sinn, wenn man sich ein ganzes Dach aus solchen Blättern vorstellt«, entgegne ich und zeige auf den Raum zwischen Blatt und Stamm. »Die Blätter der Nachbarbäume füllen die Lücken, die sich in der Nähe eines Stammes ergeben. Und zugleich stützen sich die Kronen gegenseitig.«

»Aber es sind viel zu viele Blätter. Die ganz unten bekommen kein Licht mehr.«

Adam hat Recht. Die obersten Blätter müssten den Blick zum Himmel eigentlich komplett schließen können. Die unteren scheinen sinnlos.

»Die Natur vergeudet nichts«, antworte ich. »Lass uns mal nachsehen.« Die Lösung muss vor unseren Augen sein. Doch an den Stielen der Blätter erkenne ich keine Besonderheiten. Ich betrachte die Ansätze am Stamm. Oberhalb und unterhalb jedes Stiels gibt es sehr flache Einkerbungen, die kaum erkennbar sind.

»Eva, hebst du dieses Blatt bitte mal an?« Eva wundert sich, folgt der Bitte aber.

»Schaut mal!« Ich zeige auf den Stiel-Ansatz. Mein Verdacht bestätigt sich: Die Bäume können ihre Blätter rund um den Stamm anscheinend beliebig verteilen. Sie sind schwenkbar! So lassen sich Ausfälle kompensieren. Da alle Blätter ähnlich abgenutzt aussehen, scheint jeder Baum bewusst jedes Blatt auch mal der Sonne auszusetzen. Ein kluges Verfahren, das die Energiegewinnung optimiert. Da es weder Nächte noch Winter gibt, müssen die Blätter anderweitig die Chance erhalten, sich zu erholen.

»Nicht schlecht«, sagt Adam. »Bäume mit drehbaren Blättern.« Wir packen eines der abgesplitterten Blätter ein und bringen es zum Lager. Danach beginne ich, aus dem Stamm Verschalungen herzustellen.

13. Januar 19

Die Basis wird über eine Luke erreichbar sein. Der Einstieg ist ein mal zwei Meter groß. Von hier aus führt eine Treppe steil nach unten bis in fünf Meter Tiefe. Sie ist bereits fertig, auch die Seitenwände habe ich verschalt. Jetzt graben wir uns langsam horizontal voran. Adam und Eva befördern den Abraum nach oben. Direkt über der geplanten Basis entsteht daraus ein kleiner Hügel, der ebenfalls zur Abschirmung beiträgt. Auf diesem Erdhügel werden dann die von mir genoptimierten Pilze wachsen und ihren Teil zu unserem Schutz beitragen.

So weit der Plan. Vielleicht hätten wir gar nicht so tief graben müssen, aber wer weiß, ob alle Flares wirklich gleich stark ausfallen? Der größere Teil der Arbeit liegt noch vor uns. Für einen drei mal vier Meter großen Schutzraum mit zwei Metern Höhe müssen wir 24 Kubikmeter ausheben, das sind unter der hohen Proxima-Schwerkraft etwa 35 (Erd-)Tonnen Masse, die nach oben zu schleppen sind. Entsprechend stöhnen Adam und Eva bereits kräftig. Von ihrer ursprünglichen Idee, separate Räume für alle und eine Küche einzurichten, war schon gestern nicht mehr die Rede.

Um besser graben zu können, habe ich die Arme des Roboters umgestaltet. Rechts besitze ich nun eine schwere Stahlschaufel, links eine Art festen Besen, mit dem ich den Abraum hinter mich schieben kann. Es fällt mir nicht schwer, beide Arme unabhängig voneinander zu bewegen. Ich muss nur aufpassen, mich nicht in menschliches Denken zu verstricken, indem ich mich bei der Arbeit beobachte. Mache ich mir bewusst, dass ich gleichzeitig eine Vorwärtsbewegung mit rechts und eine Kreisbewegung mit links ausführe, dann versagt mein Programm sofort.

Die hohe Gravitation erleichtert zumindest mir die Arbeit. Der Boden ist hier unten deutlich komprimierter und härter zu durchstechen als oben. Doch die Schwerkraft des

Planeten hilft mir dabei, die Schaufel möglichst tief in das Erdreich zu treiben. Beim anschließenden Herausheben muss ich mich dann allerdings mehr anstrengen. Wenn das überhaupt das passende Wort ist, denn als anstrengend empfinde ich die Arbeit nicht, eher als langweilig, weil ich stundenlang in einem dunklen Loch sitze und dieselben Bewegungen ausführe. Anstrengend ist es höchstens, Adam und Eva zum Weitermachen zu animieren. Sie verstehen immerhin, dass es keine richtige Alternative gibt. Denn wenn wir nicht fleißig sind, werden wir nicht rechtzeitig fertig.

Ich höre ein unangenehm schleifendes Geräusch und spüre einen Widerstand. Ich ziehe den Spaten aus dem Erdreich. Seine Spitze ist verbogen, er muss auf etwas sehr Hartes getroffen sein. Es wäre der erste größere Stein, bisher war das Erdreich erstaunlich homogen. Ich versuche, den Stein zu isolieren, um ihn entfernen zu können. Das gelingt mir nur an der Vorderseite, links und rechts. Nach hinten setzt er sich fort. Es hilft nichts, ich muss den Raum um den Stein von Erdreich säubern und dann das Hindernis begutachten. Vielleicht müssen wir es durchsägen. Egal, wie hart es ist, ich werde es irgendwie klein bekommen.

Zehn Minuten später habe ich den Stein isoliert. Es handelt sich um eine Art Balken. Um zu sehen, wie tief er in die Erde reicht, scanne ich ihn mit meinem Röntgensensor. Der Balken ist mindestens zwölf Meter lang und zeigt mit 20 Grad Neigung in die Tiefe. Das Röntgenbild zeigt mir allerdings auch, dass das Hindernis vorn und an den Seiten Strukturen besitzt. Sie waren mir zunächst nicht aufgefallen, weil sie mit komprimierter Erde gefüllt sind. Ich benutze den Spaten als Meißel, um die Erde aus den geprägten Formen zu entfernen.

Das Ergebnis ist verblüffend. Die Formen sehen wie Schriftzeichen aus, ein bisschen wie eine altindische Schrift, wobei die Ähnlichkeit nur oberflächlich ist. Das muss ich Adam und Eva zeigen!

»Kommt doch bitte mal her!«

»Gibt es schon wieder was zu meckern?«

»Nein, Adam, zu sehen!«

»Ah, toll.« Adam steht schon neben mir. Ich hatte ganz vergessen, dass er nicht wie ich im Dunklen sehen kann, und aktiviere meine Kopfleuchte.

»Der Balken da …«

Adams Blick folgt dem Strahl des Scheinwerfers, und ich sehe, wie sich sein Mund öffnet.

»Ha, wir haben sie, das müssen sie sein!« Er streicht über die außerirdischen Formen und entfernt die letzten Brocken Erde.

»Eva, das musst du sehen, schnell!«

Es ist gut, Adam so begeistert zu sehen. Es war immer unser Ziel gewesen, die Bewohner von Proxima b zu finden, und hier haben wir offenbar den ersten echten Hinweis vor uns, von der ominösen Botschaft abgesehen. Aber der Balken befindet sich etwa fünf Meter unter der Erde und wäre ewig verschüttet geblieben, hätten wir nicht ausgerechnet hier unsere Basis bauen wollen.

»Können wir das entziffern?« Eva ist nun auch da und betrachtet ganz fasziniert die Schrift. »Ob sie uns etwas sagen wollen?«

»Für eine Entschlüsselung ist das viel zu wenig Text«, sage ich. »Leider. Und es ist sehr unwahrscheinlich, dass sie sich damit an uns wenden wollten. Die Inschrift befindet sich unter fünf Metern Erde, mitten im Wald. Niemand kann geahnt haben, dass wir hier suchen würden. Es handelt sich um den Teil einer Ruine, die vielleicht schon sehr alt ist.«

Eva lässt sich ihre gute Laune nicht verderben, und ich kann sie gut verstehen. Ich bin seit unserer Landung selbst schon öfter auf die Idee gekommen, dass unsere Reise, unser Leben, vielleicht gar keinen Sinn haben.

»Wenn es diese Ruine gibt«, sagt Eva, »dann muss es auch noch andere geben. Neuere, die ebenfalls mit Inschriften versehen sind, die uns ihre Sprache beibringen und ihre Kultur.«

»Vielleicht handelt es sich ja nur um Ornamente, nicht um eine Schrift«, sage ich.

»Das ist schon möglich, hier, auf diesem Balken, aber irgendwo werden sie schriftliche Zeugnisse hinterlassen haben. Alle Kulturen tun das.«

Das stimmt zumindest auf der Erde nicht ganz, aber ich will heute keine schlechte Laune verbreiten.

»Ja«, sage ich, »das ist ein guter Anfang. Wir werden den Balken untersuchen und nach weiteren Ruinen graben. Aber erst müssen wir unseren Strahlungsschutz fertig bekommen.«

Adam und Eva gehen ohne Protest wieder an die Arbeit. Zum ersten Mal seit langem scherzen wir sogar wieder untereinander. Ich werde mir den Balken vornehmen, wenn sie schlafen – ich brauche die künstliche Ruhepause ja nicht so dringend.

14. Januar 19

Der Balken ist ein faszinierendes Stück Technologie. Es ist weit mehr als nur der Teil einer alten Ruine. Seine Funktion bestand sicher nicht darin, das Gewicht eines Dachs abzustützen. Zwar ist er stabil genug dafür, doch in ihn eingelagert sind Stränge aus Halbleitern. Sie sind so systematisch verteilt, dass ich annehme, dass sie eine computer-ähnliche Funktion gehabt haben müssen. Aber ich will hier keine vorschnellen Schlüsse ziehen. Am Grund der verschlungenen Verzierungen konnte ich Reste von Leuchtstoffen nachweisen. Die Halbleiter-Strecken befinden sich wenige Millimeter darunter, vielleicht konnte man die Ornamente so zum Strahlen bringen.

Wozu mag unser Fundstück einst gehört haben? Ich habe bisher keine weiteren Strukturen dieser Art geortet. Weil der Boden relativ feucht ist, reichen meine Scanner allerdings auch nicht sehr weit. Dreißig Meter weiter südlich könnte ein komplettes Raumschiff vergraben sein, aber wir werden es nur finden, wenn wir zufällig an der richtigen Stelle graben. Der Balken war vermutlich Teil eines Gebäudes. Von dem ist jedoch nichts mehr zu finden, also muss der Balken irgendwie hierhergebracht worden sein. Aber warum? Der Klotz wiegt ein paar hundert Kilogramm, so ganz ohne Sinn wird niemand die nötige Energie aufgewendet haben. Ich stecke in einer Sackgasse, und das frustriert mich. Wir wissen einfach zu wenig über die Wesen, die uns diesen Balken hinterlassen haben.

Immerhin kann ich versuchen abzuschätzen, wann er an diesen Ort gekommen ist – falls er nicht bewusst vergraben wurde, was mir unplausibel erscheint. Bei der aktuellen Verrottungsrate biologischen Materials hier im Wald ist die Erdschicht über dem Fundstück mindestens 2000 Jahre alt. Wer immer diesen Balken hier gestaltet hat, dürfte schon eine geraume Weile tot sein. Er stammt gewissermaßen aus der klassischen Antike von Proxima b. Hier hat man offenbar schon mit Computern gerechnet, als auf der Erde das Römische Reich in voller Blüte stand. Das klingt wie ein riesiger Entwicklungsunterschied. Genau genommen beweist es jedoch, dass die Entwicklung hier und auf der Erde erstaunlich parallel verläuft. Schließlich ist der Mutterstern Proxima Centauri knapp 300 Millionen Jahre älter als die Sonne. Ein ähnlicher Altersunterschied wird wohl auch für die Planeten des jeweiligen Systems gelten.

Der Boden erzittert. An der Wand der provisorischen Kammer unter der Erde entsteht ein Riss, ausgerechnet dort, wo ich sie noch nicht verschalt habe. Ich richte meine Lampe auf die Stelle. Staub rieselt zu Boden. Ist das etwa ein Erdbeben? Ich spüre eine erneute Erschütterung. Auch wenn wir bisher davon nichts mitbekommen haben, könnte der Planet geologisch aktiv sein. Der glutflüssige Kern, der das starke Magnetfeld erzeugt, spricht dafür. Ich muss nach oben. Adam und Eva schlafen im Zelt. Die Vibrationen verstärken sich. Falls sich da ein schweres Erdbeben ankündigt, sollten wir aus der Reichweite potenziell fallender Bäume verschwinden.

Eilig klettere ich die Treppe nach oben. Eva ist schnell wach, doch Adam will nichts davon wissen, sich in Sicherheit zu bringen.

»Lass mich schlafen«, sagt er, »habe gerade so schön geträumt.« Es hilft nichts, ich muss ihn hier herausholen. Erst als ich beginne, ihn mit Schaufel und Besen nach draußen zu befördern, steht er auf. Er hält die Hand vor die Augen und sieht sich um.

»Und wo ist dein Beben?«

Tatsächlich ist es gerade ruhig. Ich traue dem Frieden nicht und soll Recht behalten. Die Erschütterungen beginnen erneut. Jetzt ist auch Adam überzeugt.

»Wo geht es zum Feld?«

Ich zeige in Richtung Osten. Gemeinsam ziehen wir uns aus dem Halbdunkel des Waldes zurück. Die Vibrationen scheinen näher zu kommen. Sie klingen wie Schritte, mächtige Schritte eines Riesen. Endlich gelingt es mir, die Richtung zu bestimmen.

»Südwesten«, sage ich, »daher kommt das Beben.«

Mir ist klar, dass da etwas nicht stimmen kann. Aber darüber können wir nachdenken, wenn wir das freie Feld erreicht haben.

Eva atmet schwer. Ich kann mir vorstellen, wie schwer es sein muss, unter dieser hohen Gravitation zu rennen. Adam setzt sich an die Spitze.

»Ich sehe es schon«, ruft er. Zu dritt bewegen wir uns schnell auf das freie Feld hinaus, den Teil, der von gar nichts bewachsen ist. In 300 Metern Entfernung zum Wald machen wir halt. Ich prüfe den Himmel. Zum Glück regnet es gerade nicht, und es sieht auch nicht nach Regen aus. Eva berührt mich an der Schulter. Mit der anderen Hand zeigt sie Richtung Südwesten, nein, eigentlich ist es fast Süden.

Ich hatte schon vergessen, wie sich Erschrecken anfühlt, aber jetzt erinnere ich mich. Was ich dort sehe, ist so bizarr, dass es sich auch mir tief einprägt: Ein 200 Meter hoher Baum hat sich auf seine Wurzeln erhoben und kommt mit rhythmischen Schritten auf uns zu. Und er ist nicht allein. Rumm – Rumm – Rumm – Rumm, sie kommen im Gleichschritt auf uns zu. Immer, wenn die Bäume eine ihrer drei Wurzeln absetzen, wenn sie viele Tonnen Masse auf den Boden knallen lassen, gibt es die Erschütterungen, die ich für Zeichen eines Erdbebens gehalten habe. Was soll das? Ich überlege in rasendem Tempo. Ich kann mir nicht vorstellen, dass wir Winzlinge das Ziel dieser Bäume sein sollten. Es sei denn, es ginge ihnen darum, den von uns gefällten Bruder zu rächen. Die Bäume müssen auf jeden Fall miteinander kommunizieren, sonst könnten sie nicht so im Gleichschritt laufen. Hat das gefällte Exemplar sie um Hilfe gerufen?

Ich werde es nie erfahren, denn während ich gebannt die vielleicht zehn aus dem Süden heranpreschenden Bäume beobachte, macht mich Adam auf ein anderes Geschehen aufmerksam.

»Im Norden, Marchenko, schau mal, im Norden.«

Ich drehe blitzschnell meinen Kopf und zucke automatisch zurück. Eine Gruppe von sieben Bäumen hat sich aus dem Wald gelöst und rennt am Waldrand auf uns zu. Ich extrapoliere schnell: nein, nicht wir sind gemeint, sondern die von Süden aus eintreffenden Exemplare. Zumindest sagt das meine Rechnung mit 50-prozentiger Wahrscheinlichkeit.

»Sie meinen uns nicht«, sage ich zu Adam, der schon weiter hinaus ins Feld rennen will. Dass das nur zu Fifty-Fifty korrekt ist, verschweige ich ihm lieber. Es spielt aber auch keine Rolle, denn ich habe gerade die Geschwindigkeit der Bäume ermittelt. Sie schaffen 25 Kilometer pro Stunde und holen uns damit leicht ein, falls sie es darauf anlegen sollten. Es bleibt also nur die Hoffnung, dass wir in diesem Konflikt höchstens eine Nebenrolle spielen.

Rumm – Rumm – Rumm, die Exemplare aus dem Norden kommen uns verdammt nahe. Sie laufen nun in Dreierreihe. Zwischen uns und den Bäumen werden höchstens 50 Meter Platz sein.

»Gehen wir ganz langsam ein paar Meter in Richtung Feld«, sage ich. »Aber provoziert sie nicht! Schön langsam!« Ich habe kein bisschen Ahnung, worauf die Bäume aus sind. Allein der Gedanke, dass die Bäume Absichten haben könnten, scheint mir widersinnig. Tatsache ist: Da rennen ein paar tonnenschwere 200-Meter-Riesen in unsere Richtung, die selbst meinen Roboterkörper leicht unter ihren Wurzeln zerquetschen können.

»Was wollen die denn?«, fragt Eva. In ihrer Stimme schwingt Angst. Ich kann es ihr nicht verdenken. Ich spüre selbst seit langem mal wieder Angst. Adam versucht, sich ganz ruhig zu geben, doch ich bemerke, wie fest er seine Hände knetet.

»Ich denke, die wollen zu den anderen«, sage ich. Das wäre jedenfalls schön, aber diese Ergänzung lasse ich weg. Es sind noch 150 Meter zwischen ihnen und uns, noch 100, noch 50.

»Wuhuu«, ruft Adam.

Puh, sie biegen nicht ab, sie zerquetschen uns nicht, sie

rennen schnurstracks weiter auf die Bäume zu, die aus dem Süden gekommen sind.

»Habt ihr das gesehen?« Adams Augen sind weit aufgerissen, er atmet schnell. »Sie rennen einfach weiter.«

Und mehr als das, ich bemerke, dass sie ihre Geschwindigkeit noch erhöhen. Die Exemplare aus dem Süden halten es ebenso. Das sieht nicht mehr nach einem friedlichen Familientreffen aus, das wirkt auf mich wie Krieg. Kurz bevor sie aufeinandertreffen, drehen sie all ihre Blätter nach vorn. Die Bäume erinnern nun an mittelalterliche Ritter, die mit Lanzen aufeinander losgingen. Nur dass diese Ritter gleich zahlreiche Lanzen mitgebracht haben.

»Achtung, gleich«, rufe ich. Der Zusammenprall ist gewaltig. Ein Knirschen und Knacken, ein Splittern und Quietschen kommen in einer Lautstärke bei uns an, dass ich die Empfindlichkeit herunterregeln muss. Adam und Eva halten sich die Ohren zu. Es ist eine beispiellose Kakophonie. Und wieder ist da dieses hohe Geräusch, das ich auch schon beim Fällen des Baums bemerkt habe.

Der Lärm ebbt nicht ab, im Gegenteil, er wird stärker. Die Bäume lehnen aneinander, es scheint, als versuchten sie, ihre Gegner nach unten zu drücken. Die Blätter wirbeln nur so um die Stämme herum. Bruchstücke springen in alle Richtungen. Ich muss aufpassen, dass Adam und Eva nicht davon erwischt werden. Das Team aus dem Süden ist zwar zahlenmäßig überlegen, doch die Nordler schaffen trotzdem, es langsam zurückzudrängen. Ist das ein Krieg, ein Kampf, oder sind es Rituale, die mit Vermehrung und Verbreitung zu tun haben? Vielleicht spielen ja auch mehrere Aspekte eine Rolle: nur die Stärksten überleben, und das treibt die Evolution voran. Da die Bedingungen auf Proxima b insgesamt sehr gleichmäßig sind, üben sie auf Flora und Fauna keinen Selektionsdruck mehr aus.

Wie weit werden sie gehen? Die Südfraktion besitzt schon keinerlei Blätter mehr. Die Exemplare aus dem Norden schlagen zwar noch auf sie ein, aber ich sehe keine Möglichkeit, wie sie die Konkurrenz zu Boden zwingen könnten. Dafür fehlt ihnen die Bewegungsfreiheit. Aber ich habe nicht mit der Schlauheit der Bäume gerechnet. Sie verabreden sich offenbar zu gemeinsamen Maßnahmen. Nummer 1 prügelt mit den verbliebenen Blättern von vorn auf den Gegner ein, während Nummer 2 sich geschickt und unauffällig dahinter postiert. Sobald der Gegner nun die Flucht ergreifen will, stolpert er über die Wurzeln von Nummer 2. Gerade fällt der erste Baum auf diese Weise flach auf den Boden. Gut, dass das Kampfgebiet deutlich weiter im Süden liegt. Der von seinen Artgenossen gefällte Baum kracht auf den Untergrund und bewegt anschließend die Wurzeln weiter, es wirkt, als würde ein besonders dünnes Baby mit den Beinen strampeln.

»He, schau mal«, sagt Eva, und es geht mir wie ihr: der gefallene Baum tut mir leid. Es sieht nicht so aus, als könne er sich selbst aus seiner misslichen Lage befreien. Seine Mitstreiter haben den Sturz bemerkt. Sie fühlen sich dadurch aber nicht etwa zu härterem Widerstand angespornt, sondern interpretieren es als Aufforderung zur Flucht. Sie versuchen, sich den Schlägen der Gegner zu entziehen. Zweien gelingt es problemlos, den anderen noch nicht, doch plötzlich halten ihre Gegner inne. Kurzzeitig herrscht Stille. Es scheint fast, als würden sich alle Bäume unterhalten, einen Abzugsplan ausarbeiten. Und wirklich ist es nun so weit: Eine Gruppe zieht wieder gen Süden, die andere in Richtung Norden. Das Tempo ist nun deutlich gemächlicher. Den gefallenen Baum überlassen sie sich selbst.

»Das war Wahnsinn«, sagt Adam. »Wie eine Theatervorführung.«

Ich betrachte Eva, der der Schreck noch immer ins Gesicht geschrieben ist.

»Ich hätte darauf auch verzichten können«, meint sie, »aber welchen Sinn hat dieses Schauspiel gehabt?«

Ich schüttele den Roboterkopf. »Schwer zu sagen. Vielleicht geht es um das Territorium.«

»Dann sind die Bäume in Stämmen organisiert?«

Ich nicke. »Wahrscheinlich. Eigentlich habe ich sie für

Pflanzen gehalten, aber sie scheinen eher mit Tieren vergleichbar. Wir müssen aufpassen, wenn wir unsere Vorstellungen von der Erde auf Proxima b übertragen.«

»Du musst aufpassen«, sagt Adam. »Wir waren nie auf der Erde.«

Eine Stunde später trauen wir uns wieder zu unserem Lager zurück. Wir überqueren eine 20 Meter breite Schneise, in der die Wurzeln der Bäume einige Meter tiefe Spuren hinterlassen haben. Einmal kann ich Adam gerade noch festhalten, bevor er in ein solches Loch fällt. Unwirsch schiebt er meine Schaufel-Hand zur Seite.

Ich befürchte Schlimmes für den Zustand unseres Lagers, doch die Bäume ringsum haben sich nicht von der Stelle gerührt. Wir brauchen nicht wieder von vorn anzufangen!

Adam denkt offenbar schon ein Stück weiter. »Wir dürfen auf keinen Fall hierbleiben«, sagt er. »Stellt euch vor, die Bäume rundherum marschieren los, die zertreten uns doch wie Ameisen. Ich will nicht lebendig in unserem Erdbau begraben werden.«

Eva sieht ihn erschrocken an. Natürlich hat er Recht, aber haben wir eine Wahl?

»Wir schaffen es nicht, den Wald vor Ausbruch des nächsten Flares zu durchqueren«, antworte ich. »Also müssen wir zuerst unseren Bunker beenden, um den Strahlensturm zu überleben.«

»Und wenn die Bäume hier schon vorher aktiv werden?«

»Ich fürchte, mit diesem Risiko müssen wir leben, Eva. Wir wissen zu wenig über den Lebensrhythmus der Bäume.« Adam widerspricht nicht. »Ich werde auf jeden Fall rund um die Uhr auf Erschütterungen achten. Wenn wir schnell genug fliehen, haben wir vielleicht eine Chance.« Auf Adams Gesicht bemerke ich ein verächtliches Lächeln.

15. Januar 19

Wie ich es Adam und Eva versprochen habe, habe ich mein Bewusstsein in der vergangenen Nacht nicht ruhen lassen. Ich hätte auch ein paar Sensoren programmieren und mich im Ernstfall wecken lassen können, aber selbst ich habe mich diesmal im wachen Zustand sicherer gefühlt. Sensoren können schließlich versagen.

Es war eine interessante Erfahrung. Wiederholen werde ich sie trotzdem nicht. Mir war nicht bewusst gewesen, wie sehr mein Bewusstsein, obwohl es schon so lange vom Körper getrennt ist, die alten Rhythmen noch braucht. Mitten in der ewig gleich hellen Nacht, um vielleicht halb vier Uhr morgens, habe ich einen hyperwachen Zustand erreicht, der mich bei jedem Geräusch zusammenzucken ließ. Natürlich blieben die Bäume ruhig. Aber ich habe beschlossen, dass wir mehr über sie lernen müssen, statt einfach auf unser Glück zu vertrauen. Ich werde heute einen der Gipfel erklimmen und mir von oben einen Überblick verschaffen. Dann werde ich heute Abend hoffentlich auch wieder beruhigt schlafen können.

»Du willst was?« Irgendwie habe ich diese Reaktion von Adam erwartet.

»Ich will da hoch, um einen Überblick zu gewinnen.«

»Du wirst jede Menge Blätter sehen, das kann ich dir auch von hier unten sagen.«

»Ich kann mit meinen optischen Sensoren den Wald bis zum Horizont erfassen.«

»Toll, dann wissen wir, wie viele Bäume bis zum Horizont gewachsen sind.«

»Dabei kann ich die Bäume zählen, die sich gerade in Bewegung befinden.«

»Du meinst, du siehst, ob sie auf uns zukommen?«

»Dann müsste ich für immer oben bleiben. Nein, aber ich kann ihren Anteil an der Gesamtmenge berechnen und damit das Risiko einschätzen, dass sich die Bäume nebenan in der Zeit in Bewegung setzen, in der wir uns hier befinden, also in den elf Tagen, die uns bis zum Flare noch bleiben.«

Adam kräuselt die Stirn.

»Gut«, sagt er, »und wenn wir dann wissen, das Risiko liegt bei soundsoviel Prozent, was sagt uns das dann?«

»Nun, bei 100 Prozent Risiko könnten wir die Basis in die Steppe verlegen.«

»Reicht denn dafür die Zeit?«

»Wahrscheinlich nicht.«

»Siehst du«, sagt Adam.

»Aber wir wissen wenigstens, woran wir sind«, meint Eva. »Du solltest das machen, Marchenko.«

»Und was ist mit dem Ausbau der Basis? Das kostet uns doch bestimmt einen weiteren Tag, nachdem wir gestern schon Zeit verloren haben?« Adam gibt sich nicht so schnell geschlagen.

»Wir haben dann immer noch zehn Tage, das reicht. Wir können ja nun nicht dauerhaft hierbleiben, also kommen wir auch mit weniger Platz aus.«

»Okay«, sagt Adam. Sein Gesicht hellt sich auf. Ich verstehe ihn gut.

Der Umbau meines Körpers dauert zwei Stunden. Die Füße werden durch einen Ring ersetzt, der sich um den Stamm legen wird. Wenn ich ihn kräftig zusammenziehe, hält er mein komplettes Gewicht, und die Arme sind frei. Der Ring lässt sich auch komplett öffnen, sodass auch Blattansätze kein Hindernis sind. An den Armen machen Schaufel und Besen menschenähnlichen Händen Platz. Es gibt kaum ein künstliches Werkzeug, das so feine Manipulationen ermöglicht wie die Hände des Menschen. Außerdem kann meine Bewusstseinsstruktur besser damit umgehen. Die maschinelle Muskulatur ist so bemessen, dass sie problemlos mein komplettes Körpergewicht nach oben hieven kann.

Adam und Eva müssen mich allerdings zum nächsten Baum tragen.

»Mann, bist du schwer, Marchenko«, schnauft Adam. »Hast du etwa Wackersteine gefressen?«

Er erinnert sich tatsächlich noch an das Märchen, das ich ihm vor zwölf oder dreizehn Jahren erzählt habe.

»Kurze Pause«, sagt Eva. Sie zerren mich an den Armen über den Waldboden. Ich blicke dabei in den Himmel und fühle mich seltsam ausgeliefert und schutzlos. Würde jetzt ein Bär durch das Unterholz brechen, könnte ich Adam und Eva nicht verteidigen, nicht einmal mich selbst. Es gibt zwar kein Unterholz und vermutlich auch nichts, was mit einem Bären vergleichbar wäre, aber trotzdem macht mir der Gedanke Angst. Das Schlimmste ist: Ich werde Adam und Eva jetzt für ein paar Stunden völlig allein lassen. Seit ihrer Geburt war ich jede Minute bei ihnen. Aber sie sind sechzehn! Ich sollte lernen, ihnen zu vertrauen.

»Hau - ruck«. Adam gibt wieder das Kommando. Ein Sonnenstrahl trifft mich. Er fällt durch das Loch im Blätterdach, das wir mit dem gefällten Baum gerissen haben. Es hat auch etwas Faszinierendes, so zur Untätigkeit verurteilt zu sein. Zum ersten Mal seit langem kann ich den Geruch des Waldes atmen, ohne nach Konsequenzen zu suchen. Es riecht stark nach Pilzen, ein fauliges Aroma, feucht bis muffig, ganz anders als in den russischen Wäldern, in denen mich meine Mutter auf Pilz- oder Beerensuche geschickt hat. Ich spüre, wie sich die Verantwortung davonmacht, ich fühle mich auch körperlich leichter und wundere mich beinahe, dass Adam und Eva nichts davon merken. Ich war jetzt über sechzehn Jahre lang für sie verantwortlich, rund um die Uhr. Sie scheinen Teil meines Lebens geworden zu sein, doch in dieser Minute erkenne ich auch Dimitri Marchenko wieder, Mitja, der ein souveräner Mensch ist und schon aus Erfahrung niemanden so leicht an sich heranlässt.

»So, wir sind da.« Als Adam plötzlich meinen Arm loslässt, prallt mein Kopf gegen den Stamm des Baumes. Es klingt wie eine kleine Glocke, der Schall trägt weit.

»Oh, entschuldige«, sagt er.

Ich bin verwirrt und bedauere kurz, dass dieser Moment

schon vorüber ist. Dann nicke ich. Der Roboterschädel besitzt keine Schmerzsensoren und hält noch weit härtere Schläge aus. Spezifiziert ist er bis zum 100-fachen Druck der Erdatmosphäre, aber ich kann ihn auch weiter verstärken.

»Du kannst dich jetzt selbst hochziehen?«

»Ja, Eva, den Rest mache ich allein.« Die beiden müssen wohl gespürt haben, dass meine Gedanken woanders waren. Ich ziehe meinen Körper mit den Armen an den Stamm heran und dann ein Stück daran hoch, bis der Baum in Reichweite des Rings ist. Durch das Zusammenziehen des Stahlbandes nähere ich mich dem Stamm weiter. Dann stehe ich aufrecht.

»So, es kann losgehen«, sage ich. »Macht mir keine Dummheiten, während ich weg bin.« Hoffentlich bringe ich sie damit nicht auf Ideen. Ich weiß, dass ich ihnen vertrauen sollte, aber die Vorstellung, für ein paar Stunden keinerlei Einfluss auf sie zu haben, gefällt mir gar nicht.

»Bis nachher«, sagt Adam. Vielleicht bilde ich es mir ein, aber er sieht zumindest ein bisschen gerührt aus.

»Pass auf dich auf!«, flüstert Eva.

Meine Arme strecken sich nach oben und krallen sich fest. Dann beuge ich sie und ziehe meinen Körper nach. Das dauert zehn Sekunden und ergibt 50 Zentimeter pro Schritt. Ich müsste also in einer guten Stunde oben sein. Leider ist mein Sichtfeld nach unten begrenzt, das habe ich bei der Vorbereitung nicht bedacht – der Kopf lässt sich zwar drehen, doch der Körper versperrt die Sicht. Vielleicht winken Adam und Eva ja, ich kann es nicht überprüfen, aber rein auf Verdacht halte ich nach zehn Metern an, klammere den Ring fest und winke mit einem Arm nach unten.

Der Aufstieg erweist sich als unkompliziert. Hochziehen, festklammern, hochziehen, festklammern, ich ergebe mich diesem Rhythmus. Die Kraftsensoren übersetzen den Aufwand für mein Bewusstsein in Anstrengung, so kann ich direkt spüren, falls sich etwas verändern sollte. Mir fallen aber beim besten Willen keine Gefahren ein. Nur die Höhe selbst könnte ein wirkliches Problem sein. Sollte ich abstürzen, würde die hohe Gravitation meinen massiven Körper ordentlich beschleunigen. Die Einheiten, auf denen mein Bewusstsein läuft, sind zwar geschützt. Aber ein ungünstiger Aufprallwinkel könnte meinen Körper trotzdem unrettbar beschädigen. Und dann gibt es natürlich zusätzlich das Risiko, dass ich bei einem Absturz Adam oder Eva treffen könnte.

Die Stunde geht schnell vorbei, während ich über das grübele, was noch auf uns wartet. Wir sind der Erfüllung unserer Aufgabe bisher nicht näher gekommen. Die einzigen Spuren fremder Intelligenzen sind uralt. Das können nicht dieselben sein, die diese Botschaft an die Erde geschickt haben. Es sei denn, wir kommen viel, viel zu spät. Ich verdränge diesen Gedanken. Es darf nicht sein, dass die ganze lange Reise keinen Sinn hatte, dass Adam und Eva völlig umsonst geboren wurden. Ob sie wohl noch unten stehen und auf mich warten?

Ich kann es nicht sehen. Also richte ich den Blick wieder nach oben. Das Blätterdach ist noch zehn Meter entfernt. Der Stamm hat sich bis hierher nur unwesentlich verjüngt. Was mag wohl passieren, sollte er sich in diesem Moment entscheiden, seine Wurzeln aus der Erde zu lösen? Ob er merkt, dass ich gerade an ihm hochklettere? Meine Sensoren können keine Spuren von Denkprozessen im Holz entdecken. Es gibt keine Gefäße, nichts, was mit Nervenbahnen vergleichbar wäre. Und doch haben wir gesehen, wie die Bäume mit ihren Wedeln aufeinander eingeschlagen haben. Falls ihr Bewusstsein in den Wurzeln sitzt, was ich annehme, muss es einen Weg geben, die Bewegung der Blätter zu steuern. Vermutlich denke ich erneut zu erdzentriert. Es gibt so viele Möglichkeiten: die Nervenbahnen entstehen vielleicht erst, wenn sie gebraucht werden. Das wäre dann ein wichtiges Warnsignal. Oder die Kommunikation erfolgt drahtlos. Dann müsste ich sie zwar belauschen können – aber der Baum kann ja im Moment einfach ruhig sein, sodass nichts zu messen ist.

Die letzten Meter sind die schwierigsten. Die Blätter setzen zwar versetzt am Stamm an, sodass es einen Weg hindurch gibt, doch den Ring, der mich hält, muss ich dafür immer wieder abkoppeln. Es ist wie ein Weltraumspaziergang ohne Sicherheitsleine. Ich weiß, dass ich das besser lassen sollte, aber es gibt keine Alternative, wenn ich ganz nach oben will. Die geringeren Sorgen mache ich mir um meine eigenen Kräfte. Ich weiß, dass sie nicht erlahmen werden. Wenn ich die Beweglichkeit meiner Glieder nutze und den rechten Arm um einen Blattansatz schlinge, dann bin ich sicher, dass der Arm meine Masse tragen kann. Doch wie steht es um den Blattansatz? Die Blätter wiegen einzeln zwischen 50 und 100 Kilogramm. Dieses Gewicht plus ein bisschen mehr muss der Blattansatz tragen können. Mein Körper bringt auf Proxima b etwa 120 Kilogramm auf die Waage. Reicht das »Plus«, das die Natur eingeplant hat, für mich aus? Die Tatsache, dass die Bäume ihre Blätter auch als Waffen verwenden, beruhigt mich etwas, denn dann ist es vorteilhaft, wenn sie besonders stabil am Stamm hängen.

Langsam und vorsichtig arbeite ich mich nach oben. Ich belaste einen neuen Ast erst einmal langsam, doch irgendwann kommt immer der Moment, in dem ich ihm mein komplettes Gewicht übergeben muss. Es sind immer nur ein paar Sekunden, bis der Ring an meinen Beinen wieder Halt gefunden hat. Die Blätter schwingen immer kurz nach, wenn ich mich an sie hänge. Die ersten drei Sekunden entscheiden: wenn sie dann nicht abbrechen, bin ich sicher. Das Verfahren funktioniert bei den ersten vier Blättern sehr gut. Das fünfte scheint mir kleiner als die anderen, deswegen lasse ich es aus. Dem sechsten mag ich auch nicht so recht vertrauen. Das heißt aber, dass ich bei Nummer 7 unbedingt zugreifen muss – sonst schaffe ich es nicht nach oben. Ich hake meinen rechten Arm an seinem Ansatz ein, möglichst nah am Stamm. Ich ziehe daran, es scheint stabil. Dann beginne ich, den Ring zu lösen, der mich hält. Das zunehmende Gewicht am Ansatz biegt das Blatt bedenklich nach unten. Jetzt muss ich schnell reagieren. Mein Arm zieht mich nach oben. Ich höre ein Knacken, das nicht vom Blatt kommt, sondern aus der Nähe des Stamms. Ich scanne die Rinde und entdecke einen Riss. Das Gelenk, das die Bewegung des Blattes ermöglicht, ist anscheinend die Schwachstelle. Ich spüre Panik in mir aufsteigen. Der Ring an meinen Beinen tastet hektisch nach einem neuen Ort, an dem er mich stabilisieren kann. Doch der Stahldraht scheint an etwas festzuhängen. Ich kann das Hindernis nicht sehen, weil es unter mir ist. Der Riss im Stamm wird breiter, das Blatt neigt sich bedrohlich nach unten. Ich ziehe den Stahlring mit aller Kraft zusammen, bis ich ein splitterndes Geräusch höre. Danach ist der Ring wieder frei. Ich brauche neuen Halt, mein Arm beginnt, am Blattansatz nach unten zu rutschen. Wie elastisch ist der Ast? Wann bricht er? Ich höre das Schwirren des Stahldrahtes, der durch die Luft schwingt. Da, er hat eine Position oberhalb gefunden. Ich greife mit dem linken Arm zu einem anderen Blatt, ohne seine Festigkeit zu prüfen, ziehe mich ein paar Zentimeter höher, und dann rastet der Ring ein. Ha! Ich habe neuen Halt. Ich spüre, wie das Blatt fällt, an dem mein rechter Arm eingekrallt ist. Das Handgelenk lässt sich nicht lösen. Die Überlastung hat es so weit ins Holz gepresst, dass ich die zweite Hand bräuchte. Das Blatt zerrt mit seinen 80 Kilogramm an meiner rechten Seite. Ich teste, ob der Ring gut sitzt. Es hilft nichts, ich muss mit dem linken Arm loslassen. Während ich damit um meinen Rücken herumgreife, zum Glück bin ich gelenkiger als ein Mensch, beginne ich langsam zu rutschen. Mit der linken Hand löse ich den zu festen Griff der rechten. Das Blatt stürzt in die Tiefe. Hoffentlich trifft es Adam oder Eva nicht, denke ich noch, da hält ein Blattansatz weiter unten meinen abrutschenden Körper auf. Ich greife mit beiden Händen zu. Ich bin in Sicherheit. Meine Gedanken jagen durch den Roboterkörper. Ich brauche zwei Minuten, um wieder die Kontrolle über sie zu gewinnen.

Die letzten zwei Meter bewältige ich noch vorsichtiger. Es kommt zu keinen weiteren Problemen. Schließlich schiebt sich mein Kopf langsam aus dem Blättermeer. Die Sicht ist überwältigend. Ich blicke auf ein grünes Meer. Es ist nicht dasselbe Grün, das ich von der Erde kenne, etwas dunkler ist es, es wirkt nicht ganz so satt. Aber das schiere Ausmaß dieser Landschaft macht das wieder wett. Hier oben weht ein leichter Wind, das spüre ich, ich kann es aber auch an den Wellen erkennen, die der Wind in das Blattwerk bläst. Sie sind höchstens einen Meter hoch. Ab und zu blitzt es, immer dann, wenn ein Blatt sich im Wind leicht dreht und mit seiner helleren Unterseite die im Osten stehende Sonne in meine Richtung reflektiert.

Aber bin ich nicht aus einem bestimmten Grund hierher gekommen? Meine optischen Sensoren beginnen, die Landschaft bis zum Horizont systematisch zu erfassen. Je weiter ich vordringe, desto stärker muss ich zoomen, um die Wellenbewegung von den tatsächlichen Bewegungen der Bäume unterscheiden zu können. In südöstlicher Richtung scheint sich in etwa 12 Kilometern Entfernung gerade ein Kampf abzuspielen. Auch weit im Osten sehe ich die typischen Bewegungsmuster. Ich werde nachher ausrechnen, was das für unsere Chancen bedeutet. Im Norden scheint es gerade ruhig zu sein. Dort regnet es heftig. Vielleicht richtet sich die Aktivität der Bäume auch nach dem Wetter? Ich beobachte mit starkem Zoom, wie die Regentropfen auf das Blätterdach prasseln. Wegen der hohen Schwerkraft sind sie kleiner als auf der Erde. Das Wasser sammelt sich auf den Blättern, ab und zu biegen sie sich nach unten, geben ihre Last ab und schnellen dann wieder hoch.

Ich schwenke etwas nach rechts, weil ich dort eine Bewegung registriert habe. Doch das war wohl ein Irrtum. Die Bäume rühren sich nicht von der Stelle. Da ist es wieder! Jetzt sehe ich es: Nicht die Blätter bewegen sich, sondern etwas rührt sich zwischen ihnen. Ich erkenne ein langes Bein, das sich nach oben hangelt, dann schwingt sich eine Art Spinne auf die Oberseite des Blattes. Ich bedauere, dass ich nicht näher herangehen kann. Aus dieser Entfernung, es sind vielleicht acht Kilometer, erkenne ich das Tier nur grob. Sein Körper muss klein sein, seine acht Beine sind vergleichsweise riesig. Vorn besitzt es einen Fortsatz, der wie ein Saugrüssel aussieht. Damit scheint es die Blätter abzutasten. Vermutlich putzt es sie, löst abgestorbene Zellen ab und ernährt sich davon. Es muss sehr leicht sein; die langen Beine verlagern sein Gewicht auf mehrere Blätter gleichzeitig. Es wirkt nicht bedrohlich, nur wer eine Spinnenphobie hat, dürfte sich davor erschrecken. Ich mustere die Umgebung gründlich, kann aber kein zweites Tier entdecken. Doch es kann unmöglich das einzige Exemplar seiner Art sein.

Wie viel Zeit ist vergangen, seit ich hier oben bin? Unwillkürlich werfe ich einen Blick zur Sonne, doch die steht unverrückbar am selben Ort. Es ist schon früher Nachmittag, sagt meine Uhr. Sollte ich vielleicht einen kleinen Erkundungsgang auf dieser Ebene machen? Vielleicht entdecke ich noch andere Tierarten? Wenn die Spinne ein Pflanzenfresser ist, gibt es vielleicht andere Arten, die sich von ihr ernähren, so wie die Frösche im Canyon? Andererseits brauche ich keine weitere Begegnung mit Raubtieren, und bei meinem Gewicht ist das Blätterdach nicht das optimale Terrain. Ich werde wieder absteigen, sobald ich mir einen letzten Rundumblick mit allen Sinnen gegönnt habe.

Dazu muss ich meine Position noch etwas verbessern. Ich will eine Rundum-Aufnahme in sämtlichen Wellenlängen machen, vom langwelligen Radio bis hin zur ultrakurzwelligen Röntgenstrahlung. Ich ziehe mich vorsichtig nach oben, damit sich der Ring, der mich hält, eine bessere Position in der Krone suchen kann. Danach ragt mein Körper fast anderthalb Meter über die Bäume hinaus. Ich bin ein einsamer Fischer in einem riesigen Meer, in dem ich ein elektronisches Netz auswerfe. Mein menschliches Bewusstsein ist von der Aufnahme überfordert. Ich rechne sie in eine Falschfarben-Darstellung um, eine faszinierende Form, die die Welt um uns in jedem Detail abbildet, auch wenn sie in ihrem übergroßen Kontrastumfang und den seltsamen Tönungen wie ein Abbild der Hölle wirkt. Aber ist das nicht manchmal das Gleiche, die Welt und die Hölle, nur durch unterschiedliche Brillen betrachtet? Ich gehe das Bild durch und vergleiche es mit der optischen Wirklichkeit, die mein Marchenko-Geist gewöhnt ist. Es steckt viel mehr Klarheit in der umfassenden Darstellung, nichts kann sich mehr verbergen. Dinge, die mit keiner einzigen Wellenlänge wechselwirken, gibt es nicht, zumindest auf dieser Welt.

Mein Blick kommt im Westen an, ganz in der Ferne. Dort fällt er auf einen leuchtenden Punkt, der nur im Radiobereich zu sehen ist. Da hat mich etwas mit Radiowellen angeleuchtet. Das Bild, das ich habe, ist eine Momentaufnahme; das genügt nicht, um die Natur der Quelle zu erfassen. Ich richte meine Radioantenne auf Westen aus und drehe die Empfindlichkeit nach oben. Da ist es wieder, das Signal. Ich erkenne es deutlich. Ich habe es tatsächlich gefunden! Es ist die Botschaft, deretwegen wir den langen Weg hierher auf uns genommen haben.

Endlich! Adam und Eva werden sich freuen, da bin ich sicher. Hier oben hält mich nichts mehr. Ich beginne unverzüglich mit dem Abstieg. Nachdem ich den Bereich der Blätter verlassen habe, gibt es im Wortsinn kein Halten mehr: Ich lasse den Stahlring einfach so locker, dass ich langsam an dem Stamm nach unten gleite. Weil er allmählich dicker wird, muss ich ab und zu nachregulieren, aber statt in einer Stunde wie beim Aufstieg schaffe ich es trotzdem in zwanzig Minuten.

Ich rufe schon aus 50 Metern Höhe nach Adam und Eva. Sie reagieren nicht. Vielleicht arbeiten sie in der Basis? Ich rufe lauter, doch sie antworten nicht. Ich komme unten an. Der Stahlring fesselt mich an den Baum, doch niemand ist da, um mir bei den letzten Schritten zu helfen. Ich weise die Fabrikatoren an, mir so schnell wie möglich einfache Füße herzustellen, doch das wird mindestens eine halbe Stunde dauern. Ich rufe erneut nach Adam und Eva – immer noch keine Reaktion. Ich kontaktiere sie über Funk und höre meine Stimme aus dem Empfänger, der irgendwo bei der Basis liegen muss. Was ist hier passiert? Warum antwortet mir niemand? Die halbe Stunde, die die Fabriktoren brauchen, dehnt sich zu den schrecklichsten dreißig Minuten meines Lebens.

15. Januar 19

Eva winkt Marchenko ein letztes Mal hinterher.

»Kann er sowieso nicht sehen«, sagt Adam. »Ist mir gleich aufgefallen, der Kopf ist nicht beweglich genug.«

»Ich mache das für mich«, antwortet Eva.

Adam nickt verständnisvoll. »Und nun? Wir haben frei! Er braucht bestimmt mindestens drei Stunden.«

»Wir räumen den Abraum aus der Basis, damit wir pünktlich fertig werden.«

»Nun hör auf, Eva, wir sind zum ersten Mal allein, und du willst die Zeit mit Arbeit vergeuden?«

»Es hat doch keinen Sinn, einfach nur herumzusitzen. Da schleppe ich lieber Erde.«

»An Herumsitzen hatte ich auch nicht gedacht.« Jetzt hat er Evas Aufmerksamkeit.

»Sondern?«

»Erinnerst du dich an den Kampf der Bäume und an die tiefen Löcher, die sie hinterlassen haben?«

Eva nickt.

»Wer weiß, was in diesen Löchern alles auftaucht.«

»Ich verstehe noch nicht ganz.«

Adam mustert Evas Gesicht. Will sie nicht verstehen oder ist sie wirklich so naiv? Er ist sich da bei seiner Schwester manchmal nicht so sicher. Eigentlich hält er sie für deutlich intelligenter als sich selbst, aber ihm scheint, dass sie manchmal viel länger braucht, um etwas zu verstehen.

»Auf den Balken ist Marchenko in vier oder fünf Metern Tiefe gestoßen. Wie wahrscheinlich ist denn, dass da nur ein einziger Balken liegt?«

Evas zusammengezogene Augenbrauen verraten ihm, dass sie noch unentschieden ist.

»Wir gehen am Waldrand Richtung Norden, wo die Bäume herkamen. Da stoßen wir bestimmt bald auf die ersten Löcher. Wir sind vor Marchenko wieder zurück, und dann können wir ihm im schlimmsten Fall sagen, dass wir einen Spaziergang gemacht haben.«

»Und wenn uns etwas zustößt?« Eva fragt so, als hätte sie innerlich schon zugestimmt.

»Was soll denn passieren? Die Leute, die das hinterlassen haben, sind schon ewig tot.«

»Na gut«, sagt Eva. »Wenn wir weitere Bauten mit Schriftzeichen finden, kann Marchenko vielleicht die Schrift entziffern.« Sie lächelt. »Dann lass uns aber sofort losgehen, umso eher sind wir zurück.«

Adam packt noch etwas Nahrung, eine Lampe und ein Seil in eine Umhängetasche, dann machen sie sich auf den Weg. Aus dem Wald heraus finden sie schnell. Gleich dahinter liegt der Streifen, über den die Bäume in den Krieg gezogen sind. Die Fußspuren sind noch immer als tiefe Löcher im Untergrund erkennbar. Adam läuft voraus. Eva bleibt dicht am Waldrand. Er will sie heranwinken, doch sie wehrt mit einer unmissverständlichen Geste ab. Vermutlich fühlt sie sich dort sicherer. Nacheinander begutachtet Adam mehrere der Löcher. Er tastet sich bis zum Rand vor und leuchtet hinein. Es geht drei, vier Meter in die Tiefe. Manchmal ragen Wurzeln von der Seite in die Vertiefung hinein, doch er entdeckt nichts, was künstlich aussieht. Er bewegt sich von Loch zu Loch, doch auch nach einer halben Stunde bleiben Erfolgserlebnisse aus. Das ist offenbar nicht die richtige Strategie, deshalb geht er zu Eva an den Waldrand.

»So wird das nichts«, meint er.

»Dann lass uns umkehren. Wir sind schon fast eine Stunde draußen. Wenn Marchenko eher zurückkommt, stirbt er vor Schreck.«

»Ach, der ist zäh«, sagt Adam. »Ich habe eine bessere Idee.«

Er wartet darauf, dass Eva widerspricht, doch sie tut ihm den Gefallen nicht. Sie schürzt nur etwas die Lippen.

»Wir müssen dahin, wo die Bäume hergekommen sind, nach Süden.«

»Du sagtest doch, dass wir nach Norden wollen.«

»Das war Quatsch, ich habe mich geirrt. Im Norden werden wir nichts finden. Die Bäume sind ja wieder an Ort und Stelle.«

Evas Gesicht hellt sich auf. »Aber im Süden nicht.«

»Genau.« Er denkt an den Baum, der zurückbleiben musste. Was wohl aus ihm geworden ist?

»Das Wurzelwerk der Bäume ist riesig. Dort haben wir bessere Chancen, etwas zu finden.«

Adam zweifelt an seinem Plan. Wie groß ist die Chance, ausgerechnet auf der Fläche eines einzelnen Baums eine Ruine zu finden? Könnten sie da nicht ebensogut wild in der Gegend herumbuddeln? Er schüttelt den Kopf.

»Was meinst du?«, fragt Eva.

»Nichts«, antwortet er. »Ich habe nur ... egal. Wenn du mich noch zu dem Loch begleitest, gebe ich auch Ruhe, versprochen.«

Seine Schwester nickt. Er freut sich, bemüht sich aber, das nicht zu sehr zu zeigen. Eigentlich hat er schon vorher gewusst, dass sie ihm diesen Wunsch nicht abschlagen wird.

Das einzige Problem besteht darin, dass sie die Herkunft der südlichen Baumgruppe nicht so genau kennen. Nach dem Kampf haben sie vor allem den Heimmarsch der Nordgruppe beobachtet, weil diese direkt an ihnen vorübergezogen ist. Es ist nicht ausgeschlossen, dass die andere Gruppe einen längeren Anmarsch hinter sich hatte.

»Wir müssen den Ort markieren, an dem wir nachher wieder in den Wald müssen«, sagt Eva.

Adam wird ganz heiß. »Ja, richtig«, sagt er, »das wollte ich auch gerade vorschlagen.« Gut, dass Eva daran gedacht hat, sonst wäre der Heimweg kompliziert geworden.

Sie folgen zunächst den Spuren der Nordgruppe, bis sie zum Schlachtfeld kommen. Zwei Bäume liegen hier, obwohl nur einer gefallen war. Ist das eine Art Solidarität?

»Vielleicht hat sich sein Partner mit ihm zum Sterben hingelegt«, überlegt Eva laut.

Tatsächlich bewegen sich die riesigen Bäume nicht. Die Wurzeln ragen starr in die Höhe. Sie sind wirklich groß. Trotz des traurigen Bildes freut sich Adam: Der zweite Baum hat ihre Chance verdoppelt, etwas zu finden. Von fast 0 auf fast 0, meldet sich der fiese kleine Gedanke wieder. Adam muss aufpassen, sich nicht zu verraten.

»Komm, weiter«, sagt er. Eva betrachtet die beiden Leichen. Es liegt ein seltsamer Geruch in der Luft, nicht nach Verwesung, sondern nach Lavendel. Er nimmt Evas Hand und zieht sie weg. Endlich folgt sie ihm. Sie laufen etwa zwanzig Minuten parallel zum Waldrand. Dort sind die Bäume in den Wald abgebogen. Adam muss an das Märchen von Hänsel und Gretel denken. Er betrachtet Eva, die ganz fröhlich neben ihm geht. Nein, denkt er, das hier hat mit dieser alten Geschichte nichts zu tun. Wie können wir angesichts solch einer Spur je vom Weg abkommen?

Der Wald um sie herum wirkt monoton. Es ist, als würden sie sich in einer riesigen Halle bewegen. Das Blätterdach schirmt sie ab. Adam glaubt nicht, dass er sich mit diesem Planeten irgendwann anfreunden wird, und erst recht nicht mit dem Wald. Hier geht alles so völlig abwechslungslos seinen Gang, es gibt weder Nächte noch Jahreszeiten, und hier in der Halle des ewigen Friedens gibt es weder Luftzug noch irgendwas anderes zu sehen außer 200 Meter hohen, glatten Stämmen.

Nach einer weiteren halben Stunde bleibt Eva stehen. Adam ahnt schon, was jetzt kommt.

»Wir sind jetzt fast zwei Stunden unterwegs«, sagt sie sanft, als würde sie mit einem Kleinkind sprechen. Adam hasst diese Stimme.

»Dann schadet es ja nichts, wenn wir noch 30 Minuten weiter ...«

»Nein«, unterbricht sie ihn. »Ich will nicht, dass Marchenko sich Sorgen macht, wenn er wieder da ist. Wir haben nicht mal das Funkgerät dabei.«

Irgendwie hat sie ja Recht. Aber was, wenn es gar nicht mehr weit ist? Wenn sie drei Minuten vor dem Ziel aufgegeben haben? Adam kann das Gefühl, etwas zu verpassen, nicht ausstehen. Aber er weiß, dass er Eva nicht mit Argumenten überzeugen kann.

»Noch 15 Minuten, bitte?« Er schlägt die Augen auf und rollt damit. Eva bemerkt den Trick und lacht. Aber trotzdem funktioniert es. Er weiß es schon, obwohl er sieht, dass sie noch mit sich kämpft. Natürlich darf er sich nicht anmerken lassen, dass er es weiß.

»Bitte?«, sagt er noch einmal. Der Augenaufschlag ist jetzt nicht mehr ganz so auffällig.

»Na gut«, antwortet Eva. »Dann kehren wir aber wirklich um. Ich gehe jedenfalls in fünfzehn Minuten zurück, egal was du machst.«

Adam nickt. »Das ist nur fair. Dann lass uns die Frist wenigstens ausnutzen.« Er legt einen Schritt zu, und Eva folgt ihm bereitwillig.

Nach zehn Minuten ist Adam kurz davor aufzugeben – doch ausgerechnet jetzt verändert sich der Untergrund. Die Spur der Bäume wird schwächer. Gleichzeitig ist der Boden rund um die Stämme aufgewühlt. Sein Herz schlägt schneller. Sie haben den Ort gefunden, wo die Bäume herkamen. Jetzt brauchen sie bloß noch den Platz zu suchen, wo die beiden Baumleichen vorher standen. Er macht Eva darauf aufmerksam. Sie lächelt milde über seinen Eifer.

Doch als sie dann plötzlich am Rand einer breiten, mindestens fünf Meter tiefen Grube stehen, lächelt sie nicht mehr, sie staunt. Adam bemerkt ihr Staunen, bevor er das Loch selbst sieht. Eva kann ihn gerade noch am Arm zurückhalten. Sie zeigt mit dem anderen Arm nach vorn. Da steht etwas, ein graues Gebäude, das an einen griechischen Tempel erinnert. Fünf Säulen ragen etwa einen Meter weit aus dem Erdreich, darüber thront ein Dach mit dem Querschnitt eines flachen Dreiecks. Adam jubelt innerlich. Sie haben weitere Beweise gefunden, ganz allein, ohne Marchenko! Er will jetzt nach unten, das Ding aus der Nähe ansehen, doch Eva hält ihn fest. Er sieht sie mit böse funkelnden Augen an, doch sie lässt sich nicht beirren. Sie kennt ihn eben zu gut.

»Nein, du gehst da jetzt nicht hinunter«, sagt sie.

»Eva, ich muss, es geht gar nicht anders.«

»Nichts musst du. Wir gehen zurück, holen Marchenko und sehen uns das Gebäude gemeinsam an.«

»Marchenko wird uns nicht glauben.«

»Da kennst du ihn aber schlecht.«

Eva hat Recht. Das war ein dummes Argument. Aber wenn sie jetzt zurücklaufen, werden sie kaum vor dem morgigen Tag zurückkehren. Adam kann nicht so lange warten. Er steht so dicht davor und soll wieder abziehen, bevor er das Haus auch nur angefasst hat? Unmöglich.

Eva sieht ihn an, als sei der Fall eigentlich klar, aber als dürfe er noch ein paar letzte, sinnlose Argumente äußern. Er wird sie nicht überzeugen, das ist ihm völlig klar. Also macht er einfach einen, zwei, drei Schritte nach vorn. Da tritt er plötzlich ins Leere, wackelt noch kurz mit den Armen, dann verliert er das Gleichgewicht, kippt nach vorn und fällt mit dem Kopf voran in die Grube.

»Adam!« Evas Schrei erreicht ihn, als er gerade in den Sand stürzt. Jetzt ist er doch erschrocken, den Abgang hatte er sich anders vorgestellt, eleganter. Er setzt sich auf und reibt sich den Dreck aus den brennenden Augen.

»Ist dir etwas passiert, Adam?«

»Nein, alles gut, ich bin weich gefallen.«

»Keine Schmerzen?«

Adam tastet sich selbst ab, findet aber nichts, was ihn beunruhigen müsste. Langsam beruhigt sich sein Herz. Kein Grund zur Panik, er ist genau dort, wo er hinwollte, sein Plan hat funktioniert.

»Nein, nur jede Menge Sand zwischen den Zähnen und im Gesicht.«

»Das war sowas von dumm von dir!«, empört sich Eva. Vermutlich hat sie damit sogar Recht, aber jetzt will er erst einmal das tun, wozu er sich in die Grube gestürzt hat: das so lange vor dieser Welt versteckte Bauwerk berühren.

»Adam, nun sei vernünftig und komm zurück.« Er hört ihrer Stimme an, dass sie sich wirklich Sorgen um ihn macht. Das ist schön, aber er muss jetzt trotzdem erst einmal zu dem Haus. Es befindet sich ziemlich genau in der

Mitte der Grube. Der Baum müsste exakt über dem Gebäude gestanden haben. Mit zufälligem Graben hätten sie es nie gefunden.

Endlich erreicht er das Haus. Er streicht mit der Hand über ein Mauerstück, das ihn an den Balken erinnert. Dass er dabei ein leichtes Kribbeln spürt, ist sicher nur Einbildung. Er geht einmal um das Gebäude herum. Es ist etwa vier mal fünf Meter groß. Wie hoch es ist, werden sie erst erfahren, wenn sie es ausgegraben haben. Auf dem schrägen Dach befindet sich eine große Zahl an Zeichen. Haben sie nun genügend Text, um die Sprache entschlüsseln zu können? Zum Schluss betrachtet Adam noch die Säulen im Eingangsbereich. Sie sind offenbar nicht aus Stein. Ihre Oberfläche fühlt sich wie die der Baumstämme an.

»Gut, ich komme jetzt«, ruft er Eva zu, und sie scheint ein wenig erleichtert.

Kurz vor dem Abhang greift er in die Tasche, die immer noch über seiner Schulter hängt. »Ich werfe dir das Seil hoch.«

Beim dritten Versuch schafft es Eva, das Seilende zu fangen.

»Sehr gut«, lobt er sie. »Siehst du, ich habe alles bedacht.«

»Du bist verrückt«, antwortet Eva. Adam schüttelt den Kopf.

»Jetzt hältst du das Seil fest, und ich ziehe mich daran hoch.«

Adam nimmt den Strick in beide Hände. Das Material schneidet sich in seine Haut. Doch er merkt schnell, dass er nicht richtig nachgedacht hat. Er ist zwar stärker als Eva, aber das nutzt ihm nichts, denn er ist auch deutlich schwerer. Wenn sie beide am Seil ziehen, wird er nie und nimmer nach oben kommen – er wird Eva stattdessen nach unten zerren. Sie bräuchten einen Baum, um den sie das Seil schlingen können, aber es befindet sich keiner in Reichweite. Das Seil ist schlichtweg zu kurz. Adam probiert, den Abhang mit Anlauf hinaufzurennen, doch dafür geht es zu steil nach oben. Und zum Klettern ist das Material zu weich, er rutscht immer wieder ab.

»Scheiße!«, ruft er frustriert und setzt sich auf den trockenen Boden.

»Das haben wir nun davon«, sagt Eva. Sie scheint sich nicht allzu sehr aufzuregen. Warum bleibt sie ausgerechnet jetzt so ruhig? Er würde verstehen, wenn sie kräftig über ihn und seine Ideen schimpfen würde.

»Allein komme ich hier nicht mehr raus.« Adams Stimme klingt belegt.

»Ich beglückwünsche dich zu dieser objektiven Einschätzung.« Ja, Sarkasmus hat Eva auch drauf. Jetzt fehlt bloß noch, dass sie Marchenko zu Hilfe holt.

»Ich mache mich jetzt auf den Rückweg ins Lager. Wahrscheinlich wartet Marchenko schon auf uns. Er ist der einzige, der dich hier rausholen kann.«

Auf keinen Fall Marchenko, das wäre die größte anzunehmende Niederlage. Doch Adam äußert seine Gedanken nicht. Objektiv muss er zugeben, dass Marchenko jetzt seine einzige Chance ist. Wut zieht aus seinen Beinen nach oben, Wut auf sich selbst und die Welt.

»Bis nachher«, ruft Eva, »und mach keine Dummheiten, während ich weg bin.« Keine weiteren Dummheiten, so klingt der Satz in seinen Ohren. Adam winkt ihr zu, bringt aber kein Wort heraus. Eva verschwindet schnell aus seinem Blickfeld, für einen Moment hört er noch das Knirschen ihrer Schritte auf dem Waldboden, dann ist er ganz allein. Das Gebäude zu untersuchen, für das er sich in das Loch gestürzt hat, darauf hat er jetzt keine Lust mehr. Er wird einfach nur im Dreck sitzen, sich langweilen, mit dem Schicksal hadern und sich auf Marchenkos Predigt vorbereiten.

Er zuckt zusammen. War da etwas? Nein, sein Körper wollte zur Seite kippen. Er muss kurz eingeschlafen sein. Wie viel Zeit ist vergangen? Er hat den Kommunikator im Lager vergessen – seine einzige Möglichkeit, die Zeit abzulesen. Adam reibt sich die Augen und vergisst dabei, dass er noch Schmutz an den Fingern hat.

»Scheiße!«

Das Wort hallt in der Grube nach. Die Akustik klingt hier unten anders als in dem vom Blätterdach gebildeten Saal, wo der Schall zu weite Wege zurücklegen muss, um als Echo zurückzukommen. Er zeichnet mit dem Fuß Figuren in den Sand, versucht, sich an die Schriftzeichen vom Balken zu erinnern und sie nachzumalen. Vielleicht fallen ihm ja ähnliche Strukturen an dem seltsamen Tempel auf? Wenn die Menschheit die Botschaft korrekt interpretiert hat, müssen sich die Absender auf zwei Beinen bewegt und zwei Arme besessen haben. Ob sie hier Göttern huldigten? Oder war es vielleicht ein Einkaufszentrum? Adam versucht, sich das damalige Leben vorzustellen. Die Bäume kann es zu dieser Zeit hier noch nicht gegeben haben. Er betrachtet ihre Stämme. Sie wirken, als stünden sie schon ewig hier. Das Haus, das er entdeckt hat, muss seit Jahrtausenden verlassen sein.

Da schiebt sich plötzlich ein Bein zwischen den Säulen hindurch.

Adam hat die Bewegung sofort bemerkt. Er will aufspringen und wegrennen, doch gleichzeitig ist er so fasziniert, dass er den Blick nicht abwenden kann und starr sitzenbleibt. Das kann gar keiner der Außerirdischen sein, sie sind schon lange ausgestorben oder abgereist. Aber es ist unbestreitbar, dass sich da ein Bein aus der niedrigen Öffnung schiebt. Es bewegt sich sehr langsam, doch trotzdem wird schnell deutlich, dass es sehr lang sein muss. Ein halber Meter, ein ganzer, anderthalb, zwei Meter – wann kommt der Körper? Stattdessen folgt jetzt ein zweites Bein, das nicht kürzer ausfällt, dann noch eines, zwei, drei … acht dünne, lange Beine schieben sich in die Freiheit. An ihren Enden besitzen sie etwas, das Adam erst für Hufe hält. Doch die Sohle scheint beweglich zu sein. Es sind Saugnäpfe! Was immer sich da aus seiner Behausung schiebt, es dürfte in der Lage sein, an glatten Wänden hochzukriechen.

Adam geht im Kopf all die achtbeinigen Wesen durch, die er kennt. Insekten haben sechs Beine, Spinnen acht. Aber das sind Einordnungen von der Erde. Wer weiß denn, ob er hier nicht einen der aktuellen Herrscher dieses Planeten vor sich hat? Er sieht sich hektisch um, doch die Grube bietet nur einen einzigen Ort, sich zu verstecken, und den hat das Wesen vor ihm schon besetzt. Ob es allein ist? Adam hat nie eine echte Spinne gesehen, und doch lässt ihm die Vorstellung, gleich ein Riesenexemplar vor sich zu haben, kalte Schauer über den Rücken wandern.

Jetzt erscheint aber zunächst ein anderes Körperteil. Es sieht wie ein Rüssel aus. Die Spitze ist fast zehn Zentimeter dick. Wenn er Glück hat, saugt das Tier damit Wasser oder andere flüssige Nahrung, wie die männlichen Mücken auf der Erde. Aber vielleicht ist das Tier auch gerade auf eine Blutmahlzeit aus, so wie die Mückenweibchen, die Eisen und Eiweiß zur Entwicklung ihrer Eier benötigen? Adam schüttelt den Kopf. Menschen können eigentlich nicht auf dem Speiseplan eines Proxima-b-Bewohners stehen. Er wäre komplett unverdaulich, weil seine Körperchemie völlig anders ist. Aber ob die Spinne auch weiß, dass sie sich an ihm den Magen verderben wird?

Der Rüssel bewegt sich in alle Richtungen, als würde das Tier damit wittern. Er hängt offenbar an einem Rumpf, der sich nun, von den Beinen gezogen, aus der Unterkunft schält. Der Leib des Wesens ist erstaunlich klein, vielleicht halb so groß wie sein eigener. Komplett kann es ihn also schon mal nicht schlucken wie etwa manche Schlangen ihre Opfer. Und Zähne scheint das Tier auch nicht zu besitzen – Adam kann nicht einmal so etwas wie ein Maul erkennen. Dafür sieht er nun die Augen. Es müssen viele sein. Sie sitzen in einem Kranz oberhalb des Rüsselansatzes um den Körper des Wesens herum. Sie schauen in alle Richtungen, aber eines sieht ihm direkt ins Gesicht. Es ist etwa fünf Zentimeter groß. Auf einem weißen Hintergrund schwimmt ein dunkelgrüner Fleck, der sich zusammenzieht und wieder erweitert. Das wird wohl die Pupille sein. Adam schaudert, als sich eine Art Lid schnell von unten über das Auge schiebt, das anschließend feuchter wirkt als vorher, als würde das Wesen bald zu weinen beginnen.

Adam will noch immer weglaufen, doch er kann den Blick nicht abwenden. Seine eigenen Augen werden trocken, aber er kann nicht einmal zwinkern. Das fremdartige Auge hat ihn in seinen Bann gezogen. Er hat so ein Wesen noch nie gesehen, aber trotzdem kommt es ihm bekannt vor, vielleicht aus seinen Alpträumen, obwohl zumindest das Auge gar nicht bedrohlich wirkt. Ich will dir nichts Böses, scheint es zu sagen. Das kann natürlich auch eine Strategie sein, um das Opfer in Sicherheit zu wiegen.

Das Wesen erhebt sich. Es ist riesig, fast drei Meter groß, doch zugleich wirkt es durch die langen, dünnen Beine äußerst zerbrechlich. Mit dem Rüssel tastet es die Ruine ab. Ob es reagiert, wenn er jetzt ebenfalls aufsteht? Vielleicht sollte er doch besser sitzenbleiben. Manche Tiere reagieren nur auf Bewegung. Das Wesen scheint ihn zwar bemerkt zu haben, aber bisher stuft es ihn wohl weder als Bedrohung noch als Nahrungsquelle ein. Es sei denn, es ist klug genug zu bemerken, dass er gar keinen Ausweg hat.

Das Tier dreht sich um. Das Auge, das ihn bisher beobachtet hat, verschwindet auf der Rückseite, dafür nimmt ihn jetzt ein anderes Auge ins Visier. Adams Herzschlag beschleunigt sich immer mehr. Aber jetzt setzt sich das Wesen in Bewegung und stiefelt mit riesigen Schritten davon. Zu hören ist nichts, das Gewicht verteilt sich auf acht Beine, sodass eine fast lautlose Bewegung möglich wird. Was immer es als Opfer auserwählt hat, es wird sein Nahen nicht hören. Mühelos überwindet es auch den Steilhang, der ihn von der Freiheit trennt. Es setzt einen Fuß nach oben, dann den zweiten, schließlich gibt es sich mit den anderen Beinen Schwung und landet oben. Kurz bleibt die Spinne stehen und macht sich so groß wie möglich. Ihr Rüssel fährt über den Stamm des nächststehenden Baumes, als sei er auf der Suche nach irgendetwas. Ist das Tier vielleicht hungrig? Es stellt zwei Beine an den Stamm. Ein schmatzendes Geräusch ist zu hören, die Füße haben sich wohl gerade an die Rinde gesaugt. Jetzt sind die nächsten zwei Beine an der Reihe. Diese setzt es weiter oben an. Das Tier kann wunderbar auch auf vier Beinen stehen, aber als es das nächste Beinpaar vom Boden hebt und an den Baum kleben will, gerät es ins Schwanken. Nach ein paar Sekunden hat sich das Tier stabilisiert. Nun sind die letzten beiden Beine dran. Wie flexibel diese langen Stöcke sind! Es muss mindestens sechs Gelenke geben, schätzt Adam.

Doch für den Aufstieg auf den Baum genügt das nicht. Der Körper scheint zu schwer zu sein. Er rutscht nach unten und schlägt an den Stamm. Das Tier gibt ein hohes, durchdringendes Geräusch von sich, aus dem Adam Schmerz und Frust zu hören glaubt. Wie kommt es überhaupt auf den Boden, wenn es doch wohl nicht hierher gehört? Das Wesen steht wieder. Sein Rüssel pendelt über ein paar Pilzen. Er tastet kurz die Oberfläche ab, zuckt dann aber wieder zurück. Die Riesenspinne geht in die Knie. Sie wirkt, als sei sie kurz davor aufzugeben. Er hat das Gefühl, die Empfindungen dieses außerirdischen Wesens erspüren zu können, obwohl sich wohl keine zwei Kreaturen im Universum so fremd sein könnten. Adam merkt, dass ihm gerade etwas ganz Besonderes passiert, und er ist dankbar dafür.

»Psssst.« Das Geräusch kommt von hinten. Langsam dreht er sich um, um das Wesen nicht zu erschrecken. Am Rand der Grube steht Marchenko in seinem Roboterkörper.

»Keine Angst, ich glaube, es ist harmlos«, sagt Adam leise zu ihm.

»Ja, es lebt eigentlich auf dem Blätterdach. Ich habe so ein Tier ganz oben beobachtet.«

Dann ist alles klar. Das Tier muss abgestürzt sein, als sich die Bäume in Bewegung gesetzt haben. Danach hat es sich wohl in der Ruine versteckt.

»Es hat keine Chance, oder?« Adam hofft, dass ihm Marchenko widerspricht, doch der schüttelt seinen Roboterkopf.

»Ich glaube nicht, dass es hier unten die richtige Nahrung

findet. Sonst hätten wir längst weitere Exemplare auf dem Waldboden entdeckt.«

»Wir könnten es füttern.« Eva tritt aus Marchenkos Schatten. »Wir haben die Blätter des Baumes, den wir gefällt haben, und die zwei Baumleichen draußen auf dem Feld.«

»Das wird nicht reichen«, sagt Marchenko. »Die Tiere sind selten, im weiten Umkreis habe ich nur ein einziges entdeckt. Ich denke, dass sie ein größeres Territorium abgrasen. Sie fressen auch nicht die Blätter, sondern nur die oberste, verbrauchte Schicht. Und wir sind ja nur noch ein paar Tage da.«

»Dann müssen wir es nach oben bringen.«

Marchenko reagiert erst nach einer Minute. »Ich fürchte, das funktioniert nicht, Adam. Wir müssten es einfangen, irgendwie verschnüren, und dann könnte ich es vielleicht nach oben schleppen, aber meinst du, das Tier lässt das mit sich geschehen? Es ist kein Haustier, und es kann uns nicht verstehen.«

Adam nickt. Wahrscheinlich muss er das akzeptieren. Sie können dem fremden Wesen nicht helfen.

»Fang! Ich werfe dir jetzt erst einmal das Seil nach unten«, versucht ihn Marchenko abzulenken. Adam dreht sich noch einmal zu der riesigen Spinne um. So unwahrscheinlich es ist, vielleicht versteht sie ja seine Gedanken, kann sie irgendwie aus seinem Gesicht ablesen. Das Tier tut ihm leid, er hätte gern geholfen, doch es gibt keine Chance. Er dreht sich zu Marchenko. Aus dem Augenwinkel sieht er, wie die Spinne ihm mit einem Bein zuwinkt. Aber das war vielleicht auch Einbildung. Er lässt sich von Marchenko nach oben ziehen und bereitet sich schon auf die Standpauke vor. Als sie zurück zum Lager starten, hat sich das seltsame Wesen wieder in die Ruine zurückgezogen.

Da fällt ihm siedendheiß ein, dass er aus einem bestimmten Grund in die Grube wollte. Die Inschriften! Sie müssen sie untersuchen!

»Marchenko«, sagt er, »da waren Zeichen auf dem Dach,

vielleicht können wir damit die Schrift der Außerirdischen entschlüsseln.«

»Ja, keine Sorge, Adam, ich habe alles aufgenommen und registriert und sogar schon mit der Analyse begonnen. Vielleicht haben wir in zwei, drei Tagen eine Grobübersetzung.«

17. Januar 19

Eigentlich habe ich gehofft, den Schreck von vorgestern irgendwann vergessen zu können. Bis heute zum Beispiel. Sollten zwei Tage nicht genügen, so ein Trauma aus dem Kopf eines erwachsenen Menschen zu bekommen? Vor allem, da doch am Ende alles gut ausgegangen ist?

Was habe ich mir für Vorwürfe gemacht! Bis ich endlich wieder auf zwei Beinen gehen konnte, habe ich gegrübelt, was Adam und Eva geschehen sein könnte. Natürlich stand am Ende aller Szenarien der Tod der beiden – ich habe nicht gewusst, dass meine Phantasie so grausam sein kann. Denn wenn ich selbst in Gefahr bin, das weiß ich zur Genüge, bin ich eher Optimist. Die Ereignisse auf Enceladus hätte ich anders wohl gar nicht überstanden. Aber dass Adam und Eva verschwunden waren, hat offenbar irgendwelche Kontrollmechanismen ausgeschaltet.

Trotzdem hatten meine Denkprozesse noch funktioniert. Das Inventarmodul zeigte mir, dass eine Taschenlampe, ein Seil, etwas Nahrung und ein Rucksack fehlten. Nichts davon wird üblicherweise von Raubtieren verschleppt. Adam und Eva mussten sich also auf eine Wanderung begeben haben. Das Ziel konnte eigentlich nur mit dem Kampf der Bäume zu tun haben, also marschierte ich zunächst zum Waldrand. Norden oder Süden? Die Spuren, die ich entdeckte, liefen in beide Richtungen. Ich wäre wahrscheinlich in Richtung Norden gegangen, hätte ich nicht Evas Stimme aus dem Süden gehört.

Danach war alles sehr schnell gegangen. Ich war unendlich erleichtert, als ich Adam aus der Grube gezogen hatte, und deswegen nicht in der Lage, ihm die verdiente Standpauke zu geben, also verschob ich das auf den folgenden Tag. Aber dann wurde es auch irgendwie unwichtig. Vor allem, weil ich Adam und Eva ja noch von dem Signal berichten wollte. Das habe ich mir für heute aufgehoben.

»Wir sind ja in all der Hektik noch gar nicht dazu gekommen, die Ergebnisse meines Ausflugs zu besprechen.«

Eva sieht mich schuldbewusst an. Ich bin absolut sicher, dass zumindest die Idee nicht von ihr kam.

»Ja«, sagt Adam pflichtschuldig und ohne große Begeisterung, »dann erzähl doch mal.«

»Das Risiko, dass wir in der kommenden Woche von kämpfenden oder laufenden Bäumen erschlagen werden, ist ziemlich gering, unter 2 Prozent, um genau zu sein.«

»Gut, hab mir schon sowas gedacht«, sagt Adam. »Andernfalls hättest du uns ja schon weitergescheucht.«

Ich nicke. Ich bemühe mich, das entscheidende Detail möglichst beiläufig einzustreuen.

»Ach ja, und oben auf dem Blätterdach habe ich es übrigens wieder aufgefangen, das Signal, das uns hierher geführt hat.«

Niemand sagt etwas. Anscheinend brauchen sie Zeit, die Information aufzunehmen und den Inhalt zu begreifen.

Eva springt zuerst auf. »Wir müssen unbedingt sofort nachsehen«, sagt sie, »wer weiß, wie lange es zu empfangen sein wird.«

Adam nickt heftig.

»Ich habe die Herkunft des Signals trianguliert«, antworte ich. »Die Quelle befindet sich weit im Osten. Das schaffen wir auf keinen Fall binnen neun Tagen.«

»Es ist doch egal, wie lange wir brauchen«, sagt Adam.

»Nein, ist es nicht«, antwortet Eva an meiner Stelle. »In neun Tagen kommt der nächste Flare.«

»Wir könnten zumindest ein paar Tagesmärsche näher ans Ziel ziehen und dort einen neuen Bunker errichten.«

»Das ist zu riskant«, sage ich. »Wir sind hier immer noch nicht richtig fertig. Und auf fremdem Terrain wissen wir nicht, wie der Boden beschaffen ist. Wenn er zum Beispiel aus festem Gestein besteht, brauchen wir mit unserer Ausrüstung viel zu lange.«

»Aber Eva hat Recht«, sagt Adam, »das Signal erlischt bestimmt bald wieder. Vielleicht ist es jetzt schon wieder weg. Warum hast du uns nicht eher informiert?«

Weil ich so etwas geahnt habe, denke ich, weil ich wusste, dass du sofort losziehen willst. »Wir hätten es so oder so nicht geschafft«, sage ich ausweichend.

»Du sagst es uns jetzt erst, damit wir den Flare hier abwarten müssen«, sagt Adam vorwurfsvoll.

»Wenn du weiter so frech bist, lasse ich dich nächstes Mal in der Grube hocken, zusammen mit deinem Spinnenfreund«, drohe ich scherzhaft.

»Das wäre besser gewesen. Der hat mich wenigstens nicht angeschwindelt.«

»Ich habe noch eine zweite interessante Neuigkeit«, sage ich.

»Ach ja?« Adam sieht mich skeptisch an.

»Die Schriftzeichen. Dank des Textes auf dem Dach des von dir entdeckten Gebäudes wissen wir nun mehr darüber.«

»Das klingt nicht so, als hättest du sie entziffert.«

»Das wäre zu viel gesagt. Ich kenne ihre Struktur nun besser. Die Zeichen auf dem Balken weisen zum Beispiel den Weg zu einem bestimmten Ziel. Nur was und wo das Ziel ist, das werden wir nie erfahren. Dazu bräuchten wir Kontext – zumindest den Ort, an dem der Balken ursprünglich eingebaut war.«

»Und der Text auf dem Dach?«

»Er beschreibt die Funktion des Gebäudes. Dort ging es um Entscheidungen, also war es vielleicht so eine Art Rathaus. Der Text lädt ein, dort mit Fragen und Problemen zu erscheinen.«

»Das verrät nichts über die Bewohner des Planeten.«

»Leider, Adam. Sie müssen gemeinschaftliche Strukturen besessen haben, aber ohne die gäbe es vermutlich keine Zivilisation. Sie besaßen eine Schrift, und technisch waren sie weiter als die Menschheit, jedenfalls vor ein paar tausend Jahren, als diese Strukturen entstanden.«

»Umso wichtiger wäre es, das Signal zu finden«, sagt Adam.

»Wenn wir den Flare überstanden haben, bleiben uns 40 weitere Tage. In dieser Zeit werden wir die Signalquelle finden, versprochen.«

26. Januar 19

Der Bunker ist seit vorgestern komplett fertiggestellt. Eigentlich ist es schade, ihn morgen wieder zu verlassen. Aber vielleicht kommen wir irgendwann zurück. Ich werde das Gefühl nicht los, dass uns an der Quelle des Signals eine Enttäuschung erwartet. Adam und Eva berichte ich nichts von diesen Sorgen. Sie leben im wörtlichen Sinn für diesen Tag, für die Botschaft. Welchen Zweck hat ihr Leben noch, wenn sich herausstellt, dass wir viel zu spät gekommen sind?

Gestern haben wir die freie Zeit genutzt, noch einmal nach der Grube zu sehen. Dort erwartete uns eine traurige Überraschung: Das Spinnenwesen hatte sich in das Dunkel der Ruine zurückgezogen und ist dort gestorben. Ich habe es noch einmal gründlich untersucht. Seine Beine waren hohl, deshalb war es so leicht. Die je sechs Gelenke waren tatsächlich in jede Richtung drehbar, eine beeindruckende Konstruktion. Ich habe nicht herausfinden können, ob es ein Geschlecht besaß oder wie es sich fortpflanzte. In seinem Körper gab es jedenfalls nichts, das an Eier oder Spermien erinnerte. Vielleicht konnte es sich durch Teilung vermehren wie viele Pflanzen. Dafür würde sprechen, dass es anscheinend so wenige Exemplare gibt. Wenn die sich geschlechtlich fortpflanzen müssten, wären für diesen Akt weite Wege zurückzulegen.

Am spannendsten fand ich das Nervensystem. Die Nervenbahnen bestanden aus Siliziumfasern, die durch den kompletten Körper liefen. Zunächst habe ich die Tiere deshalb für eine Art Cyborgs gehalten, manipulierte, um maschinelle Technik erweiterte Wesen. Doch dann fand ich Zellen in ihren Körpern, die in der Lage gewesen sein müssen, diese anorganischen Fasern zu weben, so wie Spinnen ihr Netz aus Spinnenseide fertigen, und diese dann im biologischen Material unterzubringen. Vielleicht haben die Bewohner des Planeten deshalb frühzeitig angefangen, Halbleiterstrecken in ihren Gebäuden zu nutzen. Sie wurden von der Natur jedenfalls direkt darauf gestoßen.

Ein Gehirn, wie es für Organismen auf der Erde üblich ist, scheinen die Spinnentiere nicht zu besitzen. In ihrem Leib, besonders in einer etwa vier Zentimeter dicken Schicht an der Außenseite, verlaufen die Siliziumfasern aber so dicht beieinander, dass ihre Kapazität kognitive Leistungen ermöglichen müsste. Ich habe überschlagen, dass die Spinnenwesen etwa die Denkleistung von Säugetieren gehabt haben müssen. Vielleicht waren – oder sind – sie sogar mit den intelligenzbegabten Bewohnern von Proxima b verwandt, die uns die Botschaft geschickt haben.

Gemeinsam haben wir beschlossen, das Tier an seinem Zufluchtsort zu belassen, aber die Eingänge zu verschließen. So wird seine Ruhe garantiert nicht gestört werden. Danach haben wir den hinteren Bereich der Grube untersucht und dort noch eine kleinere Struktur der Außerirdischen gefunden, die an ein Wachhäuschen erinnerte. Ein großer Mensch hätte darin bequem stehen können, Platz zum Sitzen hätte er jedoch nicht gehabt.

Inzwischen warten wir auf den Sonnenausbruch. Der Eingang des Bunkers ist verschlossen. Zuvor habe ich Kameras und Sensoren verteilt, deren Aufnahmen in mein Gedächtnis einlaufen. Ich habe noch überlegt, ob ich für Adam und Eva eine Art Bildschirm erzeugen soll, aber vermutlich ist sowieso nichts zu sehen. Weder die harte Röntgen- und UV-Strahlung noch die Teilchen, die das Magnetfeld des Planeten nicht abzuschirmen vermag, sind für das menschliche Auge sichtbar. Wüssten wir nicht, was bald passiert, würden wir den Tag ahnungslos im Freien verbringen. Adam und Eva würden sich bloß nach ein paar Stunden wundern, woher der kräftige Sonnenbrand auf ihrer Haut kommt, und wenige Tage später würden sie an der Strahlenkrankheit sterben. Meine nicht gegen Strahlung gehärteten Schaltkreise würden ebenfalls zerstört werden, der Speicher, der mein Bewusstsein enthält, ist jedoch ausreichend geschützt.

Eine genaue Uhrzeit, wann Proxima Centauri ausbricht,

kennen wir nicht. Nur der 40-Tage-Rhythmus ist bestätigt. Also müssen wir abwarten. Adam und Eva sitzen auf dem Fußboden in der Ecke und spielen etwas, das sie sich selbst ausgedacht haben müssen. Dazu dürfen sie nur die Hände benutzen. Möbel haben wir nicht extra angefertigt, es geht ja nur um ein paar Stunden, und mitschleppen könnten wir sie danach sowieso nicht.

Der Röntgendetektor spricht an.

»Es geht los«, sage ich laut. Adam und Eva schauen mich an. Es ist ein seltsames Gefühl, weil so gar nichts zu spüren ist. Funktioniert unsere Abschirmung? Wir werden es sehen. Momentan ist die Dosisleistung minimal, uns erreicht mehr Strahlung aus dem Inneren des Planeten als aus dem All. Doch draußen geht die Strahlungsintensität langsam nach oben. Proxima Centauri muss vor kurzem ausgebrochen sein. Die Strahlung erreicht uns mit Lichtgeschwindigkeit, die Teilchen hingegen brauchen deutlich länger.

Und jetzt passiert doch etwas Unerwartetes. Es wird hell draußen! Was ist passiert? Ich schwenke die Kamera nach oben zum Blätterdach. Der Himmel ist zu sehen. Ein paar Wolken jagen darüber. Ich zoome dicht an die Blätter heran. Sie haben sich zusammengefaltet, sodass sie der Strahlung nur einen geringen Querschnitt zeigen. Die Natur hat sich offenbar an das sich seit Jahrmillionen alle 40 Tage wiederholende Ereignis angepasst wie die Pflanzen auf der Erde an die Jahreszeiten. Mir war bei meinen Untersuchungen nicht aufgefallen, dass die Blätter in der Mitte ein Gelenk besitzen. Aber richtig, vom Ansatz am Stamm aus führt eine Linie bis ganz zur Spitze, ich erinnere mich. Ich schwenke die Kamera ein wenig herum. Im Hellen sieht der Wald viel freundlicher aus als in der ständigen Dämmerung.

»Draußen ist es ganz hell«, erkläre ich Adam und Eva. »Die Bäume haben ihre Blätter gefaltet.«

»Wow«, sagt Eva. »Das würde ich gern mit eigenen Augen sehen.«

»Untersteht euch«, warne ich, aber ich weiß, dass sie es nicht ernst meint.

»Aber nimmt uns das nicht ein bisschen von unserem Strahlenschutz?«

Das ist wahr. Ich habe das Blätterdach mit in die Berechnungen einbezogen.

»Ich habe einen ordentlichen Puffer vorgesehen, keine Angst«, sage ich, doch ich mache mir Sorgen. Ein Überschlag ergibt nämlich, dass dieser Puffer nun dahin ist. Der Flare darf nicht viel stärker als der vorige ausfallen. Es gibt ja eigentlich auch keinen Grund dafür, aber trotzdem fühle ich mich jetzt unwohl. Ich lasse die Messgeräte in den folgenden Stunden nicht aus den Augen. Die Dosisleistung steigt ständig an, doch bei uns im Bunker bleibt sie im erlaubten Bereich. Ich überlege, ob es im Notfall irgendeine Sofortmaßnahme gäbe. Ich könnte versuchen, Adam und Eva mit meinem Körper abzuschirmen. Aber hier unten spielt die Direktstrahlung sowieso nicht so eine große Rolle. Ich müsste mich quasi um sie herumwickeln.

Drei Stunden später rollt die Elektronenlawine auf Proxima b zu. Ich richte die Kamera wieder auf den Himmel, denn ich erwarte ein Spektakel. Die Atmosphäre enttäuscht mich nicht. Schade nur, dass es hier nicht dunkel wird. Die Polarlichter, die über den Himmel flackern, wirken bei normaler Helligkeit bei weitem nicht so beeindruckend.

Ansonsten macht das Magnetfeld einen sehr guten Job. Es leitet die geladenen Teilchen um den Planeten herum. Dabei entsteht zwar ein bisschen Bremsstrahlung, doch die ist für unsere Abschirmung kein Problem.

Dass der Ausbruch vorbei ist, verrät uns der Wald. Viereinhalb Stunden nach Beginn falten sich seine Blätter wieder auseinander. Die ewige Dämmerung tritt aus den Schatten heraus und übernimmt erneut die Herrschaft.

»Es ist vorüber«, sage ich. »Kleiner Spaziergang?« Adam und Eva stehen bereitwillig auf. Ich räume die Hindernisse vor dem Ausgang weg und lasse Adam den Vortritt.

»Wahnsinn«, höre ich ihn begeistert rufen. Ich kann mir vorstellen, warum.

»Marchenko, komm«, fordert mich Eva auf, »das musst du sehen!«

Ich lächele in mich hinein. Langsam gehe ich die Treppe nach oben und drehe mich. In allen Richtungen schimmert es. Die Farbvielfalt ist überwältigend. Es hat sich gelohnt, eine große Kolonie von Pilzen auf unseren Bunker zu pflanzen. Sie geben die überschüssige Energie des Flares nun in allen Farben des Spektrums wieder ab. Es ist einzigartig, wie ein Korallenriff auf der Erde, nur ohne Fische. Ich hoffe, dass sich dieses Bild im Gedächtnis von Adam und Eva tief einbrennt. Die beiden stehen mit offenen Mündern da, atmen die würzige, nach Ozon riechende Luft ein und bestaunen die Geheimnisse eines exotischen Planeten, der ihnen irgendwann einmal Heimat werden soll.

27. Januar 19

Wir machen uns am frühen Morgen auf den Weg, Erdzeit. Bis zur Küste haben wir knapp 200 Kilometer vor uns. Ich rechne nicht mit Problemen. Mein Blick von oben hat mir gezeigt, dass sich der Wald nicht wesentlich verändert. Das wird sicher auch für seinen Boden gelten. Für alle Fälle habe ich trotzdem meine Gehwerkzeuge umgestaltet. Ich besitze nun vier Beine, die ich unabhängig voneinander bewegen kann. So werde ich mich auch bei schwierigem Untergrund sicher fortbewegen können. Mein Körper sitzt dabei zur Wahrung des Gleichgewichts in der Mitte, die Arme habe ich um ein Glied verlängert.

»Wie nennt man eigentlich das Ding zwischen Unter- und Oberarm?«

»Mittelarm!« Ich weiß, dass Eva mich aufziehen will, antworte aber ganz selbstverständlich.

»Du siehst aus wie eine fette Spinne, der jemand ein paar Beine herausgerissen hat«, sagt Adam. Aus seinem Mund klingt das fast wie ein Kompliment. Er macht einen sehr aufgeräumten Eindruck, genau wie Eva. Es ist gut, dass wir wieder vorankommen. Wenn ich kein Signal aufgefangen hätte, hätte ich wohl eines erfinden müssen.

Etwa eine Stunde nach unserer ersten Rast höre ich ein Rauschen. Kurze Zeit später vernehmen Adam und Eva es ebenfalls.

»Das wird einer der Flüsse sein, die wir aus dem All gesehen haben«, sage ich.

Die beiden beeilen sich jetzt besonders. Eine Abwechslung schon am ersten Tag. Wir haben wirklich Glück. Nach zwanzig Minuten stoßen wir seitlich auf den Wasserlauf. Er kommt aus Westsüdwest und verläuft nach Ostnordost. Unser Plan sieht eigentlich vor, gerade nach Osten zu laufen.

»Sollen wir dem Fluss folgen? Dann sind wir etwa zwei Tage später an der Küste.«

»Auf keinen Fall, Marchenko«, sagt Adam. Ich ahne, dass es ihm weniger um die verlorene Zeit geht als um das Abenteuer, den Strom zu überqueren.

»Ein bisschen schwimmen, das schadet uns ganz bestimmt nicht«, sagt Eva.

»Wenn ihr meint. Ich will aber kein Geschrei hören, dass das Wasser zu kalt ist. Ich werde nur euer Gepäck tragen, aber euch nicht.«

Der Wald lichtet sich etwa hundert Meter vor dem Ufer. Die freie Fläche ist von Pilzen bewachsen. Es gibt keinen Strand, direkt hinter den Pilzen muss es ins Wasser gehen, vielleicht stehen die letzten auch schon im Wasser.

»Ich gehe voraus«, sage ich, »nur um zu sehen, ob es sicher ist und wie tief.«

Gut, dass ich auf vier Beine setzen kann. So kann ich absolut sicher stehen und trotzdem mit einem freien Bein das Gelände unter Wasser prüfen. Der Boden ist von Sand und Kieseln bedeckt. Wasserpflanzen finde ich nicht. Das Wasser ist etwa vierzehn Grad kalt. Adam und Eva werden jammern, aber das haben sie nun davon. Ich führe noch eine chemische und mikrobiologische Analyse durch, entdecke aber nichts, was einem Menschen schaden würde. Das Wasser ist sogar trinkbar, auch wenn es leicht salzig schmecken dürfte.

»Könnt kommen«, rufe ich. Adam und Eva schlagen sich zu mir durch. Der reiche Pilzbewuchs macht es ihnen nicht leicht. Ich nehme ihnen die Rucksäcke ab. Adam zieht sich bis auf die Unterhose aus. Eva wird ein bisschen rot und legt dann ebenfalls ihre Sachen ab, lässt jedoch ihr T-Shirt an. Adam wartet nicht lange und geht voran, bis er zum ersten Mal Wasser an den Füßen spürt.

»Oh, sportlich«, sagt er dann und schüttelt sich.

»Soll ich euch doch hinübertragen?« Es sind etwa 80 Meter bis zum anderen Ufer. Der Fluss scheint flach zu sein, höchstens anderthalb Meter an der tiefsten Stelle, und er fließt träge dahin.

»Auf keinen Fall«. Er quiekt, als Eva ihn von hinten bespritzt. Die beiden sprinten los, lassen die Pilze hinter sich und gleiten laut schreiend ins flache Wasser. Ich bin gespannt, ob die Schwimmübungen etwas gebracht haben. Verlernt man so etwas? Sicherheitshalber gehe ich mit wenigen Metern Sicherheitsabstand hinterher. Die beiden paddeln wie junge Hunde. Für einen ausgereifteren Schwimmstil war in der Messenger weder Zeit noch Platz gewesen. Doch es funktioniert. Sie müssen sich so anstrengen, dass ihnen zum Frieren gar keine Gelegenheit bleibt.

Adam schwimmt voraus, Eva vielleicht anderthalb Meter seitlich versetzt hinterher. Sie beobachten sich dabei gegenseitig und rufen sich irgendetwas zu, dessen Sinn sie nur selbst verstehen.

Dann überstürzen sich die Ereignisse.

Adam steht plötzlich im Wasser, das ihm bis zum Bauchnabel geht. Er versucht, etwas zu rufen, doch es gelingt ihm nicht. Er zeigt auf die Stelle, an der Eva geschwommen ist. Jetzt verstehe ich, was er meint. Eva ist weg. Ich stampfe auf vier Beinen die wenigen Meter und kann gerade noch bremsen. Unter mir ist ein rechteckiges, schwarzes Loch. Es sieht aus, als hätte hier etwas eine Öffnung in den Boden des Flusses gestanzt. Eine starke Strömung zieht das Flusswasser an einem Ende hinein und spuckt es am anderen wieder aus. Die Zeit drängt. Nur drei Minuten überlebt das menschliche Gehirn ohne Sauerstoff. Der Timer in meinem Kopf zählt schon nach unten. Ich lasse mich mit meinem ganzen Körper in das Loch fallen. Beim Abstieg messe ich die Tiefe, es müssen etwa acht Meter sein. Wo ist Eva? Ich aktiviere den Scheinwerfer und meine Ultraschall-Sensoren. Die Wände der Kammer sind unregelmäßig. Da, in der linken Ecke, kann das ihr Körper sein? Noch 65 Sekunden. Die Strömung ist stark, meine vier Beine sind hier unten unpraktisch, mein Körper ist zu schwer und meine Hände könnten gern dreimal so groß sein, um mich schwimmend schneller voranzubringen. Ist sie das? Ich greife nach dem Schatten, doch er löst sich in meinen Fingern auf. Weiter. Sie muss hier sein. Dreh dich um, Marchenko, sie klemmt vielleicht an der Wand. Infrarot, such nach ihrer Körperwärme! Da ist sie. Der Timer ist bei 0. Bei minus 20 bin ich bei ihr. Ich ergreife ihren Körper. Schnell nach oben, minus 40, doch ich bin ein Eisenklotz fast ohne Auftrieb. Meine vier Beine strampeln, so gut es geht. Minus 60, gleich muss ich oben sein, das ist Licht, da ist Luft, und da ist der Timer, der minus 90 zeigt.

Eva war mindestens viereinhalb Minuten ohne Sauerstoff. Das kann sie nicht überlebt haben. Ich falte zwei meiner Beine, sodass sie eine Art Tisch ergeben, und lege Eva darauf. Ich fühle ihren Puls. Das Herz schlägt, doch sie atmet nicht. Dreht mein Bewusstsein jetzt völlig durch? Das kann nicht sein, doch es ist so. Ihr Puls ist etwas erhöht, bei 92, aber ihre Brust hebt und senkt sich nicht. Dann spuckt sie plötzlich Wasser und atmet tief durch, wie ein Baby, das den ersten Atemzug erlebt.

Großartig, sie lebt! Aber wie kann das sein? Ich unterziehe ihren Körper einem Röntgenscan, und da sehe ich es: im Bereich unter ihren Rippen haben sich links und rechts zwei Hautfalten geöffnet. Ich ziehe ihr T-Shirt ein Stück nach oben und untersuche die Falten. An der Innenseite befinden sich Kiemen. Weil sie keine Luft mehr bekommen hat, haben sie sich aktiviert. Das muss eine der Genveränderungen sein, von denen nicht einmal ich etwas wusste. Aber warum habe ich es nicht früher bemerkt? Ich kenne Adam und Eva schon als Babys. Die Hautfalten hätten mir auffallen müssen, selbst wenn sie stets fest geschlossen waren. Es gibt nur eine mögliche Antwort: in meinem Bewusstsein muss ein Filter eingebaut sein, der mich all das nicht sehen lässt, was ich nicht sehen soll. Ich bin schockiert, aber ich habe keine Zeit dafür, denn auch Adam sieht mit großen Augen auf Evas Bauch.

»Was hat sie da?« Seine Stimme schnappt beinahe über. Er ist kurz davor, hysterisch zu werden. »Habe ich das auch?«

Eva öffnet die Augen und sieht erst mich, dann Adam an. Er beißt sich auf die Lippen und schafft es, sich wieder einigermaßen zu beruhigen.

»Was mache ich denn hier?«, fragt Eva.

»Kannst du dich an nichts mehr erinnern?«

»Etwas hat mich nach unten gezogen, es ging so schnell, alles wurde schwarz. Und dann bin ich hier aufgewacht.« Sie macht Anstalten, sich hinzusetzen.

»Warte noch«, sage ich. »Da ist wohl etwas, das ihr wissen müsst. Ich habe euch ja schon auf der Messenger erklärt, dass ihr gentechnisch verändert seid. Offenbar habe ich da aber selbst nicht alles gewusst. Ihr besitzt Kiemen. Hier, am Bauch, sie haben dir das Leben gerettet.«

Ich kann Eva nicht mehr halten, sie setzt sich auf mein Unterteil, um ihren Bauch zu betrachten. Die Hautfalten trocknen schon wieder; je trockener sie werden, desto mehr verschmelzen sie mit der Haut.

»Heute Abend ist davon vermutlich nichts mehr zu sehen«, sage ich.

»Habe ich das auch?« Adam versucht, die Falten an seinem Bauch zu finden, hat aber keinen Erfolg.

»Ich kann mit Röntgen danach suchen, wenn du willst.«

»Bitte«, sagt er, »das muss ich doch wissen!«

Tatsächlich erkenne ich die Kiemen bei ihm nun auch. Normalerweise lagern sie wohl in der Unterhaut, die dort eine kompliziertere Struktur hat.

»Und du wusstest wirklich nichts davon?« Adam sieht mich skeptisch an.

»Wäre ich Eva dann so hektisch hinterhergetaucht? Ich hätte ja nur zu warten brauchen, bis sie von selbst geschwommen kommt.«

Adam schüttelt den Kopf, dann entscheidet er sich, mir zu glauben. »Ja, klingt logisch«, sagt er. »Aber wieso kannst du die Kiemen jetzt bei uns sehen?«

»Ich schätze, da war irgendeine Sperre aktiv, die jetzt gefallen ist.«

»Weil es ja nun eh bekannt ist«, ergänzt Eva.

»Könnte es sein, dass wir noch andere Fähigkeiten haben, von denen wir nichts wissen?«

»Möglich, Adam, aber wir werden das erst erfahren, wenn es nicht mehr anders geht, fürchte ich.«

»Marchenko, du tust mir leid«, sagt Eva, »bei uns haben sie zwar an den Körpern herumgespielt, aber bei dir haben sie das Bewusstsein manipuliert. Das Gefühl muss ja schrecklich sein.«

Eva hat Recht, aber ich habe keine Zeit, mich damit zu beschäftigen. Das rede ich mir erneut erfolgreich ein.

»Wir müssen jetzt erst einmal über diesen Fluss«, sage ich. »Angesichts der Umstände habt ihr wohl nichts dagegen, auf mir aufzusitzen?«

Adam und Eva nicken. Vom Schwimmen haben sie anscheinend erst einmal genug.

5. Februar 19

Die Tage schleppen sich träge dahin. Nach dem Unfall im Fluss sprechen wir noch lange miteinander, doch schon am folgenden Tag versiegt die Unterhaltung. Der Wald bietet keinerlei Abwechslung. Immer dieselben Stämme, die Pilze sind mal größer, mal kleiner. Einmal bemerkt Eva einen Schatten, der sich bewegt, und tatsächlich finde ich Spuren eines achtbeinigen, etwa hundegroßen Wesens, doch zu sehen bekommen wir es nie. Die konstante Dämmerung macht uns alle, mich eingeschlossen, schon am Morgen müde, sodass wir kaum mehr als zwanzig Kilometer pro Tag schaffen. Unmerklich wird es dunkler und kälter. Wir sehen sie zwar nicht, aber die Sonne muss jetzt schon deutlich tiefer am Himmel hängen. Dass wir uns dem Meer nähern, zeigen uns zuerst die Bäume, die allmählich schrumpfen. Statt der 200 Meter vom Start sind es jetzt vielleicht noch 150, was vermutlich an der geringeren Energieeinstrahlung liegt. Auch der Abstand zwischen ihnen nimmt zu. Dadurch fällt ab und an ein Fleck Sonnenlicht auf den Boden, oder Regen, denn hier werden auch die Niederschläge häufiger.

Seit gestern ist das Wetter richtig unangenehm nasskalt. Die Vorfreude auf das Meer hat bei Adam und Eva deshalb auch deutlich abgenommen. Ich habe ihnen zwar nie einen tropischen Strand versprochen, aber natürlich erinnern sie sich noch an die Fotos aus der Karibik, die ich ihnen auf der Messenger gezeigt habe. Dann kommt auch noch der Wind. Durch die weiter auseinander stehenden Stämme fährt er mühelos hindurch und bläst uns die Nässe ins Gesicht. Das Meer liegt nahe der Austauschzone zwischen dunkler und heller Seite, Stürme und Gewitter dürften dort normal sein, darauf bereitet uns der Wind schon vor. Sein heulendes Geräusch hat Adam und Eva in der vergangenen Nacht kaum schlafen lassen. Es überdeckt auch das Meeresrauschen, das ich eigentlich als Begrüßung durch den Ozean erwartet hatte.

Unsere Ankunft ist denn auch völlig unspektakulär. Wir erreichen die letzte Baumreihe, dahinter liegt ein schmaler, von Pilzen bewachsener Uferstreifen, und dann kommt das Wasser. Angesichts des heulenden Sturms liegt es erstaunlich ruhig vor uns. Die starke Schwerkraft verhindert, dass sich hohe Wellen bilden. Während weiße Wolkenfetzen vor einem dunkelgrauen Hintergrund über den Himmel jagen, plätschert das Meer ans Ufer – ein seltsamer Kontrast.

Adam und Eva rennen trotzdem nach vorn. Ich will ihnen noch eine Ermahnung nachrufen, zögere dann aber, denn ich erkenne, dass sie von ganz allein vorsichtig sind. Eva zieht die Schuhe aus und stellt sich ins knöcheltiefe Wasser.

»Eiskalt«, sagt sie, rührt sich aber nicht von der Stelle.

»Es kribbelt in meinen Füßen.«

»Das ist die Kälte.« Sicherheitshalber überprüfe ich, dass nicht doch irgendein außerirdischer Wurm stattdessen an ihrer Haut knabbert, aber da ist nichts. Ein paar Meter entfernt hat sich eine Pflanze im Meer angesiedelt, die mich an das Gras der Steppe erinnert. Tiere sind nicht zu sehen. Ich analysiere das Wasser. Es ist leicht salzig, nicht so stark wie die Erdozeane. In dem Tropfen, den ich aufgenommen habe, finde ich etwa 50 verschiedene Arten von Mikroorganismen, die genetisch mit den Pilzen verwandt sind. Die Artenvielfalt scheint auf Proxima b deutlich geringer zu sein als auf der Erde. Ist unser Heimatplanet vielleicht besonders begünstigt? Oder begrenzen die häufigen Flares die Optionen des Lebens hier?

Adam hat offenbar schon genug. Ich bemerke sein enttäuschtes Gesicht. Er läuft zurück in Richtung Wald und beginnt, ein kleines Areal von Pilzen freizumachen. Ich folge ihm, wir brauchen einen Rastplatz. Zehn Minuten später leistet uns auch Eva Gesellschaft. Niemand sagt etwas. Wir haben einen Punkt erreicht, der ein paar Entscheidungen erfordert.

»Ihr seid enttäuscht?«

Adam nickt.

»Ist offensichtlich, oder?«, sagt Eva.

»Ich auch«, gebe ich zu. »Obwohl ich nicht mal weiß, was ich erwartet hatte.«

»Das Signal«, sagt Adam.

»Es hat uns hierher geführt, in diese Richtung.«

»Ja, aber hier ist nichts.«

»Das müssen wir erst noch richtig prüfen, Adam.«

»Du weißt, was ich meine.«

Ja, ich weiß es. Niemand wartet hier auf uns. Selbst wenn wir etwas finden, wird es ein Relikt aus der Vergangenheit sein.

»Ein Vorschlag. Ihr richtet uns hier ein Lager ein. Ich sehe mich mal um, mit all meinen Instrumenten. Irgendetwas wird doch wohl zu finden sein.«

Eva nickt, Adam widerspricht zumindest nicht. Ich packe das Zelt und den Generator aus. Der Rest muss bis nachher warten. Dann bewege ich mich auf meinen vier Beinen zum Ufer.

Eva ruft mir etwas hinterher. »Marchenko, ich fände es schöner, wenn du wieder auf zwei Beinen durch die Gegend laufen könntest.«

Ich entferne mich um einen halben Kilometer. Eine große Wanderung habe ich nicht vor. Ich will die Gegend mit allem durchleuchten, was mir zur Verfügung steht. Es muss hier Spuren geben. Das Meer hat den meisten Zivilisationen die unterschiedlichsten Ressourcen geliefert, mindestens bequemen Transport.

Da oberirdisch auf den ersten Blick nichts zu finden ist, muss ich unter der Erde suchen. Der Boden ist so nah am Meer sehr feucht. Weder Radar noch Röntgen liefern mir ein klares Bild, ich erkenne nur eine schwarze Masse mit Schlieren. Aber der Schall müsste mir helfen können. Schall breitet sich unterirdisch je nach Material verschieden schnell aus und wird von Stoffgrenzen unterschiedlich reflektiert. Wie ein Arzt bei einer Schwangeren, setze ich bei

Proxima b eine Ultraschalluntersuchung an. Ich presse meine Drucksensoren auf den Untergrund – Schall besteht im Grunde aus Druckunterschieden – und klopfe dann mit zwei Beinen kräftig auf den Boden. Die davon ausgehenden Schallwellen dringen in den Boden ein und kommen irgendwann gespiegelt zurück. Wenn ich das Verfahren ein paarmal an unterschiedlichen Stellen wiederhole, erhalte ich ein plastisches Bild des Bodens unter mir, den mein Radar nicht durchdringen kann.

Jede Messung dauert kaum zwei Minuten, wobei das Ausrichten der Drucksensoren die meiste Zeit in Anspruch nimmt. Dann bewege ich mich ein paar Meter voran und messe erneut. Falls Adam oder Eva mich beobachten, werden sie sich wundern: Ich verfolge einen Kreisbogen, wobei ich immer wieder mit zwei Füßen auf den Boden aufstampfe. Man könnte das auch für ein magisches Ritual halten. Meine Prozessoren fügen die Daten Schritt für Schritt wie ein Puzzle zu einem großen Ganzen zusammen. Doch schon nach den ersten zehn Messungen ist mir klar, dass ich da etwas Wichtigem auf der Spur bin.

Über Funk teile ich Adam und Eva mit, dass ich noch etwas länger brauche.

»Wie viel länger?«, fragt Eva.

»Einen halben Tag«, sage ich.

»Das heißt, du hast etwas gefunden?«

»Könnte sein, ja.«

»Aber du bist noch nicht sicher?«

»Genau.«

Das trifft es nicht ganz. Ich bin völlig sicher, dass da etwas ist. Ich weiß nur noch nicht genug über die Ausmaße. Bevor ich Adam und Eva unnötig Hoffnungen mache, will ich sicher sein, was da wirklich unter unseren Füßen wartet.

Einen Kilometer weiter südlich drehe ich einen weiteren Kreis. Die Pilze sind hier seltener, der Boden härter. Doch das Ergebnis ist ähnlich wie bei der ersten Messreihe. Ich laufe noch einmal tausend Meter Richtung Süden. Die Diagnose wiederholt sich. Das Ding ist groß, wirklich groß. Es sind schon drei Stunden vergangen, aber ich muss es wissen. Wieder gehe ich einen Kilometer am Meeresufer entlang, erneut messe ich. Das Bild rundet sich ab. Ich bin sehr zufrieden. So schnell wie möglich laufe ich zu Adam und Eva zurück. Ich nutze die Zeit, um von den Fabrikatoren zweidimensionale Projektionen meiner Messbilder herstellen zu lassen. Ich muss den beiden doch etwas zeigen können.

»Wird aber auch Zeit«, begrüßt mich Adam. Die Worte klingen überraschend freundlich. Ihm scheint klar zu sein, dass ich nicht ohne Grund so lange weggeblieben bin.

»Und, was hast du?«, fragt Eva.

»Das da.« Ich lege die Bilder auf den improvisierten Tisch. Es sind sechs Blätter. Adam und Eva gehen sorgfältig eins nach dem anderen durch.

»Was meint ihr?«, frage ich nach einer Viertelstunde Schweigen.

»Sie sehen aus wie Luftbilder eines Flughafens«, sagt Adam.

»Nein«, entgegnet Eva. »Sieh hin, das, was du für Landebahnen hältst, das sind Schienen. Die Schienen verbinden mehrere achteckige Plattformen. Da!« Sie zeigt auf eines der Achtecke.

»Ein Raumhafen«, entfährt es Adam.

Das ist auch meine Vermutung, doch es ist gut, eine Bestätigung aus zweiter Hand zu bekommen. Ich nicke.

»Auf den Plattformen könnte aber sonst etwas landen. Denk an Hubschrauber«, sage ich.

»Dann hätte man sie aber nicht mit Schienensträngen verbunden«, wendet Eva ein. »Es muss um besonders schwere Lasten gegangen sein. Was könnte schwerer sein als eine Rakete samt Treibstoff, die einen Planeten mit anderthalbfacher Erdschwere verlassen soll?«

»Vielleicht haben sie längst mit Antigravitation oder anderen exotischen Sachen gearbeitet?«

»Dann hätten sie keine Schienen gebraucht, Marchenko.«

»Aber ist es nicht seltsam, dass ihre Technik der unseren

so ähnlich sein soll?« Es macht mir Spaß, mit Eva zu argumentieren.

»Ähnliche Probleme erzeugen unter gleichen Bedingungen oft ähnliche Lösungen. Du hast uns beigebracht, wie man das in der Natur nennt: Ko-Evolution.«

Gute Eva, sie hat in meinem Unterricht wirklich aufgepasst. Der Transport auf einer glatten Schiene ist nun mal mit weniger Rollreibung verbunden, also erfindet wohl jede Zivilisation einmal dieses Hilfsmittel – es sei denn, sie braucht gar keine schweren Lasten fortzubewegen. Das Gleiche gilt für ein Dach über dem Kopf: Es schützt vor der Witterung, also wird jedes vernunftbegabte Wesen, das am Erdboden lebt, irgendwann hausähnliche Strukturen errichten.

»Und was sagt uns das nun?« Adam stellt eine wichtige Frage.

»Das ist keine Einzelaufnahme. Ich habe die Küste bis zu fünf Kilometer nach Süden vermessen. Überall gibt es diese Plattformen, die mit Schienen verbunden sind. Es kann natürlich sein, dass wir zufällig auf einen großen Raumhafen gestoßen sind, aber wir müssen allmählich die Möglichkeit ins Auge fassen, dass diese Zivilisation ihren Planeten vor einiger Zeit verlassen hat, weil sie wussten, dass der Megaflare auf sie zukommt.«

»Und woher kam dann das Signal, die Botschaft?«

»Ich weiß es nicht.«

»Dann müssen wir unbedingt die Quelle finden.«

»Ja, Adam, das werden wir.«

7. Februar 19

Seit gestern sind wir wieder unterwegs. Wir wandern entlang der Küste in Richtung Süden. Das Hauptziel besteht darin, das wahre Ausmaß der Raumfahrt-Aktivität herauszufinden. Wenn hier wirklich der Exodus einer kompletten Zivilisation stattfand, muss die ganze Küste ein einziges Startfeld sein. Doch wie wurde all dies koordiniert? Ich habe Adam und Eva nichts davon erzählt, aber meine heimliche Hoffnung besteht darin, so etwas wie ein Kommandozentrum ausfindig zu machen, wo wir vielleicht erfahren, was hier genau passiert ist – und vor allem wohin diejenigen verschwunden sind, die uns mit ihrer Botschaft gerufen haben.

Einfach wird das wohl nicht, denn ein Rätsel bleibt: Die Auswanderungswelle ist schon sehr lange her. Wahrscheinlich wussten die Bewohner nicht genau, wann es auf ihrer Sonne zu dem tödlichen Ausbruch kommen würde. Deshalb haben sie ihre Sachen so schnell wie möglich gepackt.

Inzwischen hat die Natur längst wieder alles in Besitz genommen. Zeugnisse der Vergangenheit werden wir nur unter dem Boden finden. In regelmäßigen Abständen fertige ich Ultraschall-Scans an. Ich trage schon eine ordentliche Menge an Ausdrucken mit mir herum. Die Auswertung überlasse ich Adam und Eva. Sie rätseln gern, welche Strukturen welchen Zweck gehabt haben könnten. Bisher haben sie nur Lager, Transportwege und Startplattformen identifiziert. Zweimal haben wir sogar extra nachgegraben, doch die Lagerräume, die wir fanden, erwiesen sich als komplett leer. Die fortlaufende Aktivität hält die beiden einigermaßen bei Laune. Doch ich fürchte mich schon vor der Zeit, wenn wir in der Nähe des Südpols angekommen sein werden und nichts mehr bleibt, außer die nächsten 80 Jahre auf Proxima b zu planen.

»Marchenko, warte mal, kannst du damit etwas anfangen?«

Eva hält mir einen Ausdruck entgegen. Ich identifiziere den Ausschnitt und hole die Originaldatei aus meinem Speicher.

»Was meinst du genau?«

»Hier, der Schatten am Rand.«

»Das könnte eine Mauer sein. Oder ein Echo der Baumwurzeln. Ist ziemlich nah am Wald.«

Wir scannen normalerweise den Bereich zwischen Ufer und Wald. Die Genauigkeit der Messung nimmt an den Rändern ab.

»Wir haben noch nie so eine Mauer gesehen. Die Intensitätskurve ...«

»Ja, das stimmt«, unterbreche ich sie. »Die muss mindestens drei Meter hoch sein. Sehr aufmerksam.«

Eva freut sich sichtlich über das Lob. Ich bin skeptisch, ob uns die Beobachtung hilft, aber sie ist zumindest eine willkommene Abwechslung.

»Adam, wir kehren um, Eva hat da etwas entdeckt«, sage ich.

Er murrt, folgt uns aber. Es sind nur ein paar hundert Meter zu der Stelle. Ich vergleiche das Bild mit meiner Aufzeichnung. Wir sind höchstens fünf Meter vom Wald entfernt. Ein Wunder, dass der Scan das überhaupt aufgezeichnet hat. Die Mauer muss riesig sein, wenn es eine ist. Vielleicht ist hier einfach nur ein großer Felsblock vergraben.

Ich beginne damit, eine Grube zu schaufeln, etwa dort, wo ich in einem Meter Tiefe auf die Mauer stoßen müsste. So erfahren wir am schnellsten, ob es sich lohnt, die komplette Struktur auszugraben. Zehn Minuten später ist klar: Wir können für heute unser Lager hier aufschlagen. Die Mauer besteht aus einer Speziallegierung, die unter anderem Titan enthält, und sie ist mit Platin überzogen. Platin ist auch auf Proxima b selten – was wir zunächst für eine Mauer hielten, hat also vermutlich einen anderen, repräsentativen oder künstlerischen Zweck.

Die Wand ist etwa zwanzig Zentimeter dick. Soweit ich sehen kann, ist sie nirgends verankert. Sie steht wahrscheinlich allein wegen ihrer Masse stabil. Ich schicke eine Bohrsonde nach unten und zwei weitere nach rechts und links. Die Mauer ist demnach 5,20 Meter hoch und 37 Meter breit. Es ist ein Artefakt enormer Größe und eindeutig künstlich hergestellt.

Welchen Zweck könnte es gehabt haben? Eine Ahnung davon bekomme ich, nachdem ich den oberen Rand für einen halben Meter freigelegt und mit Wasser abgespritzt habe. Das Material glänzt tiefschwarz, und es ist mit zahlreichen silbernen Schriftzeichen besetzt. Die Texte sind so gut lesbar, als hätte man sie erst gestern in die Oberfläche eingeritzt. Diese Mauer ist für die Ewigkeit gemacht, vielleicht sogar für uns.

8. Februar 19

Ich habe die Nacht durchgearbeitet, um schneller Ergebnisse liefern zu können. Eva leistet mir seit drei Uhr Erdzeit Gesellschaft. Sie kümmert sich um die Feinarbeit und wischt die Oberfläche so sauber, dass die Schriftzeichen perfekt erkennbar sind. Anhand der wenigen Zeichen, die wir schon übersetzt haben, versucht sie sich in Mustererkennung, wobei sie da noch keine echte Chance hat. Wir haben die Mauer bereits auf sechs Metern Länge komplett freigelegt. Der Boden ist zum Glück recht fest, sodass ich mich nicht speziell darum kümmern muss, die Wände abzustützen.

Parallel beginne ich, die Zeichen zu analysieren. Immer acht davon scheinen eine Sinneinheit zu bilden, einen Satz wahrscheinlich. Nur wenige Zeichen wiederholen sich oft; diese dürften für die Grammatik zuständig sein. Die anderen halte ich für eine Art Bilderschrift. Das macht die Entzifferung aber eher komplizierter, denn die Bilder mögen zwar der hiesigen Gesellschaft etwas gesagt haben – uns jedoch sind sie fremd. Ich bin trotzdem guter Hoffnung, allein wegen der schieren Menge der Zeichen. Je mehr Stoff ich zur Verfügung habe, desto leichter fällt es meinen Algorithmen, in den zahlreichen Informationen Muster zu erkennen, dann vielleicht auch Zusammenhänge und im letzten Schritt den Sinn.

Von Adam und Eva fordert das allerdings einiges an Geduld. Ein schneller Erfolg ist unwahrscheinlich. Eva kann damit anscheinend gut umgehen, Adam eher nicht.

9. Februar 19

Es ist geschafft. Der komplette Text der Mauer, die wir inzwischen unter uns Tafel nennen, liegt vor. Wenn man sie in ihrer ganzen Größe und Schönheit sieht, erkennt man erst, welch beeindruckendes Monument uns da hinterlassen wurde. Das tiefe Schwarz der Oberfläche irisiert und scheint aus sich heraus zu leuchten. So kann man die Tafel ablesen, obwohl ihre Front, die zum Meer weist, im ewigen Schatten liegt. Das Material, das habe ich herausgefunden, verwandelt reflektierte UV-Strahlung in sichtbares Licht, eine Fähigkeit, die sich die Bewohner wohl von ihren Pilzen abgeschaut haben.

Der Text stellt eine Art Geschichtsbuch dar, verbunden mit einer Dankesbotschaft. Der Dank geht an die Vergangenheit, an den Planeten und an die Erbauer – des Raumhafens, nehme ich an –, die dem ganzen Volk eine Zukunft im All ermöglicht hätten. Ich verstehe nicht jedes Detail der Geschichte dieser Zivilisation. Manches ist zu blumig und unkonkret beschrieben, anderes setzt Bezeichnungen für Orte voraus, deren geographische Lage mir unbekannt ist. Das gilt leider auch für das Ziel, das die Millionen Raketen angesteuert haben. Ja, Millionen müssen es gewesen sein, eine riesige Flotte, diese Zahl ist eindeutig.

Gegen Ende des Textes werden dann auch die erwähnt, die hierbleiben mussten, im Osten und im Westen. Auch sie werden in den Dank mit einbezogen. Es ist nicht ganz klar, welche Funktion sie haben. Die Bedeutung ihres Namens liegt irgendwo zwischen »Hüter« und »Bewahrer«.

Adam und Eva hören überaus aufmerksam zu, während ich erkläre, was meine weder perfekte noch vollständige Übersetzung ergeben hat. Vor allem der letzte Abschnitt begeistert sie, denn er besagt, dass unsere Reise an dieser Stelle doch noch nicht zu Ende ist.

»Dann müssen wir nach Osten, völlig klar«, sagt Adam.

Richtig, im Westen waren wir schon. Aber es gibt ein Problem: »Wir wissen nicht, ob diese Hüter überlebt haben.«

»Darum müssen wir ja nachsehen«, antwortet er.

»Im Osten, da ist das Meer, danach beginnt die dunkle Seite«, sagt Eva. »Ich kann mir nicht vorstellen, dass jemand freiwillig in ewiger Dunkelheit und Kälte auf irgendetwas wartet.«

»Das heißt, wir müssen im Meer suchen«, meint Adam, und Eva nickt. Ich erinnere mich an meine Odyssee im finsteren Ozean des Enceladus, und ein Schauer läuft mir über den stählernen Rücken. Am Ende dieser Reise habe ich meinen Körper verloren. Ich schlucke das beengende Gefühl hinunter. Ich bin es den beiden schuldig.

»Eine ordentliche Wasserschicht schirmt die Strahlung der Flares auf jeden Fall ab. In 3000 Metern Tiefe dürfte man sogar den Megaflare überleben können«, sage ich.

»Wann geht es los?«, fragt Adam.

»Ich kann heute noch ein paar ISUs auf die Reise schicken. Das Meer ist groß. Die Sensor-Units können es besser absuchen als wir.«

»Und wir sollen dann hier herumsitzen?«

»Nein, Adam. Ich werde heute noch damit beginnen, von den Fabrikatoren eine Valkyrie bauen zu lassen.«

»Was ist das? Ein U-Boot?«

»Ja, mit einem Wasserstrahl-Triebwerk. Falls wir auf Eis stoßen, können wir uns damit auch hindurchbohren.«

»Rechnest du denn mit Eis?«

»Nein, aber das ist das einzige Modell, dessen Baupläne ich exakt in Erinnerung habe. Es wird zwar drei, vier Tage dauern, bis die Fabrikatoren es fertig haben, aber ich habe damit schon jede Menge praktische Erfahrung.«

12. Februar 19

Dass es derart schmerzt, die Valkyrie vor mir zu sehen, hätte ich nicht gedacht. Das Schiff, auch wenn es nur eine technisch veränderte Replika ist, verbindet mich direkt mit meinem früheren Leben als Mensch und vor allem mit Francesca, der Frau, die ich damals geliebt habe, und die nun so weit in Zeit und Raum getrennt von mir ist. Ich öffne die Luke, um Adam und Eva einsteigen zu lassen. In dem Moment, wo Evas Haarschopf im Dunkel des Schiffs verschwindet, fällt mir Francesca ein, und als sich Eva auf den Pilotensessel setzt, tritt wieder Francesca ins Bild. Ich muss aufpassen, dass diese Erinnerungen nicht meine Funktionsfähigkeit einschränken. Notfalls kann ich sie zwar im Speicher löschen lassen. Doch eher würde ich wohl sterben.

Adam und Eva haben schon gemerkt, dass mit mir etwas nicht stimmt. Sie gehen jedenfalls zuvorkommend miteinander um. Vielleicht ist es auch die Reise, die vor ihnen liegt? Sie wird auf jeden Fall weniger beschwerlich sein als mein Abenteuer auf Enceladus. Wenn ich damals schon die Fabrikatoren gehabt hätte! Mit ihrer Hilfe habe ich auch das Energieproblem gelöst, das mich auf Enceladus dauernd beschäftigt hat. Wir gewinnen die Energie für den elektrischen Antrieb aus den Temperaturunterschieden im Meer. Dafür schleppen wir eine Art Schwert mit, das sich über mehr als 500 Tiefenmeter erstreckt. Es schwimmt bereits im Ozean, wir brauchen es nur noch zu ergreifen.

Ich will gerade den Startbefehl geben, da meldet sich eine der ISUs. Ich schalte ihr Signal auf den großen Piloten-Bildschirm. Es ist kaum zu glauben, aber die Drohne hat bereits etwas gefunden. Etwa 50 Kilometer von unserem Standort entfernt, in nordöstlicher Richtung, befindet sich auf dem Meeresboden eine starke Energiequelle. Es handelt sich nicht um einen Vulkanschlot oder ähnliches, die Quelle ist eindeutig künstlichen Ursprungs.

»Das könnte es sein«, sagt Eva. Man merkt ihr an, dass sie bemüht ist, ihre hoffnungsvolle Erregung zu zügeln.

»Egal, was es ist, wir müssen schnellstens dorthin!« Adam steht neben ihr und pocht auf den Bildschirm.

»Es könnte ...« – ich überlege, welche natürliche Ursache für das Signal in Frage kommt, doch mir fällt nichts ein – »... gefährlich sein«, beende ich den Satz.

»Die Aussicht, die nächsten 80 Jahre hier sinnlos herumzusitzen, die ist auf jeden Fall gefährlich«, antwortet Adam.

Da kann ich ihm nicht widersprechen. Ich lasse die Triebwerke anlaufen. Ein Schlenker nach Süden, um den Generator mitzunehmen, dann Kurs Nord-Ost. 50 Kilometer schaffen wir an einem Tag.

Zwei Stunden später gleiten wir fast lautlos dicht über dem Meeresboden. Wir befinden uns in 2000 Metern Tiefe, es ist stockdunkel. Die Scheinwerfer erhellen den Bereich direkt vor der Valkyrie, das dient aber nur dazu, dass uns nicht die Langeweile befällt. Aber es tut sich trotzdem sehr wenig. Auch der Meeresboden ist von den Haarpflanzen bewachsen. Ob das Leben hier vor dem großen Ausbruch vielfältiger war? Vielleicht haben die wenigen resistenten Arten ihre Chance genutzt, und alle Lebensräume besetzt.

Ich grübele, wie wir uns der Signalquelle nähern sollen. Wer sagt mir, dass ihre Bewohner uns friedlich gesinnt sind? Vielleicht gilt ihnen alles, was anders ist, als Feind? Warten sie auf uns, vielleicht seit tausend Jahren, oder wollen sie lieber in Ruhe gelassen werden? Wir werden es nicht herausfinden, ohne es versucht zu haben. Falls wir dabei sterben ... ich ertappe mich dabei, uns das zu wünschen. Wäre es nicht besser, als erneut irgendwelche alten Relikte zu finden und die nächsten Jahrzehnte allein auf diesem unwirtlichen Planeten verbringen zu müssen?

Eva betrachtet unermüdlich den Bildschirm, auf dem der Ozeanboden vorübergleitet. Es passiert nichts, aber sie macht trotzdem Notizen.

»Was zeichnest du denn da auf?«

»Die Pflanzendichte«, antwortet sie. »Daraus lassen sich

Schlüsse über die Lebensfreundlichkeit des Meeresbodens ziehen, und natürlich über die Variabilität dieser Art.«

Eva wird sich auch in Zukunft eine Beschäftigung suchen. Adam sieht ihr über die Schulter, wippt mit dem Fuß und lässt seine Daumen umeinander kreisen.

Die Energiequelle ist noch zwei Kilometer entfernt. Alle Scanner arbeiten auf Höchstleistung, doch ein klares Bild des Ziels ergibt sich nicht. Aber sie registrieren etwas Anderes.

»Schnelles Objekt in Richtung Valkyrie unterwegs. Aufprall in 30 Sekunden.« Ein Alarmsignal gellt durch das Schiff.

Ich übernehme sofort die Steuerung. Die Triebwerke drehen das Schiff langsam. Hoffentlich kann das, was da auf uns zurast, nicht ebenfalls seinen Kurs ändern.

»Aufprall in 40 Sekunden.«

Das Ding zielt erneut auf uns. Wir haben zehn Sekunden gewonnen.

»ISUs 5 und 6 ausstoßen.«

Die letzten beiden Sensor-Units. Ich hatte sie mir aufgehoben, um das Ziel besser untersuchen zu können. Jetzt schicke ich sie auf Kollisionskurs zu dem Ding, das uns bedroht.

»Ist das ein Torpedo?« Adams Stimme klingt ganz ruhig.

»Ich muss davon ausgehen. Wenn es seine Geschwindigkeit beibehält und uns trifft, durchschlägt es die Außenhaut.«

»Dann sollten wir unsere Anzüge anlegen«, sagt Eva. »Oder schwimmen wir?« Sie sieht an sich hinunter, zu ihrem Unterbauch, wo sich die Kiemen verbergen. Ihre Stimme verrät, wie aufgeregt sie ist.

»Bei sechs Grad Wassertemperatur besser nicht«, warne ich.

»Aufprall in 20 Sekunden.«

Was machen die ISUs? Können sie das Ding aufhalten? Es schlägt Haken, als es die beiden kleinen Sensor-Units bemerkt, doch die sind sehr wendig. Der Counter zählt nach unten. 19, 18, 17. Bei 15 klemmt sich ISU 5 magnetisch an den Torpedo. Bei 12 hat auch ISU 6 das Ziel erreicht. Bei 10 erzeugen beide gemeinsam ein starkes elektrisches Feld, das jede nicht abgeschirmte Elektronik ausfallen lassen sollte. Hoffentlich basiert die Technik der Außerirdischen nicht auf anderen Prinzipien.

»Aufprall unwahrscheinlich«, sagt der Alarm. Der elektrische Schlag hat funktioniert.

»Mann Mann Mann«, sagt Adam und lässt sich in seinen Sessel fallen. Eva wischt sich den Schweiß von ihrer Stirn.

»Ich muss mal«, sagt sie.

»Toilette ist im Heck.«

Ich sehe mich um, aber es gibt kein zweites Projektil. Unser Gegner glaubt wohl nun, dass wir jedes seiner Geschosse unwirksam machen könnten. Dass wir keine weiteren ISUs besitzen, weiß nur ich.

Wir sollten miteinander reden. Ich sende eine Standardnachricht, die auf der Erde speziell für Erstkontakte entworfen wurde, auf allen erdenklichen Kanälen.

Die Antwort kommt schnell.

»Marchenko hier«, sagt unser Gegner. »Schön, dass ihr da seid. Das eben tut mir leid, ihr habt offenbar meine Selbstschussanlage ausgelöst. Hatte schon ganz vergessen, dass ich die kurz nach unserer Ankunft installiert hatte. Ich wollte euch auf keinen Fall angreifen!«

»Marchenko?« Adam kann es gar nicht fassen. »Es gibt zwei von deiner Sorte?«

»Davon weiß ich nichts«, antworte ich. »Mit genügend krimineller Energie wäre es kein Problem, mein Bewusstsein zu kopieren. Auch wenn das natürlich gegen die KI-Gesetze der Erde verstieße. Aber selbst meine Existenz ist damit nicht vereinbar. Offiziell existiere ich gar nicht.«

»Aber wie kommt der andere hierher?«

»Wahrscheinlich genau wie wir, Adam, mit seiner eigenen Messenger, doch in diesem Moment ist die wichtigere Frage, wie wir auf seinen Funkspruch reagieren sollen.

Können wir dem anderen Marchenko glauben und vertrauen?«

»Das kann ich euch nicht sagen. Ich würde mein Leben für euch geben. Aber wir haben eine gemeinsame Geschichte, ich habe euch aufgezogen, mit Hilfe der Messenger. Über die andere Marchenko-KI weiß ich nichts. Vielleicht ist sie in irgendeiner Form manipuliert, das werden wir nicht herausfinden.«

»Da bin ich optimistischer«, sagt Eva. »Wir hören und sehen ihn uns an, dann können wir ihn an seinem Handeln messen.«

»Also lassen wir uns auf den Kontakt ein?«, frage ich.

»Es ist nicht das, was ich mir von der Reise versprochen habe, aber es ist eine Abwechslung. Also ja«, sagt Adam, und Eva nickt.

Nachdem ich die Begrüßung meines anderen Ich erwidert habe, lädt uns Marchenko wie erwartet auf seine Station ein.

»Eine Valkyrie, wie originell«, sagt er. »Ich habe am Westflügel einen Ausleger mit Luftschleuse. Ihr müsst leider kurz durch das kalte Wasser, euer Schiff hat ja keinen Kopplungsstutzen.«

Langsam nähern wir uns der Station. Niemand beschießt uns. Ich lege das Kamerabild auf den Hauptschirm.

»Erkennt ihr das?«

»Sieht aus wie die Messenger, aber mit allerlei zusätzlichen Armen«, meint Eva.

»Der lange hier enthält am Ende die Luftschleuse, von der die Stimme gesprochen hat. Darüber betreten wir die Station.«

»Also doch noch Schwimmen gehen?« Adam reibt sich die Hände ob des zusätzlichen Abenteuers.

»Notgedrungen und im Raumanzug.«

Es ist erneut ein schwieriger Moment, als ich die Valkyrie voll Wasser laufen lassen muss. Sie besitzt lediglich eine simple Luke an der Oberseite, sodass sie bei jedem Ein-

und Aussteigen geflutet wird. Das ist umständlich, ein Designfehler, schadet der Technik aber nicht. Das letzte Mal habe ich diese Luke kurz vor meinem Tod auf Enceladus geöffnet.

Eva schwingt sich als erste nach draußen, dann folgt Adam, ich bilde im Körper von J die Nachhut.

»Warum kommst du denn nicht per Datenfunk herüber?«, fragt der andere Marchenko. »Du musst doch den armen J nicht nassmachen.«

»Bin lieber mobil«, antworte ich, »und ein bisschen überbehütend bei den Kindern. Du kennst das ja. Ich kann sie nicht allein lassen.«

Er lacht und öffnet die Schleusenkammer. Wir passen nicht zu dritt hinein, also lasse ich Adam und Eva den Vortritt. Mich stört das eiskalte Wasser weniger. Die Tür schließt sich hinter ihnen. Ein mulmiges Gefühl befällt mich. Was, wenn der andere Marchenko mich nun einfach aussperrt? Aber welchen Grund sollte er dafür haben? Wir sollten froh sein, uns gefunden zu haben. Zu sechst haben wir bessere Überlebenschancen als zu dritt. Denn wo es einen zweiten Marchenko gibt, sollten auch Adam und Eva 2 nicht weit sein.

Die Schleuse bleibt länger geschlossen als technisch nötig. Meine Unruhe wächst, doch dann öffnet sie sich.

»Entschuldige, dass du warten musstest, die Technik wird so selten benutzt, da hakt es manchmal.«

Ich wuchte meinen schweren Körper in die Schleuse und drücke dann von innen den Schließknopf. Das Wasser wird nach draußen gepumpt und durch Atemluft ersetzt. Ich messe unwillkürlich den Sauerstoffgehalt. 17 Prozent, mehr als Adam und Eva brauchen.

Die beiden erwarten mich direkt vor der Kammer.

»Sie wollten unbedingt auf dich warten«, sagt der andere Marchenko etwas spöttisch. »Sind wohl ein bisschen ängstlich. Kommt ihr jetzt in die Zentrale?«

Wir laufen hintereinander durch den etwa acht Meter langen Gang, der offensichtlich von Fabrikatoren gebaut wurde. Nur sie können Strukturen aus unterschiedlichem

Material so ganz ohne Nähte herstellen. Es riecht alles noch nagelneu, als wäre es direkt für uns errichtet worden. Lediglich an der Beleuchtung hat der Baumeister gespart. Sie besteht aus zwei fluoreszierenden Streifen. Ich bilde mir ein, die Fluoreszenz-Moleküle der Pilze zu erkennen.

Am Ende des Ganges befindet sich eine Tür, die sich öffnet, sobald wir uns nähern. Dahinter ist es strahlend hell.

»Willkommen in unserem Heim«, sagt meine Stimme, die doch nicht mir gehört. »Macht es euch gemütlich.« In dem großen, runden Raum befinden sich zwei Pilotensessel, die sich gerade automatisch in Schlafliegen verwandeln.

»Sind das nicht Adams und Evas Plätze?«, fragt Eva. Sie geht wohl auch davon aus, dass der andere Marchenko kaum allein hier angekommen sein wird.

»Woher weißt du denn, wie sie heißen?« Immer, wenn ich meine Stimme Sätze sagen höre, die ich vorher nicht gedacht habe, erschrecke ich.

»Ich denke, dass unsere Namen vom Schöpfer vorherbestimmt waren. Du nennst dich doch auch Marchenko.«

»Weil ich Marchenko bin«, sagt der andere.

»Bist du sicher? Der Schöpfer kann dein Gedächtnis manipuliert haben. Es sind doch nur ein paar Speicherstellen.«

Der andere lacht. »Marchenko, deine Kleine ist wirklich goldig. Aber um ihre Frage zu beantworten: Adam und Eva schlafen normalerweise oben. Nur heute sind sie nicht da.«

Wie auf Befehl öffnet sich eine runde Klappe in der Decke und eine Leiter fährt heraus.

»Ihr könnt euch gern überzeugen, Jungspunde. Und du bist selbstverständlich in den Hauptrechner eingeladen, Marchenko. Ich mag mir gar nicht vorstellen, wie lange du ohne Quantencomputer auskommen musstest. Die Messenger hat wirklich genug Ressourcen.«

Der Gedanke an den Quantencomputer elektrisiert mich förmlich. Ich habe schon ganz vergessen, was für ein großartiges Gefühl es ist, neues Wissen im Handumdrehen produziert zu haben, Schlüsse schneller zu ziehen als die gesamte Menschheit zusammen, alle zehn Milliarden Menschen. Nein, ich habe das Gefühl leider nicht vergessen. Ich würde der Einladung sehr gern folgen, doch irgendetwas hindert mich. Ein Roboter mit Bauchgefühl, Adam würde mich auslachen.

Die beiden fühlen sich schon wie zu Hause. Kein Wunder, die Ähnlichkeiten zu unserer Messenger sind frappierend. Sie haben es sich auf den Sitzen bequem gemacht und zappen durch das Unterhaltungsprogramm, auf das sie seit fast zwei Monaten verzichten mussten, quasi das Quantencomputer-Gefühl der Menschen.

»Ich bleibe noch ein bisschen mobil«, sage ich. »Muss doch nachher die Kinder ins Bett bringen. Was ist denn mit deinem Adam und deiner Eva?«

»Sind gerade auf einer Exkursion, wie sie es nennen. Wir glauben, dass wir die Quelle der Botschaft entdeckt haben.«

»Wo ist sie?«

»Hier im Ozean, gar nicht so weit weg, höchstens ein halber Tag.«

»Und du lässt sie da ganz allein raus?«

»Man muss auch mal einen Vertrauensvorschuss geben. Immerhin sind sie über achtzehn.«

»Meine« Passagiere sind zwei Jahre jünger. Demnach muss die Reise dieses Marchenko zwei Jahre früher begonnen haben, oder er wurde eher geweckt.

»Dieses Signal«, sage ich, »das muss ich mir unbedingt ansehen.«

»Ich gebe dir die Koordinaten durch.« Der andere Marchenko scheint wirklich ganz offen zu sein. Ich vergleiche die Daten mit der Peilung von meinem Ausflug auf das Blätterdach. Sie stimmen im Rahmen meiner Messgenauigkeit überein.

»Kannst ja morgen vorbeischauen und dich überzeugen«, sagt Marchenko 2. »Das wäre mir ganz recht, dann kannst du meine Eva und meinen Adam mit zurückbegleiten. Lebt ihr auch noch nach Erdzeit? Wir sind sie hier gewöhnt, auch wenn unter Wasser kein Sonnenlicht durchdringt. Demnach wäre es jetzt 23 Uhr, für mich Schlafenszeit. Ein alter Mann braucht seine Routine.« Der andere Marchenko lacht dröhnend mit der Stimme, die eigentlich mir gehört, und verschwindet aus der Leitung.

»Geht es euch gut?«

Adam hebt den Daumen. Irgendwo hat er etwas gefunden, das wie Chips aussieht. Eva amüsiert sich gerade über eine Szene auf ihrem privaten Bildschirm. Ich brauche keine Nahrung und keinen Komfort. Ich rolle mit Js Körper neben den Ausgang und gebe mich interessanten Gedanken hin: Was bedeutet die neue Situation für uns alle? Marchenko hat es irgendwie geschafft, sein komplettes Raumschiff mit hinunterzunehmen. Kann uns das in Zukunft vielleicht helfen? Lohnt es sich, den ehemaligen Bewohnern hinterherzufliegen?

13. Februar 19

»Marchenko, bitte kommen!«

Es ist Adams Stimme, die durch das Zentralmodul dröhnt, obwohl Adam gerade noch ruhig auf seinem Sessel lag und schlief.

»Marchenko hier. Was gibt's?«

Meine Stimme antwortet, obwohl ich gar nichts sage. Diese Dopplungen hier sind auf Dauer extrem verwirrend. Wir werden uns etwas dagegen überlegen müssen, wenn wir längere Zeit miteinander verbringen. Meine Stimme oder die des anderen Marchenko zu verändern dürfte ja kein Problem sein.

»Wir haben da etwas gefunden«, sagt der andere Adam. »Aber wir bekommen es nicht auf. Ich fürchte, du musst dich herbemühen.«

»Es gibt da eine Neuigkeit, von der ihr noch gar nichts wisst«, sagt mein Alter Ego. Er hat ihnen noch nichts von uns erzählt? »Ich wollte euch damit überraschen. Ein zweites Messengerteam ist gestern eingetroffen. Der andere Marchenko wollte euch sowieso dort draußen besuchen. Er ist mobiler als ich und steckt gerade in J. Ich schicke ihn dann auf den Weg!«

»Alles klar, Marchenko. Dann freuen wir uns auf Marchenko 2. Adam Ende.«

»Du hast es ja mitgehört«, wendet sich der andere Marchenko an mich, »wäre also nett, wenn du bald aufbrechen könntest.«

»Wie halten es die beiden eigentlich so lange im kalten Ozean aus?«

»Sie haben eine aufblasbare Kuppel und jede Menge Sauerstoff mitgenommen. Ich glaube, sie wollten einfach mal hier raus, unabhängig sein. Du kennst das ja.«

Mein Roboterkopf nickt.

»Und wie gesagt, das Angebot mit dem Quantencomputer steht.«

»Wenn ich zurück bin«, sage ich.

Ich verabschiede mich von Adam und Eva. Die beiden werden mich nicht vermissen. Dann gehe ich zur Schleuse. Lange Vorbereitung brauche ich nicht, mein stählerner Körper hat mit dem hohen Druck am Meeresgrund kein Problem. Das Ziel befindet sich etwa drei zügige Stunden zu Fuß entfernt. Der andere Marchenko hat mir eine detaillierte Karte der Umgebung überspielt.

Langsam lasse ich mich aus der Schleusenkammer zu Boden sinken. Wäre ich auf Augen angewiesen, würde mich die durchdringende Dunkelheit erschrecken, aber in anderen Spektralbereichen gibt es genügend Licht. Die gelandete Messenger glüht richtiggehend, weil sie so viel Energie abgibt. Sie wirkt ein bisschen wie ein Märchenschloss, das in ein verwunschenes Land versetzt wurde. Es ist völlig klar, dass sie nicht hierher gehört.

Meine Software spielt mir den geplanten Weg in mein Bild der Umgebung ein. Die Überlagerung fühlt sich echt an, fast als hätte jemand am Rand Wegweiser aufgestellt. Der Boden verläuft in leichten Wellen, tendenziell, aber langsam, geht es in die Tiefe. Ich komme gut voran. Obwohl der Druck hier unten hoch ist, bewege ich mich eher wie in der Schwerelosigkeit fort, in großen Sprüngen. Ab und zu trete ich auf die hier verbreiteten Haarpflanzen, die Energie aus den Strömungen gewinnen. Es gibt nur wenige, sehr kleine Pilzarten, was wohl an der guten Abschirmung durch das Wasser über uns liegt.

Mir fällt ein altes Wanderlied ein, von einem Müller, der das Wandern mag. Die Melodie klingt durch mein Bewusstsein. Es ist ein gutes Gefühl, Adam und Eva in Sicherheit zu wissen. Ich bin heute nur für mich selbst verantwortlich. Ich sehe mich um. Die Landschaft ist überraschend langweilig. Angesichts des starken Magnetfelds, das einen teilflüssigen Mantel voraussetzt, hätte ich mehr geologische Aktivität erwartet. Doch über viele Kilometer sehe ich nur wellige Halbwüste. Ohne das Wasser über mir könnte es die Sahara auf der Erde sein. Dass dieses Meer nicht so vor Leben sprudelt wie die Erdozeane, hat sicher mit seiner

Lage am Rand der bewohnbaren Hemisphäre zu tun. Das Leben hängt eben doch immer von seiner Sonne ab, eine Existenz in ewiger Dämmerung lässt der Evolution weniger Raum. Vielleicht war es ja höchste Zeit für die Bewohner dieses Planeten, sich eine neue Heimat zu suchen. Ob für die Erde dieser Moment auch irgendwann kommt? Als ich vor langer Zeit noch ein Mensch war, schien es fraglich, ob man die Umweltzerstörung in den Griff bekommen würde.

Die Automatik macht mich darauf aufmerksam, dass am Horizont eine Energiequelle zu orten ist. Das muss das Ziel sein. Was werden Adam und Eva 2 dort gefunden haben? Ist das tatsächlich der Sender, der uns zu diesem Planeten geführt hat? Ich beeile mich auf den letzten Metern.

»Adam, bitte kommen«, versuche ich es per Funk. Ich will die beiden ja nicht erschrecken. Für sie muss die Dunkelheit um sie herum undurchdringlich sein. Wenn dann plötzlich ein Roboter aus dem Schatten tritt ...

Ich erhalte keine Reaktion.

»Adam, Eva, bin gleich da.«

Der Funkkanal bleibt ruhig.

»Marchenko, hast du etwas von den beiden gehört?«

Auch auf diese Frage bekomme ich keine Antwort. Das kann nur eines heißen: Mein Funkmodul muss gestört sein. Ich versuche noch einmal, die gelandete Messenger zu erreichen, aber niemand meldet sich.

Mist, ausgerechnet jetzt. Aber es ist kein Beinbruch. In zehn Minuten erreiche ich die Signalquelle. Dort werde ich mich schon irgendwie mit Adam und Eva verständigen können. Sie wissen ja, dass ich unterwegs bin, und werden den kleinen Schreck verkraften, falls ich plötzlich vor ihnen stehe.

Sagte Marchenko nicht, sie besäßen eine aufblasbare Kuppel? Ich scanne nach einer kleinen Erhebung, kann aber nichts finden. Die Signalquelle strahlt zu viel Energie ab, um ihre genaue Form ermitteln zu können. Vielleicht überstrahlt sie auch die Wohnkuppel der beiden, oder sie haben sie bereits wieder abgebaut, um sich mit mir auf den Rückweg zu machen.

Noch 100 Meter. Jetzt erkenne ich, was Adam und Eva gefunden haben. Es ist wunderschön, ein Kunstwerk. Über einer extrem zerbrechlich wirkenden, durchsichtigen, mindestens fünfzehn Meter großen Schüssel ragt ein Pylon in die Höhe, schlank und elegant geformt. In Abständen, die einer geometrischen Reihe entsprechen, schweben Kugeln um den Mast. Ich sehe genauer hin, die Kugeln durchmessen knapp einen Meter, und sie schweben wirklich, es ist nichts erkennbar, was sie hält. Da ich auch keinerlei Kraftfelder messe, muss ihre Dichte exakt auf die des umgebenden Wassers abgestimmt sein, sodass der Auftrieb genau der Masse entspricht. Da sich die Wasserdichte mit der Temperatur ändert, muss es einen aktiven Prozess in den Kugeln geben, der hier immer wieder ausgleicht. Eine spannende Technologie! Damit könnten wir Flugschiffe konstruieren, die ganz von selbst in beliebiger Höhe bleiben.

Ich kann nicht erkennen, ob die Kugeln eine Funktion haben. Schüssel und Pylon ergeben ganz klar einen Sender. Ich messe Energieabstrahlungen in vielen Wellenlängen. Der Sender scheint grundsätzlich aktiv zu sein, gibt allerdings kein Signal ab. Seine Erbauer können keine Menschen gewesen sein, die Technik ist völlig fremdartig. Waren es dieselben, die vor tausend Jahren von dem Raumhafen gestartet sind? Und warum haben sie uns dann jetzt gerufen und nicht damals?

Ich sehe mich um. Etwas stimmt nicht: Wo sind Adam und Eva? Was soll ich für Adam öffnen? Ich finde nichts, das geöffnet werden müsste. Haben sie sich in Gefahr gebracht, weil sie versucht haben, eine fremde Technologie zu manipulieren?

»Adam, bitte kommen, wo seid ihr?«

Aus dem Boden unter mir löst sich ein dunkler Klumpen. Es ist eine ISU. Die Automatik schätzt sie als ungefährlich ein. Es ist aber keine der Sensor-Units, die ich selbst ausgesandt habe. Dann durchzuckt mich ein Schlag. Ein elektrisches Feld, die gleiche Waffe, mit der ich den Torpedo außer Gefecht gesetzt habe, informiert mich ein Sensor, bevor er ausfällt. Es wird dunkel um mich herum. Ich kann nichts mehr sehen und mich nicht bewegen. Ich bin in den gehärteten Speicherzellen eingeschlossen.

14. Februar 19

»Adam, wach auf!«. Eva steht neben seiner Schlafliege und rüttelt ihn an der Schulter.

»Was ist denn los?« Er sieht auf seine Uhr. »Es ist vier Uhr! Was hast du denn?« An Evas Stirn erkennt er, dass sie sich ernsthafte Sorgen macht.

»Marchenko ist immer noch nicht zurück!«

»Wahrscheinlich ist er froh, uns mal für eine Weile los zu sein, und erforscht nach Herzenslust diese Signalquelle.«

»Er hätte sich gemeldet, da bin ich sicher.«

»Wir fragen einfach den anderen Marchenko, dann wissen wir es.«

»Nein, Adam, dem traue ich nicht. Ich weiß auch nicht, wieso.«

Eva mit ihren seltsamen Gefühlen. Adam setzt sich auf.

»So geht das nicht«, sagt er, »wir brauchen Fakten. Lass uns doch mal den Raum der anderen ansehen.« Er zeigt nach oben, Evas Kopf folgt seinem Zeigefinger. Dort ist die Luke, die der andere Marchenko vorgestern erwähnt hat.

»Computer«, beginnt Eva.

»Nein, lass mal, dann merkt Marchenko doch, was wir vorhaben. Die Luke muss sich auch per Hand öffnen lassen.«

Er sieht sich um. Neben der Luke ist ein Handgriff, wahrscheinlich reicht es, daran zu ziehen. Allerdings befindet er sich in etwa drei Metern Höhe. Wenn sie den Tisch vom Rand in die Mitte schieben, er sich darauf stellt und Eva hochhebt, müsste es klappen. Er beschreibt Eva seinen Plan. Eine Minute später klappt die Luke auf und die Leiter schiebt sich nach unten. Sie springen schnell vom Tisch und schieben ihn hektisch zur Seite, damit die Leiter Platz hat.

»Auf geht's«, sagt Adam.

»Dürfen wir das denn?«

»Marchenko hat uns eingeladen, erinnerst du dich nicht mehr?«

Adam klettert voraus. Sie betreten eine Kammer mit einem kuppelförmigen Dach, die deutlich niedriger als der Kommandoraum unten ist. Links und rechts befinden sich je eine Liege, die ordentlich mit Bettzeug bezogen sind. Es gibt zwei Bildschirme, ausgeschaltet, und ebenfalls zwei Kisten, die wahrscheinlich der Aufbewahrung von Adams und Evas persönlichen Dingen dienen. Adam versucht, eine davon zu öffnen, doch sie besitzt ein Codeschloss.

»Hilf mir mal«, sagt er. Eva bückt sich und betrachtet das Schloss. Es besteht aus einem Bügel und einem Zifferntastenfeld. Sie betätigt nacheinander die 1, die 2, die 3 und die 4. Nichts passiert. Dann probiert Eva es mit der Kombination 0-0-0-0. Der Bügel öffnet sich.

»He, cool«, sagt Adam. Er hebt den Deckel der Kiste an. Sie besitzt sogar eine eingebaute Beleuchtung. Am Boden erkennt er eine einzelne Schraube. Doch ansonsten ist die Kiste leer. Er geht zu der anderen Kiste, die ebenfalls verschlossen ist.

»Ich glaube nicht, dass wir sie öffnen müssen«, sagt Eva, und er muss ihr Recht geben. Sie haben genug gesehen.

»Marchenko an Basis«. Es ist Marchenkos Stimme, die aus dem Lautsprecher im Kommandomodul klingt. Sie beeilen sich, wieder nach unten zu kommen. Der andere Marchenko antwortet bereits.

»Hier Basis«, sagt er, »warum so spät?«

Marchenko kommt zurück. Adam ist erleichtert, und er ist überrascht über dieses Gefühl. Er lächelt Eva an, doch die erwidert das Lächeln nicht.

»Irgendwas stimmt nicht«, flüstert sie ihm zu. »Wir dürfen erst mit Marchenko darüber sprechen, wenn er wieder vor uns steht.«

Adam ist unsicher. Marchenko wird das Problem schon lösen, denkt er, doch er merkt, dass auch er Zweifel daran hegt.

»Es gab ein paar Probleme hier«, hören sie über den Lautsprecher, »aber ich konnte sie lösen.«

»Und Adam und Eva?«
»Die wollen noch ein bisschen draußen bleiben.«
»Hast du ihnen nicht gesagt, dass Gäste da sind?«
»Du weißt ja, wie sie sind. Immer eigene Ideen.« Marchenko lacht dröhnend. In Adams Ohren klingt es bemüht, unecht.

Aber eine halbe Stunde später schleust sich Marchenko tatsächlich wieder ein. Adam beobachtet ihn genau. Kein Zweifel möglich, es ist Js Körper, von dem gerade die letzten Tropfen auf den Boden fallen, um da, wo er steht, eine kleine Pfütze zu bilden.

»Und, was hast du gefunden?«, fragt er ihn.

»Wie ich schon dachte, da ist der Sender. Er ist aber nicht mehr aktiv.«

»Was wollte der andere Adam denn öffnen?«

»Er wollte die Energieversorgung reparieren und hat vermutet, dass sie sich im Sockel befindet. Der besteht aber aus massivem Metall, da gibt es nichts zu öffnen.«

»Nächstes Mal nimmst du uns aber mit. Ich will unbedingt meine Kiemen trainieren«, wirft Eva ein.

»Kiemen?« Marchenko stutzt kurz. »Ja, klar, deine Kiemen wirst du noch trainieren können.«

»Hast du sie denn überhaupt dabei?« Adam hat verstanden, dass das ein Test ist. »Ich dachte, die wären im letzten Lager geblieben.«

Eva macht ein überraschtes Gesicht. Sie kann das wirklich gut. »Ich habe euch doch extra noch darum gebeten, sie einzupacken. Marchenko, sag mir nicht, dass du das vergessen hast.« Sie setzt sich auf ihre Liege und setzt einen Schmollmund auf.

Der Roboterkörper zuckt mit den Schultern. »Ich prüfe das nachher. Wenn nicht, machen wir dir eben neue.«

14. Februar 19

Allmählich verfalle ich dem Wahnsinn. Ich existiere in absoluter Dunkelheit. Nichts kommt von außen an mich heran. Das einzige, das mir bleibt, sind die Bilder meiner Erinnerung. Aber kann ich damit für viele tausend Jahre existieren, bis mein Körper irgendwann so verrostet ist, dass auch die geschützten Speicherzellen verfallen, auf die sich mein Bewusstsein beschränkt? Muss ich nicht zwangsläufig verrückt werden? Ich spüre jetzt schon, wie falsche Eindrücke sich ähnlich wie Phantomschmerzen in meinem Geist breitmachen. Lange werde ich diesen Prozess nicht aufhalten können.

Zum millionsten Mal prüfe ich meine Hardware. Die Hoffnung ist eine wirklich starke Triebfeder. Erneut stelle ich fest, dass der Schlag die komplette Elektronik zerstört hat. Dieser Roboterkörper wird nie wieder laufen, seine Sensoren werden mich nie wieder mit Informationen versorgen. Nur der speziell geschützte Speicher hat überlebt nebst dem Interface, über das ich mein Bewusstsein per Funk auf eine andere Hardware übertragen könnte. Doch da ist nichts. Der außerirdische Sender war lange meine Hoffnung gewesen. Er ist sicher mit einer Art Computer gekoppelt. Doch dessen Protokolle sind so fremdartig, dass ich keinen Weg hinein gefunden habe. Die Basis ist viel zu weit weg, und ich kann auch nicht aktiv nach einer Alternative suchen. Ich muss warten, bis ein Gerät in meine Reichweite kommt, das für die Übertragung geeignet ist. Doch woher soll hier, mitten im Ozean, so etwas kommen? Ich warte auf ein Wunder, und Wunder gibt es nicht.

Die Wartezeit wird durch meine Angst um die Kinder noch verschlimmert. Was hat der andere Marchenko mit Adam und Eva vor, und was ist mit den anderen beiden Passagieren passiert? Es gibt keinerlei Spuren von ihnen. Hat er sie umgebracht und sucht nun neue Opfer? Oder sind sie einem Unfall zum Opfer gefallen, und er sucht nun auf perverse Art Ersatz? Am schlimmsten dabei ist, dass ich zur Untätigkeit verdammt bin. Ich kann sie nicht beschützen, obwohl das der einzige Zweck meines Lebens ist.

Da ist etwas in mein Blickfeld eingedrungen. Es fühlt sich an, als wäre ich blind und taub, spürte aber einen Sonnenstrahl meine Haut kitzeln. Was kann das sein? Ich versuche, die Kodierung zu erfassen. Der »Sonnenstrahl« pulsiert in einem Rhythmus, den ich kenne. ISU 4. Es ist die Signalboje, die ich beim Start unserer Meeresexpedition auf die Reise geschickt habe. Das könnte die Rettung sein! Eine Sensor-Unit ist perfekt. Ich erinnere mich an das Gefühl grenzenloser Freiheit, als ich von der Messenger aus in einem solchen Mini-Raumschiff das All erforscht, ja das All in mich aufgenommen habe. Die ISUs folgen einem Zufallskurs, auf dem sie irgendwann den kompletten Ozeanboden kartiert haben werden. Das heißt, ich muss mich beeilen. Ich kann die ISU nicht fernsteuern, solange ich mein Bewusstsein nicht darauf übertragen habe. Und ich muss es schaffen, die Übertragung abzuschließen, bevor die ISU die Reichweite meines Funk-Interfaces wieder verlässt.

Deshalb starte ich den Transferprozess sofort, auch wenn das gefährlich für mich werden könnte. Denn in J sind Standard-Protokolle verbaut, die den Gesetzen der Erde genügen. Und die besagen, dass das Klonen einer Künstlichen Intelligenz verboten ist. Ich darf mich nicht vervielfältigen. Also wird jede auf die ISU übertragene Information in dem Speicher auf J sofort gelöscht. Falls der Prozess nicht bis zu Ende durchläuft, weil mein Ziel den Sendebereich vorher verlässt, dann spaltet sich mein Bewusstsein in zwei Hälften. Ich habe keine Ahnung, wie sich das auswirkt; vermutlich wird das davon abhängen, welche Teile des Bewusstseins übrig bleiben. Steuern kann ich das nicht. Oder? Ich überlege fieberhaft.

Doch, ich glaube schon. Die aktivsten Teile meines Bewusstseins werden zuerst übertragen. Ich muss ab sofort vermeiden, an die Vergangenheit zu denken. Erinnerungen sind tabu. Wichtig sind allein meine Pläne. Dass ich mich mit der ISU zur Basis begeben muss, um das zu vereiteln, was immer der andere Marchenko vorhat. Ich präge mir das Ziel ein, überlege, wie ich an Bord gelange und wie wir gemeinsam den Feind ausschalten können. Francesca, Enceladus, mein Leben als Mensch spielen keine Rolle mehr. Ich lasse sie zurück. Basis, ich komme, ich weiß, was zu tun ist.

Die Verbindung zwischen ISU 4 und dem Speichermodul im gehärteten Kopf des Roboters J bricht ab.

14. Februar 19

Adam sitzt wieder auf seiner Liege, die er zum Sessel umfunktioniert hat. Von außen betrachtet könnte man meinen, er würde sich mit irgendwelchen Videos amüsieren, denn er ruft regelmäßig neue Folgen ab, starrt auf den Bildschirm und lacht ab und zu. Tatsächlich grübelt er mit Eva zusammen darüber nach, wie sie den falschen Marchenko loswerden können. Sie haben zwischen ihren Terminals einen geschützten Textkanal eingerichtet, der nicht einmal vom Quantencomputer zu knacken ist. Natürlich besteht die Gefahr, dass Marchenko merkt, dass sie irgendetwas planen, aber wenn sie sich offen unterhalten würden, wäre das noch gefährlicher.

»Wir müssen ihn außer Betrieb setzen«, schreibt Adam.

»:-O«

»Ob die Station einen Hauptschalter hat?«

»So etwas gibt es nur in schlechten Romanen.«

»Ich hab sonst keine Idee :-(:-(Mist!«

»Wir locken ihn irgendwie nach draußen«, tippt Eva.

»Und dann? Ziehen wir ihm eins über? Der Roboter ist zehnmal so stark wie wir.«

»Warte mal, ich muss etwas checken.«

Adam fängt an, mit seinen Daumen zu kreisen. Er versucht nachzudenken, aber nicht zu tief. Denn dann müsste er realisieren, dass sie ihren Marchenko wahrscheinlich verloren haben. Was bedeutet das für die Zukunft? Können sie überhaupt allein überleben? Sollten sie der falschen KI nicht besser ihre Zusammenarbeit anbieten?

»Ich hab's«, meldet sich Eva. »Die KI-Gesetze. Sie sind hier auch umgesetzt. KIs dürfen sich nicht teilen. Das dient als Kopierschutz.«

»Das heißt, wenn er mit uns und J nach draußen geht, ist der Computer hier drinnen frei für unseren Marchenko.«

»Richtig. Aber es muss für KIs immer auch einen Notschalter geben. Das hat man nach dem Watson-Zwischenfall eingeführt. Diese KI hatte damals angeblich aus Angst um ihr Leben ein ganzes Raumschiff übernommen.«

»Aber wir wissen nicht, wo, und fragen sollten wir ihn besser nicht.«

»Ja, also ein kleiner Ausflug. Ich jammere ihm etwas vor, muss mir noch was überlegen.«

»Besser: du zeigst ihm deine Kiemen. Du sagst, dass du sie doch mitgenommen hast. Wenn er ein bisschen so ist wie unser Marchenko, wird er neugierig sein und dir nach draußen folgen. Ich suche dann hier drin nach dem Notschalter.«

»Das klingt nach einem Plan :-)«

»Eva, was glaubst du, was hat er mit unserem Marchenko gemacht? :-/«

»Ich weiß es nicht.«

Adam beobachtet aus den Augenwinkeln, wie Eva nach dem letzten getippten Zeichen ganz beiläufig aufsteht und sich streckt.

»Marchenko«, sagt sie, »mir ist langweilig. Das Herumsitzen halte ich nicht mehr aus. Kommst du mit raus?«

»Das Wasser ist ziemlich kalt, Eva«, sagt die Stimme, die sie so gut kennen.

»Das stört mich nicht. Ich muss ab und zu meine Kiemen trainieren.«

»Ich denke, ihr habt sie nicht dabei?«

»Adam wollte mich bloß ärgern. Er hat sie doch eingepackt.«

»Ja, ich weiß, na gut. Wir bleiben aber hier in der Nähe der Station.« Dem falschen Marchenko ist kein schlechtes Gewissen anzumerken. Aber das ist wohl auch nicht zu erwarten.

»Wir treffen uns an der Schleuse.«

Eva entkleidet sich bis auf Unterhose und Hemd und geht barfuß zum Ausgang. Ob sie sich nicht einer großen Gefahr aussetzt, wenn sie auf den Druckanzug verzichtet? Ja, sie kann unter Wasser atmen wie ein Fisch, und Fische können auch in 2000 Metern Wassertiefe überleben. Aber sie besitzt zusätzlich eine Lunge. Ob das wirklich so eine gute

Idee ist? Hoffentlich haben die, die ihr die Kiemen in die DNS geschrieben haben, auch daran gedacht.

Adam sieht auf dem Bildschirm, dass Eva und der Roboter die Schleusenkammer betreten. Er ballt die Hände zu Fäusten. Gleich kommt der Moment, wo sich die Außentür öffnet. Wasser dringt ein. Eva hat vielleicht nur noch ein paar Sekunden.

Er sieht, wie sie mit kräftigen Schwimmstößen aus der Luke gleitet. Schritt eins geschafft. Jetzt muss er den KI-Ausschalter suchen. Er springt auf und durchquert das Kommandomodul. Oben, im Quartier, das angeblich Adam und Eva gehört, gab es keine Steuerkonsole. Hier im Zentralmodul gibt es eine Steuerung für die Umweltkontrolle. Er versucht, alle Tastenaufschriften zu verstehen. Jetzt könnte er Evas Hilfe gut gebrauchen. Wie lange wird sie den falschen Marchenko ablenken können? Er muss sich beeilen, aber keine der Tasten scheint etwas mit der Künstlichen Intelligenz zu tun zu haben.

Adam mustert den ganzen Raum. Direkt unter dem Schott an der Decke sieht er auf dem Boden einen Kreis. Ist das ebenfalls eine Öffnung? Adam tastet die Stelle ab. Unter dem gummiähnlichen Belag, das könnte tatsächlich eine runde Tür sein. Er braucht ein Messer. Wo bewahrt Marchenko Werkzeuge auf? Hektisch rennt Adam im Zentralmodul herum und durchsucht Kisten. Da, eine Schere, das müsste funktionieren. So schnell wie möglich entfernt er den Gummiboden. Darunter liegt ein Schott. In seiner Mitte ist ein Handgriff. Er zieht daran, aber das genügt noch nicht, um den Öffnungsmechanismus in Gang zu setzen. Er verkantet den Griff in alle Richtungen. Was ist hier bloß der Trick? Dann sieht er, dass er selbst auf dem Deckel steht. Was ist er nur für ein Blödmann! Er tritt zur Seite. Die Klappe öffnet sich, eine schmale Leiter schließt sich an. Darunter ist es dunkel, doch sobald er einen Fuß auf die Leiter setzt, geht das Licht an.

»Was machst du denn da, Adam?«, tönt es aus dem Lautsprecher. »Das Servicemodul geht euch nichts an, das ist gefährlich.«

Adam hört nicht auf die Stimme, er klettert weiter nach unten.

»Entschuldige, Eva, Adam macht gerade Dummheiten, ich muss nachsehen. Du kannst ruhig weiterschwimmen.«

Das Servicemodul ist klein und riecht nach Schmierfett und altem Öl. Marchenko hat es wohl als Werkstatt benutzt. Das Licht, das es erhellt, flackert. Es gibt nur eine einzige Steuerkonsole hier. Adam ist in drei Schritten bei ihr. Es handelt sich um eine Art Sicherungskasten. Er kann einzelne Systeme hier für gewisse Zeit lahmlegen, um an ihnen Reparaturen ausführen zu können. Nur der KI-Notschalter ragt heraus, schon weil er hellrot beschriftet und größer als der Rest ist. Zur Sicherheit liest Adam die Erklärung, die darunter angebracht ist. Ja, wenn er diesen Knopf drückt, werden alle KIs in 200 Metern Umkreis dauerhaft ausgeschaltet. Er hebt den Arm und zielt auf den Knopf.

14. Februar 19

Ich fühle mich seltsam leicht, wie neu geboren. Es gibt keine Vergangenheit mehr, es gibt nicht einmal Bedauern darüber, nur meine Aufgabe und ich existieren. Wie heiße ich? Ich habe es vergessen. Aber ich bin da, ich lebe an Bord von ISU 4, vielleicht bin ich ihr Steuerkern, es ist aber auch egal, weil vor mir nur eine einzige Aufgabe liegt: Ich muss zur Basis und dort Adam und Eva retten, indem ich Marchenko ausschalte.

Die Sensor-Unit bewegt sich mit höchstem Tempo. Das wird ihre Energie komplett aufbrauchen. Sie wird nicht mehr erreichen, wofür sie geschaffen wurde, aber das spielt keine Rolle. Ich muss so schnell wie möglich zur Basis. Der Untergrund rauscht rasend an mir vorbei. Es kommt mir so vor, als hätte ich das schon einmal gesehen, aber ich kann mich nicht erinnern.

Aber das ist unwichtig, ermahne ich mich. Die Station kommt auf uns zu. Noch zwei Minuten. Ich darf Marchenko nicht warnen, muss also Funkstille halten. Meine Sensoren erspüren zwei Gestalten. Sie bewegen sich direkt vor der Schleuse, über die ich die Station betreten kann. Die eine identifiziere ich als den Roboter J. Meine Hoffnung wächst. Vermutlich steckt Marchenkos Bewusstsein in ihm. Ich habe nur eine einzige Chance: Ich kann den Roboter komplett außer Gefecht setzen, indem ich ihm einen elektrischen Schlag verpasse. Ich erinnere mich dunkel, dass so etwas kürzlich auch mir passiert ist. Dann sollte sich aber kein Mensch in meiner Nähe befinden; Wasser, insbesondere das Salzwasser des Ozeans, leitet elektrischen Strom viel zu gut. Ich nähere mich so, dass der Schleusengang mich optisch von Marchenko abschirmt. Er darf nicht wissen, dass ich komme. Nur so kann ich die Gelegenheit nutzen und ihn überraschen. Ich bin nur eine ISU. Sobald der Roboter mich bemerkt, habe ich keine Chance mehr.

Der Mensch, das erkenne ich jetzt, ist Eva. Dass sie ganz

ohne Druckanzug munter herumschwimmt, wundert mich seltsamerweise nicht. Aber sie wird sterben, wenn ich meine Ladung zu früh auslöse. Es sind noch zehn Meter, als Marchenko über Funk beginnt, mit Adam zu sprechen. Ich lausche. Adam hat offenbar das Servicemodul geöffnet. Den Plan der Station kenne ich bis ins Detail. Dort unten, wo Adam gerade unterwegs ist, befindet sich der Notschalter, der die KI deaktiviert, der alle Künstlichen Intelligenzen im näheren Umkreis tötet. Adam, nicht, ich bin kurz davor, möchte ich ihm zurufen, aber das würde Marchenko warnen. Ich kalkuliere blitzartig. Mit 50 Prozent Wahrscheinlichkeit scheitert Adams Plan, wenn ich auf mich aufmerksam mache. Wenn ich ruhig bleibe, werden mit 90 Prozent Wahrscheinlichkeit Marchenko und ich getötet, aber Adam und Eva überleben. Das Ergebnis ist eindeutig. Ich werde nichts sagen.

Jetzt bewegt sich Marchenko zur Schleuse. Er hat wohl durchschaut, was Adam vorhat. Er hofft wohl, die vielleicht fünfzehn Meter bis zu Adam schneller zu bewältigen, als er den 200-Meter-Radius der Notabschaltung verlassen kann. Ich nähere mich ihm auf kürzeste Distanz, doch er merkt nichts, er wird wohl panisch, weil ihm die Abschaltung droht. Ich muss jetzt extrem schnell sein. Eva gibt ihm Zeichen, dass sie mit in die Schleuse möchte, doch er ignoriert das. Dieses Arschloch! Wenn sie noch lange bei 6 Grad im Wasser bleiben muss, wird sie sterben. Marchenko zieht die äußere Schleusentür hinter sich zu. Das ist meine Gelegenheit. Ich beschleunige und schlüpfe gerade noch eben zu ihm in die Kammer. Die Tür schließt sich. Eva, die draußen bleibt, ist jetzt sicher. Hätte er sie mit hineingenommen, hätte ich mich zurückhalten müssen. Er bemerkt mich. Ihm wird sofort klar, dass diese ISU nicht zufällig in die Schleuse geraten ist. Er schlägt mit Armen und Beinen nach mir, doch es ist zu spät, ich zünde die Ladung und verbrenne sein Gehirn. Es ist aus.

14. Februar 19

Ein lautes Zischen. Adam zuckt zurück. Was ist passiert?

»Marchenko?«

Keine Antwort. Er zieht vorsichtig den Finger zurück, der immer noch auf den KI-Notschalter zielt. Oder soll er doch, rein sicherheitshalber? Nein, er muss sich erst überzeugen, was da los ist. Warum ist Marchenko plötzlich still? Hektisch klettert Adam hoch in das Zentralmodul und lässt sich die Kameras zeigen, eine nach der anderen. Auf dem Bild der Außenkamera sieht er, dass Eva gegen die Schleusentür pocht. Ihr muss eiskalt sein. Schnell lässt er die Tür öffnen. Sie kriecht hinein und schließt sie hinter sich. Da hört er sie auch schon über die Bordsprechanlage.

»Adam, der Roboter mit dem falschen Marchenko ist deaktiviert. Das hat die ISU erreicht, die hier hineingeschlüpft ist«, sagt Eva. Sie hält die Sensor-Unit vor die Kamera.

»Gut, ich lasse dich rein.«

»Nein, warte. Ich bin sicher, dass das Bewusstsein in einem geschützten Bereich untergebracht ist. Js Elektronik ist zwar hin, doch wenn du die Tür öffnest, kann Marchenko 2 in den Bordcomputer fliehen. Die Schleusenkammer ist ein Faradayscher Käfig, sie hindert ihn daran.«

»Aber du kannst doch nicht ewig dort bleiben.«

»Ich kann raus, sobald du den Computer deaktiviert hast. Dann hat der falsche Marchenko keine Alternative.«

»Verstehe. Ich weiß auch schon, wo ich das IT-System abschalten kann.«

Adam dreht sich um und klettert wieder in das Servicemodul. Er deaktiviert den Hauptcomputer und kehrt zurück.

»Die Schleuse müsstest du jetzt selbst öffnen, die Automatik funktioniert nicht mehr.«

»Das schaffe ich.«

Zehn Minuten später ist Eva wieder bei ihm. Sie umarmen sich lange.

»Hast du gut gemacht«, sagt er.

»Du aber auch.«

Mehr Worte brauchen sie nicht. Doch es gibt noch einen wichtigen Punkt zu klären.

»Was ist mit Marchenko, unserem Marchenko?«, fragt Adam.

»Es gibt zwei Möglichkeiten. Falls er an Bord der ISU war, ist er tot. Der elektrische Schlag, der den Roboter unschädlich gemacht hat, muss unseren Marchenko umgebracht haben. Die Speicher der Sensor-Units sind nicht abgeschirmt wie der Roboterkopf. Marchenko hat sich für uns geopfert.«

Adam sieht bleich aus. »Aber er könnte noch da draußen sein.«

»Eben. Ich kann nur vermuten, dass der falsche Marchenko ihn ebenfalls mit einem Stromschlag ausgeschaltet hat. Darum hat er ihn wohl zur Signalquelle gelockt. Und dann hat er uns mit seinem eigenen Roboter vorgespielt, er sei unser Marchenko, das Original.«

»Dann wurde die ISU wohl vom echten Marchenko ferngesteuert?«

»Ich weiß nicht, wie, aber so muss es sein.«

»Das heißt aber, sein Bewusstsein ist noch irgendwo da draußen. Dann müssen wir ihn schnellstens abholen.«

»Wir sollten es probieren. Der Computer bleibt so lange abgeschaltet, dann kann der falsche Marchenko nicht fliehen. Und wir steigen einfach in die Valkyrie um und sehen nach.«

Diesmal verlassen sie die Basis beide in ihren Anzügen. Die Schleusenkammer bleibt danach von beiden Seiten geschlossen. So bildet der Roboterkopf ein ausbruchssicheres Gefängnis für die darin steckende KI. Sie aktivieren die Valkyrie, pumpen das Wasser nach außen und fahren in die Richtung, in der die Instrumente eine starke Energiequelle ausmachen.

Kurz davor treffen sie auf eine einsame Gestalt, die am Meeresboden festgefroren scheint. Adam schaltet eine Datenverbindung. Der Computer meldet, dass er eine riesige

Datenmenge gefunden hat. Adam startet den Download, der eine halbe Stunde dauert. Dann gibt er den Startbefehl. Das Bewusstsein erwacht.

»Was macht ihr denn hier? Und wo ist J?«, fragt Marchenko.

»Schön, dass du wieder da bist«, sagt Adam.

»Oh, Marchenko! Wie wunderbar, dass du wieder bei uns bist«, meint Eva.

Es stellt sich heraus, dass Marchenko alle Ereignisse der letzten drei Tage vergessen hat. Er kann sich nicht einmal mehr erklären, wie das passiert ist. Sie schildern ihm, welche Kämpfe sich zugetragen haben, und er kann nur darüber staunen.

»Dann danke ich euch sehr«, sagt er. »Ihr seid wirklich großartig!« Man hört ihm die Rührung an.

In der Basis angekommen, lassen sie zunächst den echten Marchenko den Bordcomputer besetzen. Die Valkyrie schalten sie erneut ab. So gewappnet öffnen sie einen Kanal zu dem Betrüger. Marchenko 2 rechtfertigt sich nicht. Er will sich nicht erklären, verrät ihnen aber, dass seine beiden Passagiere von der Flare-Welle getötet wurden, als sie vier Jahre alt waren. Ein Neustart des Systems war nicht mehr möglich gewesen. So landete er ganz allein auf Proxima b – eine Zeit der Einsamkeit, die ihn anscheinend seine geistige Gesundheit gekostet hat. Warum er sich nicht einfach über neue Gefährten gefreut hat? Keine Antwort.

Sie diskutieren, was mit dem Betrüger und Mörder geschehen soll. Adam ist für völlige Vernichtung, Eva will ihm noch eine Chance geben. Marchenko will nicht selbst zum Mörder werden. Doch ein Leben, bei dem sie sich dauerhaft vor der anderen KI in Acht nehmen müssen, kommt ebensowenig in Frage.

Sie entscheiden sich dafür, ihn ins Exil zu schicken. Der defekte Roboterkörper wird repariert. Marchenko 2 darf von nun an die dunkle Hemisphäre von Proxima b nicht mehr verlassen. Es ist die Hälfte des Planeten, glauben sie, die sie sowieso nie werden betreten müssen.

Nachwort

Liebe Leserinnen und Leser!

Ich hoffe, ich konnte Sie bis hierhin gut unterhalten und zugleich spannendes Wissen vermitteln (siehe dazu auch die folgende »Biografie der Exoplaneten«).

Natürlich ist die Expedition auf Proxima b an dieser Stelle nicht beendet. Marchenko, Adam und Eva werden, fürchte ich, im zweiten Teil mit noch weit größeren Schwierigkeiten kämpfen müssen. Der Roman heißt passend »Proxima Dying« und wird in wenigen Wochen im Buchhandel erscheinen.

Wenn Sie sich unter **www.hardsf.de/fortsetzung** eintragen, erhalten Sie immer rechtzeitig einen Hinweis, wenn mein neuester Roman erscheint (sowie die farbige PDF-Version der Biografie der Exoplaneten).

Kennen Sie schon das »SF-Buch der Woche«? Jede Woche bestimmen Leser hier ihre Science-Fiction-Favoriten. Hier können Sie mit abstimmen: **www.sf-der-woche.de**

Wenn Sie sich für die Geheimnisse des Alls interessieren, kann ich Ihnen noch diese Titel empfehlen:

Die neue Biografie des Universums
https://hardsf.de/links/186687

Die neue Biografie des Sonnensystems
https://hardsf.de/links/186710

Die faszinierende Welt der Quanten
https://hardsf.de/links/186704

Die faszinierende Welt von Relativität und Stringtheorie
https://hardsf.de/links/186705

Science-Fiction-Fans lege ich diese Titel von hervorragenden deutschen Kollegen ans Herz:

Transport von Philip P. Peterson
bit.ly/Transport1

Das Erbe der ersten Menschheit von Klaus Seibel
bit.ly/Menschheit

Der Rekrut von Cliff Allister
bit.ly/Multiversum

Die neue Biografie der Exoplaneten

Einführung

Die Messenger ist unterwegs zu Proxima b, dem ersten (und bisher einzigen) bekannten Planeten des sonnennächsten Sterns Proxima Centauri. Ist es Zufall, dass in unserer direkten kosmischen Nachbarschaft bereits ein erdähnlicher Planet gefunden wurde? Nein, überhaupt nicht – es wäre seltsam, hätten wir ohne Erfolg gesucht. Denn die Astronomen wissen heute, dass die meisten Sterne im Lauf ihres Lebens ein Planetensystem entwickeln. Insgesamt schätzt man, dass die Zahl der Planeten die der Sterne übertrifft. Im Mittel besitzt jeder Stern zwischen einem und zwei Planeten. Die Milchstraße mit ihren 200 Milliarden Sternen könnte demnach etwa 300 Milliarden Planeten aufweisen.

Dabei existiert eine große Variabilität. Es gibt Gasriesen, die sich in enger Umlaufbahn um ihren Mutterstern drehen und fast so heiß wie dieser sind. Es gibt Eisplaneten weit draußen, wie etwa Neptun im Sonnensystem, es gibt Planeten, die mit der Erde vergleichbar sind, und es gibt sogar eine große Zahl kosmischer Einzelgänger, die ganz ohne Stern durch die Einsamkeit des Alls rasen. Wie all diese Systeme konkret aussehen und ob dort dann auch Leben entstehen kann, das hängt von den näheren Umständen ab. Mögliche Ausprägungen und Variationen wollen wir uns in Folge ansehen. Ich werde dabei die Begriffe »Planet« und »Exoplanet« synonym verwenden – eigentlich ist jeder Planet, der sich nicht um die Sonne dreht, ein Exoplanet. Aber das ist eine sehr »menschistische« Betrachtungsweise: Mars, Venus oder Erde gehörten für jeden Außerirdischen ganz klar in die Kategorie der Exoplaneten.

Benennung von Exoplaneten

Üblicherweise heißen alle Planeten nach ihrer Entdeckung erst einmal so wie die Sterne, um die sie kreisen – allerdings mit einem zusätzlichen Buchstaben. Die Benennung beginnt dabei mit b (a ist der Stern selbst). Entdeckt man mehrere Planeten in einem System gleichzeitig, bekommt der innerste das b, dann geht es nach außen mit c, d, ... weiter. Planeten, die ein Doppelsternsystem umkreisen, bekommen ihren Buchstaben den beiden Sternen-Buchstaben nachgestellt. HD202026AB b zieht seine Bahnen zum Beispiel um das Binärsystem aus HD202206A (sonnenähnlich) und HD202206B (Brauner Zwerg).

2014 hat die International Astronomical Union einer Reihe von Exoplaneten »richtige« Namen gegeben, nämlich: AEgir, Amateru, Arion, Arkas, Brahe, Dagon, Dimidium, Draugr, Dulcinea, Fortitudo, Galileo, Harriot, Hypatia, Janssen, Lipperhey, Majriti, Meztli, Orbitar, Phobetor, Poltergeist, Quijote, Rocinante, Saffar, Samh, Smertrios, Sancho, Spe, Tadmor, Taphao Kaew, Taphao Thong und Thestias.

Arten von Planeten

Bevor ein Planet entsteht, wächst in einer kosmischen Gas- und Staubscheibe zunächst ein junger Stern heran (oder auch zwei oder drei, was die Regel ist). Die Wolke verdichtet sich im Zentrum immer stärker, bis sie dort irgendwann so heiß und dicht ist, dass die Fusion von Wasserstoffkernen (Protonen) startet. Dadurch ist aber noch nicht das komplette Material der Wolke verbraucht. In der Regel bleiben deutlich weniger als zehn Prozent der Gesamtmasse übrig, die sich nach wie vor in der rotierenden Gas- und Staubscheibe befinden. Die Hitze des jungen Sterns sorgt dafür, dass im inneren Bereich nur Stoffe mit hoher Ordnungszahl kondensieren können (Eisen, Nickel, Silizium und so weiter – daraus werden dann die Gesteinsplaneten).

Weiter außen, wo es kälter ist, können dann auch die leichten Wasserstoff- und Heliumatome kondensieren. Die hier entstehenden Planeten enthalten dann natürlich mehr vom reichlich vorhandenen Gas.

So erklärt sich die grundlegende Einteilung der Planeten in Gesteins- und Gasplaneten. Später kann es durchaus noch zu Verschiebungen kommen: Gasplaneten wandern vielleicht nach innen und schubsen kleinere Gesteinsplaneten in die Sonne oder auch ganz aus dem System heraus. Manchmal reicht die Masse in einer bestimmten Umlaufbahn nicht, dass sich ein kompletter Planet bildet – das Ergebnis ist dann ein Asteroidengürtel wie zwischen Mars und Jupiter. An den äußeren Grenzen des jeweiligen Systems ist die Wolke zu dünn, als dass sich noch größere Objekte bilden könnten. Hier entstehen dann Zwergplaneten oder auch Kometen. Im Sonnensystem bilden der Kuipergürtel und die Oortsche Wolke diesen Müllplatz.

Die Planeten verändern sich allerdings auch während ihrer Lebenszeit. Ein Gasplanet kann zum Beispiel unter dem Einfluss seines Sterns sein Gas verlieren – zurück bleibt dann nur sein Kern, ein Gesteinsplanet.

Es mag ein bisschen erdzentriert sein, aber gern klassifiziert man Exoplaneten nach ihren Vorbildern aus dem Sonnensystem.

Gasriesen (Jupiters)

Gasriesen bestehen überwiegend aus leichten Gasen und Wasserstoff und Helium. Sie besitzen keine feste Oberfläche; vielmehr wird das Gas mit der Tiefe immer dichter und erreicht irgendwann einen festen Zustand. Wasserstoff kann sogar metallisch werden. Das erschwert es, die Größe des Planeten exakt anzugeben. Oft behilft man sich, indem man den Punkt, an dem der Druck so hoch wie am Erdboden ist, als Oberfläche bezeichnet. Alles, was darüber liegt, ist dann die Atmosphäre.

Gasriesen können nicht schwerer als 13 Jupitermassen

sein (was etwa 1,2 Prozent der Sonnenmasse entspricht). Wenn ein Planet schwerer wird, ist der Druck in seinem Inneren so hoch, dass erste Fusionsprozesse einsetzen – er wird zum Braunen Zwerg. Braune Zwerge besitzen eine Sonderstellung zwischen Planeten und Sternen, weil in ihnen noch keine Wasserstoff-Helium-Fusion stattfindet, die ein Merkmal eines richtigen Sterns ist. Sie tritt erst ab etwa 70 Jupitermassen auf.

Heiße Gasriesen (Hot Jupiters)

Heiße Gasriesen sind Gasriesen mit einer Besonderheit: Sie umkreisen ihren Mutterstern in einem sehr engen Orbit. Die Umlaufzeit liegt unter zehn Tagen. Sie entstehen entweder, weil ein Gasriese im System nach innen wandert – oder weil ein Gesteinsplanet so viel Gas aufsaugt, dass er zum Gasriesen wird. Durch die Nähe zum Stern sind sie außergewöhnlich heiß; man hat bei einigen mehrere tausend Grad gemessen. Die Chance, dass auf ihnen Leben existieren kann, ist minimal. Durch ihre hohe Masse und die kurze Umlaufzeit gehörten sie zu den ersten Exoplaneten, die man entdeckt hat. Manche unter ihnen werden von der Hitze des Sterns derart aufgebläht, dass sie riesige Umfänge annehmen. Dann spricht man auch von »Hot Saturns« (der Saturn besitzt ebenfalls eine relativ geringe Dichte).

Eisplaneten (Neptunes)

Eisplaneten besitzen einen ähnlichen Aufbau wie Gasriesen, nur bestehen sie primär nicht aus leichten Wasserstoff- und Helium-Atomen, sondern aus Verbindungen mit Stickstoff, Sauerstoff, Kohlenstoff oder Schwefel. Das »Eis« im Namen bezieht sich hier nicht auf Wassereis; Wasser liegt im Inneren dieser Planeten meist in flüssiger Form vor. Aber andere Verbindungen wie Methan, Ammoniak oder Schwefeldioxid können hier in gefrorenem Zustand gespeichert sein. Manchmal besitzen die Eisplaneten allerdings einen Wasserstoff-Mantel, der bis zu einem Fünftel ihrer Masse ausmachen kann.

Heiße Eisplaneten (Hot Neptunes)

Wenn ein Eisplanet sich zu nah an seinen Stern heranwagt, wird er zum »Hot Neptune«. Ein Eisplanet ist er dann eigentlich nicht mehr – die Hitze des Sterns erwärmt natürlich auch sein Inneres.

Erdähnliche Planeten

Gesteinsplaneten wie die Erde sind wegen ihrer geringeren Größe im Vergleich zu den Gasriesen deutlich schwerer zu entdecken. Sie treten aber recht häufig auf. Man schätzt sogar, dass jeder fünfte sonnenähnliche Stern einen erdähnlichen Begleiter in seiner habitablen Zone besitzt. Damit gäbe es allein in der Milchstraße 11 Milliarden potenziell bewohnbare Planeten. Hinzu kommen solche, die kleinere Sterne (etwa Rote Zwerge) umkreisen, für die es noch keine gute Statistik gibt.

Erdähnliche Planeten sehen der Erde nicht unbedingt zum Verwechseln ähnlich. Die einzige definitive Gemeinsamkeit besteht darin, dass sie eine feste Oberfläche haben und sich darunter Gestein befindet. Meist ist das Innere schalenförmig aufgebaut, mit einem heißen, manchmal flüssigen Kern aus Eisen und anderen schweren Stoffen. Darüber könnte sich ein Mantel aus Silikaten befinden und eine Kruste, die ebenfalls aus Silikaten sowie weiteren leichten Stoffen besteht. Daran schließt sich manchmal eine Lufthülle (Atmosphäre) an. Einige Planeten besitzen an der Oberfläche Wasservorräte, eine Hydrosphäre.

Heiße erdähnliche Planeten (Venus-artige)

Diese Gesteinsplaneten weisen entweder durch ihre Nähe zur Sonne oder aber durch ihre sehr dichte Atmosphäre und einen damit verbundenen Treibhauseffekt hohe Temperaturen auf (einige hundert Grad), ähnlich wie die Venus im Sonnensystem.

Super-Erden

Die meisten bisher entdeckten Gesteinsplaneten gehören zur Gruppe der Super-Erden, weil ihre Masse mehrfach größer als die der Erde ist (hierzu gibt es unterschiedliche Definitionen, die von 1- bis 14-facher bis zu 5- bis 10-facher Erdmasse reichen. Allerdings sind entsprechende Messungen oft mit Fehlern behaftet. Die Bestimmung des Durchmessers genügt nicht, um einen Planeten mit kleinem Gesteinskern und großer Gashülle von einem reinen Gesteinsplaneten zu unterscheiden.

Wenn die anfängliche Staubscheibe groß genug ist, können riesige Gesteinsplaneten entstehen, so genannte Mega-Erden. Das dürfte vor allem im Orbit von Riesensternen der Spektralklassen B und O mit bis zu 150 Sonnenmassen der Fall sein. Solche Riesenerden könnten bis zu 4000-mal so schwer wie die Erde sein.

Das ist aber bei Weitem nicht das einzig mögliche Einteilungssystem – die Forscher halten es zudem für eher unpraktisch. Eine andere Technik sieht sich das Äußere der Planeten gar nicht erst an, sondern betrachtet lediglich ihre Zusammensetzung. Dabei unterscheidet man dann:

- metallosilikatische Planeten (ähnlich Merkur und Erde)
- silikatische Planeten (wie Europa, Io und Erdmond)
- hydrosilikatische Planeten (vergleichbar Ganymed, Kallisto, Titan und Pluto)
- Eisplaneten (wie Enceladus, mit sehr geringem Silikatanteil)
- Gasriesen mit Methanwolken (unter 80 Kelvin)
- Gasriesen mit Ammoniakwolken (unter 150 Kelvin)
- Gasriesen mit Wasserdampfwolken (150 bis 350 K)

- Gasriesen mit Albedo um 12 % (350–900 K, »Hot Jupiters«)
- Gasriesen mit Alkali-Absorption (900–1500 K)
- Gasriesen mit Siliziumdioxidwolken (über 1500 K)

Planeten in Mehrfachsystemen

Auch in Mehrfachsystemen können Planeten entstehen. Dauerhaft stabile Bahnen zu erreichen ist hier allerdings schwieriger. Am günstigsten sind die Verhältnisse, wenn die beiden Sterne sehr weit voneinander entfernt sind – oder wenn sie sich sehr nah sind. Im ersten Fall handelt es sich im Grunde um separate Planetensysteme. So umkreist Proxima Centauri b seinen Mutterstern Proxima Centauri, während dieser sich mit dem Binärsystem Alpha Centauri um einen gemeinsamen Schwerpunkt dreht. Wenn die Sterne eng beieinander stehen, umkreisen Planeten meist beide auf einmal, als zirkumbinäre Planeten. Solche Kombinationen scheinen relativ häufig zu sein. Das Kepler-Teleskop hat bei der Untersuchung von 1000 Binärsternen immerhin sieben mit Planeten entdeckt.

Bewohnbarkeit und Leben

Ob ein Planet grundsätzlich Leben beherbergen kann, ist aus der Ferne sehr schwierig zu bestimmen. Das Problem besteht darin, dass wir bisher nur eine Art von Leben kennen – das irdische. Es basiert vor allem auf Oberflächen-Wasser in flüssigem Zustand. Es könnte allerdings auch viele andere Arten von Leben geben, die vielleicht völlig andere Voraussetzungen mitbringen.

Aber auf irgendetwas müssen sich die Forscher ja einigen. Deshalb definiert man einen Bereich rund um einen Stern als bewohnbare Zone, in dem Wasser auf der Oberfläche eines dort kreisenden Planeten existieren könnte. Das bedeutet nicht, dass dies auch der Fall ist. Und wenn das Leben seine Energie nicht aus dem Sonnenlicht gewinnt, sondern etwa aus Wärme, könnte es sich auch Wasser unterhalb der Oberfläche zunutze machen, also Wasser, das näher am Kern des Planeten vorkommt.

Wie weit die bewohnbare (habitable) Zone reicht, hängt davon ab, wie viel Energie ein Stern abgibt. Das kann sich also mit seinen Alterungsprozessen ändern. Wenn die Sonne also weiter an Leistung zulegt (eine typische Alterserscheinung), wird auch die Erde irgendwann die bewohnbare Zone verlassen, weil es zu heiß wird. Und falls die Sonne am Ende ihres Lebens zum Roten Riesen wird, herrschen plötzlich in der Nähe von Jupiter und Saturn günstige Bedingungen – dann ist der Saturnmond Titan vielleicht der fruchtbarste Ort des Sonnensystems.

Auch abseits der Größe und Entfernung der habitablen Zone wirkt sich die Natur des Hauptsterns in hohem Maße auf die Bewohnbarkeit aus. Besonders helle Riesensterne existieren oft nicht lange genug, damit sich auf ihren Planeten Leben entwickeln kann. Rote Zwerge hingegen strahlen im Röntgen- und ultravioletten Bereich besonders stark. Da sich die bewohnbare Zone hier sehr nah am Stern befinden muss, könnte das ein Hindernis für die Entstehung von Leben sein. Überhaupt ist es für die Entwicklung des Lebens wichtig, dass der Stern über längere Zeit konstant Energie liefert. Plötzliche Ausbrüche oder Schwankungen können katastrophale Auswirkungen haben. Schon der elfjährige Sonnenzyklus beeinflusst das Klima auf der Erde deutlich, obwohl sich die Energieabgabe nur um höchstens 0,1 Prozent ändert. Sterne mit stärkeren Zyklen sind für das Leben entsprechend problematisch.

Ebenfalls berücksichtigen muss man bestimmte Eigenschaften des Planeten. Eine dichte Atmosphäre kann die Sonnenenergie durch den Treibhauseffekt besser halten als eine dünne. Der Mars etwa wäre selbst dann deutlich kälter als die Erde, wenn er an ihrer Stelle um die Sonne kreisen würde. Ein starkes Magnetfeld verhindert, dass der Sonnenwind die Atmosphäre mit der Zeit wegreißt, gleichzeitig bietet ein Magnetfeld Schutz vor Strahlungsausbrüchen des Sterns, die gerade bei Roten Zwergen wie Proxima Centauri hilfreich sind. Ob ein Planet seinem Stern stets dieselbe Seite zuwendet oder ob er eine stark elliptische Bahn besitzt, kann die Chancen von Leben auf seiner Oberfläche ebenfalls beeinflussen.

Leben, wie wir es kennen, ist wählerisch. Der Planet darf nicht zu klein sein: Kleinere Planeten haben nicht genug Kraft, eine dichte Atmosphäre zu halten, und sie kühlen nach ihrer Entstehung auch innerlich schnell aus, sodass weder Plattentektonik noch ein Magnetfeld übrigbleiben, die einen flüssigen Kern voraussetzen. So ist es wohl kein Zufall, dass die Erde der dichteste aller Gesteinskörper im Sonnensystem ist. Studien schätzen, dass die untere Grenze für die Bewohnbarkeit bei 0,9 Erdmassen liegt – so gesehen hätten wir Menschen noch Glück gehabt, denn die Erde liegt nur knapp darüber. Mit der Größe des Planeten wächst allerdings auch die Gefahr, dass die Atmosphäre zu dicht wird und ein Treibhauseffekt die Oberfläche zu heiß werden lässt, eine Supererde müsste also in größerer Entfernung als die Erde um die Sonne kreisen.

Der Planet sollte sich bitteschön auch in einem möglichst kreisförmigen Orbit um seinen Stern bewegen. Ansonsten wird es mal zu heiß, dann wieder zu kalt. Die Erde ist hier vorbildlich, die Exzentrizität ihrer Bahn (ein Maß für die »Kreisähnlichkeit«) liegt unter 0,02. Die bisher entdeckten Exoplaneten, von denen man die Exzentrizität kennt, liegen über 0,25, hier würden Ozeane mit den Jahreszeiten gefrieren und kochen.

Zwei letzte Argumente dazu: Wenn der Planet nicht passt, weil er zu groß ist oder aus Gas besteht, kommen seine Monde, die in der Regel aus Eis oder Gestein bestehen, natürlich trotzdem als Lebensträger in Frage. Und schließlich spielt auch das Leben selbst eine Rolle bei seiner Ausbreitung: Dass es in der Erdatmosphäre so viel Sauerstoff gibt, den die Tiere atmen können, liegt an der guten Vorbereitung durch pflanzliches Leben, das als Nebenprodukt Sauerstoff produziert. Sollten wir also einen Planeten finden, der gut geeignet aussieht, aber zu wenig Sauerstoff besitzt, bräuchten wir ihn nur zu bepflanzen und ein paar Millionen Jahre abzuwarten. Geduld ist im Weltall immer hilfreich.

Planeten ohne Sterne

Es gibt eine weitere Planeten-Klasse, die so exotisch ist, dass man sich noch nicht einmal auf einen Begriff für sie geeinigt hat: Objekte, die ganz allein den interstellaren Raum durchwandern, fernab von Licht und Wärme eines Sterns. Bisher kennt man nur eine Handvoll dieser einsamen Wanderer, doch es sind wahrscheinlich viel mehr. Dabei divergieren die Schätzungen der Astronomen stark: Für jeden der etwa 200 Milliarden Sterne der Milchstraße könnte es ein paar oder auch bis zu 100.000 Einzelgänger-Planeten geben.

Der Begriff, der am häufigsten für diese Streuner verwendet wird, lautet »Objekt planetarer Masse« (Planetary Mass Object, PMO oder auch Planemo). Bevor wir ihre Herkunft (und damit auch ihre Zahl) genauer ermitteln können, müssen wir sie erst einmal finden und untersuchen – und das ist eine große Herausforderung. Denn die Suchverfahren für Exoplaneten (siehe nächstes Kapitel) scheitern hier. Ein erdähnliches PMO weit draußen im All, eine tiefgefrorene, steinerne Kugel, ist fast unmöglich zu entdecken, es sei denn, der Planet bewegt sich zufällig vor einen aus unserer Perspektive dahinter liegenden Stern und beugt dessen Licht, was Astronomen dann als Gravitationslinsen-Effekt registrieren können.

Es gibt allerdings auch einzelne solcher Planeten, die selbst noch in bestimmten Wellenlängen strahlen, etwa weil sie genügend Hitze aus ihrem Entstehungsprozess gespeichert haben. Ein spannendes Beispiel dafür, katalogisiert als PSO J318.5-22, wurde 2013 von einem Team entdeckt. Woher kommen die einsamen Wanderer? Einige, vor allem die kleineren, erdähnlichen, sind vermutlich kosmische Ausbrecher, die sich zunächst wie normale Planeten in einer protoplanetaren Scheibe gebildet haben, doch dann durch irgendeinen Unfall aus ihrem System geschleudert wurden, etwa durch einen schweren Nachbarn oder weil sich ein anderer Stern dem System genähert hat. Viele andere sind schon ihr ganzes Leben allein. Sie haben sich aus dem interstellaren Nebel wie Sterne oder Braune Zwerge gebildet. Astronomen glauben, dass es eine Untergrenze für die nötige Masse gibt, damit Objekte auf diese Weise entstehen können. Sie schätzen sie auf etwa zwei bis drei Jupitermassen.

Entdeckungsverfahren für Exoplaneten

Im Vergleich zu ihren Sternen sind Exoplaneten klein, leicht und extrem dunkel. Es ist deshalb kein Wunder, dass man die ersten Exemplare nicht um gewöhnliche Sterne entdeckte, sondern um einen rotierenden Neutronenstern, den Pulsar PSR 1257+12, auch Lich genannt, 2300 Lichtjahre von der Erde entfernt. Pulsare senden durch ihre Rotation Funksignale von extremer Regelmäßigkeit – doch bei Lich fielen den Astronomen kleine Verzögerungen auf. Diese können nur von mehreren Begleitern herrühren. Zunächst vermutete man zwei Planeten, inzwischen geht man von den drei Planeten Draugr, Poltergeist und Phobetor sowie dem »Exo-Kometen« PSR 1257+12 e aus. Pulsare sind Überbleibsel einer Supernova-Expedition. Die drei Trabanten müssen also entweder die Supernova überstanden haben, danach entstanden oder vom Pulsar eingefangen worden sein. Bisher wurde auf diese Art nur ein einziger weiterer Planet gefunden. Welche Verfahren gibt es noch, mit denen Astronomen bereits erfolgreich Planeten aufgespürt haben?

Transitmethode

Die Transitmethode setzt voraus, dass die Bahn des Planeten so verläuft, dass dieser genau in der Achse zwischen der Erde und seinem Stern vorüberzieht. Dadurch verringert sich in bestimmten Zeitabständen die Helligkeit des Sternes, was man mit Teleskopen messen kann. Besonders geeignet sind hier Weltraumteleskope wie Kepler.

Mit der Transitmethode hat man etwa 80 Prozent der derzeit 3621 (Stand 1. Juli 2017) Exoplaneten in 2712 Systemen aufgespürt. Das Verfahren ist also erfolgreich, hat aber auch einen großen Nachteil: Die Masse und damit die Art des Planeten lassen sich so nicht ermitteln, nur seine Größe und seine Umlaufbahn. Außerdem lassen sich damit nur etwa ein Prozent aller tatsächlich vorhandenen Planeten finden, weil die sich natürlich in allen möglichen Bahnen um ihren Stern drehen könnten.

Radialgeschwindigkeitsmethode

Wenn man an die Drehung der Erde um die Sonne denkt, stellt man sich das Bild gern so vor, als stünde die Sonne fest und zöge die Erde quasi an einem Faden um sich herum. Dieses Bild ist falsch. Tatsächlich bewegen sich beide, Erde und Sonne, Planet und Stern, um einen gemeinsamen Schwerpunkt. Auch der Stern dreht also – wenn auch kleine – Kreise, weil er von den Planeten beeinflusst wird. Diese Kreisbewegung können wir von der Erde aus nicht sehen. Aber wir sehen, dass sich der Stern nach vorn und nach hinten bewegt, von uns weg und auf uns zu. Die Geschwindigkeit, mit der das passiert, nennt man Radialgeschwindigkeit. Sie führt über den Doppler-Effekt dazu, dass sich die Spektrallinien des Sterns haarfein verschieben. Diese Verschiebung können wir mit Spezialinstrumenten messen und daraus berechnen, wie schwer der Planet oder die Planeten sein müssen, die am Stern zerren.

Bei alleiniger Anwendung dieser Technik lässt sich aber nur eine Untergrenze für die Planetenmasse angeben. Um die genaue Masse (und damit die Dichte) auszurechnen, müsste man den Planeten zusätzlich mit der Transitmethode nachweisen. Etwa ein Fünftel aller Planeten wird mit dieser Methode gefunden.

Gravitationslinsen-Methode

Wenn das Licht eines Hintergrundsterns auf dem Weg zur Erde einen anderen Stern passiert, kann es von diesem gebeugt und wie durch eine Linse verstärkt werden. Falls der Vordergrundstern jedoch Planeten besitzt, wird sich der Effekt periodisch verändern. Mit Hilfe dieser Methode hat man bereits 19 Planeten in meist sehr großer Entfernung von mehreren tausend Lichtjahren identifiziert. Allerdings sind solche Gravitationslinsen schwer zu finden. Außerdem lassen sich solche Beobachtungen nicht wiederholen, da sich die Sterne inzwischen weiterbewegen. Das Verfahren hat aber den Vorteil, dass es auch bei Planeten mit weitem Orbit oder geringer Masse funktioniert. Die Forscher hoffen, auf diese Weise einen Überblick zu bekommen, wie verbreitet erdähnliche Planeten wirklich sind.

Direkte Beobachtung

Vor zehn Jahren hätte noch niemand daran gedacht, einen Exoplaneten durch ein Teleskop zu beobachten. Inzwischen ist dank deutlich verbesserter Technik die Liste der damit gefundenen Planeten schon auf über 20 Exemplare gewachsen. Wenn das E-ELT der ESO oder das James-Webb-Teleskop der NASA in ein paar Jahren einsatzbereit sind, wird man damit wohl spannende neue Informationen über viele Planeten in unserer Nachbarschaft gewinnen können. Der direkte Blick auf das Ziel liefert doch noch mehr Details als der indirekte Nachweis.

Heute funktioniert das Verfahren gut bei jungen Planeten, die aus ihrer Entstehungszeit so viel Hitze bewahrt haben, dass sie noch Energie abstrahlen. Der kälteste so entdeckte Exoplanet ist der maximal 500 Millionen Jahre alte 59 Virginis b mit einer mittleren Temperatur von 240 Grad Celsius. Der kleinste direkt beobachtete Planet ist Fomalhaut b mit etwa zwei Jupitermassen.

Exoplaneten-Rekorde

Welche Planeten weisen die extremsten Eigenschaften auf?

- Am weitesten entfernt: SWEEPS J175853.92-291120.6 b (27700 Lichtjahre)
- Am nächsten: Proxima Centauri b (4,22 Lichtjahre)
- Am schwersten: DENIS-P J082303.1-491201 b (28,5 Jupitermassen)
- Am leichtesten: Draug (0,02 Erdmassen)
- Am größten: HD 100546b (6,9 Jupiterradien)
- Am kleinsten: Kepler-37 b (0,3 Erdradien)
- Am dichtesten: PSR J1719-1438 b (mind. 23 g/cm3)
- Am heißesten: Kepler-70 b (einige tausend Grad)
- Am kältesten: OGLE-2005-BLG-390L b (50 Kelvin = -223 Grad)
- Am jüngsten: V830 Tau b (2 Millionen Jahre)
- Am ältesten: PSR B1620-26 b (13 Milliarden Jahre)
- Längstes Jahr: 2MASS J2126-8140 (etwa 1 Million Erdjahre)
- Kürzestes Jahr: PSR J1719-1438 b (2,2 Stunden)
- Am weitesten von seiner Sonne entfernt: HD 106906 b (etwa 650 Astronomische Einheiten)
- Seiner Sonne am nächsten: PSR J1719-1438 b (0,004 Astronomische Einheiten)
- Am nächsten zu anderen Planeten: Kepler-70 b (kommt Kepler-70 c auf bis zu 0,0016 AE nahe)
- Schwerster Mutterstern: HD 13189 b (Mutterstern mit 4,5 Sonnenmassen)
- Leichtester Mutterstern: TRAPPIST-1b, c und d (Mutterstern mit 0,08 Sonnenmassen)
- Umfangreichstes Planetensystem: HD 10180 (9 Planeten, davon 7 bestätigt)
- Meiste Muttersterne: Kepler-64 (Kepler-64 b kreist in einem System aus 4 Sternen)

Elf interessanteste Exoplaneten

Exoplaneten treten in den unterschiedlichsten Formen auf – fast wie aus der Feder eines Science-Fiction-Autors entsprungen.

Proxima Centauri b

Proxima Centauri b ist der sonnennächste Exoplanet – und damit natürliches Ziel dieser Expedition. Wenn Sie irgendwann hinfliegen können, werden Sie das meiste genau wie beschrieben vorfinden. Nur das Leben dort, das habe ich mir komplett ausgedacht (allerdings auf der Basis wissenschaftlicher Erkenntnisse). Der Planet ist 30 bis 50 Prozent schwerer als die Erde. Wegen seiner nahen Umlaufbahn hat ihn sein Gestirn sicher schon dazu gezwungen, ihm stets dieselbe Seite zu zeigen wie der Mond der Erde. Ein Umlauf um den Mutterstern dauert 11,2 Tage. Allerdings merkt man auf dem Planeten davon nichts, denn es gibt keine Jahreszeiten. Proxima Centauri b liegt in der habitablen Zone, Wasser kann an seiner Oberfläche in flüssiger Form existieren. Allerdings prasseln im Vergleich zur Erde 30-mal mehr UV- und 250-mal mehr Röntgenstrahlung auf die Oberfläche ein. Wer dort leben will, muss sich also an die hohe Strahlungsdosis anpassen. Ein Magnetfeld, das noch nicht nachgewiesen ist, könnte die Auswirkungen deutlich mildern. Das gilt auch für die Strahlungsausbrüche des Muttersterns.

WASP-17 b

Fast alle bekannten Planeten kreisen richtig herum – d. h. ihr Orbit verläuft in derselben Richtung wie die Rotation ihres Zentralgestirns. Das ist auch logisch, weil Planeten ja aus der wirbelnden Materiescheibe um einen rotierenden Protostern hervorgehen. Bei WASP-17b ist das anders. Diese Welt hat eine Bahnneigung von 149 Grad; das heißt, sie umkreist ihren Stern alle 3,74 Erdtage rückläufig. Zudem ist sie stark aufgebläht und hat daher eine extrem geringe Dichte.

Die Ursache des seltsamen Orbits ist nicht bekannt; manche vermuten, dass ein Beinahe-Zusammenstoß oder die allmähliche Gravitationswirkung eines anderen Planeten dafür verantwortlich ist. WASP-17b war der erste von mehreren bisher entdeckten Planeten mit rückläufigem Orbit. Die Masse des Planeten beträgt etwa 0,5 Jupitermassen, sein Radius 1,5 bis 2 Jupiterradien.

Kepler-70 b

Kepler-70b ist richtig schnell. Der Planet umkreist in nur 5,76 Erdstunden oder 0,24 Erdtagen sein Zentralgestirn, einen Roten Riesen. Damit hat er die kürzeste Umlaufperiode aller bisher bekannten Planeten und ein Tempo von knapp unter fünf Prozent Lichtgeschwindigkeit. Man nimmt an, dass der Planet früher ein großer Hot Jupiter war; heute allerdings ist nur noch der Rest eines ehemaligen Gasriesen mit weniger als halber Erdmasse übrig. Durch den engen Orbit von Kepler-70b (65-mal sonnennäher als der Merkur) herrschen dort extreme Temperaturen, die ihn zu einem der heißesten Exoplaneten machen.

Sein Zentralgestirn dürfte sich vor ca. 18 Millionen Jahren zu einem Roten Riesen ausgedehnt und dabei die Atmosphäre des Planeten weggefegt haben – was der Erde in ein paar Milliarden Jahren auch bevorstehen könnte. Der Planet war vielleicht einmal in die Atmosphäre seines Sterns gehüllt; sein Gesteinskern überlebte dennoch.

WASP-12 b

Als WASP-12b im Jahr 2008 entdeckt wurde, widersprach er sämtlichen Erwartungen und gilt seither als einer der heißesten Planeten. Er ist mehr als 50 Prozent größer als Jupiter. Doch dieser Hot Jupiter ist auch deswegen interessant, weil er bei lebendigem Leib verzehrt wird. Er umkreist seine Sonne in so großer Nähe (ein Umlauf dauert

1,1 Erdtage), dass er wahrscheinlich in jeder einzelnen Sekunde 6 Billionen Kilogramm Masse einbüßt, während seine Atmosphäre weggeblasen wird. Man nimmt an, dass er in 10 Millionen Jahren tot sein wird.

Zudem dürfte es auf dem Planeten eine hohe Kohlenstoffkonzentration in Form von Kohlenmonoxid und Methan geben. Das bedeutet, dass er einen festen Kern haben könnte, der viel Diamant enthält. Vielleicht wird in Millionen Jahren nur ein riesiger Diamant von WASP-12b übrigbleiben ... Der Planet galt außerdem lange als der sich am schnellsten fortbewegende uns bekannte Planet: Er bewegt sich immerhin mit 830.000 km/h.

Gliese 436 b

Gliese 436 b verhält sich wie ein Komet, weil er einen langen Schweif hinter sich herzieht. Auf seiner Umlaufbahn scheint er jede Sekunde 100 bis 1000 Tonnen Wasserstoff zu verlieren. Man nimmt an, dass Gliese 436 b seit seiner Entstehung so bis zu zehn Prozent seiner Atmosphäre eingebüßt hat. Umso riesiger – ca. 50-mal so groß wie das Zentralgestirn – ist sein Schweif, der beim weniger als drei Tage dauernden Umlauf den Stern verdeckt.

Man hat zwar vermutet, dass es Planeten mit kometenartigem Schweif gibt, doch Gliese 436 b ist der erste, den wir entdeckt haben. Wegen seiner Größe und Nähe zum Zentralgestirn bezeichnet man ihn als »Hot Neptune«. Sein gasförmiger Schweif könnte sich noch längere Zeit halten, weil die Sonne, um die der Planet kreist, ein relativ kühler Roter Zwerg ist.

Janssen

Auf dieser Welt (einer der wenigen mit richtigem Namen) sind Diamanten nicht nur der beste Freund der Frau. Janssen alias 55 Cancri e ist eine Supererde und einer von fünf Planeten, die sein Zentralgestirn umrunden, die Komponente A des Doppelsternsystems Copernicus. Früher glaubte man, dass auf 55 Cancri e viel Wasser existiert; heute nehmen die Wissenschaftler an, dass der Planet hauptsächlich aus Kohlenstoff in Form von Graphit, Diamant und anderen Mineralien besteht. Ein ganzes Drittel des Planeten – circa die dreifache Erdmasse – könnte massiver Diamant sein.

Dank dieser Erkenntnis nimmt man an, dass weit entfernte Gesteinsplaneten der Erde nicht ähneln müssen, sondern ganz unterschiedlich beschaffen sein können; Janssen war der erste entdeckte Gesteinsplanet mit einer völlig anderen Zusammensetzung als der unsere. Auf der Tagseite des Planeten wird es bis zu 2400 Grad Celsius heiß, während man sich auf der Nachtseite bei maximal 1100 Grad erfrischen kann.

HAT-P-1 b

Als Astronomen 2006 diesen Exoplaneten entdeckten, waren sie verblüfft, weil HAT-P-1b fast doppelt so groß ist wie der Jupiter, aber nur halb so schwer. Damit beträgt seine Dichte nur ein Viertel der von Wasser, und er ist leichter als eine Korkkugel. In einer Riesenbadewanne würde er noch dreimal höher schwimmen als der Saturn. Warum das so ist, weiß man bislang nicht. Vielleicht gelangt zusätzliche Wärme ins Planeteninnere, doch auch dafür gibt es keine Erklärung. Eine Möglichkeit ist, dass der Planet »auf der Seite liegt« und senkrecht zu seiner Umlaufbahn rotiert wie unser Uranus. Da diese Lage aber äußerst selten vorkommen dürfte und bereits andere »aufgeblähte« Planeten entdeckt wurden, wird diese Interpretation sicher nicht für alle davon gelten. Sein Stern ist übrigens Teil eines Binärsystems.

Gliese 1214 b

Gliese 1214 b ist eine Supererde. Seine Masse entspricht knapp 7 Erdmassen, sein Radius wird auf etwas mehr als zweieinhalb Erdradien geschätzt. Er umkreist seinen Stern in einer Entfernung von nur 2 Millionen Kilometern. Interessant ist er aber vor allem deswegen, weil Beobachtungen darauf hindeuteten, dass seine Atmosphäre zum Großteil aus Wasserdampf besteht.

Die Dichte des Planeten dürfte 2 Gramm pro Kubikzentimeter betragen; die der Erde liegt bei 5,5 Gramm, die von Wasser beträgt 1 Gramm. Das brachte die Wissenschaftler auf die Idee, dass es dort Unmengen Wasser aus der Zeit geben muss, als der Stern weiter weg von seinem Zentralgestirn, also in der habitablen Zone war. Durch den jetzigen engen Orbit und die hohen Temperaturen verdampft das Wasser zu einem heißen Dunst, der den Planeten einhüllt. Nach wie vor gilt der Planet als einer der Exoplaneten, auf denen höchstwahrscheinlich ein Ozean existiert – aber der wäre mit einer Oberflächentemperatur von 120 bis 280 Grad Celsius so heiß, dass man lieber nicht ins Wasser springen sollte.

HD189733 b

Wenn Sie das nächste Mal im Regen stehen, denken Sie doch an die Bewohner von HD 189733 b (obwohl deren Existenz eher unwahrscheinlich ist). Dort herrscht nicht nur eine Gluttemperatur von 850 Grad Celsius, sondern es gibt wahrscheinlich auch einen seitwärts fallenden Glasregen, der vom Wind mit bis zu 8700 km/h durch die Atmosphäre getrieben wird. Die kobaltblaue Farbe des Planeten rührt nicht etwa von Meeren, sondern von den Silikatteilchen in den Wolken seiner Atmosphäre her. Wenn diese Silikate in der Hitze kondensieren, werden sie in kleine Glastropfen verwandelt, die nicht nur das blaue Licht erzeugen, sondern auch von den Wirbelstürmen rund um den Planeten getragen werden. Der Planet ist seinem Stern 30-mal näher als die Erde der Sonne und weist eine gebundene Rotation auf; das heißt, er wendet dem Zentralgestirn immer dieselbe Seite zu. Die enormen Temperaturunterschiede verstärken die Stürme noch.

HD80606 b

Alle Planeten unseres Sonnensystems haben recht kreisförmige Umlaufbahnen, sodass sonnennächste und -fernste Punkte nicht allzuweit voneinander abweichen. Der Orbit von HD 80606 b ist hingegen stark elliptisch. Während seiner 111 Erdtage dauernden Umlaufzeit bewegt sich HD 80606 b von 0,03 AE (1 AE = Distanz Erde-Sonne) zu 0,88 AE Entfernung. Bei der Annäherung an den sonnennächsten Punkt steigt die Temperatur in nur sechs Stunden von 500 auf 1.200 Grad Celsius. Die Jahreszeiten werden auf HD 80606 b also nicht durch den Neigungswinkel, sondern durch den Orbit bestimmt. Hielte man sich einen Umlauf lang hoch in der Atmosphäre des Planeten auf, dann könnte man beobachten, wie sein Stern 30-mal so groß wird wie die scheinbare Größe der Sonne an unserem Himmel – und seine Helligkeit um den Faktor 1.000 steigert. Die extremen Temperaturschwankungen müssten zu ebenso extremen Stürmen führen, die mit 18.000 km/h blasen.

TrES-2 b

Kann es eine Welt geben, die dunkler ist als schwarze Farbe? Aber natürlich! Das beste Beispiel dafür ist TrES-2 b, einer der dunkelsten bisher bekannten Exoplaneten. Er reflektiert nur ein Prozent des einfallenden Sonnenlichts, glüht aber wie eine Heizspirale in mattem Rot, weil dort eine extreme Hitze von mehr als 1.000 Grad Celsius herrscht. TrES-2 b liegt circa 750 Lichtjahre von uns entfernt, in Richtung des Sternbilds Drache, und umkreist sein Zentralgestirn in nur 5 Millionen Kilometern Entfernung. Er hat anscheinend – anders als der Jupiter – keine reflektierenden Wolken, die mehr als ein Drittel des Sonnenlichts zurückwerfen können. Stattdessen enthält er viele Licht absorbierende Chemikalien, die 99 Prozent der Strahlung einfangen.

Leseprobe - Der Riss

30.4.2085, Ceres

»Auf Einschlag vorbereiten.«

M6 ächzt. Die Warnung kam spät. Er schafft es gerade noch, die Kniegelenke zu knicken und seinen Körper an den Boden zu pressen. Dann spürt er auch schon die Wucht des Aufpralls in seinen seismischen Sensoren. Der Meteorit hat ihn knapp verfehlt. Hundert Meter nördlich muss gerade ein neuer Krater entstanden sein.

Das ist seine Chance! M6 streckt vier seiner sechs Kniegelenke kräftig durch. Sie zeigen gerade in südliche Richtung. Der Schwung lässt ihn sofort abheben. Er segelt durch das All dahin, knapp über der Oberfläche des Zwergplaneten. Da ist der Krater auch schon.

M6 schießt seinen Laser in die Dunstwolke, die sich darüber gebildet hat, um ihre Zusammensetzung zu analysieren. Gleichzeitig filmt er die Struktur des Kraters und misst die Temperaturen darin. Seine Korrekturdüsen feuern, um ihn näher ans Geschehen zu bringen.

Der Einschlag hätte ihn fast das Leben gekostet. Der Meteorit kam auf einer sehr flachen Bahn. Durch die schnelle Rotation von Ceres war er seinen Instrumenten zu lange verborgen geblieben, wie ein Geschoss, das abgefeuert wurde, kurz bevor sein Ziel um die Ecke biegt.

Aber der Zwischenfall hat ihm auch eine Menge Arbeit erspart. Der Felsbrocken hat sich direkt in die Flanke des Ahuna Mons gebohrt, des einzigen Kryovulkans auf diesem Zwergplaneten. M6 hatte eigentlich ab morgen in den vier Kilometer hohen Berg hineinbohren wollen, und nun hat ihm der Meteorit seine eisigen Innereien offengelegt.

Schon, was M6 nun sieht, ist faszinierend. Langsam, wie in Zeitlupe, strömt Material von oben in den Krater, während der untere Kraterrand abrutscht. Das Einschlagloch wirkt wie ein riesiger Mund, dessen Unterlippe traurig hängt, und dem über die Oberlippe Sekret aus der Nase hineinläuft.

Die Spektralanalyse der Dämpfe zeigt, dass es sich bei der Masse um eine Mischung verschiedener Salze mit Ammoniak und Wassereis handelt. Die Energie des Aufpralls hat einen Teil der Bergwand verdampft und den Rest geschmolzen. Die Sonnenstrahlen, die den Kraterrand treffen, halten ihn wärmer und damit zähflüssig, während das dunkle Innere des Kraters schnell wieder erstarrt.

M6 zeichnet alles auf. In ein paar Wochen, wenn er wieder Kontakt mit der Erde haben wird, wird er die Messergebnisse zusammengefasst und zur Auswertung vorbereitet an die Forscher des RB-Konzerns schicken. Sie werden vermutlich hocherfreut sein, weil er so gut vorangekommen ist.

Danke, du Killer-Meteorit, denkt er. Dann bewegt er vorsichtig all seine Gelenke. Ceres hat zwar keine Atmosphäre, aber er steht leicht unterhalb des Einschlags inmitten der Dampfwolke. Kleine Teilchen daraus könnten sich in den jeweils drei Gelenken seiner sechs Beine absetzen und ihn bewegungsunfähig machen. Das ist sein Alptraum, obwohl er durchaus Möglichkeiten hat, sich dagegen zu wehren. Er bräuchte ja bloß die betreffenden Teile seines Körpers von innen zu erwärmen, um so die störenden Beläge zum Abschmelzen zu bringen.

Sein Körper ist radialsymmetrisch aufgebaut und elastisch in der Mitte der sechs Beine aufgehängt. M6 hat sich noch nie von außen gesehen; ein Ingenieur hat ihm aber vor dem Start mal gesagt, er sähe wie eine riesige Spinne aus. Der Vergleich stört ihn nicht. Wichtig ist ihm nur, dass sein Körper sehr praktisch und unverwüstlich ist.

Energie gewinnt er aus einer kleinen Isotopenbatterie und den Solarpaneelen an seiner Oberseite, die durch die zahlreichen darüber verteilten Linsen wie riesige Facettenaugen wirken. Seine wahren Sehorgane stecken im Inneren seiner harten Schale. Sie arbeiten im gesamten Spektrum, vom Infrarot- bis zum Gamma-Bereich.

M6 stellt sich viele Fragen. Sie entstehen immer dann in seinem Bewusstsein, wenn er einem von Ceres' Geheimnissen auf die Spur gekommen ist. Jede Lösung bildet den Keim für ein neues Problem. Eigentlich bräuchte er die Fragen gar nicht, die ihm die Forscher von der Erde zuschicken, er hat selbst genügend.

Aber eine Frage stellt er sich nicht: die nach dem Grund seiner Existenz. Reicht es nicht, dass er hier ist und nach Antworten sucht? M6 wünscht sich kein anderes Leben.

Eine latente Furcht lauert allerdings doch in ihm: Womöglich ergeben sich irgendwann keine neuen Fragen mehr. Ist das ein reales Szenario? Er weiß es nicht, aber es wäre furchtbar. M6 hat bereits kalkuliert, wie lange der Flug zu einem anderen Objekt in der Nähe dauern würde. Aber obwohl der Asteroidengürtel von Millionen von Felsbrocken bevölkert ist, wäre ein Umzug gar nicht so einfach. Seine Triebwerke geben gerade genug Schub, um über die Oberfläche des Zwergplaneten zu schweben und nach kräftigen Sprüngen wieder zum Boden zu gelangen. Für lange Reisen durch das Vakuum des Alls sind sie nicht gemacht. Er wäre jahrelang unterwegs – Jahre, in denen er nichts zu tun hätte.

Aber das ist eine ferne Zukunft. Noch ist nicht einmal ganz genau klar, wie dieser Vulkan hier funktioniert, der so gar nichts mit den glühende, Lava speienden Bergen von Io, der Venus oder der Erde zu tun hat. Ahuna Mons verstehen zu lernen ist der Kern seines aktuellen Auftrags.

M6 tippt mit dem vordersten Bein den Kraterrand an, die hängende Unterlippe. Der Untergrund scheint bereits fest genug. Er misst am Boden minus 40 Grad Celsius. Handelte es sich um reines Eis, wäre es bei diesen Temperaturen hart wie Stein. Erst die vielen Beimengungen lassen es langsam fließen. Durch die niedrige Schwerkraft von Ceres sinkt er aber trotzdem kaum ein. M6 kann sich gefahrlos tiefer in den vom Meteoriten geschaffenen Schlund vorwagen.

Während er in die Dunkelheit schleicht, ein Bein vor das andere setzend, begutachtet er die Wände der Höhle. Sie sind offenbar in Schichten aufgebaut, die auf ihn wie Jahresringe wirken. Vielleicht erfährt er so das wahre Alter des Vulkans.

Bisher weiß man nur, dass er trotz seiner enormen Höhe kaum älter als eine Million Jahre sein kann, sonst müsste er mehr Krater wie diesen hier besitzen. Die einzelnen Schichten sind etwa zwanzig bis dreißig Zentimeter dick. Ihre Zusammensetzung unterscheidet sich messbar. Getrennt sind sie durch dünne Schichten aus einem silikatartigen Material.

M6 kratzt etwas davon ab und steckt die Probe in den Analysator an seinem Bauch. Das Material der Trennschicht ist mit dem Regolith-Staub identisch, der in einer dünnen Schicht ganz Ceres bedeckt. M6 sieht schon die neuen Fragen in seinem Bewusstsein wachsen. Wenn er genügend Schichten vergleicht, kann er damit eine Chronik der Verhältnisse auf Ceres in den letzten Jahrtausenden aufstellen, so wie ein Biologe aus der Analyse von Baumstämmen auf das Erdklima schließt.

Ob die RB-Forscher auf diesen Blick in die Vergangenheit genauso gespannt sind wie er? Nicht alle Fragen, die er sich stellt, kommen bei seinen Auftraggebern gleich gut an. Ceres gehört zu den Himmelskörpern, die von der UNO für den Asteroiden-Bergbau gesperrt wurden. Nur Forschungsmissionen wie die seine sind erlaubt. Aber natürlich hofft der RB-Konzern, dass diese Einschränkung irgendwann aufgehoben wird.

Wenn Ceres für die Entwicklung der Menschheit wichtige Ressourcen birgt, wird man den Status als Schutzgebiet überdenken, und dann ist der RB-Konzern als erster vor Ort.

M6 kratzt weiter innen eine weitere Probe der Trennschicht ab und analysiert sie. Ihr Gehalt an radioaktiven Elementen zeigt, dass sie mindestens tausend Jahre älter sein muss als die Probe von weiter außen. Wie weit in die Vergangenheit wird ihn der Krater vordringen lassen? M6 krabbelt vorsichtig in die Tiefe. Zwei Beine gräbt er immer in das Eis, zwei stützen ihn vorn, und das dritte Beinpaar prüft den Untergrund, bevor er das Gewicht verlagert. Er kommt gut voran. Der Meteorit hat sich etwa hundert Meter tief eingegraben, verrät der Laserscanner.

In diesem Moment brechen die beiden hinteren Beine durch das Eis. M6 steuert nicht schnell genug dagegen. Sein Gewicht zieht ihn nach hinten, die vorderen Beine verlieren den Kontakt. Die Decke der Höhle ist zum Abstützen zu weit entfernt. Der hintere Teil seines Körpers prallt auf das Eis.

M6 spürt die Kälte. Er ärgert sich über sich selbst. *Das hätte nicht passieren dürfen!*

Aber er spürt keine Panik. Er analysiert ganz ruhig die Lage. Die beiden Hinterbeine haben sich tief in das Eis gegraben. Er hat nicht genug Platz, ihre Gelenke zu bewegen, dadurch kann er sie auch nicht wieder herausziehen. Heizbar sind nur die Gelenke, nicht die Beine selbst, also kann er sich auch nicht freischmelzen. Es ist völlig klar, was er tun muss: Er gibt die beiden Beine auf.

Nach einem Signal seines Bewusstseins trennt sich das oberste Gelenk in zwei Teile, sodass die anderen vier Beine seinen Körper anheben können. Der Schaden ist minimal. Schade ist nur, dass er die Untersuchung des Kraters vorerst abbrechen muss, denn dafür braucht er alle sechs Beine. Darüber ärgert er sich selbst am meisten.

Mit Hilfe der Nanofabrikatoren in seinem Körper kann er sich neue Beine herstellen. Vielleicht haben seine Auftraggeber inzwischen sogar ein besseres Design, das er umsetzen kann. Zuerst muss er allerdings das Material dafür besorgen. Die Nanofabrikatoren können zwar alles zusammensetzen, was er sich ausdenken kann, aber sie brauchen die richtigen Rohstoffe dafür, in diesem Fall Metalle.

Er weiß auch schon, wo er sie findet. Die weißen Flecken im Occator-Krater waren ihm schon beim Anflug vor zwei Jahren aufgefallen ...

DER RISS
HARD SCIENCE FICTION
BRANDON Q. MORRIS